퇴마록

퇴마록

혼세편 3

이우혁

VANTA

공통 일러두기
- 도서는 『 』, 단편이나 서사시 등은 「 」, 그림, 글씨, 영화, 오페라, 음악, 필담 등은 〈 〉, 전화, 방송, 라디오 등은 [ ]로 구분했습니다.
- 각주는 모두 저자 주입니다(엘릭시르 판본에서 용어 해설로 처리된 부분 중 가감된 내용의 일부가 이에 해당).
- 영의 목소리(빙의됐을 경우 제외)와 전음이나 복화술 등 육성으로 하지 않는 말은
  등장인물과의 구분을 위해 고딕체로 표기했습니다.
- 피시(PC) 통신에서 사용하는 메시지는 별도의 서체로 구분했습니다.
- 본문의 ( )는 편집자 주이며, -는 저자가 보충하려 덧붙인 이야기를 구분한 것입니다.

차례

구름 너머의 하늘   •   7

길을 건너지 마라   •   47

기차의 울림   •   69

홍수   •   117

退魔錄   Exorcism Chronicles

구름 너머의
하늘

일러두기
- 야훼에 관한 호칭의 경우, 가톨릭(천주교)은 '하느님'으로 개신교는 '하나님으로' 표기했습니다.

박 신부는 가톨릭을 신봉하는 사람이다. 그러나 박 신부를 과연 신부라고 말하는 것이 옳은지는 박 신부 자신도 확신할 수 없었다. 박 신부는 파문당한 것이 분명했지만 사제복을 벗어 던지고 싶은 생각은 추호도 없었다. 현암이나 준후도 박 신부가 사제복 차림이 아닌, 좀 심하게 말하면 반바지 같은 걸 입고 나돌아 다닌다는 것은 꿈에도 상상하지 못했다. 사람들은 사제복만 보고 그를 신부님이라고 불렀고, 박 신부 자신도 그런 호칭에 대해서는 별로 신경 쓰지 않았다.

파문당한 뒤 오랜 세월이 지나면서 박 신부는 어쩌면 자신만의 신앙관을 갖게 됐는지도 모른다. 근래 젊은 신부들은 다른 종교도 연구하고, '신은 모든 곳에 존재하신다'는 포괄적이고 개방적인 생각을 하는 사람도 많이 늘어나는 추세라 알고 있었다. 박 신부는 전혀 다른 믿음 체계를 가진 사람들과 한데 어울려 지내다 보니 요즘 들어 부쩍 그런 생각을 많이 하는 편이었다. 포용적인 신앙 체계를 갖추게 됐다고도 할 수 있었지만 정통 교단의 시각에서 보면 이단시될 수도 있었다.

일본에서의 일로 인해 박 신부는 꽤 긴 시간 동안 입원해 있었다. 중상을 입은 박 신부의 왼쪽 다리는 결국 완치되지 못했다. 앞으로도 다리를 절게 될 것이고, 당분간은 계속 휠체어 신세를 지며 물리 치료를 받아야 한다는 의사의 말에 현암은 경악해 얼굴이 창백해졌고 준후는 눈물을 글썽거렸다. 승희는 그 자리에선 아무 말이 없었으나 화실에서 밤새 울었는지 다음 날 병원에 왔을 땐 눈이 퉁퉁 부어 있었다. 그러나 정작 박 신부는 담담했다.

"나는 그분을 뵈었다. 더 이상 내가 바랄 것은 없어. 거동이 좀 불편해졌지만 마음은 더 편해졌단다. 내가 할 일이 무엇인지도 알 것 같고."

늘 그렇듯 인자한 미소를 얼굴에 머금은 박 신부가 한 말이었다. 원래 남에게 위압감을 줄 정도로 체구가 큰 데다 나이에 비해 활동적인 박 신부였지만 그 사건 이후로는 생각에 잠겨 있는 시간이 많아졌다. 농담도 늘고 유머 감각도 풍부해진 듯 보였지만 대체로 말수가 적어진 편이었다.

다른 퇴마사들도 점차 평정을 되찾았다. 일본에서 얻은 『해동감결』의 내용을 해석하는 것도 큰 문제였고, 박 신부가 들은 그 계시의 내용을 판단하는 것도 ―비록 짧은 말이었지만― 간단한 일은 아니어서 다들 마음이 분주해졌다는 게 맞는 말일지도 몰랐다. 현암은 수련한다고 휑하니 사라져 버렸고, 준후도 『해동감결』을 해석한다고 어딘가에 틀어박혀 버렸다.

혼자 남은 승희는 적적하기도 해서 연희나 박 신부를 자주 찾았다. 가끔 날씨가 맑고 화창한 날이면 박 신부의 휠체어를 밀고 산책을 나가기도 했다. 박 신부가 밖에 나가고 싶어 한다기보다는 무료해진 승희가 박 신부를 끌고 나가는 쪽이었다.

그날도 그랬다. 날씨는 가을 하늘이 보배라는 말이 생각날 정도로 화창했고, 바람도 서늘한 것이 춥지도 덥지도 않은 좋은 날이었다.

승희는 기분이 좋은지 깔깔거리면서 박 신부의 휠체어를 밀고 장난을 치기도 하면서 여기저기 길거리를 마음대로 누비고 다녔다. 승희는 아버지인 현웅 화백이 죽고 난 후 박 신부를 아버지처럼 따랐고, 박 신부도 승희를 친딸처럼 귀여워해 주었다. 승희가 장난을 치자 박 신부는 너무 심하게 하지 말라고 말하면서도 얼굴에는 미소를 머금고 있었다.

이런저런 이야기도 하고 장난도 치다 보니 어느덧 꽤 먼 곳까지 오게 됐다. 무슨 재개발 지구 같은 곳인지 인적도 없고 건물들도 낡아 폐허 직전이었지만 승희는 기분이 너무 좋아 그런 것에는 별로 개의치 않았다. 그런데 난데없이 커다란 소리가 박 신부와 승희의 귀에 들려왔다.

"주 예수를 믿고 따르는 자만이 영생을 얻고 천국으로 들어갈 수 있습니다. 그렇지 않은 자는 영원히 지옥 불에……."

그 말을 듣고 승희는 피식 웃었지만 곧 오랜만의 오붓한 분위기를 깨는 시끄러운 확성기 소리에 눈살을 찌푸렸다.

가뜩이나 샐쭉하게 올라간 눈매가 더 위로 치솟자 박 신부가 웃으며 말했다.

"신경 쓸 것 없다."

"신부님, 저런 소리 요즘 들어 너무 많이 들리는 것 같지 않나요?"

박 신부는 승희의 말에 머쓱하게 웃고 말았다.

"저 말대로면 아이고, 신부님만 천국에 가고 현암 군이나 준후는 지옥 불에 떨어져 훨훨 타겠네. 뜨겁겠다, 후후후."

"하하하."

"저는 어떻게 될까요? 신은 야훼뿐이라고 하는데…… 제 몸속에 들어 있는 건 도대체 뭐죠?"

말을 끝맺는 승희의 얼굴이 갑자기 어두워졌다. 박 신부가 승희를 타이르듯이 말했다.

"너무 괘념하지 말아라. 모든 길은 하나로 통한다고 했단다. 신실한 마음을 가진다면 다 신께로 통하는 것이란다."

박 신부는 기도를 올릴 때는 꼭 야훼라고 불렀지만 다른 사람과 이야기할 때, 특히 다른 종교인들과 이야기할 때는 야훼라는 말 대신 신이라는 호칭을 썼다. 승희에게도 마찬가지였다.

"그러나 믿는 바가 다르잖아요."

박 신부가 고개를 가로저었다.

"이렇게 생각해 보려무나. 원래 신은 하나이신데, 그를 일컬어 우리나라에서는 환인이라 했고 유대인들은 야훼라 불렀으며 힌두교에서는 시바나 비슈누, 도교에서는 천존이나 상제라고 부르면서 믿고 섬겼다고 말이야."

"그렇지만 다들 다르잖아요. 교리도 다르고 격식이나 상상하는 신의 모습도 다르고."

"그건 사람도 마찬가지지. 나라와 민족마다 언어나 풍습이 다른 것처럼 종교 역시 그런 것이야. 신께서 인간을 위해 모습을 드러내 보이셨다고 해도 인간이 신을 파악하는 것은 장님이 코끼리 더듬기밖에 더 되겠니? 코를 만진 장님은 코끼리가 뱀 같다고 하고 다리를 만진 장님은 기둥 같다고도 하고."

"그 이야기는 저도 알아요. 근데 방금 하신 말, 신부님 생각이세요?"

"하하하. 그건 아니다. 옛날에 어떤 힌두교 성자가 했던 말씀이란다."

"그러면 지옥은요?"

"글쎄다. 내 개인적인 생각이기는 하지만 이 세상이 곧 지옥이 아닌가 싶다."

"하지만 분명 지옥이 있다고 『성경』에도 기록돼 있지 않나요? 또 불경에도 그런 내용이 있고."

"모든 성자는 비유로 가르침을 주셨다. 예수께서도 이르시지 않았더냐? 『성경』의 '내가 지금까지는 이 모든 것을 비유로 일러 주었지만 이제 아버지에 관해 비유를 쓰지 않고 명백히 일러 줄 때가 올 것이다¹'라는 말씀으로 본다면 그때까지의 예수님의 말씀은 모두 비유로 돼 있다고 보아야겠지. 그런 면에서 지옥도 하나의 비유라는 생각이 든다. 왜 다른 모든 것은 비유로 해석하면서 그 장만은 글자 그대로 해석하려고 그다지들 애를 쓰는지 나는 이해하지 못하겠어. 이젠 대중들이 그걸로 겁을 먹을 리도 없는데…….”

"죄인이 지옥에서 심판받는다는 것은 그렇다 해도 믿음을 가진 자가 영생을 얻는다는 말은요?"

박 신부는 주저하지 않고 대답했다.

"예수께서 라자로를 살리실 때 마르타에게 '나는 부활이요 생명이니 나를 믿는 사람은 죽더라도 살겠고 또 살아서 믿는 사람은 영원히 죽지 않을 것이다²'라고 말하셨다. 그것이 무슨 뜻이겠니? 예수님이 죽은 라자로를 살리기 위해 유다로 돌아가셨을 때도 '라자로가 잠들어 있으니 이제 내가 가서 깨워야겠다³'고 하셨다. 믿음에는 삶과 죽음의 경계가 없는 것이란다. 나는 살아서 믿음을 진정으로 얻은 자는 글자 그대로 몸은 단지 껍데기일 뿐이고 순환하는 것에 불과하다는 것을 깨닫게 돼 생사의 갈림에서 벗어난다는 말이라고 생각한단다."

---

1 『요한복음』 16장 25절.
2 『요한복음』 11장 25~26절.
3 『요한복음』 11장 11절.

"그건 불교에서 말하는 열반(涅槃)의 경지 아닌가요?"

"궁극으로 가면 다 한 가지로 통하는 법이겠지."

"어? 그건 또 도교의 사상이 아닌가요?"

"하하하. 말꼬투리를 잡지 말거라. 옳고 바른 것을 믿어야지. 예수께서도 격식에만 얽매이는 율법 학자들을 조심하라고 하셨단다. '그들은 기다란 예복을 걸치고 나다니며 장터에서 인사받기를 좋아하고 회당에서는 가장 높은 자리를 찾으며 잔칫집에 가면 제일 윗자리에 앉으려 한다. 또한 과부들의 가산을 등쳐 먹으면서도 남에게 보이려고 기도는 오래 한다. 이런 사람이야말로 그만큼 더 엄한 벌을 받을 것이다'[4]라고 말이다."

"신부님의 입장에서 그런 말씀을 하시다니 좀 심한 거 아닌가요?"

승희가 배시시 미소 지으며 말하자 박 신부는 웃으며 받아넘겼다.

"그러니 교단에서 짤렸지. 하하하."

대화에 열중하던 승희는 불현듯 주위의 분위기가 묘해진 것을 느꼈다. 주위를 둘러보니 일단의 사람들이 승희와 박 신부를 노려보고 있었다.

그들 손에는 말세가 가까워졌으니 예수를 믿으라는 커다란 피켓과 플래카드가 들려 있었고, 중간에는 검은 옷을 입은 사람도

---

[4] 『마태오복음』 23장 1~36절, 12장 38~40절, 『루가복음』 11장 37~54절, 20장 45~47절.

하나 보였다. 보아하니 무슨 종교 행진을 하는 것 같았는데, 승희와 박 신부가 대열을 막고 있는 것도 모르고 둘만의 이야기에 취해 큰 소리로 떠들어 댄 모양이었다. 그들을 본 승희가 머쓱해져서 박 신부에게 조그맣게 속삭였다.

"아이쿠, 우리가 실수한 것 같아요. 저 가운데 사람이 목사인 모양인데 우리가 고의로 그들을 가로막고 비웃었다고 생각하고 있는데요."

"투시는 함부로 하는 게 아니다."

"에고고, 알겠어요. 버릇이 돼서 그만."

"음, 길거리에서 왈가왈부할 수 없으니 그만 물러서도록 하자."

박 신부가 승희에게 눈짓을 하면서 물러서려는데, 두어 명의 남자가 중얼거리는 소리가 들려왔다.

"저자들은 뭐야?"

"저 앉은뱅이는 적그리스도를 섬기는 신부 나부랭이 같은데?"

원래 일부 개신교의 종파 중에서 교황을 가리켜 적그리스도라 부르기도 하고, 또 가톨릭의 일각에서 신교의 창시자인 루터를 그렇게 칭하기도 해서 서로 반목이 심했다. 그러나 이단적인 말로 취급돼 피차 언급을 하지 않는 것이 상례였다. 그런 만큼 적그리스도를 평생의 적(籍)으로 생각하는 박 신부로서는 그 말에 흠칫하지 않을 수 없었다. 그래도 박 신부는 '이단 종파의 일종인 모양이구나' 그렇게 생각하며 별다른 내색을 하지 않았다. 그러나 성격이 괄괄한 승희는 눈살을 찌푸렸다.

"어디서 말을 함부로 하는 거야? 그 말이 무슨 뜻인지 알고서 쓰는 거야?"

"어, 저 여자 당돌하네? 언제 봤다고 반말이야?"

"내가 당돌하든 말든 당신이 보태 준 것 있어? 그런 험담을 먼저 하니까 그러는 거지."

"승희야!"

박 신부가 제지하려고 조용히 말했지만 승희도 화가 난 듯했다.

"교회 나가서 피켓 들고 다닌다고 죄가 없어지는 줄 아나? 평소에 착한 행동을 해야지!"

"뭐라고? 당신이 뭘 안다고 그러는 거야?"

"원 참, 기가 막혀서. 학생들 용돈 뜯어서 헌금 바치면 천당 갈 것 같니?"

승희가 자신도 모르게 그 남자의 속을 들여다보고 한 말이었다. 남자는 찔끔한 듯 머뭇거리더니 얼굴이 벌게지면서 화를 냈다.

"어라, 이 여자가 사람 잡네!"

"누가 사람 잡는다는 거야? 행실을 똑바로 가져!"

승희는 고소하다고 생각하면서 박 신부의 휠체어를 밀고 돌아서려 했으나 그 남자가 뒤에서 욕설하는 것을 듣고는 멈춰 서서 말했다.

"입 한번 곱구나. 영생을 얻으려면 네 입부터 좀 잘 다스려라. 내가 꿰매 주리?"

박 신부는 안절부절못했다. 원래 화를 잘 내고 성격이 괄괄하다

해도 이렇게까지 시비를 걸 승희가 아니었다. 승희 자신이 욕을 먹은 것이라면 이러지는 않았을 것이었다. 그러나 승희는 지금 불행한 처지에 빠진 박 신부―본인은 그렇게 생각하지 않았지만―에게 욕하는 것을 보고는 화가 치밀어 참을 수가 없다. 게다가 박 신부가 옆에 있으니 설마 무슨 일이야 생길까 하는 자만심도 조금은 있었다.

남자는 승희의 말을 듣자마자 다짜고짜 피켓을 들어 승희를 내리치려고 했다. 다른 일행과 목사가 놀라서 그를 막으려 했지만 손이 닿지 않았다. 승희는 몸을 움찔하면서 그 남자의 손목을 잡아 막았는데, 자신도 모르게 힘이 들어간 모양이었다. 승희는 아예 남자의 손목을 잡아 비틀었다. 그러자 남자가 비명을 지르더니 몸을 배배 틀면서 저만치 나가떨어져 버렸다. 승희는 남자가 기절해 버리는 것을 보고 아차 싶었지만 엎질러진 물이었다. 상황은 아주 나쁘게 돌아갔다.

"악마다!"

"사탄의 힘이다!"

박 신부는 일이 크게 벌어졌구나 싶었다. 저들 눈에는 승희가 보여 준 힘이 사탄의 것이라고 비칠 수도 있었다. 승희도 당황했는지 안색이 어두워져서 박 신부에게 바싹 다가섰다. 박 신부는 고개를 설레설레 저으면서 한숨을 내쉬었다. 예상치도 못한 곳에서 봉변을 당하게 될 판이었다. 이곳은 변두리 지역인 데다가 도움을 청할 만한 인적도 없는 곳이었다.

박 신부는 어떻게 해야 하나 고민에 잠겼다. 힘을 조금만 쓰면 저들을 쫓아내는 것은 별문제가 아니었지만 그럴 수 없었다. 악령이라면 망설일 이유가 없었다. 그러나 저들은 그저 평범한 사람이었다. 무슨 일이 생기더라도 고스란히 당해야만 했다.

'설마하니 별일이야 있으려고.'

박 신부는 입을 다문 채 아무런 말도 하지 않았다. 사람들은 박 신부와 승희를 빙 둘러싸고 곱지 않은 눈초리로 쳐다보았다. 그들은 모두 십여 명 남짓이나 됐지만 방금 한 사람이 쓰러지는 것을 보고는 감히 가까이 다가올 생각은 하지 않는 것 같았다. 잠시 후 그들 중 한 사람이 무리의 지도자인 듯 검은 옷을 입은 목사를 쳐다보며 말했다.

"목사님, 권능을 보여 주세요."

"저들은 마귀에 들린 사람임에 분명합니다. 기도를 올리셔서 저들을 구원해 주세요."

승희는 기가 막혔다. 다른 사람도 아닌 자신들을 보고 마귀에 들렸다니. 승희가 참지 못하고 한마디 하려고 했지만, 박 신부는 그런 승희의 손을 꽉 잡아 제지했다. 조금 있다가 뒤로 물러서 있던 목사가 얼굴에 엷은 미소를 띠고 앞으로 걸어 나왔다.

"자, 다들 조용히 합시다. 이들은 가련한 어린양들입니다. 마귀에 들린 자들이 분명하니 우리는 주 예수의 이름으로 그들로 하여금 스스로의 잘못을 깨닫게 하고 용서해야 할 것입니다. 모두 기도합시다."

목사의 말이 떨어지자마자 그들은 박 신부와 승희를 둘러싼 채 그 자리에 무릎을 꿇고 앉더니 중얼거리며 기도를 하기 시작했다. 승희는 기가 막혀서 얼굴빛이 다 질려 버릴 지경이었다. 박 신부가 말렸지만 승희는 빽 소리를 질렀다.

"누가 누구를 용서한다는 말이죠? 이건 그런 문제가 아니잖아요! 분명 먼저 시비를 건 것은……."

더 말을 하려다가 승희는 입을 다물어 버렸다. 저들은 분명 박 신부와 자기가 먼저 시비를 걸었다고 믿고 있을 것이다. 박 신부가 승희를 타이르듯 조용히 말했다.

"그만둬라, 승희야."

"그렇지만 이게 뭐예요? 길거리에 지나가는 사람이 아무 생각 없이 한 말 가지고. 일부러 그런 것도 아니고 우리끼리 나눈 이야기인데 그걸 가지고 대뜸 적그리스도라며 덤비질 않나. 도대체 우릴 뭐로 취급하는 거죠? 이게 옳은 건가요?"

승희가 얼굴이 빨개지도록 소리치자 목사가 기도를 올리다 말고 말했다.

"당신들은 사악한 힘을 사용하고 있소. 회개하시오."

"우린 회개할 것이 없어요! 마귀 들린 것도 아니고요!"

"주여, 자비를……."

목사는 허공을 올려다보고 탄식하더니 엄숙한 목소리로 계속 말했다.

"원래 자신은 알지 못하는 법이오. 스스로 의식하지 못해도 사악한 마음을 지니면 사악한 힘에 물들기 마련입니다."

"원 참!"

승희는 말문이 막혔다.

도대체 어떻게 해야 한단 말인가? 자신들이 그러한 악령들을 전문적으로 잡고 다니는 퇴마사라는 사실을 밝힐 수도 없고. 목사가 다시 말했다.

"내가 당신의 사악한 힘을 없애 주겠소. 마음을 편히 가지시오."

"와! 목사님이 권능을 발휘하신다!"

주변을 둘러싸고 있던 신도들은 목사가 말문을 떼자마자 마치 유명 연예인이 나타난 것처럼 환호성을 올렸다. 기도를 한다더니 정말 기도에 몰두하고 있었던 것인지 의심스러웠다.

한편으로 승희는 목사의 권능이라는 것이 무엇일까 궁금해졌다. 목사가 이끄는 신도들의 꼴을 보건대 속임수 같은 걸 쓰는 것이 아닐까 싶기도 했다.

"어디 마음대로 해 보던가요."

승희가 코웃음을 치자 목사는 얼굴을 굳히더니 곧 나직하게 기도문 같은 것을 웅얼거리기 시작했다. 승희가 목사를 비웃는 것과는 정반대로 박 신부의 얼굴에는 놀라는 기색이 엿보였다. 그 모습을 본 승희는 의아했다.

목사는 눈을 꼭 감은 채 비지땀을 흘리면서 힘을 모으고 있었다. 두 사람의 주위를 둘러싼 신도들은 그러한 목사의 모습을 기대에 찬 눈으로 바라보았다. 목사는 몸을 부들부들 떨기까지 했다. 승희도 안색이 조금 굳어졌다. 이젠 제법 바람이 불어 쌀쌀한 날씨인데도 승희의 이마에서는 한 방울 한 방울 땀이 맺혔다. 두 사람 사이에 팽팽한 긴장감이 감돌았다.

박 신부는 눈을 감고 조그맣게 입술만 들썩거리면서 기도하기 시작했다. 사람들은 손에 땀을 쥔 채 그들을 바라보았다.

갑자기 헉하는 소리를 내면서 목사가 비틀거렸다. 승희가 감고 있던 눈을 뜨고는 주저하더니 뭔가 결심했는지 빠르게 말했다.

"아, 이런! 내가 여기서 뭘 하는 거죠?"

승희의 목소리는 정말 자신이 무엇을 하는지 모르겠다는 식의 말투가 아니라, 마치 삼류 연극배우가 대사를 더듬거리는 듯한 말투였다. 주변을 둘러싸고 있던 사람들은 환호성을 지르며 떠들어 댔다. 그들이 기대하고 있던 일이 실제로 일어나자 승희의 말투가 이상한 것 같은 데에는 신경도 쓰지 않고 그저 목사님의 권능이 발동됐다고, 또다시 이적을 일으켰다고 난리들이었다.

그러나 정작 당사자인 목사는 놀란 듯 눈을 크게 뜨고 입까지 벌린 채 계속 땀을 흘렸다. 잠시 후 박 신부가 천천히 눈을 떴다. 목사는 더듬거리면서 입을 열었다. 위엄을 가지려고 애를 썼지만 어딘지 어눌해 보였다.

"이제 주, 주의 권능을 믿으시오. 그리고 스스로의 행동에 대해 속죄를……."

목사의 말소리는 주변을 둘러싼 신도들의 함성에 휘말려 잘 들리지도 않았다. 승희는 얼굴빛이 해쓱해진 채 입술을 꼭 깨물고 가만히 서 있었고, 박 신부는 조용히 목사를 바라보았다. 목사는 거의 제정신이 아닌 것 같았다.

박 신부가 눈짓하자 승희는 아무 말 없이 박 신부의 휠체어를 밀고 서서히 신도들 사이를 뚫고 나왔다. 신도들은 "아멘!", "할렐루야!" 등을 외치면서 목사에게 환호하느라 아무도 그들이 빠져나가는 것을 막지 않았다. 그러나 목사는 망연한 눈빛으로 그들이 가는 방향을 계속 뒤쫓았다.

한참을 가서 그들의 소리가 들리지 않게 됐을 때 박 신부가 승희에게 부드럽게 말했다. 그들은 어느덧 철거 지역을 벗어나 번화한 곳까지 나와 있었다.

"어디 들어가서 좀 쉬지 않겠니?"

승희는 도대체 알 수 없다는 듯 박 신부를 쳐다보다가 고개를 끄덕였다. 여전히 입술을 꽉 깨문 채였다.

두 사람은 근처의 커피숍으로 들어갔다. 평일 오후인 데다 변두리여서 그런지 손님이 거의 없었다. 자리에 앉자마자 박 신부는 유쾌하게 말했다.

"뭐 마시겠니, 승희야?"

승희는 박 신부를 바라보다가 입을 열었다.

"왜 그러셨지요, 신부님? 그 목사는……."

"모든 게 다 잘되지 않았니?"

"다른 사람들은 몰랐겠지만 저는 들을 수 있었어요. 난데없이 들리던 어느 영의 괴이한 비명을."

"그만, 그만."

"아니에요. 전 정말 화가 났단 말이에요. 왜 그런 무례한 광신도들에게 제가 고개를 숙여야 했나요? 제가 뭘 어쨌기에? 그리고 이상한 건 제가 아니라 그 목사였어요."

"안다, 알아. 그러니 내가 그렇게 부탁한 것 아니겠니? 내 말대로 따라 주어서 정말 고맙다, 승희야."

"신부님 말씀이니 안 들을 순 없지요. 그런데 어떻게 저한테만 들리게 말씀하실 수 있었나요? 세크메트의 눈도 쓰지 않고서……."

"글쎄, 나도 모르게 되더구나. 근데 정말 뭐 안 마실 거니?"

"일본에서 그 일이 있고 난 뒤부터요?"

박 신부는 미소만 지을 뿐 대답은 하지 않고 목마르다는 표정을 지어 보였다. 승희는 답답하기도 하고 화가 나기도 해서 뭔가 말하고 싶었지만 박 신부가 웃기만 하니 더 이상 물어볼 수도 없었다.

승희는 그 목사가 이상한 힘으로 자신의 몸에 충격을 주려 한다는 것을 알았다. 처음에 무방비 상태로 있던 승희의 몸에도 약간의 통증이 왔었다. 신도들이 권능이니 이적이니 하는 것도 그리 허황된 말만은 아닌 듯싶었다.

현암이나 박 신부, 준후 같지는 않았지만 승희의 몸에도 신력이 있었다. 오히려 순수한 영력의 에너지 크기는 다른 퇴마사들보다 강했다. 그런 승희가 조금 힘을 주자 목사의 힘은 승희에게 먹혀 들지 않았다.

내친 김에 승희는 목사에게 힘을 몰아서 아예 혼쭐을 내 주려고 작정했다. 그런데 그때 박 신부의 목소리가 들려왔다. 도대체 어떻게 해서 박 신부가 코제트처럼 남의 마음속에 말할 수 있게 됐는지는 알 수 없었다. 그렇다고 말이 또렷하게 전달된 것은 아니었고 대강의 느낌만 전해 온 것이었지만 박 신부의 생각을 읽어 내는 데는 무리가 없었다.

박 신부는 공연히 충격을 주지 말고, 조금만 그렇게 버티라고 말했다. 그래서 승희는 가만히 목사의 힘을 버텨 낼 정도로만 힘을 주고 있었는데, 어디선가 영적인 단말마의 비명이 길게 꼬리를 끌듯 들려왔다. 이후 목사가 보내는 힘은 사라져 버렸다. 그 바람에 목사는 승희의 힘에 밀려 약간 주춤거렸다. 문제는 다음에 들려온 박 신부의 조그마한 목소리였다.

무슨 일이 일어났는지 전혀 모르겠다고, 마치 지금에야 정신이 든 것처럼 말해 주지 않겠니, 승희야?

승희는 목사에게 사기꾼 같은 짓거리 하지 말라며 톡톡히 망신을 줄 참이었다. 그러나 마음속에 울린 박 신부의 목소리가 온화하면서도 어딘가 위엄이 있었기 때문에 그대로 따르지 않을 수 없었다. 도대체 박 신부의 의도가 뭔지 나중에 물어봐야겠다고 다짐했는데, 박 신부가 시치미를 떼자 승희는 은근슬쩍 화가 났고 얄밉기까지 했다. 승희는 카운터로 가서 아이스크림을 하나 사 가지고 와 앞에 내려놓았다. 박 신부 앞에는 냉수만 한 잔 갖다 놓았다.

"어? 난 왜 안 주지?"

"핏! 말 안 해 주시면 안 드릴 거예요."

"허허허, 이런. 그냥 넘어가자꾸나. 그렇게 대단한 일도 아닌데."
"아무리 그래도 궁금하잖아요. 사람을 망신스럽게 해 놓으시고선."
박 신부는 그제야 겸연쩍은 듯이 웃으며 말했다.
"이제 그 목사도 정신을 차렸을 테니 그리 억울해할 일도 아니지."
"네? 무슨 소리죠?"
"사실 그 목사는 악령에 빙의돼 있었단다."
승희는 놀란 나머지 크게 퍼낸 아이스크림을 테이블 위에 떨어뜨려 버렸다.
"뭐라고요? 그럼 아까 들린 비명이?"
"그 목사⋯⋯."
"아무리 그래도 성직자인데."
"성직자도 인간이야. 아니, 오히려 성직자일수록 유혹이 더 크고 위험할지도 모르지."
박 신부는 생각에 잠겼다가 입을 열었다.
"그런데 나, 차는 안 줄 거니?"
"아, 저런. 뭘 드시겠어요?"
"코코아나 한 잔 마셨으면 좋겠구나. 날씨가 아까보다는 많이 추워진 것 같아, 그렇지?"
승희는 어느새 아까의 일은 잊어버린 듯 가볍게 카운터로 발걸음을 옮겼다. 그때 누군가가 헉헉거리면서 문을 열고 커피숍 안으로 들어섰다. 그 목사였다. 뒤따라 들어오는 사람들이 없는 걸로 보아 혼자서 이곳까지 뛰어온 모양이었다. 승희는 조금 흠칫했으나 아까의 감정은 잊기로 했던 터라 한번 쓱 웃어 보이고는 코코아를 받아 테이블로 돌아왔다.

목사는 한참 헐떡거리며 승희와 박 신부를 바라보더니 머뭇거리는 발걸음으로 그들에게 다가왔다. 그 모습을 보고 승희는 또 귀찮은 일이 생기는 것은 아닐까 하고 박 신부에게 눈짓을 보냈다. 박 신부는 뒤를 돌아 목사를 보더니 그냥 웃어 보이고는 고개를 돌렸다. 목사가 박 신부 곁에 서서 떨리는 목소리로 입을 열었다.

"신부님."

박 신부는 살짝 한숨을 내쉬고는 고개를 끄덕이며 목사에게 앉으라는 손짓을 했다. 목사는 어두운 얼굴로 자리에 앉았다.

"아까 일은 저로서도 잘 모르겠습니다. 두 분이 어떻게 하신 것인지요?"

"저흰 아무것도 한 일이 없습니다."

"아닙니다. 분명 제 마음속에 누군가의, 아니 신부님의 목소리가 들려왔습니다. 계시를 받을 때처럼."

"그냥 미안하다고 했던 것뿐입니다. 그리고 그런 힘에 의지하지 말고 진정한 믿음으로 신도들을 이끄시라고요. 주제넘은 말이었을지도 모릅니다만……."

"정말 믿을 수 없는 일이었습니다. 당신은 성자(聖者)이십니까? 저도 신부님의 뒤를 따라 가톨릭으로 개종하고 싶습니다."

박 신부는 처음으로 인상을 찌푸렸다. 그러고는 준엄하게 말했다.

구름 너머의 하늘

"믿음의 길은 그리 쉽게 저버리는 게 아닙니다. 목사님을 믿는 신도들은 어쩌시려고요?"

"그들도 모두 개종시키겠습니다. 그러니……."

"신앙심이란 장사처럼 흥정하고 계산해서 이루어지는 것이 아닙니다."

"그러나 옳은 길을 보고 그것을 따르는 것은……."

"내가 목사님께 무슨 옳은 길을 보여 드렸겠습니까? 그냥 눈앞의 봉변을 모면하고자 했던 일이었으니 용서해 주시기만 바랄 뿐입니다."

그러나 목사는 막무가내였다. 어떻게 그런 힘을 내는 것이냐며 한참을 졸라 대자 박 신부는 기분이 상한 듯 고개를 설레설레 저으면서 말했다.

"힘을 얻는 것이 그렇게 중요합니까? 모세가 출애굽 할 때에 애굽의 술객들도 어느 정도의 술수는 부렸다고 기록돼 있습니다. 그러나 그런 것은 단지 힘에 그칠 뿐이고 진실한 마음이 없었기에 산산이 깨어져 버린 것 아니겠습니까?"

"권능을 보여 주지 않으면 신도들이 따르지 않습니다."

"권능만 보고 따른다면 진정한 신도들이라고 할 수 없습니다."

"그러나 예수께서도 이적을 보이셔서 하나님의 아들임을 입증하시지 않았습니까?"

"목사님은 하느님의 아들이 되고 싶으신 것입니까?"

목사는 깜짝 놀랐다. 기독교인들에게 그런 말은 불경스러운 것이었기 때문이다. 그러나 박 신부는 거리낌이 없었다.

"목사님도 하느님의 아들입니다. 하느님이 사랑하지 않는 사람은 아무도 없습니다."

"그러나……."

목사는 한참을 망설이다가 말했다.

"신부님은 제 힘을 거두어 갔습니다. 저는 포교를 하려고 했지만 신도들을 믿고 따르게 할 권세가 없었습니다. 그래서 기도를 했습니다. 몇십 일 동안 기도만 올렸습니다. 그리고 방언을 하게 됐고, 마침내는 귀신 들린 사람을 고쳐 주는 힘을 얻었습니다. 저는 그때 신부님이 하신 것처럼 마음속에서 울리는 소리를 똑똑히 들었습니다. 너에게 힘이 생겼느니라 하는 말씀을 말입니다."

목사는 황홀경에 빠진 듯 몹시 흥분된 상태였다. 그런 목사를 보고 옆에 있던 승희가 피식 웃으며 말했다.

"스케줄에 맞추어서 단체로 보내는 기도원에서 몇십 일 동안 기도를 올렸나요? 기도는 정성에 달린 것이지 오래 했다고 소원이 이루어지는 것은 아닐 텐데요?"

승희는 목사가 당시의 기억을 돌이켜 생각하는 순간을 잠시 투시했던 것이다.

정성스러운 기도는 아니었다. 한 사람이 방언을 하고 소리를 치면 다른 사람들도 연달아 따라 한다. 그것은 진정한 의미에서의 종교적 행위라기보다는 집단 최면과 흡사한 경우가 더 많았다. 목사의 기억에 남아 있는 기도원에서의 기도도 그리 감동적인 것은 아니었다. 불편함과 고통을 참으면서 어떻게든 예정했던 기간을 기도로 채워야 한다는 아집만이 목사의 마음속에 꽉 차 있었다.

이야기 듣기로 박 신부는 겨우 구 일간 기도를 올리고 지금과 같은 큰 힘을 얻게 됐지만, 그때의 박 신부는 죽지 않은 것이 신기할 정도로 열과 성을 다했고 자신을 돌본다거나 하는 잡념이 끼어들지 않았다. 석가모니도 칠 년간 고행을 했다지만 실제로는 칠 일 정도의 수련만으로 성불했다고 한다. 기간으로 따진다면 힌두교에서는 아직도 차마 말로 할 수 없는 고행을 오십 년, 육십 년 동안 해 나가는 사람들도 있다.

목사는 승희의 말을 듣고 별다른 대꾸를 하지 않았지만 안색이 조금 변했다. 박 신부는 승희를 바라보았다. 박 신부의 시선을 받자 승희는 공연히 자신이 나선 것 같아 찔끔했다.

"목사님."

박 신부가 나직한 소리로 말했다.

"예."

"목사님이 얻었던 힘이 어떤 것인지 알고 계십니까?"

"당연히 제 기도의 결과로 내려오신 성령의 힘이었겠지요."

박 신부는 고개를 저었다. 그러자 목사의 얼굴이 하얗게 질렸다.

"무, 무슨 말씀을……."

"한 남자가 있었습니다. 스스로의 힘으로 세상을 구원해 보겠다는 망상을 가진. 그 사람은 산속에 틀어박혀서 도를 닦았지요. 아무런 준비도 지식도 없이 무턱대고 말입니다. 그렇게 수십 년을 거지나 원시인처럼 생활했지만 아무것도 얻은 게 없었습니다. 그래서 그 사람은······."

"그게 저와 무슨 관계가 있습니까?"

"끝까지 들으십시오. 그래서 그 사람은 마침내 자신의 몸이 쇠약해질 대로 쇠약해진 이후에야 산꼭대기에 올라가 큰 소리로 외쳤습니다. 세상에 그런 힘은 없다고. 신도 없고 영혼도 없으며 모든 것이 속임수고 사기일 뿐이라고요. 그러고는 자신의 평생을 바친 그러한 힘을, 아니, 그보다는 자신에게 그러한 힘의 존재를 믿고 따르게 한 세상 사람들과 자기 자신을 한없이 저주하고 원망하다가 숨을 거두었습니다."

"아니, 왜 제게 그런 말씀을······."

"그가 바로 당신이 목소리를 듣고, 당신에게 힘을 주었던 사람입니다. 아니, 영혼이지요."

목사는 펄쩍 뛰다시피 했다. 손님이 없어 꾸벅꾸벅 졸고 있던 커피숍의 주인이 놀라서 눈을 번쩍 뜰 정도였다. 목사는 고개를 저으며 완강하게 부인했다.

"그럴 리가 없습니다! 그럴 리가 없어요! 어떻게 신성한 기도의 중간에 그런 불측한 것이! 아니, 어떻게 그런 불측한 영이 성스러운 힘을 낼 수 있겠습니까?"

"『성경』에도 나오지요? 예수를 비방한 자들이 예수를 일컬어 대악마 바알세불(Beelzebub)의 힘을 빌려 마귀들을 쫓는 것이라고. 그러나 당신의 경우는 마귀가 마귀를 쫓은 것이 아니라 영이 다른 영을 밀어낸 것뿐이지요. 성령의 힘이 아닌 원망과 한과 조소를 힘으로 해서 말입니다. 그리고 한을 당신을 이용해서 풀려고 말입니다."

박 신부의 차근차근한 설명에도 불구하고 목사는 울 듯한 얼굴로 계속 고개를 저었다.

"믿을 수 없어요! 이제 보니 당신이야말로······."

"성직은 신성한 것입니다. 그렇기 때문에 그만큼 지켜 나가기가 더 어렵고 시련과 유혹도 많습니다. 성직자일수록 지옥으로 가는 자가 많으며, 악마들도 성직자들을 더 노린다는 서양의 옛말이 있습니다. 성직자 하나가 타락하면, 그를 믿는 수백 명의 사람들도 다 같이 그릇된 길로 가게 됩니다."

"아닙니다. 나는 악행을 행한 적이 없습니다! 유혹에도 빠진 적이 없습니다!"

"정말 없습니까?"

"아니, 성직을 맡은 이후에는······ 사소한 일들은 모두 참회하고 회개했습니다."

"성직자들은 죄를 사해 줄 권세가 없습니다. 있다면 예수 그리스도와 죄를 지은 본인뿐입니다."

"아닙니다. 예수 그리스도의 이름으로, 그리고 자신의 믿음으로 간구하고 기도하면······."

"인간의 힘으로 죄를 사하는 길은 그 죄를 지은 자의 뉘우침밖에는 없습니다."

목사는 화를 벌컥 냈다.

"당신은 역시…… 당신을 잠시나마 믿고 의지하려 했던 내 태도가 부끄럽소. 당신의 말은 모두가 억설이고 이단이오!"

박 신부는 쓸쓸한 미소를 지었다.

"무엇이 이단입니까?"

"가르침을 부정하고 괴팍한 이론으로 교단을 흔드는 것이야말로…… 지금 당신이 말하는 것이 가톨릭의 교리요?"

"나는 정식 신부가 아닙니다. 교단에서는 파문당했습니다."

"그것 보시오. 당신의 교단에서조차 받아들이지 않는 논리를 왜 나에게…… 아니, 그러고 보니 당신이 발휘한 힘이야말로 사탄에게서 나온 것인가 보군!"

박 신부는 답답하다는 듯 눈을 크게 떴다.

"물론 개신교 측에서는 가톨릭을 이단시할지도 모르지요. 가톨릭도 개신교를 그렇게 보는 것 같고요. 그러나 무엇보다도 두 종파는 같은 뿌리를 가지고 있습니다. 다만 가장 근원이 되는 신앙을 서로 다르게 해석하고 있을 뿐입니다. 제일 중요한 것이 신성에 있기 때문에 그런지도 모릅니다만, 실상 사람들이 문제시하는 것은 신성 자체가 아니라 신성을 어떻게 받아들이느냐에 대한 방법적인 문제가 아니던가요? 물론 저는 파문당한 가짜 신부니까 이렇게밖에 이야기 못 하는지도 모르고, 어쩌면 이해가 부족한 건지도 모르지요. 그렇지만 근본적으로 따진다면 가톨릭도 신을 믿고 선하게 살라고 가르치고 있으며, 개신교 역시 마찬가지입니다."

 목사는 아무 말도 하지 못했다. 박 신부는 갈증이 나는 듯 냉수를 한 모금 마시고는 다시 입을 열었다.

 "그런데 요즘 들어 근원적인 신앙의 방법에 대한 차이를 정통성의 문제로 보고 너무 따진 나머지 서로를 악마와 같은 집단으로 몰아붙이는 경향을 자주 보게 됩니다. 종교의 차이를 떠나 선행이나 자비, 사랑에 입각한 행동까지도 자기네 종파가 아니라는 이유만으로 악한 목적에서 비롯된 기만이라고 매도하기까지 합니다. 상대의 선은 기만이고, 자신의 악은 어쩔 수 없는 행동이라고 생각해도 된다고 예수님께서 말씀하신 일이 있습니까? 오히려 예수님께서는 말씀하셨습니다. 왜 남의 눈에 있는 티는 잘 보면서 자기 눈에 있는 들보는 보지 못하느냐고요."

 "그러는 당신이야말로 자신의 눈에 있는 들보를 왜 보지 못합니까? 당신의 생각은 처음부터 끝까지 교리에 위배됩니다."

 "교리가 대체 뭡니까? 또 그것은 왜 있는 것입니까? 신을 섬기고 올바르게 살기 위해 지켜야 하는 것이 교리 아닙니까? 아니, 신을 섬기고 올바르게 사는 것이 교리보다 우선이 아니겠습니까? 예를 들어 봅시다. 다른 종교를 믿거나 아예 종교를 갖지 않은 사람들도 고결하고 죄를 짓지 않고 사는 경우가 많습니다. 그런 사람들은 최후의 심판 때 어떤 판결을 받게 됩니까?"

 "주 예수 그리스도를 마음속으로 영접하지 않은 사람은 선인일지라도 궁극적으로 구원을 받고 영생을 얻지는 못할 것입니다."

"단테가 『신곡』에서 이렇게 썼지요. 예수 이전에 태어난 현인들과 선인들은 지옥의 입구에서 심판받지 않고 고통도 없고 안식도 없는 세월을 영원히 누리고 지낸다고요. 목사님과 같은 분의 생각으로는 그러한 해결책밖에 없겠지요. 그러나 저는 그렇게 보지 않습니다. 믿음을 가지고 예수님을 마음속으로 영접한 자는 그 순간부터 구원받고 영생을 얻게 되는 것입니다. 당신은 죄를 지은 자가 죽고 난 이후에 지옥 불에 떨어져서 이글이글 타오를 것이라고 믿습니까? 정말로요? 믿습니까?"

"……."

"말씀은 비유입니다. 들을 귀가 없는 사람은 알지 못하게 하기 위해서 비유로 표현되는 것입니다. 진정한 믿음을 얻은 자는 생이 실은 허울에 불과하다는 것을 알고 있고, 이익이나 탐욕을 위해 사는 것이 사실은 지옥도로 묘사되는 무서운 고통이라는 것을 깨달은 자입니다. 거기서 벗어나면 자유로워집니다. 이것이 구원이요, 영생 아니겠습니까? 죽음 이후에 정말 무엇이 있는지 산 자는 알 수가 없습니다. 그것이 당연하겠지요. 그렇다면 죽는 순간까지의 모든 것이 그 사람의 영생은 아닐까요? 깨달음을 얻고 자유로워지면…… 그때가 되면 불교에서 말하는 해탈의 경지에 접어드는 것인지도 모르고, 좋은 환경에서 다시 태어나 고생을 모르고 살아가는 것인지도 모르며, 엘리시움에서 영원히 복락을 누리는지도 모르지요. 그러나 사람이 믿음으로 죽음의 공포를 이겨 내 항상 평안해진다면 그것이 곧 영원히 사는 건 아닐까요?"

"그렇지 않습니다. 말씀은 모두 이루어질 것이고, 그리고 이교도들은 모두가……."

"예수께서 로마인 백인대장의 종을 치료해 주실 때에 말하셨습니다. 유대인 중에서도 저와 같은 믿음을 가진 자가 없다고 말입니다. 그 로마인은 예수를 하나님의 아들로 진정으로 인정하고 마음속으로 받아들였다고는 할 수 없습니다. 다만 예수가 병을 고칠 능력이 정말로 있다는 것은 믿었을지도 모릅니다. 예수님께서는 비록 그런 믿음이라도 믿음이 굳기만 하면 구원받을 수 있는 것이라 생각하셨을 것입니다."

"그것은 억설입니다. 그 백인대장은 예수를 분명 하나님의 아들로 인정한 것입니다."

박 신부는 열성적으로 자신의 생각을 말하고 있었다. 그러나 아이스크림을 먹지도 않고 수저로 휘젓기만 하던 승희는 두 사람의 대화가 따분하기만 했다.

"좋습니다. 그런데 목사님께서는 계속 저를 신부라고 몰아붙이시는데, 저도 예수 그리스도를 믿고 받드는 사람입니다. 그렇다면 저는 목사님이 생각하시는 이교도들과 비교할 때 어떻습니까? 역시 이단입니까?"

"가톨릭은 근본적으로 예수 그리스도를 섬기는 마음이 다릅니다. 그 차이는 신부님께서도 잘 알고 계시지 않습니까?"

"그건 믿음의 태도나 의식이나 경배의 방법 같은 것을 말씀하시는 것이겠지요?"

"의식이나 경배는 하나님과의 대화를 위한 방편입니다. 그러므로 그런 것을 잘못한다는 것은 하나님의 뜻을 잘못 전달하고 있다는 것이나 다를 바 없습니다."

"의식이나 경배는 누가 만든 것입니까? 예수께서는 모든 세속적인 교리들을 일소에 붙이셨습니다. 예수께서 기도하시고 말씀하신 것 이외에 어떤 격식이나 의례를 만드셨다는 말입니까?"

"그러나 그런 것이 없으면 우리는 하나님과 대화할 수 없습니다."

"경배를 드리고 의식을 진행하는 것은 좋습니다. 그러나 그러지 않고서도 하나님과의 대화는 가능하다고 여깁니다. 세상에는 성령들이 있다고 가르침이 있어 왔습니다. 그리고 예수께서는 '너희 안에서 말씀하시는 아버지의 성령'에 관해 자주 말씀하셨고, 사람의 아들을 거역한 자는 용서받을 수 있어도 성령을 거슬러 모독한 자만은 용서받지 못할 것이라 하셨습니다. 성령은 무엇입니까? 저는 그것이 인간의 순수한 마음이나 양심이라 여깁니다. 애당초 야훼께서는 신의 형상을 본떠서 인간을 만드셨다고 했습니다. 신께서는 우리를 이웃과 다투지 말고 화목하게 지내라고 가르치셨고, 낳고 자라고 번성하며 가득하라고 하셨습니다. 악한 짓을 하지 말라고 하셨으며, 항상 참회하며 스스로 느끼고 생각해 바르게 살라고 하셨습니다."

"성령을 영접하지 않은 사람은 결코 그럴 수 없습니다!"

"성령을 영접한다는 것이 꼭 개신교나 가톨릭을 통해서만 온다고 할 수는 없습니다."

"그런 식으로 말씀의 해석을 단언하는 것은 이단입니다!"

박 신부는 웃었다.

"이단이라는 소리는 많이 들었습니다. 그러나 정말 이단은 무엇이겠습니까? 신께서는 인간을 존중하신다고 믿습니다. 그러한 신의 의지나 성령, 즉 자신의 양심보다도 자신들의 이론이나 스스로 판 굴레에 경도된 나머지 인간의 생명을 경시하거나, 그럴 여지가 있는 신앙이 있다면 그것이 바로 광신일 것입니다. 섬김이 신이 아니라 신을 표방한 인간에게로 향해질 때, 그 신앙은 더 이상 신을 위한 것이 아니라 그 인간을 위한 도구가 되는 것입니다. 인간을 벗어나는 존재가 분명 계시다는 것을 마음에 두며, 인간으로서 올바른 일과 행동을 하면서 이웃을 내 몸같이 아끼고 사랑하는 사람들 중에는 이교도들도 포함돼 있을 겁니다. 그들이 가진 신앙도 똑같이 신을 경배하는 것이라는 사실을 조금이라도 깨달았다면, 그리고 종교가 다른 정치적인 목적들과 유리될 수만 있었더라면, 지금까지 이단 문제로 인해 피로 점철됐던 많은 종교 전쟁이나 학살 등은 없었을 것이라고 믿습니다. 인간이 신에게 지은 가장 큰 죄악 중의 하나는 신을 경배해야 할 신앙을 인간의 이익을 위한 도구로 만들어서 신을 팔아먹는 것입니다. 그것이야말로 진정한 이단입니다."

"당신은 당신의 말을 스스로 증거하기 위해 성스러운 말씀들을 멋대로 인용하고 곡해했소!"

"성스러운 말씀이 왜 있는 것입니까? 모두가 생각하고 사용하기 위해 있는 것이 아닙니까? 저는 말씀 자체를 부정한 적은 없습니다. 부정에 부정을 거듭하면 남는 것은 아무것도 없습니다."

"아아, 내가 당신을 잘못 보았소. 당신은 악마요!"

박 신부는 다시 말했다.

"악마가 무엇인지 아십니까? 악령도 아니고 악신도 아닌 악마 말입니다."

"아마 악마가 있다면 바로 당신일 것이오. 그리고 악마는 신의 적이오!"

"신과 악마가 서로 적대시한다는 바보 같은 생각은 하지 마시기 바랍니다. 신은 만물의 창조자이십니다. 악마는 원래 천상계의 천사들이었지만 반역해 하계로 떨어졌다고 하는데, 그 자체가 모순입니다. 악마가 신에게 반역할 수 있다면 인간도 신에게 반역할 수가 있는 겁니다. 만약 그렇게 된다면 신은 인간의 운명을 주관하시지 못한다는 이야기가 됩니다. 제 생각은 이렇습니다. 악마는 인간의 적일 뿐이지, 신의 적은 아닙니다. 신은 여전히 냉엄하게 만물을 굽어보시지만 특별히 인간의 편만을 들어 주시는 것은 아닙니다. 모든 생물이 다 살게 해 주시는 것이지요. 악마도 신이 만드신 불쌍한 피조물일지도 모릅니다.『파우스트』에 나오는 악마 메피스토펠레스가 한 말이 있지요. 자신이 악을 행하려 하나, 언제나 결과적으로는 선을 행하고야 마는 존재라고요. 왜 신은 인간들만 평화롭게 살게 두지 않고 그런 악한 존재들을 만드셨을까요? 선함을 드러내게 하기 위해서 구태여 악을 만드신 것일까요? 정말 신의 모든 의도가 인간

하나만을 위해 존재한다고 보십니까? 인간 세계만큼이나 큰 다른 악마나 악령들만의 세계가 있다면 또 어쩌나요? 신께서 그들은 사랑하지 않으실까요? 어쩌면 신께서는 손가락만을 내미는데 인간들은 손까지 다 잡으려 하는 것인지도 모릅니다. 그렇다면 그것만으로도 인간은 신에게 계속 크나큰 죄를 짓고 있는지도 모릅니다."

"당신은 말씀을 교묘하게 변조하고 있소. 당신이야말로 크나큰 죄를 짓고 있는 사람이오. 당장 회개하시오!"

보다 못해 승희가 끼어들었다.

"자신과 견해가 다르면 무조건 회개하라는 건가요? 말문이 막히면 기도하라고 하고. 하하하."

승희의 빈정거림에 목사는 얼굴이 하얗게 질려서 자리에서 일어났다. 박 신부는 그런 목사를 말리지 않았다. 다만 돌아서는 목사에게 마지막 한마디를 던졌다.

"『마태오복음』12장 43절을 잊지 마시기 바랍니다."

목사는 박 신부에게 대답도 하지 않고 휑하니 나가 버렸다. 그런 목사의 뒷모습을 보던 승희는 다 녹아 버린 아이스크림을 수저로 뱅뱅 저으면서 박 신부를 쳐다보았다. 박 신부의 얼굴은 어두워져 있었다.

"나도 모르게 좀 흥분했나 보다."

승희가 씨익 웃으면서 바깥을 힐끗 보았다.

"그 사람, 진짜 목사도 아니었어요. 목사 행세를 하는 것뿐이지요. 제가 심심해서 그만…… 그렇다고 절 탓하지는 마세요."

박 신부는 한숨만 푸욱 쉬고는 고개를 끄덕였다. 승희는 박 신부의 표정이 우울한 것을 보고 기분을 풀어 주려는 듯 말했다.

"우리나라에 정식 신학교 졸업자가 일 년에 얼마나 많이 나오는데요. 이제 기분 푸세요."

"그 목사는 악한 마음을 가진 사람은 아니었지. 최소한 사리사욕을 위해 그런 일을 하는 것은 아니었어."

"신부님도 다시 사람들에게 포교해 보시는 것은 어떨까요?"

그러나 박 신부는 고개를 저었다.

"나는 할 일이 따로 있단다. 아무도 모르게 해야 할 일이…… 큰일이야. 누가 사람들을 이끌어 나갈 수 있겠니?"

승희가 묵묵히 바라보는 동안 박 신부는 혼잣말처럼 중얼거렸다.

"과학이 판치는 시대도 이제 끝났어. 최근까지만 해도 사람들은 미래에 대한 희망만은 버리지 않고 살아왔지만, 이제 점점 미래는 희망이 아니라 불안으로 바뀌어 가고 있지. 과학이나 기술은 행성 개척 같은 꿈을 가져다주는 대신 환경 오염 같은 불안을 주고 있고, 이성의 발달은 그나마 체계를 유지하던 도덕과 윤리의 틀마저도 비합리적이라는 이유로 다 깨 버리려고 하고 있어. 파괴, 자유와 진보와 실험이라는 허울 아래에서 행해지는 발전이 없는 파괴. 파괴하는 것이 유일한 재미가 된 세상이지. 더 이상 파괴할 것이 남지 않으면 그때는 어떻게 될까. 어떻게 생각하니?"

승희는 아무런 대답 없이 고개를 떨구었다. 박 신부는 조그맣게 중얼거렸다.

"때가 다가오고 있어. 세상에 악의 힘들이 일어나고 있다. 그 악은 결코 악으로 보이지 않을 거야. 그러한 악이야말로 더 무서운 것이지. 인간 스스로가 통제하지 못하는 세상. 그러니 인간 이외의 존재들이 점점 자주 나타나게 되는지도 모르지. 보이지 않는다고 해서 없는 것이라 여기고 무시하려고만 든다면 더더욱 그런 존재들은 쉽게 번성하고 힘을 뻗칠 수밖에. 저 목사의 경우만 해도 그렇다. 악인이 아닌데도 암암리에 악을 행하게 될 수도 있는 거야. 강한 악의 힘일수록 선의 탈을 쓰기 마련이겠지. 주여……."

승희도 박 신부의 암담해져 가는 기분에 젖어 들었다.

"정말 그럴까요?"

"예수께서 당신은 세상에 평화를 주러 온 것이 아니라 하셨지. 자식이 부모와 맞서게 하고 형제와 자매가 서로 맞서게 하려고 오셨다고. 그건 내 생각으로는 양심을 지키며 사는 것이 그만큼 어려워진 세상이 왔기 때문이라고 본다. 점점 심해져 가고 있지. 어디까지가 한계일까? 혹시 예수가 말씀하신 그때가 이미 온 것은 아닐까?"

"그때란 언제이지요?"

"많은 사람들이 그리스도의 이름을 걸고 나타나 자신이 그리스도라 우기고, 여러 곳에서 난리가 나고, 전쟁 소문이 나돌고, 한 민족이 다른 민족을 치고, 기근과 지진이 뒤를 잇고…… 그러나 아무도 그때가 언제인지 알지 못한다."

승희는 머리가 쭈뼛해졌다. 박 신부가 말한 대로 지금의 세상은 예수께서 하신 말씀과 별반 다를 것이 없지 않은가. 박 신부는 홀린 듯 계속 말을 이었다.

"그때는 아무도 인식하지 못할 때 밤도둑과 같이 온다. 노아의 홍수가 나기 직전에도 사람들이 먹고 마시고 결혼하고 했던 것처럼. 소돔과 고모라가 불벼락에 탈 때에도 사람들은 축제를 하고 광란의 시간을 보냈던 것처럼. 지금이 설마 그때이랴? 모두가 믿을 때, 그때가 바로 위험한 때이지."

"……말세, 지금이 바로 말세인가요?"

"지금은 혼세지. 그러나 말세는 언제라도 올 수 있게 준비된 셈이야. 아무도 알지 못한다. 깨어 있는 자들 말고는. 깨어 있는 자가 아무리 증거를 대려고 애써도 아무도 믿지 않는다. 말세는 그렇게 올 거야. 전쟁이나 질병, 천재지변 같은 것이 아니라 어느 누구도 그런 것이 올 것이라고 상상조차 하지 못하는…… 막상 닥치면 이것이 그것이었구나 하고 모두가 알게끔 되는."

승희는 몸이 떨려 왔다. 그러나 엄청난 말을 하고 난 박 신부는 창밖만을 내다보고 있었다. 한참 후에 조용히 승희에게 말했다.

"아름답지 않니, 승희야? 아무리 그래도 이 세상은, 우리의 눈에 보이는 이 세상은 말이다……."

"네, 구름 한 점 없군요."

승희의 눈에 보인 하늘은 티 없이 맑고 푸르기만 했다. 그러자 박 신부가 말했다.

"승희야, 너는 정의가 항상 이긴다고 생각하니?"

승희는 뭐라고 대답하기가 어려웠다.

"글쎄요, 그건……."

"내 생각으로는 말이다. 정의는 지지 않을 게다. 정의는 결국 신의 의지니까."

"그럴까요?"

"알고 보면 악인은 세상에 하나도 없는 법이란다. 결국 정의의 궁극적인 판단은 신이 내리실 수밖에 없지. 자신의 뜻대로 일이 되지 않으면 자신과 신의 의지에 어떤 차이가 있었냐고 돌아보지 않고 자신은 정의라고 여겼는데 성공하지 못했다고 억울해하니까 세상에서 정의가 패배하는 것처럼 생각되는 것이지. 정의는 결코 지지 않을 게야. 신의 의지가 정의인 셈이니까. 모든 것은 결국은 신의 의지대로 될 것이다. 하늘은 맑단다. 그리고 항상 저곳에 그대로 있고. 구름이 끼더라도 그것은 아래에서 올려다보는 우리들의 눈에만 그렇게 보이는 게야. 구름 너머에는 한결같이 푸르게 빛나는 하늘이 있지. 마치 그것처럼……. 그것처럼 말이다. 나는 그것을 믿는단다. 아니, 그리될 것임을 믿는 것이란다."

둘은 말없이 한참이나 하늘을 바라보았다. 문득 승희는 박 신부의 얼굴이 햇살을 받으면서 점점 환하게 미소를 띠어 가는 것을 보았다.

자신은 여전히 마음이 무거운데…….

승희는 슬퍼졌다. 이유 없이 서글픈 생각이 가슴속에서부터 치밀어 올랐다. 울음이 배인 목소리로 승희가 박 신부에게 물었다.

"정의, 우리는 정의에 의해 행동하는 것일까요? 결국 우리가 옳은 것이고 반드시 이기게 될까요?"

 박 신부는 아무 말도 하지 않았다. 다만 구름 한 점 없는 맑고 푸른 하늘을, 언제까지나 그러고 있을 듯이 미소를 머금은 채 바라볼 뿐이었다.

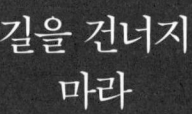

길을 건너지
마라

〈사고 다발 지역. 주의!〉

교차로도 급커브 길도 아니었다. 그냥 곧게 뻗은 평범한 사 차선 도로에 불과했다. 구태여 다른 점을 찾아보라면 도로의 한 곳에 그어진 횡단보도의 흰색 선이 마치 새로 칠한 것인 양, 선명하게 그어져 있다는 것뿐이었다. 신호등은 정상적으로 작동하고 있었고 특별히 시야를 가리거나 할 만한 지형지물도 없었다. 그러나 횡단보도의 양쪽 신호등 옆에는 큼직한 팻말이 매달려 있었다.

〈사고 다발 지역. 주의!〉

그런 팻말에 신경 쓰는 사람은 거의 없었다. 길은 넓었지만 교통량이 그리 많은 도로도 아니었고, 이 도로로 접어들기 전에 커브가 하나 있어 과속으로 지나가는 차들도 없었다. 그런데도 그곳은 사고 다발 지역이었다.

박 신부는 건널목 앞에 서서 팻말을 쳐다보다가 주변을 둘러보았다. 길을 건너기 위해 무심하게 서 있는 몇몇 사람들과 간헐적으로 지나가는 차들은 여느 변두리의 한가로운 풍경과 다를 바 없었다.

'이런 곳에서 왜 사고가 자주 난다는 것일까?'

박 신부는 고개를 갸웃거리다가 괜히 쓸데없는 일로 머리를 복잡하게 만들지 않기로 했다. 횡단보도 신호가 녹색으로 바뀌자 사람들은 주위를 기웃거리면서 차도로 발을 옮겨 놓았다. 박 신부도 사람들 틈에 끼어 길을 건너기 시작했다. 다리가 불편했기 때문에 다른 사람들보다 뒤처질 수밖에 없었다. 횡단보도를 거의 다 건넜을 때쯤 뒤에서 야릇한 기운이 느껴졌다. 박 신부는 불편한 다리를 이끌고 서둘러 길을 건넌 다음 뒤를 돌아보았다. 그러나 그 기운은 특이한 것은 아니었다. 저쪽에서 웬 중년의 남자 하나가 길을 건너려고 바삐 뛰어오고 있었다. 아직 신호는 빨간불로 바뀌기 전이었고, 횡단보도 양쪽에는 차들도 없었다. 다만 먼발치에서 다가오는 트럭 한 대뿐. 박 신부는 걸음을 옮겨 앞으로 가려고 했다. 백호가 긴히 할 말이 있다고 해 만나러 가는 길이었다. 그런데 아무래도 석연치 않았다. 슬픈 기운, 이상한 기운이 뒤에서 자꾸만 느껴졌다.

'뭘까? 아주 약한 기운인데……'

박 신부는 다시 뒤를 돌아보았다. 신호는 막 빨간색으로 바뀌어 가고 있었고 중년 남자는 길을 거의 다 건넌 참이었다. 그리고 저 만치서 달려오던 트럭은 신호등이 바뀌고 사람들이 길을 다 건넌 것을 보자 속도를 올리고 있었다. 그런데……

"어엇!"

박 신부는 놀라서 자신도 모르게 소리를 질렀다. 길을 다 건너서 두어 발짝만 더 오면 되는데, 갑자기 중년 남자가 길 위에 엎드려 버린 것이다. 그러고는 재빠르게 몸을 돌려서 오던 길을 되돌아 기어갔다.

"어어! 저거, 저거!"
"저 사람 미친 거 아냐! 어어!"

끼이이익!

갑작스러운 사태에 놀란 트럭 운전사가 급제동을 걸었다. 하지만 워낙 빠른 속도로 달려오던 터라 트럭은 요란한 마찰음을 내며 빙판에서처럼 아스팔트 위를 미끄러져 나갔다. 박 신부는 자기도 모르게 길로 뛰어들려고 했다. 그러나 이미 늦었다. 기어가던 중년의 남자는 횡단보도 한복판에 멈추어 서서 고개를 들고 여기저기를 둘러보면서도 막 눈앞에 덮쳐 오는 트럭에는 아무런 반응도 보이지 않았다. 박 신부는 눈을 질끈 감았다.

소름 끼치는 마찰음과 쿵 하는 둔탁한 충격음. 땅에 반쯤 엎드려 있던 중년 남자의 몸을 깔아뭉갠 트럭은 십여 미터를 더 미끄러지고 나서야 겨우 멈추었다. 쳐다보고 있던 사람들의 비명과 아우성으로 거리가 온통 아수라장이 돼 있을 때 저쪽에서 얼굴이 파랗게 질린 트럭 운전사가 온몸을 벌벌 떨면서 다가왔다.

"보셨죠? 봤죠! 내 잘못이 아니에요! 이 사람이 뛰어들었어요!"

트럭의 커다란 타이어 너머로 붉은 피가 서서히 흘러내리고 있었다. 눈을 가려 버리는 여자도 있었고, 급히 발을 놀려 골치 아파질지 모르는 상황에서 벗어나려고 하는 남자들도 있었다. 그리고 멍하니 사태를 주시하고 있는 박 신부와 같은 사람들도 있었다.

"내가 아니라고요! 이 사람이! 아니 왜 하필이면 내 차에……으흐흑……."

운전사의 목소리는 절규에 가까웠다. 멀쩡한 대낮, 어느 변두리 길바닥에 주저앉아 자신의 결백을 주장하는 운전사의 울부짖음은 차도 위로 흘러내린 핏물의 색깔처럼 끈끈하게 얽혀 들고 있었다. 그 동네 사람인 듯한 노인이 망연하게 중얼거렸다.

"길을 건너지 말아야 하는데. 이 길을 건너서는 안 되는데……."

박 신부는 백호와의 약속도 잊은 채, 멍하니 노인의 이야기를 들으면서 몸서리를 쳤다. 그리고 근처에 있는, 경찰들이 달려 나오는 파출소 문으로 눈을 돌렸다.

밤이 됐다. 꽤 늦은 시간이어서 이제 길에는 차들도 거의 다니지 않았다. 박 신부는 승희를 데리고 어두운 밤거리를 걷고 있었다. 다리가 불편한데도 불구하고 박 신부의 걸음걸이는 상당히 빨랐다. 굽 높은 구두를 신고 있는 승희는 뒤를 쫓느라 연신 헉헉댔지만 박 신부는 속도를 줄이지 않고 계속 걸어 나갔다.

"신부님! 잠시만요! 왜 이렇게 서두르시죠?"

"한시라도 빨리 처리해야 할 일이다. 이러다가 또 다른 희생자가 나오면 안 돼!"

"그렇게 급한 거예요? 통 뭐가 뭔지 모르겠어요."

박 신부의 마음을 들여다보면 그뿐이겠지만, 승희는 웬만한 경우가 아니고서는 같이 일하는 퇴마사들의 마음속을 들여다보려고 하지 않았다. 남의 마음속을 훤히 들여다본다는 것은 언뜻 생각하기에는 재미있는 것 같지만, 당사자에게는 삶의 흥미를 잃어버리게 만드는 일이었다. 승희도 자신의 그러한 능력 때문에 몇 번 쓰라린 일을 경험한 이후로 능력을 발휘하는 것을 자제했다.

박 신부는 고개를 설레설레 저으면서 이렇듯 서두르는 이유를 설명해 주었다.

"승희야, 급하단다. 난 오늘 그 건널목에서 이상한 느낌을 받았다. 그다지 강하거나 사악한 힘은 아니었어. 그런데……."

"사악한 것도, 강한 것도 아니라면 왜 그리 서두르시죠?"

"그것이 더더욱 문제야. 아까 나는 그 건널목에서 멀쩡하던 중년 남자가 갑자기 무언가에 씐 듯 오던 길을 되짚어 기어가서는 차에 치이는 것을 보았단다."

"기어서요? 아니, 왜 그랬을까요?"

"빙의된 거야. 틀림없어. 지박령에게 빙의를……."

"지박령이요?"

"그래, 그래서 나도 영사를 해 보려 했지. 그러나 아무것도 읽히지 않았어. 분명 영에 의해 사고가 난 것이 틀림없어! 그런데……."

"가만, 가만요. 신부님. 제가 신부님 마음을 좀 읽어도 되겠지요?"

"그러렴. 말로 하는 것보다 그게 빠르겠구나."

승희는 한동안 정신을 모아 박 신부의 기억에 남아 있는 사고의 광경을 보고는 순간적으로 몸서리를 쳤다.

"불쌍하게도…… 그런데 도대체 저는 뭐가 뭔지 알 수가 없어요."

박 신부는 고개를 젓다가 다시 입을 열었다.

"그래, 너는 아직 영에 대한 이론들을 체계적으로 알지는 못할 테니 그럴 수밖에 없을 거다. 내가 보기에 그 건널목에 깃들어 있는 것은 분명 지박령이야. 지박령이 뭔지는 알지?"

"그럼요. 저번에 왜구들의 고분하고 또…… 으, 생각만 해도 몸서리가 쳐져요."

"그들은 너무나 흉포한, 드문 경우였고 이번은 그렇지 않아. 승희야, 그 건널목은 특별히 사고가 많이 날 위치가 아니야. 그러나 이상하게도 사고가 잦지. 내가 아까 알아본 바로는 이번 겨울 동안에만 벌써 열일곱 번의 사고가 났단다."

"예? 겨울을 삼 개월로 잡는다 치면 일주일에 한 번 이상이나 사고가 난 셈이군요?"

"그래. 그런데 이번 겨울 이전, 즉 오 년 전 건널목이 생긴 이래로 이번 겨울 전까지 단 두 번만 사고가 있었다는 거야. 더 자세한 내용까지 알아보려고 했지만 경찰서 서장은 내가 그런 일들을 묻자 공연히 신경질을 내더구나. 그래서 더 이상은 못 물어보았단다."

"그렇게 사고가 많이 나는 것에 지박령이 관련될 수 있나요?"

"물론이야. 지박령 중 자신도 채 모르는 사이 급사를 당하거나 특별한 일에 몰두하다가 죽은 영들은 무의식적으로 자신이 죽을 때의 동작을 반복한다고 한단다. 그러니 이번 경우는……."

승희는 몸을 부르르 떨었다. 박 신부의 설명대로라면 충분히 그럴 수 있었다. 유난히 이유 없는 자살자가 많이 나오는 건물의 옥상, 이상하게 추락하는 차가 많은 벼랑, 연속적인 익사자가 나오는 저수지, 그리고 건널목. 아무 이유도 없이, 어디에선가는 누군가가 영문도 모르는 채 죽어 가고 있을지도 모르는 것이다. 알 수 없는 타의에 의해, 영에 의해.

"음, 그러면 차에 치여 죽은 사람이 역시 그 동작을…… 나쁜 영이네요!"

"그렇게만 평가할 수는 없어. 물론 악의를 가지고 그런 일을 하는 경우도 있지만, 대부분의 경우에 지박령들은 아무 생각도 없고 이유도 모른 채 한자리에서 방황하는 거야. 그러다가 영의 파장이 비슷한 사람을 만나면 흡수되듯이 빙의가 되는 것이지."

"빙의가 돼서 그 사람 역시 죽을 때의 동작을 반복하게……."

"그래. 악의가 있어서나 고의성이 있어서가 아니야. 둘 다 피해자인 셈이지."

"세상에, 그렇다면 그다음에는 지박령이 둘이 돼 버릴 것 아녜요."

"그렇지는 않아. 일단 어떤 일이 벌어졌는지 그 영이 알게 된다면, 영은 자신이 죽었다는 사실을 깨닫고 행동을 반복하는 것을 멈춘단다. 그리고 승천할 길을 찾거나 어디론가 사라지지. 영이라고 해서 모두 사악한 것이 아니야."

"이해가 가지 않는 부분이 있어요. 만약 아까의 사고가 빙의에 의한 것이라면, 어째서 죽은 남자는 길을 기어서 되돌아갔던 걸까요? 그러면 그 건널목의 영이 그런 짓을 하고 있었다는 이야기인데."

"그게, 그게 바로 문제야. 나는 급히 영사를 해 보았지만, 아무것도 알아낼 수 없었어. 아니, 약간 짐작되는 것이 있지만…… 너무나 약한 기운이었지만, 반대로 그만큼 더 강렬한 힘을 가질 수도 있는 거야."

"무슨 말씀을 하시는 건지, 통……."

"가자. 가 보면 너도 알 수 있을 게야."

박 신부는 간신히 숨을 돌린 승희를 끌고 걸음을 옮겼다. 하필이면 차가 정비소에 들어가 있을 때라 걸어서 갈 수밖에 없었다. 처음부터 현암의 차를 빌려도 되는데 왜 그냥 걸어가는 것인지 궁금했지만, 승희는 이유를 묻기가 불안해서 입을 다물고 있었다. 하지만 더 이상 궁금증을 참을 수가 없었다.

"신부님, 그런데 왜 저만 오라고 하신 거죠? 준후나 현암 군도 있는데."

"아……."

박 신부는 걸음을 멈추고 한숨을 내쉬었다.

"내 생각이 맞다면, 아아……."

"왜 그러시는 거죠?"

"준후는 너무 어려. 현암 군은 아직도 성질이 너무 급해. 결코 그냥 넘어가려 하지 않을 거야."

"도대체 무슨 말씀이신지."

"나도 아직 분명한 것은 아니지만. 승희야, 마음을 굳게 먹어라."

"위험한가요?"

"아니, 그런 것은 아니야. 어서 가 보자꾸나."

둘은 다시 걸음을 옮겼다. 승희는 까닭 없이 마음이 불안해졌다.

어느덧 문제의 건널목에 도착했다. 박 신부는 걸음을 멈추더니 조용히 주변을 둘러보았다. 일부러 늦은 시간을 택해서 온 덕분에 사람들은 보이지 않았다. 사실 사람들이 많이 다니는 시간에 길거리에서 영과 싸울 수는 없지 않은가?

박 신부는 기도성을 읊으면서 승희에게 눈짓했다. 그러나 승희는 고개를 갸웃거렸다. 별로 특별한 것은 느껴지지 않았다. 박 신부가 나직이 말했다.

"집중해야 한다. 내 능력으로는 자세한 것을 알 수가 없으니 너만이 할 수 있을 거야. 자세히 살피렴."

승희는 좌우를 둘러보면서 길 한가운데로 들어갔다. 박 신부가 잠시 주변을 보더니 건너편 공사장에서 칼라콘 하나를 들어다가 건널목을 가로막아 차가 오지 못하게 했다. 승희는 중앙선 주변에 서서, 양손의 집게손가락을 머리에 대고 정신을 집중해 나갔다.

'특별한 것은 느껴지지 않는데. 있어 봐야 별 의식 없는 것들뿐이고.'

건널목에서 느껴지는 기운은 특별한 것이 없었다. 애매하고 당혹스러운 느낌은 있었으나, 사람의 의식 같지는 않았다. 승희가 고개를 갸웃하자 박 신부가 입을 열었다.

"구체화된 생각을 읽으려고 하지 말거라. 그냥 의식, 기분을 읽으렴."

승희는 고개를 끄덕였다. 그렇다면 사람의 영이 아니란 말인가? 승희는 정신을 모았다.

뭔가 있었다. 아, 땅에 바짝 붙은 낮은 곳을 헤매고 있다. 계속 움직이고…… 그러나 멀리 가지는 않는다. 근처를 뱅뱅 돌고 있구나.

'이게 대체 뭐지?'

뭔가를 애타게 찾고 있다. 자기에게 가까운 것이다. 아니, 물건은 아니고 뭘까? 따뜻하고 안온한 것. 기억을 찾고 있는 것일까? 아니, 그것도 아니고…….

'몹시 놀라 있다. 당황해하고 있고. 왜 그럴까? 대체 뭐지?'

승희는 숨을 들이켜면서 머릿속으로 사고의 초점을 맞추어 갔다. 왜 이리 어려운지 알 수 없었다. 혼란된 의식, 도무지 갈피를 잡을 수 없었다. 마치 낯선 곳에 붕 떠 있는 듯한 기분, 그리고 공포, 혼돈, 절망감.

'보인다! 아? 이건 여자의 얼굴…….'

잠시 떠올랐던 여자의 얼굴은 금세 사라져 버렸다. 그리고 새로운 공포, 불안, 끝없는 당황, 슬픔, 절망.

'이게 도대체 뭐지? 기억이 거의 없는 영. 모습도 잘 볼 수가 없

군. 기억에서 단서를 잡아야 모습을 볼 것 아닌가? 대체 뭐기에?'

승희가 고개를 설레설레 흔들면서 눈을 떴다. 승희의 몸과 이마가 어느새 땀으로 흠뻑 젖어 있었다. 그리고 박 신부를 보며 고개를 가로저었다.

"모르겠어요. 보이기는 하는데 기억이라고 할 만한 것이 없어요. 전혀!"

"승희야. 포기하지 말고 더 해 보렴. 틀림없이 이유가 있을 거야. 너무 기억이나 말로 된 생각에 집착하지 말고 순수한 기분 그 자체를 읽어 봐."

기분 그 자체라, 승희는 심호흡하고 다시 눈을 감았다. 박 신부는 침중하게 그 모습을 지켜보며 기도를 중얼거렸다.

승희는 마음속으로 한숨을 내쉬었다. 도대체 알아낼 수가 없었다. 의식이나 마음 자체에 신경을 집중하라는 말은 들었지만 그런 태도를 일순에 가지기는 쉬운 일이 아니었다.

'도대체 단서가 있어야지. 그냥 막연한 기분뿐인데.'

승희는 눈을 감은 채로 마음을 고쳐먹었다. 투시라는 건 무언가 막연할지라도 단서가 있어야만 할 수 있는 것이었다. 그런데 지금 자신은 전혀 단서를 찾아내지 못한 채 뱅뱅 돌고만 있었다. 단서가 없다면? 그렇다. 유추해야 했다.

'작다. 그리고 약하다.'

그리고 또?

'슬퍼하고, 당황하고, 헤매고 있다. 그리고······.'

승희는 몸을 흠칫 떨었다.

'기어다닌다……. 혹시?'

드디어 보였다! 승희가 눈을 와락 떴다.

"세상에!"

박 신부가 휘청거리는 승희의 어깨를 잡았다. 승희의 얼굴은 어느새 일그러져 있었고, 금세라도 눈물을 쏟을 것 같았다.

"신, 신부님. 이, 이건……."

"승희야. 놀라지 말고 이야기하렴."

"아아, 이럴 수가. 아기, 아기예요. 자기 이름도 모르는 갓난아이……."

승희가 몸을 부들부들 떨며 안절부절못하는 사이에 박 신부가 깊은 한숨을 내쉬었다. 승희의 눈은 초점 없이 먼 곳을 향한 채 눈물을 글썽이고 있었다. 승희는 무언가에 홀린 듯 어눌한 말투로 떠듬떠듬 말을 이었다.

"누가…… 아니, 도대체 왜? 왜 이런 곳에서 아기가 헤매고 있지요? 도대체 왜?"

"승희야. 자세히!"

"제가 잘못 본 것이 아닌가요?"

승희는 다시 눈을 감고 정신을 모은 상태에서 이야기하기 시작했다.

"아녜요. 느껴져요. 이제는 자세히 보여요. 추위! 너무 추워요. 몹시 추위하고 있어요! 하지만 날씨 때문만이 아니에요. 전엔 따뜻한 곳에 있었는데 지금은 아네요! 멀어져 버렸어요. 아늑함, 기분 좋은 냄새, 따뜻함. 그 모든 것에서 멀어졌어요. 아아, 아무도 없어요. 아무도 왜? 알 수 없어요. 납득도 못 하고 있어요. 그리고 무서워해요. 아아……."

승희는 이제 완전히 제정신이 아닌 것처럼 보였다. 박 신부는 행여 무너져 버릴지도 모르는 승희를 굳게 잡고 계속 "아멘, 아멘"을 중얼거리고 있었다.

"찾아야 해요! 그래요. 어딜 갔는지. 아아, 춥고, 아무도 없어요. 불안감…… 뭘 어떻게 해야 하는지. 버둥거려요! 찾아 나서고…… 그러나 없어요. 돌아가야 한다는 생각. 그렇지! 원래 있던 곳에 다시 찾아오지 않을까. 그 따뜻함. 그래! 아아, 엄마, 엄마가……."

승희는 눈을 크게 뜨면서 횡단보도 위의 한 곳을 가리켜 보였다. 그곳에 잘 움직여지지도 않는 고사리 같은 손발을 놀리며 허우적거리는 아기의 영이 있음이 틀림없었다.

"엄마가 올까? 자기가 있던 곳에서 기다리고 있는 것이 아닐까? 그래, 저는 보여요. 이제 알겠어요. 그러나, 그러나 없어요. 원래 자리에 없어요. 그러면 아까 갔던 곳에 있는 게 아닐까? 다시 가야 해요! 그리고 또, 또!"

승희의 목소리는 반쯤 울음으로 변해 있었고 제정신이 아닌 듯했다. 슬픔과 외로움. 승희의 근원적인 모성 본능이 자신도 모르게 아이의 심정을 그대로 받아들이는 것이 분명했다.

"승희! 승희야! 정신 차려!"

"추워요! 추워! 언제, 언제면 돌아올까요? 얼마나 더 기다려야 하는 걸까요? 잘 움직여지지 않아요. 자신이 뭘 하는지도 몰라요! 아아, 누가 와요! 엄마, 엄마가 아닐까!"

박 신부는 이를 악물었다. 지나가는 사람들이 왜 그리 순간적으로 빙의됐는지 비로소 알 수 있었다. 아기의 힘 자체는 거의 없었다. 그러나 아이가 어머니를 찾는 마음. 그 간절함에 누가 대항할 수 있었겠는가? 그러나 이대로 놔둘 수만은 없었다.

"자, 자. 승희야, 이제 그만하렴. 충분하단다."

"한 살도 채 안 된 아이인데!"

"자, 그만. 그만해. 이제는 됐다."

박 신부가 다독거려 주자 승희는 비로소 정신을 차린 듯했다. 쏟아지려는 눈물을 애써 삼키며 승희는 목멘 소리로 박 신부에게 말했다.

"이제 어떻게 하면 되죠? 신부님?"

"어쩌긴, 저 가엾은 영을 편히 쉬게 해 주어야지."

"예. 하지만……."

승희는 몇 번이나 차도 위와 박 신부를 번갈아 보았다.

"왜 그러지? 승희야?"

"저 애에게 마지막으로라도 엄마를 보게 해 줄 수는 없을까요?"

"글쎄다."

박 신부는 당혹스러웠다. 승희의 말도 일리가 있었다. 그러나 어느 틈에 아이의 어머니를 찾아낸단 말인가? 그사이에 저 철없고 가엾은 아기는, 물론 스스로의 잘못은 아닐지라도 몇 명의 사람을 본의 아니게 해치게 될지도 몰랐다.

"안 돼. 나도 가엾지 않은 것은 아니다. 그러나……."

"신부님! 부탁이에요! 전 어떤 여자의 얼굴을 봤어요! 맞아요! 그건 저 아기의 엄마 얼굴이 분명해요. 찾을 수 있을 거예요!"

"승희야, 그러나 말이다. 만약……."

박 신부는 자리에 선 채 고개를 저었다. 박 신부의 눈빛이 동정을 가득 담은 채 텅 빈 건널목을 향하고 있었다. 거기에 내던져진 어린 생명. 승희는 아기의 엄마를 찾아 주자고 했고, 그게 당연한 일일지 모른다. 승희의 투시력으로는 쉽게 찾을 수 있을 것이다. 그러나…….

승희는 어느새 눈을 감고 다시 정신을 모으고 있었다.

"란…… 아기 엄마의 이름은 성란이에요. 그리고……."

박 신부가 왠지 긴장된 표정으로 승희의 얼굴을 주시했다. 승희의 얼굴이 찌푸려졌다.

"미혼모였군요. 저런. 그리고……."

박 신부가 승희의 투시를 중단시켰다.

"승희야! 하지 않는 것이 좋겠다."

"예? 아니, 그게 무슨 말씀이세요?"

박 신부는 하늘을 쳐다보았다.

"승희야, 생각해 보렴."

"뭘 말이에요? 생각하고 말고 할 것이 뭐가 있어요?"

박 신부가 고개를 저었다.

"아니, 생각해 보아야 한단다. 반드시."

승희가 잘 납득이 가지 않는다는 듯 눈을 크게 떴다. 박 신부는 건널목을 쳐다보고는 승희에게 눈짓했다. 혹시나 아기의 영이 조금이라도 눈치를 챌까 걱정하는 것이 분명했다. 승희는 조용히 박 신부의 속삭이듯 울려 나오는 낮은 목소리에 귀를 기울였다.

"승희야. 냉정해지자는 것은 아니지만, 깊이 생각해 보아야 한다. 저 아이는 자신의 어머니에게 버림받았던 것이 분명해. 그 성란이라는 여자가 미혼모였다면 십중팔구 실수로 아기를 이런 곳에 놓친 것은 아닐 거야. 아마도 아기를 어떻게 할 수 없어서……."

"아녜요! 그럴 리가요!"

승희는 자기도 모르게 고함을 쳤다. 박 신부는 슬픈 눈빛으로 건널목 쪽을 가리키며 승희에게 다시 눈짓했다. 승희는 어쩔 수 없이 입을 다물었다.

"아마 그 여자도 자신이 낳은 아기가 이렇게 됐을 줄은 모르고 있을 거야. 누군가의 집이나 하다못해 고아원에서라도 자라고 있을 거라 생각하겠지. 그런데 우리가 불쑥 나타나서 아기가 죽었으니 영혼이라도 만나 보라고 한다면…… 아니, 그런 말을 할 수는 없지 않겠니?"

승희는 입술을 깨물었다. 박 신부의 말이 맞았다. 그렇지만…….

"그리고 저 아기에게도 문제가 된단다. 엄마가 자신을 버렸다는 것을 알게 된다면…… 아무리 아기라고 해도 엄연한 인격체잖니?"

"하지만 아기 엄마가 아기를 버리다니……."

박 신부는 고개를 저었다. 박 신부도 답답하고 암울한 생각을 이기기 힘든 것 같았다.

"승희야, 그 여자는 이미 벌을 받고 있을 거란다. 어떻게 그렇게 아기를 쉽게 가졌는지는 모르지. 실수였거나 별생각 없이 그랬는지도 몰라. 아아, 얼마나 끔찍한 일이냐? 그러나 저 아기를 버리게 되기까지 여자의 마음은 도대체 어떠했겠니? 얼마나 괴롭고 곤란했으면 아기를 버리게 됐을까? 승희야, 그 여자의 나이가 어느 정도 된 것 같니?"

"한 스무 살 정도밖에……."

"그래, 무서운 일이야. 어린 나이에 태연히 그런 일을 하다니. 그러나, 그러나 말이다. 죄는 이미 저질러졌어. 벌도 이미 내려진 거야! 그 여자가 아기를 버린 순간에 말이다. 이제 그 여자는 평생 이 일을 가책하며 살 거야. 한시도 잊지 못하고 말이야. 벌은 내려진 거야. 인간의 벌은 내려졌고, 신의 벌 또한 영원히 내려질 거다. 거기에 우리까지 벌을 줄 수는 없지 않겠니?"

승희는 입술을 깨물었다. 그럴 것 같았다. 지나가는 어린아이들만 보아도 자기가 버린 아기 생각이 날 것이고, 기저귀 감만 보더라도 과거의 일이 떠오를 것이다. 절대로 도망칠 수는 없을 것이다. 분명히 그것이 신의 벌일 것이다. 그 여자의 입장은 어떠할까? 젊은 나이에 아기를 낳고 또 아기를 버리고, 그 여자의 인생은 파멸…… 아니, 운 좋게 과거를 숨길 수 있다 하더라도 과거의 기억이 들추어질까 봐 평생 고통을 받을 것이 분명했다. 그것이 인간의 벌이었다. 사랑이나 만남 자체가 나쁜 것은 아니지만, 책임지지 못할 일을 함부로 벌인 것에 대한 엄청난 징벌. 남들이 금하기로 정해 놓은 것은, 그 일 자체는 아무리 하찮을지라도 결코 세상은 용서하지 않는다. 그리고 결국 대가는 치러지고야 만다. 영원히. 승희 자신은 별로 믿고 있지 않았지만, 만약 내세가 있다면, 천국과 지옥이 있다면 그 벌은 낱낱이 들추어질 것이었다. 아니, 그렇게 먼 후까지 갈 필요도 없었다. 그 여자에게는 지금도 하루하루가 지옥일 것이 분명했다. 실수였는지 어떤 것이었는지는 모르지만, 그 한 번 때문에…….

승희는 고개를 저으면서 하늘을 올려다보았다.

"아아, 불쌍해요."

박 신부는 애써 미소를 지었다.

"그래, 그렇지. 모두가 불쌍한 거야. 인간인 이상에는 말이다."

박 신부는 길을 내려다보았다.

"그러나 승희야. 연민을 가져서는 안 된단다. 남에게 도움을 주려면 동정심을 앞세워서는 안 되는 거야. 우리가 겪는 모든 일에 대해서 우리가 할 수 있는 것은 없어. 어쩌면 우리는 단지 마무리만 할 뿐인지도 몰라. 그러나 그 이상은 어찌할 수 없지 않겠니? 결국 가장 중요하고 강한 것은 가장 단순하고 약한 곳에 있는 법이란다. 기도하고, 마음으로 염원하자꾸나. 우리가 할 일은 그것뿐이다."

"저는…… 저는……."

승희가 울먹거리기 시작했다.

"힘이 있으면 그것으로 다 이룰 수 있을 줄 알았는데. 이런 일들을 다 막을 수 있을 줄…… 그런데, 그런데도……."

박 신부는 눈을 감았다. 힘, 그리고 능력, 인간에게 과연 그런 일들이 중요한 것일까? 그리고 그들은 과연 무엇을 위해서 싸우고 있단 말인가? 그들의 진정한 적은 과연 어디에 있는 것일까? 박 신부의 고민은 걷잡을 수 없이 치닫기 시작했다.

아직도 어둠이 깊었다. 이제 아기의 영이 승천할 시간이었다. 둘은 조용히 서서 자신들의 눈앞에 깔린 어둠을 영원처럼 바라보았다. 어디에서 오는지 모르는 그 어둠, 어둠을.

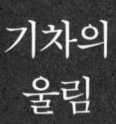

기차의
울림

일러두기
- '국민학교'는 현재 '초등학교'로 명칭이 바뀌었으나 작품의 시대 배경에 맞춰 '국민학교'로 표기했습니다.

류순화는 범인(凡人)들의 입에 자주 오르내리지는 않지만 사회 일각에서는 제법 알려진 사람이었다. 그는 철도 기관사라는 직업에서부터 출발해 혼자 힘으로 사업에 성공했고, 사업이 궤도에 오르자마자 수익 전체를 사회사업에 바친 사람이었다. 이제 나이가 들어 사업 일선에서는 은퇴했지만 철두철미하고 뚝심 있게 사회사업에 헌신한 덕으로 원로로서 존경받고 있었다.

백호도 그를 존경하는 사람 중의 하나였다. 때문에 백호가 승희에게 류순화의 이야기를 하게 된 것도 이상한 일은 아니었다.

"승희 씨, 전 여기까지 온 김에 이 근방에 살고 계시는 은사님을 찾아뵙고 싶군요."

"은사님이요?"

"예, 사회사업을 하시는 분인데 저도 은혜를 많이 입었답니다."

"그래요? 듣고 보니 어떤 분인지 궁금해지는데요?"

승희가 관심을 보이자 백호는 망설이는 듯하다 말을 이었다.

"정말 훌륭한 분이시죠. 그분이 아니었다면 지금의 저는 존재하지 않았을 겁니다."

지금까지 백호는 자신의 과거에 대해서 한 번도 이야기한 적이 없었다. 그런 백호의 입에서 지난날에 대한 이야기가 나오자 승희는 자신도 모르게 흥미가 생겼다.

"저는 사실 시골 출신입니다. 아주 깡촌이었죠. 집이 가난해서 국민학교도 간신히 마칠 정도였는데 국민학교를 마치자마자 부모님이 돌아가셨어요. 살길이 막막했죠. 그때 그런 저를 먹이고 공부시켜 주신 분이 바로 그분이셨어요."

승희는 고개를 끄덕이면서 백호의 얼굴을 새삼 올려다보았다. 푸르스름하게 보일 만큼 희고 창백한 얼굴, 나이나 직위에 신경 쓰지 않는 편안한 옷차림, 뒤로 질끈 묶은 머리, 그리고 입에서 빙빙 돌리고 있는 맨담배.

승희는 백호의 전력이 궁금해서 몇 번이나 투시를 해 볼까 생각했었다. 그러나 승희는 투시력이라는 힘 자체를 혐오하고 있었으므로 자신과 가까운 사람의 마음속을 함부로 헤집고 들어가는 것은 가급적 피했다.

백호는 그 사람의 이야기가 나오자 평소와 다르게 몹시 감상적이 되었다.

"부모 없는 저를 서울로 데려가 집을 구해 주시고 매월 충분한 생활비까지 보내 주시며 아무것도 신경 쓰지 않고 공부에만 열중하게 해 주셨어요. 그러면서도 바라신 것은 아무것도 없지요. 아니, 오히려 저를 꺼리고 피하시기까지 한답니다. 제게만 그러시는 것이 아니고 그분이 도와준 수많은 사람에게 다 그런 태도를 보이신다더군요."

"그래요? 왜 피하시기까지 하실까?"

"고맙다는 말 듣기를 멀리하시는 것 같더군요."

"흐음. 희한…… 아니, 좀 놀랍네요."

백호는 하하하고 호탕하게 웃었다.

"모르겠어요. 고맙다는 말을 들으면 공덕이 없어진다고 여기시는 게 아닐까 싶기도 해요. 그래서 신세를 진 제가 그분의 공덕을 어떻게 좀 깎아내릴까 해서 자주 찾아가 인사드리고 있습니다."

승희는 쩝 입맛을 다셨다.

"제 아이큐가 백호 씨의 아이큐와 비슷한 수준은 아닌가 봐요. 그런 고차원적인 비유는 접수가 잘 안되네요."

백호는 그 말을 듣고 웃다가 입에 문 담배를 땅에 떨어뜨리더니 머쓱한 듯 웃으며 품 안에서 담뱃갑을 꺼내 다시 새 담배를 입에 물었다. 역시 불은 붙이지 않았다. 승희는 그런 백호의 모습을 보고 물었다.

"백호 씨는 담배 싫어하세요?"

"아뇨. 무척 좋아합니다. 아니, 좋아했지요."

"담배 피우시는 건 한 번도 못 봤어요."

"피울 수는 없지요. 절대로……."

말을 흐리는 백호의 얼굴에 그늘이 드리워졌다. 승희는 그런 백호를 보고 당황스러웠다. 왜 갑자기 안색이 어두워지는 걸까. 백호는 승희가 당황한 것을 알아차리고는 안색을 밝게 폈다.

"그냥 안 피우는 겁니다. 그건 뭐, 제 생각일 뿐이니까요. 그건 그렇고 이만 일어서도 될까요?"

승희도 할 말이 별로 없던 터라 고개를 끄덕였다. 백호는 미소 띤 얼굴로 자리에서 일어섰다. 승희는 문을 나서는 백호의 뒷모습을 잠시 바라보았다. 뒤로 묶은 머리에 가죽점퍼를 입은 백호는 삼류 영화감독 아니면 건달처럼 보였다. 결코 국가의 중요한 일을 수행하는 검사 출신의 고등 공무원이라고는 여겨지지 않았다.

승희는 백호를 처음 보았을 때 굉장한 괴짜라고 생각했다. 그러나 승희는 지금 백호의 뒷모습에서 무척이나 쓰라리고 쓸쓸한 그의 과거 그림자를 본 것 같았다.

백호가 나간 뒤에도 승희는 망연한 기분으로 탁자에 앉아 반쯤 남은 커피를 스푼으로 휘저으며 생각에 잠겼다. 그러고는 서서히 몸을 일으켰다. 묘한 기분이었다. 백호의 뒷모습에서 번져 나오던 쓸쓸함의 빛깔이 왠지 자신의 것과 비슷하게 느껴졌다.

카운터에서 계산하면서 승희는 문득 백호와 더 이야기를 나누고 싶다는 생각이 들었다. 승희는 원래 오래 생각하고 주저하는 타입이 아니었다. 백호와 이야기하겠다는 생각이 들자 다른 것을 따질 겨를도 없이 커피숍 문을 나서 백호가 간 길을 따라 걷기 시작했다. 적어도 승희에게는 백호가 보이지 않는다고 그가 걷고 있는 길이나 들어간 집을 못 찾을 염려는 없었다.

 벨이 울린 지 한참이 지났는데도 안에서는 기척이 없었다. 류순화에게 가족이 없다는 것은 백호도 잘 알고 있었지만 사업에서 은퇴한 뒤로는 바깥출입을 거의 하지 않았기 때문에 집이 비어 있는 경우는 드물었다. 게다가 오늘 이맘때쯤에 방문하겠다고 미리 연락까지 해 놓은 터였는데 아무 기척이 없자 백호는 의아한 생각이 들었다.
 혹시나 하는 마음에 슬쩍 문고리를 잡아당겨 보았다. 그러자 문이 소리 없이 열렸다. 백호는 어깨를 으쓱하고는 안으로 들어섰다. 그러나 백호의 눈앞에 펼쳐진 광경은 그가 기대하고 있던 것이 아니었다.

 승희는 백호가 집 안으로 들어가는 것을 조금 떨어진 곳에서 지켜보고 있었다. 백호가 안으로 들어선 지 십 분 정도 지나자 승희는 답답해졌다.
 '내가 왜 여기에 청승맞게 서 있어야 하는 거지? 뭐, 다음에 얘기해도 되는 것 아닐까?'
 더구나 차갑게 불어오는 바람이 승희의 얇은 옷 속을 파고들어 몸이 얼어붙는 것 같았다. 승희는 발을 동동 구르다가 안 되겠는지 살금살금 집 앞으로 걸음을 옮겼다. 백호가 언제 나올까 하는 궁금증이 무의식중에 투시력을 발동시킨 모양이었다.

승희는 마치 집 안에 들어간 듯 그곳의 동정을 알 수 있었다. 그런데 승희의 눈에 머리를 얻어맞아 피를 흘리고 있는 백호의 모습이 제일 먼저 들어왔다.

"아앗! 이게 도대체……."

승희는 놀란 나머지 대문을 박차고 집 안으로 뛰어들었다.

문이 잠겨 있지 않다는 것도 인식하지 못한 채 뛰어든 승희의 눈에 거실 한가운데서 머리에 피를 흘리며 쓰러져 있는 백호가 보였다. 정결하게 정돈된 거실은 독한 술 냄새로 뒤덮여 있었고 백호 앞에는 한 노인이 몸을 덜덜 떨면서 깨어진 술병을 거꾸로 들고 서 있었다. 노인이 백호를 내려친 것이 분명했다. 백호가 그렇게 만만한 사람이 아니라는 것을 감안하면 노인이 기습적으로 백호를 공격한 것 같았다.

"그만두세요!"

"너, 넌 누구야?"

호통 소리라고 하기에는 너무나 억눌린 듯하고 고통스러운 목소리였다. 심하게 술에 취해 혀가 꼬부라져 있는 것 같기도 했다. 노인은 백호를 다시 내리칠 기세였지만 승희가 뛰어드는 바람에 놀랐는지 중심을 잃고는 소파에 풀썩 주저앉았다.

승희는 쓰러져 있는 백호를 부축해 뒤로 몇 발짝 물러서서 그의 머리를 살펴보았다. 크거나 작거나 상처를 본다는 것은 끔찍스러운 일이었지만 승희는 마음을 다잡으며 머리를 살폈다. 다행히 유리 조각이 머릿속으로 파고들지는 않아 외상이 그다지 심한 것 같지 않았지만 충격은 꽤 컸던 모양이었다.

"정신 차려요! 어서요!"

승희가 백호를 깨우는 동안 노인의 호통 소리가 들렸다.

"난 저놈이 미워! 저놈이 날 이렇게…… 이렇게……."

노인은 제정신이 아니었다. 깨진 술병을 무의식적으로 입에 가져갔다가 입 주위를 베었는지 술병을 내던졌다. 취해도 보통 취한 것 같지 않았다. 승희는 분통이 치밀어 올라 소리쳤다.

"도대체 무슨 짓이에요! 은사님이라고 고마워서 찾아온 사람에게 이게 무슨!"

"고마워서 찾아와? 아니야, 난 용서받지 못했어! 그 소리, 그 소리는…… 으아아!"

노인은 발작할 듯이 경련을 일으키며 몸을 움츠렸다. 그러더니 벌떡 일어나 마구 팔을 휘저으면서 장식장을 거의 부수다시피 왈칵 열고는 진열돼 있던 술병 하나를 꺼내 벌컥벌컥 들이켰다. 승희는 도대체 무슨 일인지 알 수가 없어 백호를 흔들어 깨웠다.

"백호 씨! 정신 차리세요!"

백호의 입에서 가느다란 신음이 새어 나왔다. 통증이 오는지 얼굴을 찌푸리다가 눈을 번쩍 뜨고는 힘겹게 몸을 일으켰다.

"승희 씨……."

"이게 도대체 어떻게 된 거예요? 저 노인이 백호 씨가 말하던 은사님 맞나요?"

"선생님은 취하셨어요. 그래서……."

"취해? 아냐! 나는 취하지 않았어."

술을 들이켜던 노인이 반쯤 입에 머금고 있던 것을 내뿜으면서 고함을 질렀다. 승희에게까지 술이 튀었다. 승희는 인상을 쓰면서 옷에 묻은 술 방울들을 털어 냈다.

"차라리 취했으면 좋겠다! 취해서 죽어 버렸으면. 아아, 넌 왜 나를 용서해 주지 않는 거지? 왜 다시 찾아온 거지?"

승희는 백호와 이 노인과의 사이에 자신에게는 이야기해 주지 않은 사연이 있을 것이라고 짐작하고 백호 쪽으로 시선을 돌렸다. 그러나 정작 당사자인 백호는 승희보다 더 놀란 얼굴로 노인을 바라보고 있었다.

"선생님, 무슨 말씀을……."

"왜 돌아왔지? 왜! 그 정도로는 부족했단 말이냐, 엉? 내가 더 이상 뭘 해야 하지?"

"선생님, 접니다! 호우예요!"

"내게 더 이상 뭘 바라는 거냐!"

"선생님! 잘 보세요! 전 호우예요!"

백호의 본명을 처음 듣는 승희는 묘한 느낌에 사로잡혔다. 백호의 이름이 호우라니, 그러면 혹시 성도 원래 백 씨가 아닐지도? 승희는 불현듯 노인이 대머리 가발을 쓴 것 같다는 생각이 들어 웃음이 나올 뻔했으나 지금은 웃을 때가 아니었다. 백호는 심각해 보였다. 그는 목덜미를 타고 흐르는 피도 아랑곳하지 않고 몸을 일으켜 노인에게 다가갔다.

"선생님, 지금 다른 사람과 저를 착각하시는 것 아닙니까? 저는 호우요. 선생님이 키워 주시다시피 한……."

"제길! 너는 아직도 나를 용서할 수 없다는 거지, 엉? 난 최선을 다했다. 그런데도……."

백호는 참다못해 노인의 양어깨를 붙잡고 소리쳤다.

"도대체 무슨 말씀이십니까? 예? 정신을 차리세요, 정신을!"

엉뚱한 상상으로 웃음을 참고 있던 승희는 금방이라도 눈물을 쏟을 것 같은 백호의 일그러진 얼굴을 보자 착잡해졌다. 저 노인이 지금 망령이 난 건지, 술에 취해서 주사를 부리고 있는 건지는 모르겠으나 노인은 분명히 무언가를 말하려 애쓰고 있었다.

용서받지 못했다는, 최선을 다했는데도 용서받지 못했다는 말. 그 말이 승희의 머릿속을 파고들었다. 승희는 마음을 다잡고 소리치고 있는 백호와 노인을 쳐다보았다.

'또 잔주름이 늘어나겠군.'

승희는 눈을 감고 노인의 마음속에 집중하기 시작했다.

얼마나 시간이 지났을까? 백호는 두 눈에 눈물을 글썽이며 노인이 더 이상 발버둥 치지 못하도록 꽉 붙들고 있었고, 노인은 버티기 어려운 듯 고개를 꾸벅꾸벅 떨구다가 잠이 들었다. 아니, 잠이 들었다기보다는 강한 술기운에 기절했다는 표현이 맞을 것 같았다.

백호는 그런 노인의 지친 모습을 의문에 가득 찬 슬픈 눈으로 내려다보다가 뒤에 있을 승희를 떠올렸다. 부끄러운 생각이 들어

뒤도 돌아보지 않고 변명조로 중얼거렸다.

"이런 모습을 보이게 될 줄은 몰랐는데. 이분은 많이 취하셨어요. 아주 많이······."

말을 하면서 뒤를 돌아보던 백호는 승희의 얼굴이 하얗게 질린 것을 보고는 고개를 갸웃했다. 승희는 백호가 자신을 쳐다보자 당황해 몇 번 헛기침하고는 말했다.

"아, 백호 씨, 머리 상처는 괜찮아요?"

"별거 아닙니다. 놀라실 것 없어요."

순간 백호는 묘한 생각이 들었다. 승희의 얼굴이 왜 이렇게 질려 있을까? 눈앞의 상황에 놀라서 그랬을까? 하지만 그것은 아닌 것 같았다. 문득 자신이 얻어맞고 넘어졌을 때 승희가 어떻게 그토록 빨리 올 수 있었는가에 생각이 미쳤다. 승희는 예의 투시력을 발동하고 있었던 것이 분명했다.

"승희 씨, 혹시······."

"예? 상처에 제가 약이라도 좀 발라 드릴까요?"

"아닙니다. 그런데 승희 씨. 혹시 선생님의 기억을······."

승희는 백호가 자신이 했던 일을 단박에 찔러 내자 얼굴을 붉혔다. 백호는 그런 그녀를 보고 한숨을 쉬었다.

"승희 씨, 뭐라고 말해야 할지 모르겠군요. 아니, 제가 말하지 않아도 승희 씨는 이미 다 알고 계시겠지요? 제가 어떤 생각을 하는지."

"아녜요!"

승희가 외치듯이 말했다.

"제가 왜, 제가 뭔데 백호 씨 마음속을 읽어요? 전 그러고 싶지 않아요. 그런 적 없어요. 정말이에요! 백호 씨의 마음속을 읽은 적은 없어요. 전 저와 가까운 사람의 마음을 함부로 들여다본 적은 한 번도 없어요."

그것은 사실이었다. 승희는 자신의 투시 능력 때문에 사람을 사귀는 것을 꺼리게 됐다. 마음속을 환하게 아는데 어떻게 상대방을 용납할 수 있단 말인가? 그리고 마음을 낱낱이 들여다보는, 자그마한 것 하나 용납하지 않는 자신 같은 사람과 누가 가까이하려 하겠는가?

그런 이유로 언제부턴가 승희는 자신이 친밀감을 느끼는 사람들에 대해서는, 그 사람이 처한 상황을 읽은 적은 있었지만 적어도 마음속이나 과거만은 절대 들여다보지 않겠다고 맹세했고, 지금까지 지켜 오고 있었다. 그것이야말로 스스로 저주받았다고 생각하는 이 능력을 지니고 살아갈 수 있는 단 한 가지의 방법인지도 몰랐다.

백호는 승희의 얼굴을 한참 동안 쳐다보다 말했다.

"알겠습니다. 믿지요. 그러면 혹시……."

백호는 소파 위에 널브러져 있는 노인을 가리키면서 말했다.

"저분의 마음속을 읽으신 것 아닙니까?"

백호는 비록 승희처럼 특별한 능력을 가지고 있지는 않았지만 상황 판단 능력만은 누구보다 정확했다. 승희는 고개를 끄덕였다.

자신이 남의 마음속을 읽을 수 있게 된 후부터 거짓말을 한 적은 거의 없었다. 아니, 할 수가 없었다. 백호는 잠시 생각하는 눈치더니 입을 열었다.

"저분이 비록 저를 이렇게 만들었다 해도 저의 은사님이라는 것에는 변화가 없습니다. 저분이 갑자기 이렇게 되신 것은 필경 어떤 사연이 있었겠지요. 그렇지 않습니까?"

승희는 긴장해서 자신의 얼굴이 하얗게 질리는 것을 느끼며 고개를 끄덕였다. 노인의 과거, 그리고 백호와의 관계. 승희는 노인의 마음속에 떠오르는 영상을 읽고 모든 것을 알아낼 수 있었다. 비록 앞뒤 없이 마구잡이로 떠오르는 영상들이었지만 말이다. 그러나 승희로서는 결론을 내릴 수 없는 문제였다. 무엇보다도 그것을 백호에게 알려 주어서는 안 된다는 생각이 들었다.

"제게 알려 주실 수는 없겠습니까?"

듣고 싶지 않은 말이었다. 승희는 고개를 저었다.

"호기심 때문이라거나 그런 것이 아닙니다. 저분은 저의 은사님이고…… 저는 그것만으로 충분합니다. 저분이 어떤 분이시건 그것은 상관없습니다. 그러나……."

승희는 눈을 질끈 감았다. 저 사람은 아무것도 모르고 하는 소리야! 만약 그 사실을 알게 되면, 알게 된다면…… 눈을 감아도 백호의 목소리는 들려왔다.

"저분은 고통을 받고 있습니다. 제가 도움이 돼 드리고 싶습니다. 그것뿐입니다."

"당신이 어떻게 도움이 된다는 거죠?!"

승희는 자신도 모르게 소리를 질렀다. 백호는 움찔했지만 놀란 것 같지는 않았다.

"도움이 될 수만 있다면 되고 싶다는 것입니다. 저는 저분께 너무도 많은 은혜를 입었습니다."

"안 돼요. 당신은 도움이 될 수 없어요. 백호 씨, 당신은 저분께 은혜를 입었기 때문에 그걸 갚기 위해 그러시는 건가요? 그렇겠지요. 그리고 저분이 어떤 과거를 지녔다 해도 상관없다고 마음속으로 다짐하고 있겠지요. 아, 이건 제 추측일 뿐이에요. 당신 마음을 읽은 건 아니니 염려 마세요. 하지만 그것으로는 안 돼요! 저 노인분과 똑같은 고민에 빠질 뿐이라고요."

"저는……."

백호는 승희가 쏘아 대는 말에 긍정도 부정도 하지 않고 입을 열었다. 승희는 그런 백호의 모습에서 현암을 보았다. 역시 그랬다.

"현암 씨에게 이런 말을 들은 적이 있습니다. 왜 그 모든 고생을 사서 하느냐고 물었을 때 이렇게 대답하더군요. 세상에는 고통이 너무 많아서 그 고통을 조금이라도 줄여 보려고 그러는지도 모른다고요. 물론 저는 그렇게까지 할 수 있는 사람이 아니라는 것을 압니다. 그러나 적어도 지금의 일만큼은 꼭 해 보고 싶습니다."

"은혜를 입은 분이기 때문인가요?"

백호는 멋쩍은 듯 미소를 띠었다.

"아니라고는 못 합니다. 그러나 저분이 이렇게 된 데에는 필경 무슨 이유가 있다고 생각합니다. 저는 그 이유에 대해서 하나도 모르고 있습니다. 그런데 저분은 계속 저를 원망하셨습니다."

승희는 언뜻 백호의 주변에서 현암의 그림자를 읽었다. 그러자 까닭 없이 콧날이 시큰해지고, 모든 것이 부질없다는 마음이 들었다.

그래, 내가 뭣 때문에 이러지? 나는 또 뭔데 내 마음대로 읽고 또 읽은 것을 감추려 들지? 사람들은 나에게 묻는다. 어떻게 된 거니? 뭐 좀 알아냈니? 나는 다만 그런 존재일 뿐이다. 도구 아니면 수단. 목적이 돼 본 적이 없는…….

"말씀해 주세요. 승희 씨."

승희는 눈앞이 흐려졌다. 고여 드는 눈물과 공허. 그래, 처음부터 잘못된 것이다. 내가 아무것도 아니었다면, 차라리 아무 능력도 없었다면. 승희는 마음을 다잡았다.

"그래요. 가르쳐 드릴게요."

승희는 백호의 눈이 빛나는 것을 보며 잠시 숨을 고르고는 천천히 이야기하기 시작했다.

"저분 원래 직업이 기관사였다지요?"

"맞습니다."

백호의 대답에는 어느새 아까의 감정적이던 모습은 사라지고 평소 사무적으로 사람들을 대할 때처럼 가라앉은 목소리로 돌아와 있었다. 백호 스스로가 긴장하고 있다는 표시라고나 할까. 승희는 자신이 모든 이야기를 한다고 해도 백호가 그다지 큰 충격을 받지 않을 것 같다는 생각이 들었다.

"오래전 일인 것 같아요. 삼십 년 이상 됐을 겁니다. 그때 저분은 광석을 나르는 기차의 기관사로 계셨지요. 아시는 일이겠지요?"

"들은 적이 있습니다."

"후에 저분은 기관사에서 사업가로 변하셨지요. 사업이 성공하자마자 사회사업에 혼신의 힘을 쏟았습니다. 특히 고아들에 대해 남다른 정열을 쏟았을 거예요."

"그렇습니다."

문득 백호의 얼굴이 일그러지는 듯했다. 승희가 잘못 본 것일까?

"거기엔 이유가 있었어요."

"이유라고요?"

승희는 숨을 깊이 들이마셨다가 한참 후에 내쉬었다. 백호는 미동도 하지 않고 승희의 입에만 시선을 집중하고 있었다.

"삼십 년, 정확히 말하면 삼십일 년 전일 겁니다. 저분은 삼십일 년 전 어느 날 예전처럼 기차를 몰고 있었지요. 비가 조금 내리는 날이었던 것 같아요. 여러 번 꿈에도 나타나고, 회상도 했던 것 같아서 생생하게 남아 있어요."

"기차를 몰고 있었는데요?"

"기차에는 엄청난 화물이 실려 있었지요. 적재량 기준을 어기고 두 배 가까운 광석을 실었던 것 같아요. 그런데도 그걸 빠르게 운송해야만 했지요. 일이 어떻게 돼서 저분에게 그러한 일이 요구됐는지까지는 저분도 영원히 알 수 없겠지만요."

승희가 말을 돌리고 있구나 하는 생각이 들자 백호는 조용하지만 확고한 어조로 못을 박듯 말했다.

"그래서요?"

"비가 와서 미끄러웠어요. 새벽녘, 해가 막 뜨려는 순간이었을 겁니다. 그때 저만치 앞 철로 위에 뭔가가 희미하게 보였어요."

백호의 눈이 빛났다. 승희는 입을 다물고 싶었으나 백호의 눈빛을 대하고는 순간적으로 마음이 바뀌었다. 승희는 숨을 천천히 들이켠 다음 단숨에 말을 쏟아 놓았다.

"아이였어요. 됐나요? 그건 아이였어요. 기적을 울렸지요. 그러나 아이는 듣지 못하고 계속 장난을 치고 있었어요. 다시 기적을 울렸지요. 아이가 설마 피하지 않으리라고는 생각하지 않았어요. 두 배 이상의 짐이 실려 있는 데다가 커브 길이어서 기차를 멈출 수도 없었어요. 비를 맞아 미끄러운 선로에서 무리하게 브레이크를 당기면 전복해 버릴 수도 있으니까요. 그래서 다시 기적을 울렸어요. 온몸이 울리도록. 그 소리로 귀가 먹먹해지고 온몸이 울릴 정도로 크게 계속 말이지요. 제발 피해 가라고, 제발 비켜나라고 말이지요. 나는 그 소리를 들었어요. 커다란 기적 소리와 기차의 울림을요. 그리고 젊은 날의 저분이 그 기차 울림에 지지 않을 만큼 크게 외쳐 대는 소리를 말이에요. 그럼에도 불구하고 시시각각 가까워지는 그 아이의 모습. 그러고는 마지막으로 기차에 삼켜질 때에야 뒤를 돌아보는 아이의 일그러진 얼굴. 그 모습이 점점 커져서, 마침내 눈앞을 다 덮을 만큼 커져서 온통 캄캄해지는 순간을 말이에요."

승희는 단숨에 소리 지르듯이 말을 내뱉고는 헉헉거리며 숨을 내쉬었다. 백호는 애써 태연한 듯 굳은 표정으로 말없이 서 있었지만 움켜쥔 두 주먹은 가늘게 떨리고 있었다. 승희는 고개를 숙였다가 들었다.

"그만, 그만해요. 다 됐어요. 난 더 이상 남의 마음속에 있는 아픈 기억 같은 것을 들추어낼 자격이 없어요. 그리고 당신도 그럴 자격은 없어요. 지난 일이에요. 모두 지난 일……."

"잠시만요. 승희 씨."

백호는 승희를 불렀다. 승희는 피곤해 보였다. 투시를 행하는 것보다 퇴마사들에게 힘을 모아 주는 것보다 더 힘들어 보였다. 백호는 그런 승희가 가엾게 느껴졌다. 그러나 알고 싶다는 욕구가 연민을 짓눌러 버렸다.

"다 이야기해 주시지 않았어요. 그것이 저와 무슨 관련이 있는지. 그리고 저분이 방금 저에게 왜 그런 행동을 하셨는지에 대해서는 승희 씨의 말만 가지고는 설명이 되지 않아요."

"하하, 그래요. 좋아요."

승희는 숙였던 고개를 번쩍 들더니 백호를 노려보면서 날카롭게 소리쳤다.

"결국 그렇게 되는군요. 내 생각이나 내가 느끼는 감정 따위는 상관없는 일이겠지요? 내가 남의 마음을 읽을 때마다 무슨 생각을 하는 줄 알아요? 나는 도둑이라고, 도둑년이라고 소리치곤 해요. 알고 싶다, 이 말이지요? 더 알고 싶다는 거죠? 그럼 말해 드리지요."

"승희 씨!"

백호는 소리를 버럭 질렀다. 그러나 곧 후회가 밀려왔다. 미안함과 후회가 가득한 눈으로 승희를 바라보면서 고개를 설레설레 흔들었다.

지금 자신의 눈앞에 있는 사람은 예전에 자신이 본, 어떤 위협이나 상상을 초월하는 무서운 것들 속에서도 용기를 잃지 않고 버텨 나가던 그런 퇴마사로서의 승희가 아니었다. 자신이 가진 힘과 능력을 통제할 줄 모르고 그 무게에 짓눌려 지친 보통 사람, 아니 그나마 보통 때처럼 깔깔거리며 하고 싶은 말은 하고 사는 승희조차 되지 못하는 바보 같고 나약하고 불쌍한 승희에 불과했다.

승희는 뒤로 돌아서서 마음을 안정시키는 듯했다. 어쩌면 울고 있는지도 몰랐다. 백호는 승희의 마음을 이해할 듯하면서도 이해할 수 없었다. 그것이 자신의 한계라고도 느꼈다. 승희의 마음을 반이나마 이해하는 것, 그 정도가 비정상적으로 초월적인 힘을 지닌 사람들과 보통 사람인 자신 사이에 허용된 이해의 한계점이 아닐까.

"승희 씨, 저는 처음에 당신들을 도저히 이해할 수 없었습니다. 남들이 꿈에도 생각지 못할 능력을 지니고 있으면서도 왜 현암 씨나 준후, 신부님, 승희 씨는 항상 괴로워하고 고민하는지, 그리고 왜 그런 힘을 스스로 증오하고 부담스러워하는지 말입니다."

승희는 대답하지 않고 가만히 서 있었다. 백호는 한숨을 내쉬고는 말을 이었다.

"저는 그러한 힘을 그대로 썩히는 것 같아서, 단순히 악령이나 귀신들을 잡는 데 그 모든 힘을 사용하는 것을 보고 한편으로 아쉽게도 여기고 바보 같은 일이 아니냐고 생각한 적도 있었습니다. 나름대로 그 놀라운 능력들을 살리기 위해, 저는 순수한 의도였다고 여깁니다만, 그것들을 여기저기 풀 수 없는 일들을 해결하는 데 사용하도록 주선한 적도 있었지요. 제 좁은 소견으로는 그러한 일련의 과정에서 당신들이 어려움을 견디어 내고 그 일들을 해결해 나감으로써 스스로 그러한 일들을 받아들이고 힘을 통제할 수 있으리라고 여겼어요."

"말은 좋군요."

뒤돌아선 채 조소하듯 말하는 승희의 목소리에 물기가 배어 나왔다.

"그래서 우리가 어떻게 됐지요? 더 단련되고 강해져서 이젠 누구도 건드리지 못할 엄청난 힘들을 갖게 됐지요. 그러니 어떻게 할까요? 엎드려 절이라도 올릴까요?"

백호는 한숨을 내쉬었다.

"지금은 후회하고 있습니다. 당신들은 수없는 고통을 겪었고, 그 결과 오히려 전보다도 통제하기 어려울 만큼 더 큰 힘들을 지니게 됐지요. 이해합니다. 저는 두 번 다시 예전과 같은 요구는 하지 않을 겁니다. 그 힘으로 세상을 구원하고 모든 이를 구원할 수 있다 하더라도 말입니다. 그건 옳지 않은 일이겠지요. 지금은 확신합니다."

　백호는 승희의 뒷모습과 쓰러져 있는 늙은 은사의 얼굴을 번갈아 쳐다보고는 입을 열었다.

　"미안합니다. 승희 씨. 그러나 승희 씨는 결코 자신이 지닌 힘 때문에 조종당하거나 지배당하는 도구가 아닙니다. 도구는 승희 씨가 지닌 힘이지요. 그 어떤 것도 승희 씨를 도구로 만들 수는 없습니다. 승희 씨 자신만 빼고 말입니다. 지금 승희 씨는 깊은 번뇌에 빠져 있지만 결국은 이겨 내실 것이라 믿습니다. 꼭 그러실 겁니다."

　백호는 말을 마치고는 아무렇게나 쓰러져 있는 늙은 은사의 가벼운 몸을 들어 소파 위에 눕혔다. 뒤를 돌아보니 승희가 이쪽을 보고 서 있었다.

　"제가 오늘 좀 이상했지요? 미안해요."
　"아닙니다. 저야말로 이런 모습을 보여 드려서 죄송합니다."
　승희는 뭔가 생각하는 듯하다가 말했다.
　"백호 씨, 뭐 한 가지 물어봐도 될까요?"
　"물어보십시오. 사실대로 다 말씀드리지요. 오늘만은······."
　백호는 말을 마치면서 승희에게 가볍게 윙크해 보였다. 승희는 미소를 지으며 기분이 풀리는 것을 느꼈다.
　"백호 씨는 왜 항상 맨담배를 물고 다니지요?"
　백호는 대답 대신 쓸쓸한 웃음을 지어 보였다. 그러자 승희가 느닷없이 말하기 시작했다.

"저분도 그때 기차를 세우지 못했지요. 어떻게 보면 그건 세우지 못한 것이라기보다는 세우지 않았다는 쪽에 더 가까울 거예요. 기차의 속도와 무게 때문에 자칫하면 전복할지 모른다는 두려움이 더욱 컸겠지요. 그리고 최후의 순간까지도 그 아이가 기차 소리를 듣지 못하면 울림이라도 느끼고는 철길에서 비켜날 거라고 생각했겠지요. 그러나……."

"그 아이는 죽었겠군요."

승희는 고개를 끄덕였다. 백호는 한참 동안 은사의 얼굴을 들여다보다가 입을 열었다.

"그 죄책감 때문에 사회사업으로 나서게 됐나요?"

"맞아요."

"그런데 왜 저에게 이상한 말씀을?"

"그분이 철길에서 본 그 아이의 모습, 그건 당신의 모습이었어요."

백호의 눈이 커졌다가 스르르 원상태로 돌아가는 것이 보였다.

"그럴 수는 없습니다. 불가능합니다. 저는 기차에 치였던 적이 없습니다."

승희는 고개를 끄덕였다.

"저는 쌍둥이도 아니었습니다."

승희는 다시 고개를 끄덕였다. 백호가 의심스러운 눈길로 승희를 바라보자 승희는 천천히 말했다.

"물론 그래요. 그 아이는 백호 씨 당신은 아니겠지요. 그러나 어딘가 닮은 모습이었습니다."

"그러면 그게 누군가요?"

"알 수 없지요. 저분도 모르시니 저도 알 수 없어요. 다만 백호 씨와 모습이 닮았다는 것밖에는……."

"그냥 모습이 닮았다고요? 그런데 왜?"

말을 하려던 백호는 생각에 잠겼다.

"그렇다면 아마도 일종의 죄책감에서 비롯된……."

"그렇다고 할 수 있지요. 그 사고는 아무도 몰랐어요. 비 오는 새벽의 철길, 본 사람이 없으면 그걸로 끝이었겠지요. 오로지 저분만이 알고 계시는 일이죠. 그런데 아무리 애를 써도 잊히지 않아서 류순화 씨는 그 마을 부근을 기웃거렸던 거예요. 그러다가 당신을 보게 된 것이죠. 당신의 모습이 자신이 쳤던 아이의 얼굴과 비슷해 보이자……."

"이유가 어찌 되었든 저분은 내 은인입니다."

승희는 고개를 끄덕였고 백호는 무거운 표정이 돼 생각에 빠져들었다.

한참 후에 정신을 잃었던 노인이 몸을 움직였다.

"정신이 드십니까, 선생님? 너무 과음하셨습니다."

백호는 아무 일도 없었다는 듯 노인을 부축해 일으켜 앉혔다. 오래 잠들어 있던 것은 아니었지만 노인은 아까와는 달리 정신이 많이 든 것처럼 보였다.

"자넨가, 호우."

"예. 접니다."

"머리가 아프군. 뭔가 나쁜 꿈을 꾼 것 같아."

혼잣말처럼 노인은 뭔가 중얼거리다가 백호의 얼굴을 쳐다보았다. 백호는 힘겹게 미소를 지어 보였다. 바로 그때 정신을 차린 것 같았던 노인의 눈이 크게 벌어졌다.

"너, 너구나. 아냐, 아냐!"

뒤에서 눈치만 보고 있던 승희가 재빨리 달려들어서 백호를 뒤로 끌어당겼다.

"백호 씨. 아직 정신을 다 차리시지 못했어요. 뒤로 물러나세요."

그러나 백호는 거친 눈으로 승희를 돌아보았다.

"안 됩니다!"

그사이에도 노인은 믿을 수 없다는 듯한 눈으로 백호의 멱살을 틀어쥐면서 무언가를 말하려 했다. 백호는 고개를 돌려 노인에게 타이르듯이 말했다.

"선생님, 왜 저를 보고 그런 표정을 지으시는 거죠? 그러실 것 없어요. 지난 일입니다."

"아니야. 지난 일이 아니야. 나는……."

"그건 사고였습니다. 오래전에 지나가 버린 일일 뿐입니다. 법적으로도 시효가 만료된 일입니다."

"아냐, 아냐. 너는 나를 용서해 주지 않았어. 너는……."

"그렇지 않습니다. 왜 그런 생각을 하십니까?"

"기차 울림이, 그 소리가……."

"네?"

백호가 의아한 듯한 표정을 지었고, 뒤에 있던 승희도 눈을 치켜떴다.

"기차 소리라니요? 이 근처에 기차역은 없습니다."

"어젯밤부터 다시 그 소리가 들렸어. 너는……."

　노인의 목소리는 점점 잦아들어 거의 알아들을 수 없을 정도였지만 백호는 온몸의 신경을 집중해서 들으려 애썼다.

"난 평생을 너 때문에…… 그 일 때문에 희생하고 가면을 쓰고…… 그래도 너는 만족을 못 하는 거냐?"

　승희는 점점 창백해지는 백호의 얼굴을 바라보았다. 그러나 백호는 입을 꾹 다문 채 노인을 붙들고 진정시키려고 애썼다. 갑자기 노인이 몸을 무섭게 꿈틀거리더니 벽을 가리키면서 소리쳤다. 그 눈은 광기 같은 것으로 번들거리고 있었다.

"기차, 기차가 또 온다! 와!"

"도대체 무슨 소립니까?"

　백호도 악을 쓰다시피 말했다. 그러나 백호의 말이 채 사라지기도 전에 묘한 울림이 느껴졌다. 승희와 백호의 등에 소름이 쭉 돋았다. 긴장한 백호의 손에 힘이 들어갔고 승희도 백호의 어깨를 꽉 움켜쥐었다. 노인이 길게 소리쳤다.

"기차, 저 기차!"

　사방이 나직하게 진동하고 있었다. 카당카당 하는 선로의 마찰음과 함께 우르릉하는 울림, 어디서 들려오는지 모르는 그 소리들이 사방을 에워싸고 있었다. 신경을 쓰지 않으면 느끼지 못할 정도로 작은 울림이었지만 지금 세 사람에게는 그 울림이 온몸을 흔들어 대는 것처럼 느껴졌다. 기차의 기적 소리가 가늘게 울려 퍼졌다. 그리고 한참이 지나서야 서서히 꺼져 가듯이 사라졌다.

백호가 제일 먼저 멍한 표정을 지우고 중얼거렸다.

"이, 이건……."

백호에게 짓눌리다시피 붙들려 있던 노인이 차분해졌다. 눈에서 나오던 번쩍이는 광기도 어느 사이엔가 사라져 있었다.

"들었나? 아아, 역시……."

백호는 뭔가 간절히 바라는 눈빛으로 올려다보았지만 승희는 아무런 말도 할 수 없었다. 초능력을 가지고는 있지만 영적인 것을 느끼는 능력은 아주 미약했고, 기차의 울림이 전해지는 동안에는 자신도 놀라서 정신을 차리지 못했기 때문이다. 승희가 약하게 머리를 흔들며 잘 모르겠다는 표정을 짓자 백호는 고개를 떨구었다.

기차의 울림은 다시 느껴지지 않았다. 세 사람이 말없이 앉아 있는 사이 어느덧 밖엔 어둠이 몰려와 있었다. 노인은 이제 술기운에서 완전히 벗어나 정신을 차린 듯, 차분해져 있었고 어딘가 의젓한 기운마저 감돌았다. 어떻게 잠깐 사이에 이토록 태도가 달라질 수 있을까 하고 승희는 어리둥절했으나 노인의 얼굴에 체념의 빛 같은 것이 비치는 것을 보고는 입술을 깨물었다.

이윽고 노인이 백호에게 말을 꺼냈다.

"자네는 전부 알고 있나?"

백호는 고개를 끄덕였다. 거짓말을 하고 싶지는 않았기 때문이었다. 노인의 얼굴이 흐려졌다.

"전부터 조사를 해 온 건가?"

"아, 아닙니다."

"그럼 어떻게 알았지? 그 일을 알고 있는 사람은 나 말고는 아무도 없는데……."

"그건……."

　백호가 말을 더듬거리자 승희가 얼른 끼어들었다.

"선생님께서 혼잣말로 말씀하셨어요. 잠꼬대 비슷하게……."

　노인이 아, 하는 듯한 표정을 지었다. 백호는 난처해진 자기를 구해 준 승희가 고마웠다.

"자네 애인인가? 안심시켜 주려고 온 모양인데 못난 꼴만 보였으니 늙은이가 면목이 없구먼."

　아니라는 말이 목구멍까지 올라왔지만 승희는 그냥 참아 버렸다. 차라리 노인이 생각하는 대로 내버려두는 편이 더 나을 듯싶었다. 지금은 그걸 따질 때가 아니었기 때문이다. 노인은 백호의 머리를 살펴보면서 눈물을 글썽였다.

"내가 미쳤군. 미쳐도 곱게 미쳐야 하는데, 이건 세상에."

"괜찮습니다. 선생님."

"괜찮긴 뭐가 괜찮은가? 머리에서 피까지 나는데……."

　승희는 노인이 정신을 차리면 무척 당황하거나 울면서 절망할 것이라고 생각했다. 그런데 노인의 태도는 예상외로 침착했다. 정신력이 매우 강한 사람 같아서 지금 도대체 무슨 생각을 하고 있을까 궁금하기도 했지만 다시 마음을 읽고 싶지는 않았다.

승희는 입을 다물고 얌전하게 있기로 마음먹었다. 어차피 자신은 제삼자였으니까.

한동안 침묵이 흘렀다.

세 사람 다 무엇부터 어떻게 말해야 할지 갈피를 잡지 못해 난감해하고 있을 때 백호가 주저하듯이 입을 열었다.

"선생님, 분명 착각입니다. 아니, 실제로 이 근방을 지나가는 기차 소리일 겁니다."

"이 근방에 기차나 지하철은 없네. 내가 그런 길에 집터를 잡았을 성싶은가? 그 울림은 어제부터 들리기 시작했다네. 바로 어제부터."

"그렇지만……."

"내 죄일세. 내 죄 때문이지. 나는 충분히 벌을 받았다고 여겼네. 그러나……."

"벌이 아닙니다. 선생님은 그 누구보다도 훌륭한 일을 해 오셨습니다. 평생 말입니다."

노인은 쓸쓸히 고개를 저었다.

"그게 내 죄일세."

"아닙니다. 왜 그렇게 생각하시는 겁니까?"

"호우, 자네에게 내 못난 모습을 보이게 돼 뭐라 할 말이 없네. 그러나 할 수 없지. 나는 악한 사람일세. 항상 가면을 쓰고 살아온 것이지."

"그건 사고가 아니었습니까?"

"사고였지, 사고…… 그러나 그다음이 문제였네. 나는 그 아이를 치고는 두려움에 사로잡혔어. 쉽게 말하면 뺑소니를 쳤던 걸세. 그러곤 숨었지. 도망쳐 버리고 싶었네. 잠을 잘 수가 없었어. 그런데 아무도 몰랐네. 아이는 글자 그대로 기차에 치이고 골짜기로 굴러서 없어져 버린 거야. 잡혀가는 것이 아닐까 하는 생각도 했고 신문이나 라디오에 뉴스가 나지 않나 살펴보기도 했네. 한번은 근처 경찰서에 아이가 돌아오지 않는데 비슷한 사고 없었느냐고 전화를 해 보기도 했지. 그러나 아무도 몰랐어. 처음에는 안심했네. 그런데 잊히질 않는 거야. 그 아이가 기차에 치여 산산조각으로 부서져 흩어지면서 지었던 마지막 순간의 그 표정이……."

노인은 눈물이 배어 나는 듯한 눈을 들더니 백호를 바라보았다.

"난 그 근처의 마을에 가 봤지. 왜 갔는지는 모르겠네. 기관사 일은 더 이상 하고 싶지가 않아 사표를 써 버리고 난 후 제일 먼저 그 철길 근처의 마을로 갔었네. 그런데 거기서…… 허허, 아이들과 싸우다가 얻어맞고 크게 소리쳐 우는 아이가 있었네. 그 모습이, 그 모습이……."

"저였습니까?"

"그렇다네. 나는 자네에게 집이 어디냐고 물었지. 자네는 예전에는 있었는데 이젠 없어졌다고 했어. 부모님은 어디 계시냐고 했더니 그분들도 없어졌다고 말했지. 왜 우느냐고 했더니 그렇잖아도 울고 싶은데 아이들이 고아가 됐다고 놀리는 바람에 분해서 운다고 말했었지. 허허허."

"선생님은 저를 키워 주셨습니다. 그 이후에도 수많은 아이들을요."

"그래그래. 난 그래야 한다고 여겼네. 그래서……."

백호는 한숨을 쉬다가 애타는 표정을 지으며 노인에게 말했다.

"그런데 왜 그러십니까? 그 일은 사고였습니다. 그리고 선생님께서는 그 이후 수십, 수백 명의 고아들을 어엿하게 길러 내는 일을 해내셨습니다."

"그래. 다들 잘 자라 줬지. 잘 자라 주었어."

"선생님, 저는 죄인을 처벌하는 검사입니다. 제가 아는 바로는 법이 벌을 내리는 것은 죄에 대한 응분의 보복을 하기 위해서가 결코 아닙니다. 벌은 죄를 지은 사람을 괴롭히기 위한 것이 아니라는 말입니다. 그 죄에 대해 반성하고 속죄해서 더 이상 죄를 짓지 않게 하기 위해, 그리고 그렇게 본보기를 보임으로써 다른 사람들이 그런 죄를 짓는 것을 미연에 방지하게 하기 위해서란 말입니다."

노인은 아무 말도 하지 않았다. 백호는 말을 이어 갔다.

"2차 대전 때 실수로 고아원에 폭탄을 떨어뜨린 조종사가 전쟁이 끝난 뒤 그 사실을 알고 고아들을 보살피는 것에 일생을 바친 일이 있습니다. 도대체 누가 그 조종사에게 어린아이들을 살해한 악랄한 살해범이라고 말할 수 있겠습니까? 그것은 사고였고, 또 그 사람은 사고에 대한 속죄로 평생을 다 바쳐 더 많은 아이들을 훌륭하게 길러 냈습니다."

거기까지 말했을 때 노인은 백호가 뭐라고 할 틈도 주지 않고 소리치듯이 말했다.

"그래! 그것 때문에 나는 속죄를 하지 못했다는 걸세. 내가 생각해도 가증스럽네. 내가 그랬다니…… 나야말로 속고 있었는지도, 잊고 있었는지도 몰라. 세상의 이치가 왜 이런 건지. 누구에게나 미담으로 믿어질 일들이 실은 끔찍하고 음험하기 짝이 없을 수도 있는 거야. 나야말로 죄를 피해 숨어 웅크리고 있는 주제에. 그래, 나도 내가 죄를 지었다는 것을 잊었던 게야. 어느새 다 잊었어. 나는 속죄한 게 아니야. 도망치고 피하고 가린 것뿐이야!"

"아닙니다."

"아니야. 나는 나 자신을 용서할 수 없다네. 잊고 있었지만, 아니 잊었다기보다는 묻어 두고 있었네만, 기차의 울림…… 저 기차의 울림이 과거를 흔들어 일깨우고 있네."

노인은 무언가에 홀린 것처럼 천장을 바라보면서 말했다.

"이제야 비로소 알았네. 기차 울림을 듣고서야 말이야. 내가 그동안 쭉 잘못 생각하고 있었다는 것을…… 그리고 내 인생은……."

노인이 백호를 바라보면서 소름 끼치도록 맑은 목소리로 말하기 시작했다.

"자네에게 내 자세히 말해 주지. 왜 내가 용서받지 못하는지."

"세상에 용서받지 못할 죄는 없습니다. 본인이 뉘우치기만 한다면……."

"그래서 내가 용서받지 못한다는 걸세."

노인은 멍한 눈빛으로 허공을 응시했다.

"나는 말일세. 내 죄를 뉘우치기 위해 선행을 하고 적선한 것이 아니야. 죄에 대한 보상을 하려고만 했지. 내가 지은 죄에 대해 나 자신이 응보를 내려서 하기 싫은 일을 했을 뿐이었단 말이네. 겉으로는 달려드는 아이들을 미소로 감싸 주었지만 속으로는 귀찮고 꼴 보기 싫다고 여겼고, 나를 결혼도 하지 못하게 만든 놈들이라고 원망도 많이 했었어. 허허허."

"그게 결혼과 무슨 관련이 있습니까?"

"내가 낳은 것은 아니라지만 아이들을 수십 명씩 거느리고 있는 놈이 어느 여자를 데려와 고생시킬 수 있겠는가?"

"하지만……."

"나도 아네, 알아. 잘못된 생각이지. 비뚤어지고 옹고집으로만 똘똘 뭉쳐진 생각이지. 그러나 어찌하겠는가? 나 자신이 원래 그런 놈이었는걸."

"아닙니다. 선생님은……."

"자네는 나를 모르네."

"선생님."

"어제, 기차 울림소리를 듣고서 비로소 깨달았네. 내가 그동안 살아온 모든 것은 껍데기에 불과했다는 것을. 난 너무 앞질러서 판단해 버린 거야. 죄를 지었으니 그에 대한 갚음을 한 것은 맞지만 그것은 진정한 속죄가 아니었어. 다만 숨기고 감추고…… 아아, 그만두세."

"선생님, 제가 조금만 더 말씀드리겠습니다."

백호는 애타는 눈빛으로 자신의 은사를 바라보았다.

"선생님께서 그러한 말씀을 하시는 의도를 저도 조금은 알아들을 수 있습니다. 선생님은 스스로에 대해 너무 가혹하십니다. 그러나 생각해 보십시오. 세상에는 죄를 짓고 그에 대한 벌을 받고 나서야 참회하는 사람들이 많이 있습니다. 그런 사람들이 그렇지 않은 사람들보다 많기도 하거니와 오히려 정상이라고 보아야 하겠지요. 선생님께서는 스스로에게 벌을 내렸고, 비록 그러한 선행이 가식적이었다고 말씀하시지만, 선생님의 결심 때문에 도움을 입은 사람들이 많습니다. 그 본연의 의도가 선한 것이었든 그렇지 않든 간에 결과가 선하다는 것은 중요한 의미를 갖습니다."

"내가 한 일이 나쁜 일이 아니라는 것은 나도 알고 있네. 그러나 그것이 나를 구원해 주는 것은 아니었어. 보게, 잊고 있었던 기차 울림이 들려오기 시작했어. 그건 뭔가? 자네들도 같이 들었으니 내가 잘못 들은 게 아니라는 걸 알 것 아닌가?"

"그건 틀림없이 기차나 지하철이 지나가는 울림이었을 겁니다."

"그렇지 않아. 이 근처에는 기차가 지나가지 않아!"

"그러나……."

노인은 한숨을 내쉬었다.

"애써 설명하려 들지 말게. 나는 그것이 뭔지 아네. 그건 내 양심의 소리였어. 허허, 어떻게 생각하면 내가 억울하게 치어 죽인 아이의 목소리인지도 모르지. 그래, 아마 틀림없이 그럴 거야. 그 애는 이야기하고 있는 거야. 당신은 잘못 생각하고 있었다고 말이야. 그렇게 외치는 거야."

"선생님."

"나는 잘못 생각해 왔어. 나는 속죄를 해야 했어. 이렇게 빗나가고 비뚤어진 방향에서 죄를 피하려고 한 선행이 아니라 정말 솔직하고 내 마음속에서 우러나오는 일을 해야 했어."

"선생님은 선행을 하신 겁니다. 그것만은 변하지 않아요. 정 그러시다면 지금부터라도 진심에서 우러나오는 행동을 하시면 되는 것 아닙니까? 변할 것은 하나도 없습니다. 오로지 선생님의 마음가짐만이 중요합니다. 선생님, 마음을 새롭게 가지시고 해 오시던 그대로 계시면 됩니다. 그것이 가장 좋은 해결책입니다. 선생님 스스로를 용서해 주십시오. 이제 더 이상 괴로워하실 필요는 없습니다."

노인은 입을 다문 채 아무 말도 하지 않고 뭔가를 가만히 생각하더니 입을 열었다.

"정말 그럴 수 있으리라고 믿는가?"

그때 노인의 눈에서 무언가 반짝하는 것을 승희는 보았다. 아무 말도 없이 둘의 대화를 지켜보던 승희였지만 그녀의 마음속에도 노인의 고통이 느껴져 오는 것 같았다. 투시를 행한 것은 아니었다. 삼십 년이라…… 얼마나 오랫동안 고통을 받았을까. 그런데도 저 사람은 자기 자신을 용서해 주지 않고 있다. 지금 저 노인이 무엇 때문에 괴로워하는 것인지 승희는 온전히 납득할 수 없었다. 다만 노인의 고통이 가엾다고 여길 뿐이었다. 백호는 노인의 질문을 듣고 한동안 슬픈 눈으로 그를 바라보다가 가만히 고개를 끄덕였다.

 백호와 함께 류순화의 집을 나오면서 승희는 백호의 얼굴에 어두운 그림자가 드리워져 있는 것을 보았다. 류순화가 아니라 오히려 백호 쪽이 마음의 상처를 더 입은 것 같았다. 승희는 아무 말 없이 백호의 뒤를 따라 걸었다. 이미 밤은 깊어 하늘에는 초승달이 싸늘한 빛을 사방에 뿌리고 있었다.
 얼마쯤 걸었을 때 백호가 갑자기 멈추어 서서 품 안에서 담배를 꺼내 입에 물고는 빙글 한 바퀴 돌리더니 무슨 생각이 났는지 입에 물었던 담배를 빼서 손에 들고 가만히 들여다보았다. 그러고는 낮은 목소리로 말했다.
 "제가 왜 맨담배를 물고 다니는지에 관해 물어보셨지요?"
 승희는 머뭇거리다 내키지 않는 듯한 어조로 대답했다.
 "네."
 "지금은 아저씨가 돼 버렸지만 저도 연애를 하던 젊은 시절이 있었지요. 머리를 기르고 가죽점퍼를 입고요. 하지만 제가 가죽점퍼를 즐겨 입었던 건 멋을 내기 위해서가 아니라 쉽게 더럽혀지지 않고 질겨서 오래 입을 수 있는 옷이기 때문이었습니다. 아무튼 미친놈처럼 하고 다니던 시절이었죠. 그때 좋아하던 여자가 있었습니다."

 승희는 아무 말도 하지 않고 가만히 백호의 말을 듣고 있었다. 남의 마음을 읽어 내지 않고 직접 사람의 고백을 들어 본 지가 얼마나 됐던가. 승희는 백호의 고백을 좀 더 깊이 음미하기 위해 눈을 감았다. 백호의 목소리가 점점 떨려 갔다.

 "다른 날과 하나도 다를 것 없는 어느 날이었습니다. 그 애와 만나고 헤어지는데 나더러 담배를 끊으라고 했지요. 내가 그렇게는 안 될 것 같다고 했더니 그렇다면 불은 붙이지 말고 물고만 있으라고 하더군요. 내가 그것도 싫다고 했더니 그 애는 화가 나서 골목으로 달려가 버렸지요. 그런데 갑자기 차가…… 그 애가 내 눈앞에서 그렇게 사라져 갈 줄은……."

 백호는 하늘을 들여다보았다. 승희는 조용히 한숨을 내쉬었다. 왜 세상은 이렇게 고통으로 이어져야만 할까 하는 막연한 생각을 하면서 승희는 백호를 쳐다보았다.

 백호는 여전히 가죽점퍼를 입고 있었다. 여름에는 검은 남방 같은 걸로 바뀌지만 조금만 쌀쌀해지면 백호의 트레이드 마크처럼 바뀌는 검은 옷. 그리고 뒤로 묶은 머리와 맨담배. 지금 백호가 입고 있는 가죽점퍼는 비록 그가 말한 그때부터 입었던 것은 아닌 듯했으나 승희는 이 검은 옷이 백호가 항상 몸에 붙이고 다니는 고행대 같다고 느꼈다.

 고개를 숙인 백호가 말을 이었다.

"이해하시겠습니까, 승희 씨? 물론 저는 남들이 비난할 만한 죄를 지은 적은 없습니다. 그러나 제 스스로 용서할 수 없는 마음의 짐을 늘 지고 있었습니다. 그런데 저 자신도 용서하지 못하는 제가 감히 은사님께 용서받을 수 있다고 말을 했습니다."

"백호 씨의 잘못이 아니에요."

"그렇지요. 전 그분을 위해서 말을 했습니다. 그리고 지금 승희 씨는 저를 위해서 말하고 있지요. 그런데, 그런데 말입니다. 승희 씨 자신의 고민은 또 어디로 간 겁니까?"

승희는 뭐라고 대답할 수 없었다. 백호의 목소리에서 승희가 백호를 만난 이래 한 번도 들어 보지 못했던 공허한 울림이 느껴졌다.

"인간은 어차피 완전하지 못하니 서로 기대고 위로하며 살아야 하는 것이겠지요. 그러면 과연 진정한 용서는 어디에 있는 겁니까? 어쩌면 우리는 서로를 위로하고 감싸 주면서 우리의 죄를 그렇게 지워 버리려고 하는지도 모릅니다. 아니, 그겁니다. 우리는 각자 자신의 마음속에 있는 죄책감은 용서하지 못한 채 똑같은 처지의 다른 사람을 위로하면서 자신의 죄를 조금이나마 잊어 보려 하는 것입니다."

백호의 목소리는 점점 격앙됐다. 승희는 눈을 감고 아무 말 없이 백호의 이야기를 들었다. 현암 생각이 났다. 박 신부도, 준후도, 연희도.

"누가 저를 위로해 준다고 해도 별로 도움을 받을 수 있을 것 같지 않습니다. 그게 절 괴롭힙니다. 저 자신도 믿지 못하고 떨쳐 버리지 못하는 것을 은사님께서는 자신 있게 이야기했어요. 그렇다면 다른 이들이 위로하려고 저에게 이야기해 주는 말들 또한 말하는 사람 스스로는 이해하거나 받아들이지 못하는 것이 아닐까요? 그러면 도대체 어떻게 되는 것입니까? 우리는 서로 자신에게는 통하지 않는 것을 가지고 상대방을 위로하려 하는 것입니다. 도대체 그게 진정한 위로가 될 수 있다고 생각하십니까?"

승희는 백호의 이야기를 들으며 마음속으로 외쳤다.

'백호 씨는 좋은 사람이고, 또 순수한 사람이에요. 그러나 스스로 고통을 걸머지고 채찍질을 한다고 해서 고통이 없어지나요? 그 아가씨가 살아나나요? 저승에서라도 자신을 잊지 않았다고 그 아가씨가 좋아해 줄까요? 정말 좋아해 줄까요? 백호 씨는 바보예요. 아니, 바보이기 이전에 불행한 사람이에요!'

승희의 들리지 않는 애절한 외침도 모른 채 백호는 어두운 얼굴로 멍하니 허공을 바라보고 있었다. 알고 보면 그도 그림자에 얽매여 사는 사람 중 하나였기에 불행했고, 그 안에서 고통을 받으며 그 고통을 다른 쪽으로 승화시킬 줄 몰랐기 때문에 또한 바보였다.

승희는 현암과 박 신부, 그리고 준후를 떠올렸다. 그들이 하는 일도 어떻게 보면 바보짓이었고 멍청한 짓이었다. 자신이 받은 고통에 괴로운 나머지, 그 고통이 다른 사람에게도 일어나는 것을 막기 위해 목숨까지 걸고 미친 짓들을 하는 사람들이라고 할 수도 있었다. 예전에는 승희도 그들을 바보라고 생각했다.

그러나 정말 바보는 그들이 아니라 그들을 그런 눈으로 보고 있던 자기 자신과 백호를 포함한 세상 사람들이었다. 승희는 백호에게 한마디 말도 할 수 없었다. 사실은 자기야말로 바보 중의 바보라는 생각이 들었기 때문이다.

"죄송합니다. 내 멋대로 떠들어서."

"아니에요."

백호는 입을 다물고 무언가를 골똘히 생각하다가 휴대 전화를 꺼내어 누군가에게 전화를 걸었다. 백호는 류순화의 주소를 말하면서 근처의 모든 지하철과 전철 등의 행로를 조사하라고 지시했다. 승희는 왠지 백호를 말리고 싶었다.

"백호 씨……."

그러나 백호는 승희의 말에 아랑곳하지 않고 통화에만 열중하더니 갑자기 환한 얼굴이 돼 은사의 집으로 달려가기 시작했다. 마치 옆에 승희가 있다는 것을 잊어버린 듯했다. 승희는 뭐라고 백호에게 말하고 싶었지만 그럴 겨를도 없었고 뒤따라갈 만한 어떤 확신도 없었다. 승희는 백호의 뒷모습을 쳐다보다가 뒤돌아서 터벅터벅 싸늘한 밤거리를 걸어가기 시작했다.

다음 날, 화실에서 혼자 뒤척이며 밤새 뜬눈으로 지새운 승희는 백호에게 전화를 걸었다. 대신 전화를 받은 백호의 동료에게서 뜻밖의 말이 들려왔다.

[백호 검사요? 지금 초상집에 갔습니다. 은사분이 돌아가셨다는 연락이 와서 아침 일찍…… 백호 검사를 아주 오랫동안 지원해 주시고 거의 키우다시피 하셨던 분이라고 하던데요. 성함이 뭐더라…… 누구신지는 잘 기억나지 않습니다만.]

그랬구나, 역시 그랬구나. 수없이 되뇌면서 승희는 몸을 일으켰다. 승희는 집을 나서서 지금은 초상집이 돼 있을 류순화의 집으로 달려갔고, 거기서 검은색 상복을 입고 있는 백호를 만날 수 있었다. 승희는 그런 백호에게 말도 붙여 보지 못한 채 사진 속의 고인에게 절을 하고는 조용히 초상집을 나올 수밖에 없었다.

백호와 승희가 다시 이야기를 나누게 된 것은 류순화 씨의 장례가 끝난 다음 날이었다.

"나는 그날 선생님께 알려 드렸습니다. 기차의 울림에 대한 것을 말입니다. 그런데 선생님이 그날 밤에 적어 보내신 편지를 어제서야 받아 볼 수 있었습니다. 뜻밖이었죠."

"그때 기차의 울림은 어떤 것이었죠?"

"정말 기차의 울림이었습니다."

백호의 말을 듣고 승희는 미간을 좁혔다.

"정말인가요?"

"물론 그 일대는 기차가 다니는 곳은 아닙니다. 그러나 새로 지하철 공사가 진행 중인 구간이었습니다. 곁에서 파 들어가는 공사가 아니고 땅속에서 굴을 파 들어가는 공법을 사용했기 때문에 미처 몰랐던 겁니다."

백호는 머리칼을 무심코 위로 쓸어 올리면서 말을 이었다.

"선생님이 울림을 들었던 날, 지하철 공사 구역에서 처음 시범 운행을 했다고 합니다. 우리가 느꼈던 울림도 마찬가지로 지하철 시범 운행으로 인한 울림이었고요. 그때의 시간이 아홉 시 오 분이었습니다. 그리고 시범 열차는 정각 아홉 시에 사 킬로미터 떨어진 곳의 역을 떠났다는 것을 확인했습니다."

승희는 뭔가 석연치 않은 점이 있었지만 백호가 입을 열 틈을 주지 않고 계속 흥분한 상태로 말을 이었기 때문에 잠자코 있었다.

"이해하지 못하겠습니다. 저는 그날 그 이야기를 선생님께 해 드렸어요. 그런데 선생님이 보낸 편지 내용을 보면……."

"어떤 내용의 편지를 쓰셨나요?"

"보여 드리지요."

백호는 품 안에서 종이 한 장을 꺼내어 승희에게 내밀었다. 하얀 종이 위에는 휘날리는 듯한 필체로 다음과 같은 이야기가 적혀 있었다.

> 모든 것이 착각이었다면 내가 살아온 모든 것도 착각일 뿐이 아니었겠는가? 과거가 허깨비였고 잊혀야 하는 것이었다면 내가 해 온 모든 것도 허깨비였고 잊혀야 할 일이 아니겠는가?

승희는 종이를 들여다보다가 고개를 들었다.

"그랬군요."

"그래요. 선생님은 여전히 자신에게 너무 가혹하셨던 것입니다. 그 기차의 울림이 허상이었다는 것을 아셨을 때, 그분은 그분이 쌓아 왔던 모든 가식적인 선행 또한 허상이었다고 생각하신 겁니다. 결국 선생님은 스스로를 용서하지 못한 겁니다. 아아, 그분은 도대체 왜 스스로를 용서하지 못하셨는지……."

승희는 백호를 바라보았다.

"백호 씨, 백호 씨는 스스로를 용서하고 계신가요?"

승희의 말에 백호는 놀란 듯이 고개를 들었다. 그러고는 흐려진 얼굴로 입을 굳게 다물었다.

"저도 생각을 해 보았어요. 그러나 백호 씨, 그것은 어쩔 수 없는 일이었을지도 몰라요. 그건 그분의 선택이었을 테니까요. 어디서 주워들은 말이기는 합니다만 이런 말을 들은 적이 있어요. 알코올 중독자에게 술은 자신의 생명을 갉아먹는 독이지요. 그러나 그런 알코올 중독자에게 술을 마시지 못하게 하면 그 사람은 술을 마실 때보다 더 빨리 쇠잔해지고 금세 죽게 된다는군요."

"……그럼?"

"모르겠어요. 이제 정확한 진실은 하나도 알 수 없어요. 다만 추측할 뿐이지요. 그러나 그분이 정말로 고통을 느끼신 것은 그때의 회한 때문만은 아니었을지도 몰라요. 그분이 말씀하신 대로 그때의 잘못보다도 오히려 그 이후의 생이 그분에게는 훨씬 후회스럽고 고통스러웠는지도 모르죠. 그 아이를 치어 죽게 만든 것보다도 그 이후 자신을 용서하지 않고 스스로 원하지 않는 일로 평생을 마치신 것을 후회하셨던 것인지, 아니면 선인으로 이름을 날려서 많은 사람이 스스로를 존경할 사람으로 믿게 한 데에서 더 큰 가책을 느끼셨는지. 아니면 정말로 자기 자신을 용서하지 못하고 살아오신 데 대한, 그러니까 자신에 대한 분노 같은 것 때문에 더 참을 수 없는 고통을 느끼셨는지……."

백호는 뭔가 반박하려는 듯 입을 열다가 고개를 떨구었다.

"사실 제가 일로써 처리하는 것과 이번 선생님의 경우가 똑같았다고 할 수는 없습니다. 법은 그렇지요. 한 사람에게 커다란 상처를 준 것에 대한 죗값으로 다른 많은 사람들에게 작은 도움을 준다고 속죄가 될 수 있을까요? 도움을 받은 사람들은 도움을 준 그 사람을 선하다고 보겠지요. 그러나 깊은 상처를 입은 당사자는 그 사실을 잊지 않을 것이고 어쩌면 원한을 가질지도 모르죠. 그렇기 때문에 법이 있는 것이지만 모두가 법을 믿고 만족하게 따르지는 않습니다. 어쩌면 법 때문에 죄와 벌 사이의 거리는 더더욱 벌어졌다고 할 수도 있죠. 죄를 지은 사람은 당연히 벌을 받아야 합니다. 그러나 법이 있기 때문에, 죄를 짓더라도 법만 피하면 벌을 받지 않기 때문에 보통 사람들은 속죄하기보다는 법에 걸리지 않기를 바라게 됩니다. 벌을 받는 것도 마찬가지입니다. 죄를 지어서 벌을 받는다기보다는 법에 걸렸기 때문에 벌을 받는다고 생각하기 쉽지요. 저 자신도 그러한 일들을 수없이 보면서 많이 고민했습니다. 법을 집행할 때도 본연의 의미는 망각하고 죄에는 벌이라는 도식으로 판단해 가고 있는 것이 아닌지……. 더구나 이번의 경우에까지 이르면 저 자신이 정말 무력하고 보잘것없다는 생각이 듭니다. 죄를 갚는 길은 벌이 아니라 용서가 아닐까 하는 생각이 들기도 하고요. 그러나 그 용서의 기준을 어디에 두어야 하는 것인지, 또 벌의 한계는 어디까지인지…….”

백호는 괴로운 듯이 천천히 말을 이었고, 승희는 모든 걸 알아들을 수는 없었지만 백호의 고민에 나름대로 공감하고 있었다. 그러나 무어라 해 줄 말이 없었다.

결국 모든 사람은 똑같은 고민에 빠져 사는 것인지도 모른다. 사람들은 흔히 역사가 끊임없이 발전해 가고 있다고 하지만 정작 중요하고 기본적인 것들에 대한 답은 하나도 찾지 못하고 있다는 생각이 들었다.

죄와 벌에 관한 백호의 긴 독백을 들으면서 승희는 다시 한번 류순화를 떠올렸다. 자신이 아까 생각했던, 그러나 지금은 더 이상 백호를 번민에 빠뜨리지 않기 위해 말하지 않으려고 하는 그 일을.

승희 자신과 백호는 분명, 그날 기차의 울림을 느끼면서 기적소리도 같이 들었다. 그렇지만 지하철은 기적을 울리지 않는다. 또, 분명 백호는 아홉 시 정각에 기차가 사 킬로미터 떨어진 곳에서 출발했다고 말했고 오 분 뒤인 아홉 시 오 분에 기차의 울림을 느꼈다고 했다.

그러나 사 킬로미터 정도를 가는 데 오 분이 걸린다면 그건 우마차이지 기차가 아니다. 하물며 그것은 시범적으로 운행한 열차여서 역도 없었으니 중간에 서거나 해서 시간을 지연시킬 일도 없었을 것이다. 승희는 백호에게 이 사실을 이야기하고 기차가 지나가는 시간에 그 집으로 울림이 전해지는지를 알아보자고 할 셈이었다. 그러나 그것은 이제 아무런 의미도 없다. 기차의 울림이 정말인지 아닌지를 밝히려던 것은 류순화를 위해서였으니까. 이미 류순화는 스스로 결론을 내린 상태였다. 그러니 지금 그 일을 되새기는 것은 백호를 더 괴롭히는 일밖에는 되지 않을 것이다. 그렇다. 틀림없이 그랬다. 백호는 그 이야기를 들으면 진위를 캘 것이고 자신의 은사가 고통을 받은 일이 무엇인지 생각하기 위해서, 그리고 그 고통까지를 넘겨받기 위해서 머리를 싸맬 것이 분명했다. 백호는 류순화가 스스로를 용서할 줄 모른다고 안타까워하고 있지만, 백호야말로 스스로를 용서해 줄 타입의 사람이 아니었다.

지금은 스스로를 용서하지 못하고 있는 승희가 백호를 용서해 줄 차례였다. 그런 생각을 하자 승희의 마음도 차분히 가라앉았다. 이것이 자신을 속이는 일일지라도 승희는 그 이상은 생각하고 싶지 않았다. 고통은, 세상에 떠도는 모든 고통은 지금으로도 충분했다.

승희는 자기 스스로와 백호, 그리고 류순화를 자신이 용서해야 한다고 생각했다. 그 기차의 울림이 류순화를 용서하고 안 하고와는 별개의 문제였다. 승희는 류순화와 백호 그리고 자기 자신까지도, 이유를 불문하고 용서할 수 있을 것 같았다. 이제 충분했다.

승희는 자기 자신의 기차의 울림은 더 이상 듣지 않아도 되지 않을까 하는 생각을 하면서 현암과 박 신부와 준후의 얼굴을 떠올렸다. 승희가 무슨 생각을 하고 있는지 모르는 백호는 계속해서 죄와 벌에 대한 자신의 생각과 류순화에 대한 이야기를 늘어놓았지만 승희의 귀에는 더 이상 아무것도 들려오지 않았다.

일러두기
- '호적'은 현재 '가족 관계 등록부'로 명칭이 바뀌었으나 작품의 시대 배경에 맞춰 '호적'으로 표기했습니다.
- '일제 시대'는 현재 '일제 강점기'로 명칭이 바뀌었으나 작품의 시대 배경에 맞춰 '일제 시대'로 표기했습니다.
- '안기부장'은 현재 '국가 정보원장'으로 명칭이 바뀌었으나 작품의 시대 배경에 맞춰 '안기부장'으로 표기했습니다.

예감

"학교에 가고 싶어요."

신년회와 박 신부의 퇴원 축하를 겸해 퇴마사들과 몇몇 안면 있는 사람들이 한데 둘러앉아 한담을 나누는 중에 준후가 꺼낸 말이었다. 그 자리에는 현암과 박 신부, 승희와 연희를 비롯해서 백호와 오랜만에 한국에 들린 윌리엄스 신부까지 있었다. 지난번 일본에서 일을 겪은 이후로 준후가 어딘지 어두운 기색을 보이며 말수가 적어져 걱정스러웠는데, 느닷없이 그런 말을 꺼내자 모두 조금 놀랐다.

"어? 준후, 너 정말 그러고 싶니?"

승희가 눈을 크게 뜨면서 준후를 바라보자 준후는 무표정한 얼굴로 고개를 끄덕였다. 연희는 그 모습을 보고 미소를 지었고 윌리엄스 신부와 백호도 좀 의아한 빛을 띠기는 했지만 고개를 끄덕였다.

"그래? 이제 다시 학교에 가고 싶은 생각이 든 모양이구나. 그래…… 그래야지."

잠시의 침묵이 지난 후에 입을 연 것은 박 신부였다. 박 신부는 퇴원을 했지만 다리의 부상만은 결국 완치가 되지 않았다. 휠체어 신세를 져야 하는 것은 아니었지만 지팡이에 기대어 절뚝거리며 걸음을 옮겨야 하는 상태여서 전처럼 뛰거나 할 수는 없었다. 박 신부가 온화하게 웃으면서 준후를 바라보자 준후는 여전히 웃음기 없는 얼굴로 고개를 끄덕거렸다.

현암은 옆에서 그런 준후의 모습을 날카롭게 빛나는 눈빛으로 조용히 지켜보았다. 현암은 준후가 커 가는 모습을 남들보다 주의 깊게 관찰하고 있었다. 박 신부의 허리춤도 차지 않던 키가 어느새 박 신부의 허리띠 위로 껑충 올라갈 정도로 —그래도 아직 또래에 비하면 작은 편이었지만— 자라 있었고, 맑은 눈빛이나 아무렇게 질끈 동여맨 머리카락은 여전했으나 순진무구해 보이던 얼굴에는 어느새 날카로움이 깃들기 시작했다.

'칼이 돼 가는구나. 아직 날은 서 있지 않지만…….'

현암은 속으로 중얼거렸다.

지난번 일본에서의 일 이후로 현암에게 준후는 마냥 귀엽기만 한 동생이 아니었다. 어떻게 보면 자신이 걸어왔던 길을 그대로 답습할지도 모를, 일종의 후계자나 아들 같다는 느낌까지 들었다. 인간사는 고난을 통해 계속 발전해 앞으로만 나가는 것이라는 신념을 지닌 현암이었다. 그러나 준후가 자신이 겪은 험난한 길을 반복한다는 것은 안타까우며 안쓰럽기도 했다. 그렇다고 해서 준후에게 이래라저래라 간섭할 생각은 없었지만 말이다.

'준후의 생은 준후의 것이지. 나는 그냥 옆에서 가만히 지켜만 보면 되는 거다. 그리고 나를 필요로 할 때 도움이 돼 주면 되는 거야.'

그런 생각을 계속해 오던 현암은 준후의 이번 결정을 듣고도 달리 해 줄 말이 없었다.

"그런데 준후야. 너도 숙고해 보고 하는 말이겠지?"

"네, 신부님."

"그러면 됐다. 충분히 생각해 보고 내린 결정이리라 믿는다. 그렇게 하렴."

박 신부는 그 말을 한 후에 미소를 지으며 자신의 무릎 위에 놓인 지팡이를 집어 들고 천천히 몸을 일으켰다. 그 지팡이 끝에는 베케트의 십자가가 박혀 있었다. 한 손에 지팡이를 쥐고, 또 다른 손에 베케트의 십자가까지 들 수 없어 손재주 좋은 준후가 깎고 다듬어 선물로 준 지팡이에다가 베케트의 십자가를 끼우고 또 필요에 따라서는 빼낼 수도 있게 만들었다.

박 신부는 윌리엄스 신부에게 눈짓을 보냈다. 이야기 좀 하자는 신호 같았다. 윌리엄스 신부와 박 신부가 함께 자리에서 일어나 옆방으로 가자, 승희가 준후의 옆구리를 쿡 찌르고는 눈웃음을 살살 흘리면서 조잘거리기 시작했다.

"준후야, 너 정말 잘 다닐 수 있겠니? 나도 물론 학교 가는 것엔

찬성이지, 당연히! 학교가 지겹고 공부도 골치 아프긴 하지만……
아, 너야 뭐 공부 좋아하니 잘됐다. 학교 다니면 친구들도 많아지고 재미도 있을 거야. 그렇지만 너, 물론 나도 그냥 조금 들은 이야기지만, 전번에는 못 견뎌 했다며. 그런데…….″

현암이 무서운 눈짓을 보내자 승희는 아차 싶었는지 입을 다물었다. 예전, 그러니까 승희는 제대로 알지 못하지만 준후를 데리고 왔을 때, 박 신부와 현암이 준후를 학교에 보내려고 했던 적이 있었다. 그러나 당시 바깥세상이라고는 하나도 모르던 준후는 학교생활에 적응하지 못했기에 일련의 소동이 빚어지기도 했다. 결국 준후가 자신들과 같이 퇴마사의 길을 걸을 수밖에 없음을 깨달은 현암이 준후를 데리고 나와 버린 후로, 준후는 다시 학교에 가겠다는 말을 한 적이 없었다. 그래서 박 신부나 현암도 준후가 먼저 이야기를 꺼낼 때까지 학교 문제는 덮어 두기로 했었다.

그전까지 여러 가지 일들을 겪으면서 만나게 된 사람들, 특히 아이들은 준후에게 별로 거부감을 느끼지 않아 친하게 지내는 것도 가능했지만 정작 준후는 자신의 일이 끝난 후에 아이들을 멀리했다. 준후 쪽에서 항상 사람들과 어느 정도 거리를 두면서 지냈던 것이다. 그러던 준후에게서 갑자기 학교에 다니겠다는 말이 나온 것은 심경에 중대한 변화가 일어났다는 의미였다. 승희가 입을 다문 사이에 연희가 말했다.

″그런데 준후야, 물론 축하해야 할 일이지. 전에는 주민 등록에도 기록돼 있지 않았지만 지금은 그렇지 않으니 언제든 학교에 간

다면 갈 수도 있겠지. 그러나…….”

준후는 맑은 눈으로 반론을 제기하려는 연희를 바라보았다.

"일단, 네가 학교에 간다면 중학교에 가야 할 거야. 그러면 머리를 깎고, 교복까지는 입지 않는다 하더라도 지금처럼 한복을 입고 다니기는 어려울 텐데. 그걸 견뎌 낼 수 있겠니?"

승희는 연희의 말을 듣고 뭐 그런 것까지 따지느냐고 말하려다가 마음을 바꾸었다. 대수롭지 않은 것처럼 보이는 그런 작은 것이야말로 오히려 더 중요한 것인지도 몰랐다. 연희가 말을 이었다.

"너의 머리가 좋다는 것은 알아. 그렇지만 중학교에 갑자기 간다면 수학이나 영어 같은 과목들에 대한 어느 정도의 지식은 있어야 할 거야. 그렇지 않으면 뭔가 귀찮은 일이 생기게 될지도 모르고. 나는 네가 학교에 가고 싶다는 것을 반대하는 입장에서 이런 말을 하는 것은 아니야. 그렇지만 결심하려면 그런 문제들도 염두에 두어야만 한다는 거지. 그에 대해서는 생각해 본 적 있니?"

연희의 말은 지극히 타당하고 일목요연했다. 그러나 준후는 조용히 말했다.

"생각해 둔 게 있어요."

"그래? 어떤 거지?"

"근데 백호 아저씨가 도와주셔야 해요."

남의 집안일(?)에 관여할 생각이 없었던지 예의 맨담배만 빙글빙글 돌리고 있던 백호가 눈을 좀 크게 뜨더니 씨익 웃으면서 말했다.

"그래? 내가 도울 일이라고? 어떤 것을 도와주면 되지?"

"좀 뭣한 말씀이기는 하지만…… 백호 아저씨가 여기 계셔서 제가 이 말을 꺼낸 거예요. 백호 아저씨는 전에 주민 등록과 호적이 없던 저에게 그런 것을 다 만들어 주셨지요? 그러니 한 번만 더 수고해 주셔서 내용을 조금만 손봐 주세요."

백호는 지난번 일본행을 유도했던 것 때문에 퇴마사들을 이용했다며 현암과 승희에게 거세게 항의를 받았다. 비록 백호가 찬동한 일은 아니었지만 어쨌거나 지난번 일본행 일만은 자신의 잘못이 크다고 여기던 터라 준후가 아닌 누가 무슨 부탁을 하더라도 거절하기가 어려운 입장이었다.

백호는 속으로 이 꼬마가 어리기는 해도 영악하기가 이를 데 없다고 혀를 찼다. 그러나 결코 얄밉다거나 짜증스럽지는 않았다. 오히려 당돌한 준후가 더 귀여워 보이기까지 했다. 백호는 여유 있게 씨익 웃으면서 준후에게 대답했다.

"어떻게 말이냐?"

"그러니까…… 제가 청학동에 살던 아이였다고 해 주셨으면 해요. 그러면 문제가 없을 거예요."

준후를 제외한 모든 사람들에게서 "아!" 하는 감탄의 소리가 터져 나왔다. 청학동의 사람들은 한복만을 고집하며 댕기 머리에 서당 공부를 하는 등 조상의 민속을 고스란히 보존하며 사는 것으로 유명하다. 준후는 그 마을의 아이들이 다른 곳으로 공부를 하러 갈 때에는 교복이나 삭발의 의무에서 벗어날 수 있다는 것을 생각해 낸 것이다. 준후가 말을 이었다.

"뭐, 제가 불편하다고 이렇게까지 해서는 안 되는 것도 알아요. 하지만 갑자기 다른 모습이 되면 잘 적응하지 못하게 될 것이고 그러다 보면 예전에 학교에 갔을 때와 같은 실수를 하게 될지도 모르지요. 그러니까 가능하면 저 자신을 그대로 두고 학교에 갈 수 있는 방법이 더 좋을 것 같아요."

모두 고개를 끄덕였다. 그런 방법을 쓴다면 준후의 행동이 조금 이상하더라도 대부분 이해할지도 모른다. 이제까지 말이 없던 현암이 불쑥 한마디를 했다.

"그런데 준후야. 너 왜 학교에 가려는 거냐? 뭘 위해서지?"

준후는 지체 없이 말했다.

"사람에 대해 배우려고요."

준후의 의외의 대답을 듣고 모두는 고개를 갸웃하기도 하고 끄덕이기도 했다. 준후가 안 되냐는 듯 서글픈 눈빛으로 현암을 바라보았다. 그러자 현암은 무표정한 얼굴 그대로 고개를 끄덕해 보이면서 준후의 어깨를 툭 치고는 자리에서 일어나 자기 방으로 돌아갔다. 그러자 준후도 환하게 웃으면서 자리에서 일어섰다.

그때 승희가 물었다.

"어? 너 어디 가려고?"

"가 볼 곳이 있어요."

승희는 그 말을 듣고 킥킥거리며 웃었다.

"너 아라네 집에 놀러 가려고 그러지? 학교에 가게 된다는 기쁜 소식을 전하러?"

승희가 크게 웃자 준후가 빨개진 얼굴로 변명하듯 말했다.

"아니에요. 최 교수님께 새해 인사드리고 또……."

"오호라. 미래의 장인어른께 인사드리러? 우하하."

"치, 놀리지 말아요! 요즘 『해동감결』을 해석하는 중인데 저도 모르는 이야기가 꽤 많아요. 마침 최 교수님 댁에 고서들이 많단 말이에요! 그러니 그렇지요!"

"그래. 알았어, 알았어. 근데 농담에 왜 얼굴까지 빨개지고 그럴까? 호호호."

승희가 계속 배를 쥐고 웃어 대자 준후는 치 하고 혀를 날름 내밀고는 밖으로 쪼르르 달려 나갔다. 준후가 나가자 승희는 언제 그랬냐는 듯, 웃음을 뚝 그쳤고 연희는 아무리 그래도 아이에게 좀 심하지 않냐고 나무라듯 말했다.

그러자 승희가 어두운 표정으로 뜻밖의 대답을 했다.

"미안해. 그렇지만 뭔가 예감이 안 좋아서. 좀 지워 보려고 억지로 그랬나 봐."

"예감?"

"응, 이상한 꿈 그리고 이상한 생각이……. 뭐, 별것 아니겠지만 그래도……."

"어떤 건데?"

"아냐, 됐어. 그만하자고. 얼굴 빨개지는 걸 보니 준후가 아무리 어른스러운 척해도 아이는 역시 아이야. 그치? 자, 백호 씨. 이야기나 해요. 그러니……."

승희의 쉴 새 없는 조잘거림에 넘어간 연희와 백호가 한담을 나누었고, 현암은 방에서 골똘히 생각에 잠겨 있었다. 그때 준후는 그다지 멀지 않은 곳에 있는 최 교수의 집으로 달려가고 있었다.

한참 동안 이것저것 준후에 관해서 이야기를 나누던 연희는 준후를 학교로 보내는 데 큰 문제가 없을 것이라는 백호의 말을 듣고 승희의 얼굴을 쳐다보았다. 그런데 승희의 안색이 이상하리만큼 창백해져 있었다.

"왜 그래? 어디가 불편하니?"
"아, 아냐. 괜찮아."
"안 좋아 보이는데?"
"괜찮다니까. 별것 아니야. 잠깐만."

승희는 고개를 설레설레 저어 보이고는 몸을 일으켜 밖으로 나갔다. 연희나 백호도 승희가 왜 저러는지 알 수 없었지만 머리가 아픈가 보다 하고 별생각 없이 고개만 갸웃할 뿐이었다. 마침 박 신부와 윌리엄스 신부가 자리에 돌아왔기 때문에 둘은 승희의 일은 잠시 제쳐 두었다.

유쾌한 기분으로 아라의 집에 도착한 준후는 콧노래라도 부르듯이 톡 하고 벨을 눌렀다. 조금 지나자 익숙한 목소리가 답답한 도어 폰 스피커를 타고 들려왔다.

[누구세요.]

"나야, 준후."

[우와! 오빠구나!]

저쪽에서 아라가 외치는 소리와 함께 금세 문이 열렸다. 아라는 뭐라고 말할 틈도 주지 않고 코앞에까지 쪼르르 달려와 재잘댔다.

"오빠, 오빠! 정말 신기해. 재밌더라고. 오빠가 준 거."

"내가 준 거? 어떤 거?"

"전에 오빠가 주었던 목걸이 말이야."

아라의 말을 듣는 준후의 눈에 놀라는 기색이 스쳐 지나갔다.

"아하. 그거? 근데 그게 신기하다고? 왜?"

"킥킥. 좀 있다가 내가 보여 줄게."

아라는 애교 있게 웃더니 잡을 틈도 없이 쪼르르 달려가서 큰 소리로 아버지인 최 교수에게 준후가 왔다고 알렸다.

그동안 준후는 입술을 꼭 깨물고 불안한 예감을 지워 보려 했다. 자신이 지난번에 준 목걸이. 원래 그것은 명왕교의 군다리명왕이 지니고 있던 물건인데, 사람을 끄는 듯한 영통한 기운이 있어 무심코 집어 온 것이었다.

그러나 준후는 그 기운이 뭔지 알아낸다거나 이용할 생각이 없어서 그냥 가지고만 있다가 우연히 그것을 본 아라에게 반강제로 빼앗기다시피 선물하게 된 것이었다. 목걸이에서 느껴지는 기운이 범상한 것은 아니었지만 영과 소통된다거나 하는, 사람을 놀라게 할 성질은 아니었다. 때문에 문 위에 붙이는 부적 정도라고 대수롭지 않게 생각했었는데, 거기에 아라가 신기해할 만한 무슨 능력이 따로 있다면 주의해야 할 것 같았다.

'혹시 공연한 것을 주어서 아라까지 이상한 데에 빠뜨리게 되는 건 아닐까? 그러긴 싫은데.'

그런 고민을 하던 중에 최 교수가 나왔다. 안식년이라서 학교에 잘 나가지 않는다고 들었지만 그것보다는 집에서 따로 연구하는 것이 있는 모양이었다. 며칠 밤을 새우고 뭔가에 골몰한 듯, 빨갛게 충혈된 눈에 부스스한 머리칼이 얼굴을 초췌해 보이게 했지만 눈빛만은 여전히 빛나고 있었다.

최 교수는 모습과는 딴판인 정감이 넘치는 목소리로 준후에게 말을 걸었다. 최 교수는 준후와 몇 번 사학이나 한문학에 대한 이야기를 나누어 본 후로는 준후에게 마치 옛날의 어른들이나 쓸 법한 말투로 이야기를 했다.

"아. 꼬마 도령이 오셨구먼. 그래, 요즘은 잘 지내고 있나?"

준후는 인사를 꾸벅한 다음에 대답 대신 멋쩍게 씨익 웃었다.

"그래. 왔으니 잘 놀다 가게. 내 딸아이도 많이 기다렸다네. 허허허."

아라는 아버지가 농담을 하자 메롱 하고 혀를 길게 보이고는 순식간에 자기 방으로 사라져 버렸다. 최 교수는 멋쩍은 듯이 입맛을 다시고는 말했다.

"내가 귀여워만 했더니 워낙 버르장머리가 없어. 미안하네."

"아니에요."

"이번에는 무슨 일로 왔나? 보고 싶은 책이 있나? 전에 이야기한 그 책의 해석 때문에?"

준후는 『해동감결』을 해석하는 중이었다. 신시 문자를 읽을 수 있는 준후라고 해도 은유적인 표현으로 서술된 내용들은 해석하기가 쉽지 않아 자연히 그 모태가 되는 한문 고서 등을 참조해야만 했다. 그런데 그런 책들을 고서점에서 기웃거리다 보면 다른 사람들이 이상한 눈길로 쳐다보기 일쑤여서 최 교수가 소장한 책을 보는 편이 훨씬 편했다. 그래서 준후는 자주 최 교수를 찾았던 것이다. 최 교수는 전공이 국사학이기도 했지만 대단한 고서 수집광이어서 집에 엄청난 분량의 고서들을 소장하고 있었다.

"예, 몇 권 빌려 보고 싶은 책들이 있어서요."

"그래. 그럼 내 서가에서 마음대로 찾아보게나. 나는 하던 일이 있어서. 얘. 아라야! 네 손님이 오셨는데 네가 안내해 드려야 할 것 아니겠니?"

최 교수는 아라를 부르고는 준후에게 웃어 보이며 안으로 들어갔다. 다시 나온 아라는 준후와 함께 집의 마루보다도 훨씬 넓은 자리를 차지하고 있는 서재로 들어갔다. 가면서 아라는 묘한 소리를 했다.

"아빠가 요즘 좀 부스스하지? 무슨 연구인지 난 잘 모르겠지만 되게 중요한 건가 봐. 그래서 맨날 밤새우는 것 같아. 아라랑 놀아 주지도 않고. 미워어. 그치?"

준후는 피식 웃고 서가에서 책들을 골라 보기 시작했다. 아라는 자신은 전혀 알아보지 못하는 한문 책들을 술술 훑어보는 준후를 신기한 듯이 쳐다보다가 말을 덧붙였다.

"요즘 몇 번이나 도둑이 들어서 아빠 신경이 더 날카로워졌는지도 모르지만……."

"도둑?"

"응, 근데 강도나 그런 건 아니고 책 도둑인 것 같아. 돈이나 그런 건 안 없어지는데 서가가 자주 흩어져 있어. 그러면 아빠가 참 침울해해. 말은 잘 안 하지만…… 아 참, 나 그 도둑 한 번 봤다?"

준후는 아라가 도둑을 보았다는 말에 놀라, 보던 책을 탁 덮고는 아라를 쳐다보았다. 아라는 배시시 웃으면서 다시 말했다.

"내가 도둑을 몰래 보고 있다가 쑥 나와서 '에비!' 하니깐 놀라서 도망갔다아? 놀랐지? 거짓말이야아. 헤헤헤."

준후는 고개를 흔들며 쩝 하고 입맛을 다시면서 다시 책을 폈다. 그러자 아라가 달라붙는 듯한 목소리로 말했다.

"오빠 화났서어? 장난친 건데. 그거 가지고 삐지면 안 돼애."

준후는 책에서 눈도 떼지 않고 말했다.

"화 안 났어."

"정말이지?"

"응."

"헤헤헤. 그럼 됐고오. 근데 책 고를 거 많어어? 빨리 고르고 나랑 놀자아. 응?"

"지금 고르고 있잖니."

"참! 내가 신기한 거 보여 줄게에. 봐라?"

홍수 131

아라는 부스럭거리며 뭔가를 꺼내는 것 같았다. 준후는 돌아보지도 않고 책만 뒤적거렸다. 『격암유록』의 내용 중에 『해동감결』의 비유 내용과 비슷한 구절이 있는 것처럼 보여서 흥미로웠기 때문이다. 그런데 갑자기 아라의 목소리와 함께 밝은 빛이, 그리고 그것보다도 강한 영기가 바로 옆에서 쏟아져 나왔다. 준후는 놀라서 화다닥 옆으로 물러섰다.

"자, 봐! 신기하지?"

아라는 생글생글 웃으면서 무서움 없이 빛나는 목걸이를 들여다보고 있었지만, 준후는 놀라움과 눈부심 때문에 눈을 비볐다. 그 목걸이가 영적인 물건이긴 했지만 자신이 살펴보았을 때는 영력을 이끌어 낼 방법이 없는 것 같았다. 그래서 아라가 달라고 할 때도 별생각 없이 주었던 것인데……. 이렇게 아라가 목걸이에서 무언가를 이끌어 낼 줄은 미처 예상하지 못했던 터였다.

준후는 마음을 가다듬고는 목걸이에서 빛의 형태로 뿜어져 나오는 영력의 정체가 무엇인지 알아내려고 눈을 감았으나 빛은 금방 사그라져 버렸다. 그리고 아라의 킥킥하는 소리가 들렸다.

"어때, 놀랐지? 색깔이 너무 예뻐. 촛불이나 손전등 같은 것보다 훨씬 좋아. 헤헤헤."

아라가 말하는 것으로 보아서 목걸이의 정확한 사용 방법을 알고 있는 것 같지는 않아 준후는 조금은 마음이 놓였다.

아라에게 목걸이를 달라고 해서 다시 한번 살펴보았지만 목걸이는 그냥 은은한 기운을 풍기는 것 외에는 보통의 구슬 목걸이와 다를 바 없었다.

"아라야. 너 이거 누구에게 이야기했니?"

"아빠한텐 이야기 안 했어."

"응. 절대로 이야기하면 안 돼. 그런데 방금 어떻게 해서 빛이 나오게 된 거지? 무슨 주문 외웠니?"

"주문? 무슨 주문?"

준후로서도 아라가 주문을 외웠다고는 볼 수 없었기에 고개만 갸웃하고 말아 버렸다. 이런 목걸이를 아라가 가지고 있다는 것이 마음에 걸렸지만 도로 달라고 하면 난리가 날 테니 그럴 수도 없었다.

준후가 멍하니 있자 아라가 배시시 웃으면서 말했다.

"누가 가르쳐 줬어. 속으로 야압 하고 정신을 집중하면 된다고."

"누가 그런 걸 가르쳐 줬지?"

"그건 몰라도 돼."

"아니야. 누가 그런 걸 알고 있단 말이야? 누가 그랬지?"

"어떤 아저씨가. 우연히 만난 사람이었어."

"우연히 만나다니? 너 방학일 때 집에만 있었잖아?"

"좌우간 그랬어. 더 물어보지 마. 아저씨가 비밀이랬어!"

아라의 얼굴이 고집스러운 빛을 띠자 준후가 평상시에는 쓰지 않던 필살기(?)를 썼다.

"나한테도 비밀이야?"

"음…… 우우웅……."

홍수 133

준후가 속으로는 '미안하다'라고 생각하면서 아라를 빤히 쳐다보자 아라는 끙끙거리며 나름대로 한참 고민을 하더니 할 수 없다는 듯 한숨을 푹 쉬고 말했다.
"밤에 어떤 아저씨가 서재에 있는 것을 본 적이 있어."
"어떤 아저씨? 도둑?"
"나도 처음엔 그런 줄 알았는데, 아니래애. 그 아저씨, 여길 지키는 사람이래애."
 준후는 속으로 사람이 아닐지도 모른다고 생각했지만 아라가 놀랄까 봐 그 말을 입 밖에 꺼내지는 않았다. 아라는 한 번 말하기 시작하자 그침 없이 계속 말했다. 역시 아이는 아이였다.
"그 아저씨도 준후 오빠나 현암 아저씨 같은 사람이래애. 그 아저씨가 그랬어어. 그래서 여기 드나드는 나쁜 사람을 잡으려고 한대."
"나쁜 사람? 그건 그렇고 그 아저씨도 우리 같은 사람이라고 직접 말했단 말이야?"
"으응. 오빠도 사람들한테 오빠 이야기하면 안 된다고 했잖아아. 그 아저씨도 그렇다고 하더라고. 그리고 오빠나 현암 아저씨나 신부 할아버지도 다 잘 안다고 해서 나도 믿었어어."
"그 아저씨 이름은 뭐래?"
"이름은 안 가르쳐 줬어. 그냥 평범하게 생긴 아저씬데 턱에만 수염 기르고……."
"음, 그런데 나쁜 사람들이 드나든다는 건 뭐지?"
"나도 몰라. 그냥 아빠에게 말하면 걱정하실 테니 이야기하지 말라고 하셔서 그러겠다고 했더니 '착하고 똑똑한 데다 예쁘기까지 하구나.' 하고 웃으면서 아라 머리 쓰다듬어 주고 금방 어디론가 없어져 버렸다아? 이 이야긴 내가 지어낸 거 아니야. 헤헤헤."

"그렇다고 정말로 아빠한테도 이야기 안 했단 말이야?"

"오빠 같은 사람이면 신기한 일하는 사람이잖아. 오빠 일도 절대 이야기하지 말라면서? 그리고 오빠 아는 사람인데 뭘 그래. 아빠는 아무것도 몰라서 아라가 먼저 이야기 안 하면 하나도 모른단 말이야."

"흐음……."

"그 아저씨가 가기 전에 오빠가 준 목걸이를 보면서 '귀한 걸 가지고 있구나. 요렇게 손바닥 위에 올리고 속으로 얍 하고 기합을 넣어 보렴. 재미있을 거다'라고 했거든. 그래서 해 봤더니 정말 빛이 나잖아."

말을 하면서 아라는 구슬 목걸이를 손바닥 위에 얹고 폼을 잡아 보였다. 이번에는 준후도 그 모습을 자세히 보았고 그제야 아라가 목걸이에서 빛을 낼 수 있었던 이유를 알게 됐다.

'결지법(結指法)[1]이구나! 수인하고는 좀 다른 건데, 우리나라 도맥에서 사용한 것 같기도 하고……. 근데 아라는 폼이 좀 엉성하군.'

---

[1] 손가락과 손으로 특정한 모양을 만들어 특이한 힘을 이끌어 내는 방법 중 밀교에서 사용되는 수인(무드라)이 가장 일반적이다. 도교에서도 손가락을 맺음으로써 기의 순환을 트며 주술력을 부여하는 방법이 존재하는데 이를 결지법이라고 한다. 형태나 사용하는 방법 등은 수인과는 조금 다르지만 많은 유사성이 있다.

언뜻 본 목걸이를 결지법으로 작용하게 만들었다면, 또 아라의 눈앞에 홀연히 나타났다가 사라졌다면 보통 사람일 것 같지는 않았다. 머리를 쓰다듬어 주었는데도 아라가 이상한 것을 느끼지 못했다면 사람이긴 한 것 같은데…….

"턱에 수염 기른 것 말고 또 뭐 특이한 점은 없었니?"

"아, 무슨 깃발 같은 걸 들고, 등에도 지고 있는 것 같았어."

준후는 속으로 탄성을 질렀다. 누구인지 알 것 같았다. 오래전에 만났던 주기 선생임이 분명했다.

'그 사람은 나쁜 사람은 아니지만 꼭 그렇게 좋은 일만 하는 사람도 아니라고 하던데. 그런 사람이 왜 최 교수님의 서재를 드나드는 걸까? 그리고 나쁜 사람을 잡기 위해 왔다는 것은 무슨 말일까?'

준후는 깊은 생각에 빠졌다. 불안하고 이상한 느낌이 들었다. 그런 준후의 속도 모르고 아라는 같이 놀자고 다시 옷소매를 잡아당겼다.

백호와 연희가 가고 난 뒤, 승희는 이 층으로 가서 자신의 방─원래 승희는 퇴마사들과 같이 살지 않았지만 박 신부가 빈방 중의 하나를 승희에게 내주어서 올 때마다 그 방을 사용했다─에 들어가 생각에 빠졌다. 간밤에 꾸었던 꿈, 그리고 불안한 예감. 그 예감이 무엇인지는 알 수 없었지만 마치 더운 여름에 오랫동안 목욕하지 못한 듯 찜찜했다. 그리고 자신의 꿈은…….

'그 사람의 얼굴. 아직도 대강은 기억나는데…….'

투시력을 발동해 볼까 싶었다. 비록 생면부지의 사람이었지만 꿈에서 본 것이 아무래도 꺼림칙했다. 꿈도 너무나 생생한 느낌이었고······.

'그래, 이렇게 찜찜하게 있는 것보다는 한 번 뚫어 보는 것도 괜찮겠지.'

승희는 자리에 앉아 정신을 집중했다.

현암은 막 운기행공을 마치고 잠자리에 들려던 참이었는데 갑자기 방문이 열리면서 승희가 들어서자 조금은 짜증 섞인 표정으로 말했다.

"무슨 일이지? 노크도 안 하고 문을 확 열면 어떻게 해?"

승희는 현암의 말에 대꾸하지 않고 긴장한 듯 말했다.

"현암 군, 나랑 같이 연희 언니에게 가 보자."

"연희 씨한테? 왜?"

"불안해서 그래. 연희 언니에게 무슨 일이 생길 것 같아."

"뭐라고?"

현암은 정색을 하고 승희의 얼굴을 쳐다보았다. 승희가 농담을 하고 있는 것 같지는 않았다. 이마에 송골송골 땀방울이 맺혀 있는 것이 방금 투시를 마치고 달려온 것 같았다.

"뭔가 읽어 낸 것이 있니? 아니면······."

"아무 말 말고 같이 가. 응? 부탁이야. 신부님은 몸이 불편하시고, 준후는 나가서 아직 안 들어왔어. 나 혼자서는 가 봐야 별다른 힘이 없잖아. 그러니 가자고."

승희는 긴말을 하지 않고 현암을 질질 끌다시피 해서 방을 나섰다. 현암은 무슨 영문인지 궁금했지만 내색하지 않고 차분히 승희의 뒤를 따랐다.

승희의 차에 올라타면서 현암은 묘한 느낌이 들었다. 예전 같았으면 무슨 일인지 모르고 따라가거나 하는 경우는 결코 없었을 것이다. 현암은 스스로 돌이켜 보아도 성격이 많이 변한 것 같다고 느꼈다. 급하고, 물불을 가리지 않던 성격이 언제부터 이렇게 참을성 많고 온화하게 바뀌었는지 궁금하기까지 했다. 그러자 그동안 겪어 왔던 수많은 사건과 위기의 순간들, 그리고 자신을 스쳐 지나갔던 적과 동지의 모습이 머릿속에 떠올랐다. 그들 중에는 세상을 달리한 사람도 있었다.

'그래, 많은 일이 있었지. 느낀 것도 많았고 깨달은 것도, 배운 것도 많았어. 그래서 지금의 내가 있는 것이겠지.'

현암이 차에 올라타자 승희는 난폭하게 운전하며 퇴마사들의 아지트가 있는 언덕길을 내려가기 시작했다.

"그런데 무슨 일이지? 자세히 설명해 줄 수 있겠어?"

"나도 잘은 모르겠어. 하지만 연희 언니가 위험할지도 몰라."

"위험? 그게 무슨 말이야?"

"뭐랄까. 나도 자세히 설명할 수는 없어. 그냥……."

말하는 순간 반대편에서 무서운 소리를 내며 커다란 트럭 한 대가 마주 달려왔다. 승희는 딴생각을 했는지 중앙선을 조금 넘어차를 몰다가 트럭을 보고는 재빨리 핸들을 꺾었다. 와아앙 하는 소리와 함께 지나쳐 간 트럭에서 욕지거리와 클랙슨 소리가 커다랗게 들려왔다.

현암은 승희를 쳐다보았다. 승희는 발갛게 상기된 채 무엇인가를 두려워하는 표정을 짓고 있었다.

"그냥 뭐야?"

"꿈! 현암 군, 어제 꿈을 꾸었어."

"꿈? 무슨 꿈이지?"

"아, 그런데 잘 기억나질 않아. 그러니 미치겠다는 거야."

"하나도 기억나질 않아?"

"그래, 뭔가…… 뭔가 있는 꿈이었는데, 그러니까…….''

승희가 속도도 줄이지 않은 채 끼이익 하는 격한 마찰음을 내며 커브를 급히 돌자 현암의 몸이 옆으로 쏠렸다. 현암은 승희가 왜 이러는지 도통 알 수가 없었다. 하지만 운전을 하기에는 너무 흥분한 상태라는 것만은 분명했다.

"좀 차분하게 운전하는 게 어때? 흥분하지 말고……. 그런데 어떤 꿈이었지?"

"아버지, 꿈에 아버지가 나왔어. 나에게 뭐라고 말해 주었는데…… 제기랄! 기억이 안 나!"

"아버님이 나오셨다고?"

현암은 기억을 되짚어 승희의 아버지인 현웅 화백의 모습을 떠올렸다. 화가이자 알려지지 않은 초능력자인 현웅 화백의 비장했던 마지막 순간, 그런데 승희는…….

"뭔가 급한 내용이었어. 제기랄! 이 돌대가리! 그런데도 생각이 나질 않는다니!"

"꿈에 아버님이 나타나셔서 연희 씨가 위험하다고 말씀해 주신 거야?"

승희는 거칠게 핸들을 꺾으면서 쏘아붙이듯 소리쳤다.

"아냐! 기억 안 난다고 했잖아!"

"그러면?"

"아버지가 말씀하신 건 하나도 기억이 나질 않아! 그러나 그 뒤에…… 그 뒤에 또 누군가가 있었어!"

"누군가가 있었다고? 누구지?"

"이 바보야! 그걸 알면 내가 왜 고민을 해! 나도 모르는 아이의 얼굴이었어!"

"그런데 왜?"

다시 평평한 직선 도로가 눈앞에 펼쳐졌고 지나가는 차도 별로 없었다. 그러자 승희는 심호흡을 하고는 빠르게 말을 이어 갔다.

"꿈을 꾸고 나서 왠지 모르게 기분이 안 좋았어. 중대한 메시지를 들은 것 같았는데. 도대체 기억이 나질 않는단 말이야. 분명 난 꿈에서 아버지 말고 또 다른 사람의 얼굴을 보았어. 그 사람이 어떻게 했는지는 기억나지 않지만…… 좌우간 좋지 않았어. 그래서……."

"그래서?"

"그 사람을 투시해 보려고 했어. 아주 힘들었지. 누군지도 전혀 모르고 꿈에서 본 얼굴이니 제대로 기억도 나지 않고 말이야."

현암은 고개를 끄덕였다. 승희의 투시력이 아무리 뛰어나더라도 단서가 없으면 투시를 제대로 한다는 것은 거의 불가능했다. 아무리 좋은 망원경을 가지고 있어도, 보아야 할 방향을 모른다면 무용지물인 것과 흡사했다.

"그래도 해냈어. 해낼 수 있었어. 그리고 그 사람은 우리나라, 서울에 있어."

"그래? 그럼 꿈에 나타난 사람이 정말 있었다는 거구나."

현암은 흥미를 느꼈다. 데자뷔 현상[2] 같은 것이 아니라면, 확실히 승희의 꿈에 뭔가가 있다고 볼 수 있었다.

---

2   한 번도 가 보지 않은 곳인데 이상하게도 그 장소에 가니 와 본 듯한 느낌이 들거나, 자신이 무슨 행동을 하면서 문득 그 행동을 해 본 적이 있다는 것 같단 생각이 드는 경우는 어떤 사람에게나 몇 번씩은 있을 것이다. 이러한 것을 데자뷔 현상이라고 하는데, 이는 일시적인 뇌의 착각이 주종을 이루는 것이라는 설이 지배적이다. 방금 보고 들은 것이 기억 어딘가에 남아 있는 것 같다는 착각을 하는 것이다. 물론 데자뷔가 아니라 실제로 유체 이탈을 해서 다른 곳의 정경을 보았거나 알지 못하는 사이에 예지력이 발휘돼 미래를 예측하거나 전생의 기억이 남은 것일 수도 있다. 그러나 대부분의 그런 체험은 단순한 뇌의 착각이라고 보는 것이 타당하다. 굳이 구분하자면 그 일이 닥친 다음에 그런 느낌이 든다면 유체 이탈이나 예지력이라고 할 수 없을 듯하다. 예지력으로 미래를 알았다면 그것을 알았던 시간부터 기억에 남는 것이 합당하기 때문이다. 유체 이탈도 마찬가지이다. 다만 한 가지 철저하게 구분해야 할 것은 스스로의 확고한 자세이다. 그런 일을 겪게 되면 누구나 자신의 기억 속에 전부터 그런 광경이 있었다고 생각하기 쉽고, 또 꿈 같은 곳에서 본 모호한 경치가 지금 보고 있는 것이라고 단정 짓게 되는 경우가 있다. 한 조사에 의하면 응답자의 팔십 퍼센트 이상이 그런 경험이 있다고 대답한 만큼, 이는 누구나 겪을 수 있는 일이기에 스스로의 정확한 판단이 필요할 것이다.

"그러면 그 사람의 마음속도 투시해 봤니?"

"그래, 해 봤지. 그런데…… 그런데 말이야."

"뭐지?"

"그 사람의 마음은 거의 투시가 되질 않았어. 마치 옛날 블랙 서클 사람들을 투시하던 때처럼. 온통 캄캄해서 하나도 짚어 낼 수 없는……."

과거의 강적이었던 블랙 서클의 이야기가 나오자 현암은 몸이 움찔했다. 블랙 서클은 와해됐다. 마스터도 죽었고 코제트, 히루바바, 젠킨스 모두가 죽었다. 인디언 주술사인 성난큰곰은 아직 살아 있을 터이지만 그는 해방됐고 악행을 할 리가 없었다.

"블랙 서클? 그건 이미 없어졌잖아."

"하지만 그랬어! 그래서 온 힘을 다 써 봤지. 그랬더니……."

"뭐지?"

"아주 작은 한마디만 읽어 낼 수 있었어. 해독(解讀)을 막아야 한다는…… 그러니까 독을 없애는 해독 말고 읽어서 뜻풀이하는 해독 말이야."

"해독을 막는다고?"

"그래! 해독을…… 뭔가 번역되는 것을 막으려 하는 거야."

"틀림없니?"

"그것만은 틀림없어. 그렇다면 해독하는 건 누구겠어? 분명 연희 언니야. 연희 언니가 위험해질 수도 있다는 거야."

현암은 생각에 잠겼다. 이 정도까지 말한다면 승희의 말을 믿지 않을 수 없었다. 그러나 난데없이 블랙 서클의 것과 같은 주술을 사용하는 사람이 왜 나타났는지, 그리고 그들이 도대체 무슨 해독을 막으려 하는 것인지는 전혀 감이 잡히지 않았다.

"연희 씨가 요즈음 무슨 중요한 일을 하고 있는 것이 있니?"

"나도 몰라. 하지만 중요한 것을 하고 있지 않다고 생각해도 실제로는 그 안에 중요한 것이 숨겨져 있는지도 모르잖아."

현암도 고개를 끄덕였다. 그럴 가능성도 있다고 여겨졌기 때문이었다. 그러나 무엇인가가 좀 어색했다.

"승희야, 네가 느낀 그 마음의 차단이 예전의 블랙 서클의 것과 비슷하니?"

"아니."

"음? 그럼 비슷하지 않단 말이야?"

"비슷한 게 아니고 똑같아!"

"이상하군. 도대체 그들이 어디서 나타난 거지? 블랙 서클의 모든 사람은 죽었고 성난큰곰 하나만 남아 있어. 그러나 그는 이제 절대 악한 일은 하지 않을 거야."

"성난큰곰은 아니야. 그 덩치 큰 아저씨를 내가 분간 못 할 것 같아?"

"그럼 도대체 누구지?"

"나도 모른다니까!"

"흠……."

어느새 두 사람이 탄 차는 연희의 아파트 근방에 도착했다. 주변은 평화롭고, 아무런 일도 일어나지 않은 것처럼 보였다. 그러나 겉으로만 봐서는 알 수 없는 일이었다. 승희와 현암은 차에서 내려 엘리베이터의 버튼을 눌렀다.

칠 인의 신동(神童)

투덜거리며 알짱대는 아라의 존재조차 잊고 책장을 넘기던 준후는 문득 묘한 기운이 그리 멀지 않은 거리에서 지나가는 느낌을 받았다. 마침 준후는 『규원사화(揆園史話)』의 원문을 복사한 판본을 뒤적거리고 있던 중이었다. 준후는 혹시 아라가 움직인 것이 아닌가 하고 서재를 둘러보았다.

아라는 준후를 조르다가 지친 듯 구석에 머리를 기댄 채 잠들어 있었다. 아라가 아까 보여 주었던 목걸이는 형광등 불빛에 빛이 났다. 책에 너무 정신을 쏟고 있었는지 조금 전까지만 해도 훤했던 밖은 벌써 어두워진 상태였다.

"내가 잘못 안 걸까?"

준후는 고개를 갸웃하면서 책으로 눈을 돌렸다. 그런데 얼마 지나지 않아 다시 뭔가가 지나가는 듯한 느낌이 들었다. 그것은 희미한 영력을 띠며 집의 위쪽으로 이동하고 있었다.

준후는 아까 아라에게 들었던 대로 주기 선생일 거라고 짐작했다. 주기 선생은 나쁜 사람이라고는 할 수 없지만 지난번 초치검 때 만났던 기억에 의하면 사리사욕을 챙기는 편이라 이렇게 아라의 집 안을 드나든다는 것이 기분 좋은 일은 아니었다. 주기 선생은 뭔가 자신에게 필요한 것이 생긴다면 남에게 해가 되는 것도 불사하는 성격이었다. 주기 선생도 주술의 사용은 엄격하게 자제하는 데다 아무 연관이 없는 아라나 최 교수를 괴롭힐 정도로 막무가내인 성격은 아니라는 것을 준후도 잘 알고 있었지만 말이다.

'남의 집에 함부로 드나들면서 뭘 하려는 거지. 창피를 좀 주어야겠군.'

준후는 몸을 일으켰다. 아라를 깨울까 했지만 공연히 아라까지 끌어들일 필요는 없을 것 같았다. 준후는 조심스레 서재를 나서면서 영기가 느껴지는 곳을 찾기 시작했다.

현암과 승희의 우려와는 달리 연희의 집 초인종을 누르자 연호가 얼굴을 내밀었다. 오랜만에 보는 연호였다. 연호는 갑자기 찾아온 두 사람을 반가운 표정으로 맞이했다. 아직은 아무 일 없는 것 같다는 생각에 승희는 안도의 한숨을 몰래 내쉬었다.

"연희 씨 계신가요?"

"예? 지금 집에 있어요. 들어오세요."

현암과 승희는 머뭇거리다 안으로 들어섰다. 현암은 예전에 준후가 연희와 연호의 사촌 동생 수정이를 지키기 위해 주었던 부적 주머니가 마루 한구석 액자 위에 걸려 있는 것을 보고는 미소를 지었다. 불과 이 년도 안 된 일이었지만 새삼스럽게 아주 먼 옛날에 일어났던 것 같았다.

 잠시 후 연희가 여느 때와 같은 미소를 지으면서 마루로 나왔다. 승희와 현암은 연희가 나오자 서로의 얼굴을 마주 보면서 눈치를 살폈다. 연희에게 위험할지도 모른다는 이야기를 한다는 게 두 사람에겐 퍽이나 어려운 일처럼 느껴졌다.

 연희와 백호가 나가고 난 뒤 박 신부와 윌리엄스 신부는 꽤 오랫동안 이야기를 나누었다. 윌리엄스 신부는 다른 사람들과 함께 있는 자리에서 차마 말하지 못한 이야기를 비로소 꺼냈다. 박 신부 역시 개인적인 문제인 데다가, 아직 확실하게 결정된 것도 아니어서 모두가 있는 자리에서 이야기하는 것을 피하고 있었다. 그러나 박 신부 개인으로 볼 때에는 상당히 중요한 문제이기도 했다.

 "곽 신부님. 신부님은 파문 상태로 계속 계셔서는 안 됩니다. 이번 일을 수락하셔서 다시 성직으로 돌아가셔야만 합네다."

 "저도 파문된 상태로 있는 것이 좋지는 않습니다. 그러나……."

 "곽 신부님의 믿음이 굳건하다는 것은 누구보다도 제가 잘 알고 있습네다. 과거에 파문당한 일만 없으시다면 제가 나서서 성자로 서품해 달라는 청원을 했을 것입네다. 곽 신부님의 믿음의 힘은 많은 사람을 구할 수 있는 힘이요, 은총입네다."

 "그것은 제 개인적인 문제입니다. 저는 파문을 당했지만 그 일을 섭섭하게 생각하거나 원망한 적은 없습니다. 제 문제의 관건은 믿음이었고 일이 이렇게 된 것은 견해의 차이라고 여겼기 때문입니다. 저는 천주님을 저버린 적이 없습니다. 직위가 있다고 그 사실이 달라진다고 보진 않습니다."

"그렇게만 볼 일은 아닙네다. 파문이라고 하는 것은 믿음의 길이 끊어진 것입네다. 사실 예전의 곽 신부님의 일을 보면 교단 측에서 지나치게 성급한 결정을 내린 것이라고 생각합네다. 그러나 교단도 조직체입네다. 일단 내려진 결정을 쉽게 되돌릴 수는 없는 것입네다. 아멘."

"그래서 파문 선고를 취소해 주는 조건으로 그 일을 맡아 달라는 말이 아닌지요?"

"간단하게 생각하면 그렇습네다. 그러나 그것을 교환 조건으로 여기시지는 않았으면 좋겠습네다. 그런 것은 곽 신부님이 파문을 당한 몸인데도 복장이나 생활 방식을 그전처럼 해 온 것을 그냥 묵인한 데에서도 아실 수 있을 것입네다. 곽 신부님의 행동을 제재한 적도 없고요."

"그건 교단에서 파문당한 사람까지 신경 쓸 필요가 없었기 때문 아닐까요? 제가 너무 심한 말을 한다고 생각되시면 말씀해 주십시오."

"곽 신부님의 믿음의 힘, 그것은 유래를 찾아볼 수 없을 정도로 매우 강합네다. 그리고 그 힘이 세이튼(사탄)이나 흑암의 권세에서 비롯된 것이 아니라는 사실도 이제는 명백합네다. 그러나 교단에서는 그 증거를 원하는 것입네다. 곽 신부님과 거래를, 아멘, 하자는 것이 아니라 신부님께 기회를 주자는 것입네다. 되돌아오실 수 있는 계기를 만들 수 있는 증거로 말입네다. 팍 신부님. 파문당한 자에게는 구원이 없습네다."

박 신부는 굳게 입을 다물고 생각에 잠겼다. 윌리엄스 신부는 매우 안타까운 듯한 표정을 지었다. 윌리엄스 신부가 이토록 집요하게 설득하는 동기가 순수하다는 것은 박 신부도 잘 알고 있었다. 교단 측의 입장도 이해할 수 있었다. 그러나 그것을 위해 자신에게 주어진 힘을 사용한다는 것이 박 신부는 마음에 내키지 않았다. 물론 교단 측에서 원하는 일은 그렇게 힘든 일도 아니고, 나쁜 일도 아니었다.

박 신부는 자신도 모르게 한숨을 내쉬었다. 박 신부는 지옥에 대해 여러 번 생각했었다. 파문당한 자는 지옥으로 갈 수밖에 없다는 가르침도 잘 알고 있었다. 물론 박 신부는 그 가르침이 고스란히 실현된다고는 믿지 않았다. 그러나 그 가르침은 자기가 믿고 따르던 것이었다. 그 점이 중요했다. 가르침에서 전하는 가장 큰 벌이라고 할 수 있는 파문을 아무렇지도 않게 여긴다면 가르침을 진실로 믿는다고 볼 수 없는 것이다.

박 신부는 자신이 지옥에 떨어지는 것을 두려워하는 사람이 아니었다. 소신대로 행동한 결과가 그것이라면 후회하지는 않을 것이었다. 다만 그렇다면 자신의 소신과 모든 가르침은 상반된 것이 되고 결국 자신이 믿고 따르고 몸 바치기로 각오한 교리 전체를 부정하는 것이 돼 버릴지도 모른다는 사실이 항상 박 신부를 번민하게 했다. 그리고 지금 그 번민은 완연한 현실이 돼 자신의 눈앞에 있었다.

선택해야만 했다. 윌리엄스 신부를 비롯해 자신을 아는 많은 사람이 이 일 때문에 무척 노력했다는 것을 너무나 잘 알고 있었다. 그렇지만 자신에게 주어진 힘을 어떤 목적을 위해 쓴다는 것은…… 물론 사리사욕을 추구하는 것도 아니고, 모두에게 좋은 일이며 자신이 하지 않는다면 다른 누군가가 해야 될 일이었다. 그러나 그 동기에 아주 작게나마 자신에 대한 일이 포함돼 있다는 사실이 박 신부를 고민하게 만들었다.

준후는 서재를 나와 어두컴컴한 마루로 들어섰다. 해가 저문 지도 꽤 됐는데 마루엔 불도 켜져 있지 않았다. 최 교수는 일에 몰두하느라 해가 저문 것도 모르는 모양이었다. 최 교수의 방, 작은 문틈 사이로 희미한 불빛이 새어 나오고 있었다.

'연구가 무척 바쁘신가 보구나. 내가 자꾸 들락거려 방해되는 것은 아닐지…….'

이런저런 생각에 잠겼던 준후는 눈을 감고 주위의 영력을 살폈다. 왠지 모르게 인상을 찌푸리게 하는 묘한 기운이 느껴졌다. 그것도 한 곳이 아니었다. 영기는 집 전체를 빙 둘러싼 십여 군데에서 느껴졌다. 움직이지도 않고 그 자리에서 고요히 힘을 발휘하고 있는 것을 보아 사람이 아니라 물건인 것 같았다. 그렇다면…….

'진법을 치다니, 주기 선생이 무슨 장난을 치려나?'

그러고 보니 희미하게 느껴지는 기운들은 주기 선생이 전에 펼

쳤던 십이지신술의 기운과 매우 흡사했다. 준후는 다시 집중했다.

'가만, 저 힘들은 안쪽으로는 작용을 하지 않는 것 같네. 여기서는 이렇게 희미하게 느껴지니 말이야. 그렇다면 저 힘들은 밖으로 뻗어 나간다는 얘긴데…….'

힘이 안으로 뻗는다면 주기 선생이 이 집에 뭔가 장난을 친다고 볼 수 있었지만 밖으로 뻗는다면 그렇게 보기 어려웠다.

'그렇다면 주기 선생이 이 집을 보호하기 위해서 진을 설치한 것이라는 말인데, 도대체 무엇을 막으려고 그러는 거지?'

준후는 예상한 것보다 문제가 심각할지도 모른다는 생각이 들었다. 주기 선생도 만만한 사람이 아니었다. 그 사람이라면 어지간한 것은 소리 소문 없이 해치워 버릴 만한 능력이 있었다. 그런 그가 진법까지 쳤다는 것은 그 상대도 상당한 수준이라는 이야기다. 일단 집 안에서 별 느낌이 없는 것으로 보아 진을 친 주기 선생은 밖에 있을 것 같았다.

공연히 최 교수나 아라를 놀라게 할 필요는 없었으니 그 편이 나을지도 모른다는 생각을 하면서 준후는 조심스럽게 현관 쪽으로 걸음을 옮겼다.

"아차!"

현암이 큰 소리를 질렀다.

연희에게 어떻게 말을 꺼내야 할지 몰라 머뭇거리던 현암은 우연히 벽에 붙어 있는 이두 글자 표를 본 순간 근래에 중요한 것을 해석하고 있는 사람이 연희가 아니라 준후라는 사실을 깨달았다.

'『해동감결』! 그것 때문에 해동밀교는 풍비박산이 났고 일본에서도 묘렌 교주가 그 많은 밀계를 꾸미지 않았는가! 그런 중요한 것을 준후가 해석하고 있는데 미처 떠올리지 못했다니!'

현암은 준후와 연희를 안 지 오래됐고 그들과 함께 많은 시간을 보냈다. 그러다 보니 선입관이 생겨서 준후가 『해동감결』을 해석하고 있다는 생각을 못 한 채, 해석하는 것은 의당 연희라고만 여겼던 것이다. 그것은 승희도 마찬가지였다.

"승희야, 혹시 준후가 아닐까?"

"음? 뭐가 말이야?"

"해독하는 사람이 준후, 그러니까 네가 짚어 낸 해독이라는 구절은……."

"엑? 가만, 그러고 보니……."

승희도 놀란 것 같았다. 그러더니 그 자리에서 눈을 감고 뭔가에 정신을 집중하기 시작했다.

연희는 왜 두 사람이 갑작스레 자기를 찾아왔는지, 어떤 생각을 하고 있는지 알 수 없었지만 분명 무슨 일인가가 터졌나 보다 싶어서 잠자코 있었다.

현암도 나름대로 머릿속에서 정리하고 있었다. 그들이 노리는 대상이 준후라고 한다면 연희보다는 문제가 수월했다. 비록 어리기는 하지만 대단한 주술력을 지닌 준후니만큼 그리 만만하게 당하거나 낭패를 보지는 않을 것이다.

홍수 151

오히려 그보다는 블랙 서클과 유사한 능력을 지닌 자들이 노리는 사람이 전혀 다른 제삼의 인물이 아닐까 하는 의심이 들었다. 연희나 준후가 아니라면 누굴 노리고 있는 것일까? 그러나 그것까지 추측해 낼 길은 없었다. 그것을 알면 그 정체 모를 작자들이 누구인지를 알아야 하는데 그들이 누구인지 알아낼 방법이 없지 않은가?

 영문도 모른 채 멀뚱히 앉아 있는 연희를 두고 승희가 뭔가를 애써 투시하는 동안 현암은 골똘히 생각에 잠겨 있었다. 그때 불쑥 연호가 방에서 고개를 내밀고는 연희를 불렀다.

 "말씀 중에 미안합니다. 연희야. 국제 전화인데 받을래?"

 "음? 무슨 전화지?"

 "아, 수정이가 전화한 거야. 네 목소리 듣고 싶대서."

 현암은 과거에 자신이 구해 주었던 귀여운 꼬마 수정이를 떠올리고는 미소를 지었다. 그러다가 머릿속을 스치듯 지나가는 생각에 자신도 모르게 소스라치며 몸을 벌떡 일으켰다.

 준후는 현관을 나서면서 미소를 지었다. 문밖을 나서자 더욱 뚜렷이 느껴진 진법의 기운이 어떤 것인지 한눈에 알아볼 수 있었기 때문이다. 그것은 주기 선생이 펼친 수법임이 분명했다. 진을 폈다면 주기 선생도 틀림없이 이 근방에 있을 것이다.

 준후는 씁쓸한 웃음을 띠며 나직한 목소리로 주기 선생을 불렀다.

"오래간만이네요. 주기 선생님."

주기 선생이야 으레 호칭이 주기 선생이니 자연히 선생님 소리를 하게 된 것이지만, 학교에 제대로 다녀 보지 않은 준후로서는 선생님이라고 말을 하는 것만으로도 뭔가 아릿한 것이 마음속을 휩쌌다. 괜한 생각이라고 떨쳐 버리며 준후는 다시 말했다.

"어디 계세요? 인사드리고 싶네요."

준후가 말을 마치기 무섭게 지붕 위에서 피식 웃음소리가 들리더니 누군가가 건너편 마당으로 훌쩍 뛰어내렸다. 그곳은 나무들에 가려 준후가 선 자리에선 잘 보이지 않는 곳이었다. 이 층이나 되는 집의 지붕에서 뛰어내렸는데도 발소리조차 들리지 않는 것으로 보아 예전에 비해 주기 선생의 도력이 상당히 높아진 것 같았다.

"안녕하세요? 여기서 만날 줄은 몰랐네요."

준후가 그쪽을 향해 씩 웃으면서 인사를 하자 작은 바람이 일더니 어느새 뒤쪽에서 말소리가 들렸다.

"하하하. 꼬마야, 오랜만이구나."

주기 선생이 자랑하는 힐기보법을 써서 준후의 뒤로 돌아간 것 같았다. 짧은 순간이었지만 준후는 쓴웃음을 지었다. 주기 선생의 도력이 높다는 것을 잘 알고 있는 준후에게 과시하듯이 그런 보법을 쓰다니. 도력이 그 정도로 높으면서 왜 아직도 치기를 버리지 못한 것일까. 준후는 몸을 돌려 인사를 꾸벅하고 나서는 고개를 들어 주기 선생을 바라보았다.

이 년 만에 보니 한편으론 반가운 마음도 들었다. 도시에서 주로 일을 하기 때문인지 전처럼 도복을 입고 있지는 않았지만 턱에만 기른 수염은 전보다도 많이 자란 것 같았고 등에는 여전히 공작 꼬리 모양으로 활짝 펼쳐 놓은 깃발들을 지고 있었다. 그런데 그 깃발들은 열두 개가 아니라 열여섯 개였다. 십이지신의 열두 깃발과 양옆 가장자리에 두 개씩의 좀 더 화려한 깃발들이 꽂혀 있는 것이 보였다.

뭔가 술수를 늘린 것이 분명해서 준후는 미소 띤 얼굴로 깃발들을 가리키며 말했다. 호승심 강한 주기 선생 같은 사람에게 술수나 도력의 증진이 기분 나쁘게 들릴 리는 없었으니 칭찬해 주고 시작하는 것이 좋겠다고 생각했기 때문이다.

"깃발이 늘었네요? 위력적인 술수를 익히셨나 보죠?"

주기 선생은 준후의 말에 기분이 좋은 듯 껄껄 웃었다.

"이건 제황사신번(帝皇四神幡)[3]이라고 하는 거지. 십이지신술보다 한 단계 위의 술수란다."

준후는 고개를 끄덕이며 유심히 깃발들을 보는 체했다.

물론 그 깃발들에서 뿜어 나오는 기운이 범상하지 않은 건 분명

---

[3] 본문에서 주기 선생이 십이지술과 함께 사용하는 고단계의 술수이다. 번(幡)은 기(旗)와 달리 깃발이 세로, 즉 깃대 방향으로 세워져 있는 깃발을 의미한다. 사신이란 청룡, 백호, 주작, 현무 네 마리의 신수(神獸)로 우리나라에서는 고대부터 이러한 사신을 동서남북 네 방향의 수호신으로 생각해 왔다. 주기 선생은 이러한 네 신의 힘을 깃발에 넣어 조종하는 것으로 설정돼 있다.

했지만 그것에 신경을 쓰고 싶지는 않았다. 주술이나 도력은 자랑하라고 익히는 것이 아니었으니 말이다. 다만 준후는 주기 선생이 의기양양해하는 것을 보고는 앞으로 승희나 아라를 만나면 무조건 칭찬하는 말로 시작해야겠다는 다짐을 했다.

"그건 그렇고, 네가 여기 왔다 갔다 하는 것은 전부터 보아 왔다. 그러나 여기 일은 내 일이니 너는 간섭하지 말거라. 혹시 현암이도 왔니?"

주기 선생의 굳이 현암 이야기를 꺼내는 것을 듣자 준후는 조금 부아가 치밀었다. 초치검 사건 때 현암에게 굴복한 이후 주기 선생이 현암을 무척이나 의식하고 있다는 것을 그 한마디로 알 수 있었기 때문이었다.

"아뇨."

"그렇군. 하하하. 그럼, 너희는 일곱 꼬마들 일은 모르고 있니?"

"일곱 꼬마라니요?"

주기 선생의 눈빛이 번쩍이며 준후의 안색을 살폈다. 그러다가 조금 뒤 미소를 띠며 말했다.

"정말 모르고 있니? 그렇다면 왜 자꾸 여길 드나든 거지?"

"도움을 받을 게 있어서요. 여긴 구하기 힘든 고서들이 많거든요."

"음, 그래? 그럼 너는 최 교수의 연구에 대해서는 모르고 있니?"

"최 교수님의 연구요?"

"모른다면 됐어. 더 알 것 없다. 이건 내 일이니 내가 처리하마."

"그런데 최 교수님과 아저씨는 무슨 관계지요? 최 교수님의 연구에 왜 아저씨가?"

"관계? 하하하. 그래, 관계라고 할 수 있지. 관계가 있단다. 아주 중요한 관계야. 그러나 너는 몰라도 된다."

준후는 심통이 났다. 주기 선생의 태도로 보아 최 교수를 방해한다거나 뭔가를 훔치려고 한 것 같지는 않았다. 오히려 주기 선생은 일곱 꼬마라는 말을 했다. 그렇다면 혹시?

"일곱 꼬마들과 무슨 관련이 있나요? 아저씨는 지금 이 집에 진을 쳐 놓았지요? 누구에게서 이 집을 지키려고 그러신 거죠?"

"많이 알면 호기심이야 풀리겠지만 어떤 일은 알면 알수록 손해다. 위험하니깐 말이야."

"아저씨는 무엇 때문에 그러시는 거죠? 최 교수님도 아저씨가 여기 있다는 것을 알고 계시나요?"

"아니. 그 영감님이 이런 일에 대해 알겠니? 그저 연구나 하고 지내는 양반이지."

"그러면 왜?"

준후가 더 말을 잇기도 전에 갑자기 무언가가 다가오는 느낌이 들었다. 희미했지만 일종의 영기임이 분명했고 빠른 속도로 가까이 다가오고 있는 것이 사람 같지는 않았다.

준후가 흠칫하자 주기 선생도 그것을 느꼈는지 싸늘하게 웃음을 머금고 그 방향을 바라보며 중얼거렸다.

"또 시작하는군. 이번엔 얼마나 잘난 술수를 부리는지 볼까?"

말을 마치기가 무섭게 주기 선생은 획 하고 몸을 솟구쳐서 지붕으로 올라갔다. 주기 선생의 목소리가 준후의 귓전에 맴돌았다.

"너는 상관없는 일이니 끼어들지 마라. 알겠니? 오히려 방해가 된단 말이다."

준후는 양미간을 살짝 찌푸리며 품에서 부적을 꺼내 현관에다가 획 던졌다. 부적들은 저절로 불이 붙어 타들어 가면서 현관 주변에 작은 결계를 형성했다. 그다음 준후는 주기 선생의 말을 듣지 않고 그 자리에 버티고 선 채 다가오는 것들이 무엇인지를 알아내기 위해 정신을 집중했다.

현암의 얼굴이 별안간 딱딱하게 굳어지는 것을 보고 승희는 의아한 듯 현암의 옆구리를 살짝 찔렀다. 그러나 현암은 반응을 보이지 않았다. 그 대신 무엇인가를 계속 심각하게 생각하는 것 같았다. 연희가 잠시 전화를 받고 오겠다고 자리를 비우자 승희는 현암에게 슬쩍 물었다.

"현암 군. 왜 그래? 어디 아파?"

"승희야, 짐작이 가. 그들이 누구인지."

"그들? 누구 말이야?"

"블랙 서클의 주술을 쓴다는 자들 말이야."

"어? 누군데? 짐작 가는 데가 있어?"

"나가서 이야기하자."

현암은 다짜고짜 자리에서 일어나 인사도 하지 않고 문밖으로 나섰다. 승희는 영문도 모르고 현암의 뒤를 따랐다. 밖으로 나가

문을 닫고 나서야 현암이 승희에게 말했다.

"수정이의 이름을 듣고서 생각이 났어. 너도 기억하지? 전에 수정이가 리에게 잡혀갈 뻔했던 일 말이야."

"그런데?"

"그때 리가 연희 씨에게 이렇게 말했다고 했어. 수정이는 위대한 힘을 가질 수 있는 자질이 있다고 말이야. 그리고 그다음엔 케인이 수정이를 납치해 가려고 했었지. 마스터의 명이라고 하면서. 그런데 그들이 노렸던 게 과연 수정이 한 명뿐이었을까?"

현암의 말을 들은 승희의 얼굴이 하얗게 질렸다.

"어, 그렇다면……."

현암은 긴장했을 때 으레 나타나는 무뚝뚝한 얼굴로 승희에게 고개를 끄덕여 보였다.

"지금 블랙 서클의 잔존자는 성난큰곰밖에 없어. 그는 이제 블랙 서클에서 벗어났지. 그렇다면 블랙 서클과 똑같은 주술을 사용할 수 있는 사람들은 그때 수정이와 비슷한 경로를 통해 잡혀갔던 아이들뿐일 거야."

"하지만 그럴 순 없을 것 같은데. 수정이 또래라면 그 애들만 남아서는 무엇 하나 제대로 익히지도 못했을 거야. 어린 애들끼리 뭘 하겠어? 블랙 서클 안에 우리가 모르는 또 다른 사람이 있었던 것은 아닐까? 그러니까 능력이 없던 사람이 갑자기……."

현암은 승희의 말에 고개를 저었다.

"그런 사람이 있었을지도 모르지. 하지만 승희야, 지금 네 투시를 피하려면 어느 정도의 경지가 돼야 하지? 갑자기 그런 큰 능력이 생길 수 있겠니?"

"다른 사람이라고 현암 군 같은 그런 기회를 얻지 말라는 법은 없잖아."

현암은 살짝 미소를 지었다.

"나는 도혜 스님의 칠십 년 공력을 물려받았지만 십 년이 지난 지금까지도 그걸 완벽하게 운영하지 못하고 있어. 신부님도 영능력을 처음 얻으시고 자유로이 힘을 사용하게 되는 데는 거의 칠팔 년이 걸렸다고 하셨고. 블랙 서클이 무너진 지는 겨우 이 년 정도밖에 지나지 않았고, 더구나 주모자들은 거의 다 죽고 없어. 그런데 누가 그런 기회를 줄 수 있지? 오히려 우리가 모르는 제삼의 인물이 있을 가능성이 높아."

승희는 중얼거리다가 고개를 설레설레 저었다.

"그건 아냐. 나는 코제트의 마음속을 들여다본 적이 있어. 당시 블랙 서클에서 강한 능력을 지닌 멤버는 우리가 상대한 자들뿐이었어. 혹시 성난큰곰의 마음이 바뀐 것이 아닐까?"

현암은 성난큰곰을 상대해 본 적이 있었다. 물론 한 번뿐이었고 그 사람을 다시 만난 적은 없었다. 하지만 그때 받은 느낌으로는 그가 아이들을 부추겨 무슨 짓을 꾸밀 것이라고는 절대 믿을 수 없었다. 성난큰곰은 실제로 악행을 하지 않기 위해서 일부러 현암의 손에 목숨을 잃으려고까지 하지 않았던가?

"글쎄, 그럴 것 같지는 않아."

"하지만 아이들만 남은 상태에서 그런 강력한 주술을 자기들끼리 익혔으리라고는 상상하기 힘들어. 현암 군은 누군가가 기회를 준다고 해도 단시간 내에 강한 주술력을 가지게 되는 것은 불가능하다고 말했지? 그러면 그 아이들의 경우에는 그런 능력을 가지게 되기가 더 어려운 게 당연한 거잖아. 그 애들이 아무리 선천적으로 자질을 타고났다 하더라도 누군가가 이끌어 주지 않으면 그런 주술을 배우지 못할 것 아니겠어?"

승희의 말을 듣고 보니 현암도 할 말이 없었다. 하긴 그랬다. 준후와 같은 신동도 나면서부터 해동밀교에서 수련을 해 왔기에 오늘날의 힘을 가질 수 있게 된 것인데 하물며 자기 힘으로만 모든 능력을 만들어 낸다는 것은 더더욱 불가능했다. 그런 생각을 하던 현암의 머릿속에 뭔가가 퍼뜩 스쳤다.

"이런 제길! 그렇구나!"

"왜 그러지?"

"죽은 자들이 일을 벌일 가능성은?"

"죽은 자들?"

"그래. 보통 사람들이야 믿지 않을 테지만, 분명 영혼이 있고 그 일부는 세상에 남아서 뭔가 일을 하거나 생전에 못다 한 것을 달성할 수도 있는 거야. 우린 그것을 알고 있잖아. 그러니……."

"그러니 블랙 서클 사람들이 영혼이 남아서 그들을 가르쳤다고? 글쎄, 블랙 서클이라는 이름 자체가 왜 생겨났는데? 그들의 영혼은 죽고 나서 모두 블랙 서클의 검은 원 안으로 빨려 들어갔어. 지옥으로 떨어진 거라고. 영혼이 남아 있을 리가 없잖아."

"그래, 그건 나도 알아. 연희 씨에게 리의 영혼이나마 만나게 해 주려고 준후가 무지 애를 썼어도 성공하지 못했지. 그러니 블랙 서클의 일원이었다가 죽은 자들의 영혼은 예외 없이 사라졌을 거야. 그러나 우리가 확인하지 않은 자가 있어. 그게 누구였는지는 너도 알지?"

승희의 얼굴이 하얗게 질렸다.

"그렇다면 마스터?"

현암의 얼굴이 침통한 빛을 띠었다.

"그래, 마스터. 마스터가 처참하게 죽은 것은 나도 알지만 그때 당시 온전한 정신으로 깨어 있던 사람은 아무도 없었어. 모두가 쓰러져 의식을 잃고 있었지. 나중에 미국 경찰들이 왔을 때야 마스터의 시체를 확인할 수 있었잖아. 하지만 마스터의 영혼도 블랙 서클에 휘말려 사라졌는지 아닌지는 아무도 몰라. 마스터는 소환술이 잘못돼 죽었다고 했으니 죽는 순간 블랙 서클의 소환술이 깨졌을 거 아냐. 그렇다면 마스터의 영혼은 블랙 서클에 말려들지 않았을지도……."

당시 박 신부는 악마의 출현과 마스터의 죽음을 목도했지만, 그 일은 아무에게도 말하지 않았다. 아스타로트는 마스터를 아예 증발시킨 것처럼 보였지만, 그것은 정신적인 현상에 가까워서 육체는 완전히 사라지지 않았다. 악마가 사라지고 나자 마스터의 시체는 처참한 모습으로 박살이 난 채 모습을 드러냈다.

그 말을 사실대로 하기에 마음 아파하던 박 신부는 마스터가 무리한 소환술을 쓰다가 잘못돼 제풀에 죽었을 것이라고 말을 지어 냈다. 때문에 현암, 준후나 승희도 그때의 사실에 대해서는 아무 것도 알지 못했다.

"잠깐, 잠깐. 연희 언니는?"

"연희 씨도 기절해 있었다고 들었는데."

"그래도…… 뭔가 조금이라도 없을까? 아, 왜 지난 일까지 들춰야 하는 거야! 다 끝난 일이라고 생각하고 있었는데."

"연희 씨라면 뭔가 기억하고 있을까? 물어보기나 하자."

"그래, 알았어."

승희가 대답하고 안으로 들어서려는 순간 현암이 뒤에서 나지막한 목소리로 말했다.

"하지만 내 짐작이 맞다면 그런 짓을 할 만한 자는 마스터밖에 없어. 그자의 영혼이 아직도 떠돌면서 또 다른 일을 꾸미고 있는 건지도 몰라. 만약 그자면 우리가 막아야만 해."

현암의 말을 듣고 승희는 떠오르는 예전의 기억에 치를 떨면서 중얼거렸다.

'마스터라니! 연희 언니를 위해서라도 그놈은 용서할 수 없어!'

음산한 바람이 불어오자 뜰에 심어진 나무들이 우스스 휘날렸다. 준후는 천천히 고개를 돌려서 주기 선생이 편 진의 방향을 살폈다. 역시 십이지신술을 응용한 진법이었다. 그 진법은 집을 보호하는 한편 집의 바깥쪽으로 큰 소리가 새어 나가는 것도 어느 정도 막아 주는 역할을 하는 듯싶었다. 준후가 고개를 돌려 위쪽을 보니 주기 선생은 지붕 위에 올라서서 천천히 등에 지고 있는 깃발 중에 십이지번의 깃발 두 개를 뽑아서 들고 있었다. 얼핏 보기에도 집 전체를 내려다볼 수 있는 좋은 위치였다. 이 집을 지키기 위해 여러 번 싸웠던 듯 익숙한 동작들이었다.

주기 선생은 기를 뽑아 든 뒤 꼼짝도 하지 않고 허공을 노려보며 서 있었고, 준후도 역시 한 손을 부적들이 들어 있는 소매 속에 넣은 채 사방을 조심스럽게 둘러보았다. 무엇인가 영기를 품고 있는 것들이 점점 빠른 속도로 가까이 다가오고 있었다. 준후가 느끼기에 그것은 무형의 기운이 엉긴 것이 아니고 작은 형체를 지니고 있는 것 같았다.

준후는 소매 속에서 부적을 꺼내 들고 한 손으로 떨쳐 수인을 맺었다. 그러자 위에서 주기 선생의 목소리가 들렸다.

"시끄러운 술수는 부리지 마라. 온 동네 사람들이 다 깨어나고 발칵 뒤집히는 꼴을 보고 싶지는 않겠지? 너는 참견하지 말란 말이다."

"아저씨의 진법이 이렇게 고명하신데 어떻게 소리가 새어 나가겠어요?"

"좌우간 너는 빠져. 이크! 온다."

빠르게 다가오고 있던 '그것'들은 집에 근접해 오자 갑자기 여러 개의 형체로 갈라지더니 집을 에워싸고 돌며 빠르게 움직였다.

순간적으로 벌어진 일이라 준후와 주기 선생은 긴장을 늦추지 않고 '그것'들이 갈라져 나간 좌우를 살폈다.

'그것'들은 나뉜 여러 개가 다시 여러 개로 나뉘고 또다시 여러 개로 갈라져서 집 주위를 에워싸며 빙글빙글 돌았다. 진으로 보호되고 있는데도 불구하고 음산한 기운이 점점 안으로 파고들기 시작하자 주기 선생이 신경질적으로 소리쳤다.

"제길, 좀비 돌(Zombi Doll)[4]인가보다!"

"좀비 뭐라고요?"

준후의 말에 주기 선생이 대답하기도 전에 집 주위를 에워싸고 있던 기운들이 갑자기 집 뒤쪽을 노리고 모여들다가 폭발하는 듯한 기운을 내뿜으며 하나로 합해졌다. 집 뒤쪽에서 짙어지는 영기에 준후는 고개를 돌렸고, 주기 선생은 이미 휙 하고 몸을 날린 뒤였다.

'나누어져서 집 주변을 돌며 살피다가 하나로 합해서 진을 뚫으려고 하는구나!'

준후는 속으로 중얼거리면서 주기 선생을 따라 집 뒤쪽을 향해 달려갔다. 달려가던 준후의 귓전에 째지는 듯한 비명이 스쳤다. 집 뒤뜰에서 들리는 소리였다. 그 소리는 영적인 것이어서 보통 사람들에게는 들리지 않았겠지만, 준후의 귀에는 끔찍할 정도로 크게 울려왔다.

---

4   좀비 인형으로 보통의 인형을 주술력으로 좀비화해서 생명이 있는 것처럼 움직이게 만든 것이다.

준후는 부적을 잡은 손에 힘을 주면서 다시 소맷자락을 떨쳐 냈다. 소매 속에서 벽조선이 미끄러져 내려와 준후의 손에 잡혔다. 준후가 막 뒤 모퉁이를 도는 순간 눈앞에서 번쩍이는 광채와 함께 사방의 공기가 폭풍처럼 강한 힘으로 쏟아지는 것이 느껴졌다. 준후는 자기도 모르게 눈을 감았다.

"꼬마야! 넌 빠지래도!"

주기 선생의 목소리를 듣고 준후는 눈을 떴다. 준후의 눈앞에는 주기 선생이 버티고 서 있었고 그 앞에는 거대한 형체가 꾸물거리고 있었다. 주기 선생은 인번(寅幡)과 축번(丑幡) 두 개의 깃발을 휘둘러 그놈이 밀고 들어오려는 것을 막고 있었다. 그 거대한 형체는 처음에는 그저 무언가가 마구 뭉쳐져 있는 듯했지만 자세히 보니 조그마한 인형들이 한데 엉켜서 커다란 형체를 형성한 것이었다.

좀비 돌이라고 주기 선생이 다시 소리를 질렀지만 영어를 잘 알지 못하는 준후로서는 그것을 이해할 수가 없었다. 주기 선생은 이마에 힘줄까지 불거진 채로 있는 힘을 다해 그놈을 막아 내는 듯했다. 그런데도 주기 선생은 눈앞의 인형보다는 준후가 자신을 도와 손을 쓰는 것이 더 걱정되는 듯, 서둘러 준후의 눈치를 보다가 길게 고함을 질렀다.

"야아앗!"

주기 선생이 고함을 지르자 등에서 제황사신번이라고 하던 네 개의 깃발과 지금 빼어 들고 있는 두 개의 깃발을 제외한 열 개의 깃발이 저절로 빠져나오더니 허공을 뒤덮을 듯 활짝 펴지면서 인형 뭉치를 향해 날아들었다.

그러나 인형 뭉치는 깃발들이 채 닿기 전에 사방으로 폭발하듯 흩어져 버렸고, 버티고 있던 힘이 없어지자 주기 선생은 순간적으로 몸을 앞으로 주춤거렸다. 그 앞에서는 열 개의 깃발들이 아슬아슬하게 서로 비껴가 허공으로 날아올랐고 인형들은 사방으로 흩어졌다가 다시 주기 선생을 향해 날아들었다. 인형들은 전부 노랑머리에 늘씬한 몸매를 한 소위 마론 인형이라고 불리는 것들이었다.

주기 선생은 역습받자 기합 소리와 함께 손에 든 두 개의 깃발을 곧추세우며 재빨리 몸을 회전시켰다. 주기 선생의 몸이 순식간에 회오리바람처럼 돌면서 달려들던 인형들을 어지럽게 튕겨 냈다. 준후는 그때까지 멍하니 보고만 있다가 문득 그 인형들 하나하나에 짙은 요기가 서려 있는 것을 느끼고는 반사적으로 손에 들고 있던 부적들을 허공에 흩뿌렸다.

십여 장의 부적이 허공에서 타오르면서 제각기 인형을 적중시킨 것과 주기 선생이 회전을 멈추고 팔을 내뻗은 것은 거의 동시에 벌어진 일이었다. 부적에 적중된 십여 개의 인형들이 마치 폭죽처럼 푸르스름한 불꽃을 터뜨리며 폭발했고, 준후는 주기 선생이 몸을 비틀하는 것을 보고 그쪽으로 뛰어갔다.

"아저씨! 괜찮아요?"

"에이! 제길, 너무 돌았더니 조금 어지러운 것뿐이다! 끼어들지 말란 말이다!"

　말을 잇는 주기 선생은 너무 몸을 무리하게 돌려서 아직 어지러운지 얼굴을 찌푸리고 있었다. 자신이 보고 있는 것을 의식해 평소보다 무리하게 돈 것이 아닐까 싶어 준후는 자신도 모르게 피식 웃었다.

　"웃어? 야, 인마. 왜 웃어?"

　주기 선생은 준후가 웃는 모습을 보고 자기를 비웃는다고 생각했는지 역정을 내면서 팔을 휘둘러 허공에서 깃발들을 모조리 잡아 열두 개의 깃발을 뭉쳐 잡았다. 준후는 이렇게 화를 내는 주기 선생의 모습에 오히려 친근감이 들었다. 비록 자기에게 화를 내고는 있지만 전에 생각했던 것만큼 냉혈한은 아닐지도 모른다는 생각이 들어서였다.

　주기 선생은 준후야 어떻게 생각을 하든 말든 입술을 깨물며 반대편에서 뭉쳐 드는 좀비 인형들을 노려보고 있었다. 좀비 인형들은 다섯 개의 형체로 나뉘어 뭉쳐 가고 있었다. 준후와 주기 선생은 둘 다 그 모습에 온 신경을 집중하고 있었기 때문에 좀비 인형들이 뭉쳐 가는 모습이 마치 슬로 모션처럼 느리게 보였지만 실제로는 눈 깜짝할 사이에 뭉치기를 마치고 무서운 속도로 다시 날아들었다. 두 개가 주기 선생 쪽으로, 그리고 나머지 세 개가 준후 쪽으로 날아들자 주기 선생과 준후는 동시에 몸을 날렸다. 그러면서 주기 선생은 준후에게 엉뚱한 소리를 했다.

　"제길! 왜 네 녀석 쪽으로 세 놈이 가지?"

준후는 그 말에 대꾸도 하지 않은 채 한쪽 어깨를 숙여 하나를 피한 뒤 한쪽 발을 들어서 아래쪽으로 날아드는 좀비 인형들을 피하며 벽조선을 크게 휘둘렀다. 벽조선에서 검은 기류 같은 것이 쏜살같이 뻗쳐 나갔다. 그러자 준후의 허리춤을 노리며 날아들던 좀비 인형이 벽조선의 검은 바람을 맞고 기괴한 영적인 소리를 지르면서 사방으로 흩어져 버렸다.

주기 선생은 준후를 곁눈으로 보면서 양손에 여섯 개씩 쥔 깃발을 몽둥이처럼 휘둘러 한꺼번에 달려들던 두 개의 좀비 인형 뭉치를 후려갈겼다. 좀비 인형 중 한 덩어리는 산산조각이 나며 흩어졌고 나머지 한 덩이 역시 푸른 불꽃을 흩뿌리며 순식간에 타들어 갔다. 준후는 뒤로 돌아간 좀비 인형들이 덮쳐 올 것을 대비해 몸을 재빨리 뒤로 돌렸다.

그러나 좀비 인형들은 준후를 덮쳐 오지 않고 허공을 돌아서 담장 너머로 꺼지듯 사라졌다. 준후와 주기 선생이 그놈들을 마저 쫓기 위해 담장 너머로 눈을 돌리는데 갑자기 담장 위로 작고 하얀 손 하나가 불쑥 올라왔다. 예상하지 못한 광경에 주기 선생과 준후가 흠칫하고 뒤로 한 걸음씩 물러서자 이번에는 또 다른 손이 담장을 잡더니 곱슬곱슬한 금발 머리의 여자아이가 담장 위로 쑥 머리를 내밀었다.

"어어?"

주기 선생이 미간을 찌푸렸고 준후는 알 수 없는 가운데 온몸이 긴장되는 것을 느꼈다.

"마스터요? 저도 그땐 기절해 있어서 아무것도 기억하지 못해요. 다들 마찬가지 상태였잖아요."

연희는 그때의 일을 생각하자 몸서리를 치며 간간이 말을 끊었다. 현암은 인상을 쓰며 연희를 마주 보고 앉아 있었고, 승희는 초조한 눈빛으로 연희를 바라보았다. 원래부터 위로 쭉 치켜 올라간 눈썹이 더욱 높이 치솟은 듯했다. 연희는 생각에 잠겼다가 말을 이었다.

"마스터가 죽기 전에, 아주 커다란 블랙 서클이 나타났었잖아요. 그건 모두 보셨을 거고요."

"그러나 그건 아무 이유 없이 사라졌죠. 그러고 보니 이상한 일이에요. 마스터가 블랙 서클을 불러냈고, 지옥문이 열리려던 참이었죠. 우리는 전부 당했지만, 마스터는 무리한 소환술의 여파로 죽은 것 같다고 신부님이 말씀하셨죠. 그렇다면 마스터의 영혼은 블랙 서클로 들어가 파괴되지 않았을 수도 있어요."

"그렇네요. 그때는 왜 그런 생각을 하지 못했는지. 끝났다는 느낌에 미처 생각을 하지 못했던 것 같아요."

연희는 중얼거리듯 말하다가 반쯤 숙였던 고개를 번쩍 들었다.

"그럼 어떻게 된 거죠? 마스터의 영혼은…… 그럼 마스터가 살아 있다는 건가요?"

"죽은 사람이 살아나는 일은 없습니다."

현암이 무뚝뚝하게 말하자 연희는 떨리는 듯한 눈으로 현암을 쳐다보았다.

홍수 **169**

"그러면?"

"문제가 되는 것은 마스터의 영혼입니다. 연희 씨도 이제는 영혼의 존재를 믿으시겠지요?"

"물론이에요."

"그러면 그 영혼이 승천하지 않고 지상에 그대로 남아 있는 경우가 있다는 것도."

거기까지 현암이 말하자 연희는 흠 하는 소리를 내며 침통한 표정을 지었다. 그러자 이번에는 승희가 간략하게 자신들이 생각한 것을 연희에게 말해 주었다. 연희는 수정이 이야기가 나오자 몸을 떨었지만 그래도 침착함을 잃지 않으려고 애쓰면서 말했다.

"마스터는 무슨 짓을 꾸미고 있을까요?"

연희의 말에 이번에는 현암이 대답했다.

"글쎄요. 그것을 알 수 있는 방법이 없군요. 블랙 서클의 생존자는 성난큰곰뿐이고 그는 지금 어디에 있는지 알 수가 없습니다. 승희의 투시도 그런 고도의 영능력자에게는 통하지 않지요. 그리고 그 이외의 사람들은 모두 죽었고 소혼도 되지 않으니……."

그러자 연희가 눈빛을 반짝이며 입을 열었다.

"한 사람이 있어요. 그 사람도 죽었지만 소혼술이 가능하다고 한다면 뭔가 알아내는 게 가능할지도 몰라요."

그러자 승희가 고개를 갸웃했다.

"응? 블랙 서클의 구성원 중에서? 그런 사람이 누가 있었지? 모두가 블랙 서클에 영혼을 흡수당했는데."

승희의 말을 듣고 연희가 살짝 웃었다.

"아니야. 아주 중요한 사람이 한 명 있어. 블랙 서클에 영혼을 흡수당하지 않은 사람이."

"그게 누군데?"

"안드레이, 처음에 블랙 서클을 조직했던 사람 말이야."

"넌 누구냐?!"

금발 머리의 꼬마 여자아이가 담장 위로 서두르는 기색도 없이 올라서자 주기 선생이 고함을 질렀다. 조금 마른 편인 그 아이는 하얀 얼굴에 탐스러운 금발을 기르고 있었는데 얼굴에 알 수 없는 어두운 그림자가 드리워져 있어 어딘지 모르게 섬뜩해 보였다. 나이는 열두어 살이나 됐을까? 그렇지만 아이의 창백한 얼굴에 떠올라 있는 표정은 서릿발처럼 싸늘한 느낌을 주었고 푸른 두 눈에서는 이상한 광채가 일렁이고 있었다.

그 아이는 주기 선생이 외치자 재미있다는 표정으로 주기 선생과 준후를 몇 번 훑어보았다. 한국말을 알아듣는 것 같지는 않았지만 그 아이는 손가락 하나를 펴서 자신을 가리키며 조용히 주기 선생을 향해 말했다.

"레그나 슈바르츠……."

주기 선생의 말을 알아들은 것인지 아닌지는 몰라도 아마도 자신의 이름을 말하고 있는 것 같았다. 그 말을 듣고 주기 선생은 인상을 썼다.

"레그나 슈바르츠? 이름을 보아하니 독일 아이 같은데?"

준후는 아무 말도 하지 않고 그 아이를 뚫어지게 쳐다보았다. 그 아이에게서 흘러나오는 음산하고 악한 기운은 어디에선가 한 번 접해 본 듯한 것이었다. 아니, 한 번이 아닐지도……. 준후가 더 생각하기도 전에 레그나의 등 뒤로 아까 도망쳤던 좀비 인형들이 한데 뭉쳐서 둥둥 떠올랐다. 그것을 본 주기 선생이 고함을 질렀다.

"못된 것! 대가리에 피도 안 마른 것이 감히 어쭙잖은 힘을 믿고 이런 나쁜 짓을 꾸미다니! 썩 꺼지지 못해?"

좀비 인형들은 뭉쳐서 커다란 형태로 변하더니 담장 위에 있는 레그나를 양팔로 안아 들었고 아이는 그 인형 더미가 만들어 낸 커다란 팔에 기대어 앉았다. 그리고 자신을 안고 있는 커다란 팔에 손을 넣고 작은 인형 하나를 꺼내 품에 안으며 뭐라고 중얼거렸다. 준후나 주기 선생 모두 그 말을 한마디도 알아듣지 못했다. 레그나가 여전히 태연한 표정을 짓고 있는 것을 보고 주기 선생은 다시 소리를 질렀다.

"다른 놈들은 어디 갔냐? 전부 일곱 놈이라던데. 한꺼번에 덤벼!"

준후는 주기 선생의 말을 듣고 눈을 크게 떴다.

"다른 자들요? 일곱이라고요?"

"그래. 저놈들은 모두 일곱 명이야. 겨뤄 본 건 저 계집애까지 셋뿐이었지만, 난 벌써 일주일이나 여기를 지켰지."

"그런데 여기를 왜 지키지요? 저 애들이 뭘 노리는 거예요?"

"더 묻지 말라고 했지?"

주기 선생은 준후에게 쏘아붙이듯 말하고는 일갈성을 지르며 놀라울 만큼 빠른 동작으로 오른손에 쥐고 있었던 여섯 개의 깃발 중 다섯 개를 허공에 뿌리고 남은 한 개의 인번을 그 아이를 향해 휘둘렀다. 그러자 펑 하는 소리와 함께 깃발 위의 기폭에 불이 붙으며 호랑이 깃발답게 커다란 기운이 포효하듯 허공을 날아서 그 아이를 향해 덮쳐 갔다.

　준후는 비록 좀비 인형을 부리는 아이기는 하지만 조그만 여자아이에게 강한 주술을 쓰는 주기 선생이 못마땅해서 무어라 한마디 항의라도 해야겠다 싶었다. 하지만 그럴 사이도 없이 날아가던 인번의 기운은 옆에서 끼어든 또 다른 기운과 충돌해 허공에 흩어져 버렸다.

　주기 선생과 준후는 둘 다 흠칫해 그 이상한 기운이 날아온 왼쪽을 쳐다보았다. 그쪽 담벼락 위에는 킥킥거리며 자기들끼리 뭔가 이야기를 나누고 있는 두 명의 다른 아이들이 보였다. 한 아이는 금발에 푸른 눈을 가진 남자아이였고 또 한 명은 옷차림이나 얼굴 생김새로 보아 중국 아이인 듯했다. 금발의 남자아이는 이상한 털가죽을 뒤집어쓰고 있었고 다른 아이는 무척이나 긴 머리에 옛날 사람들이 입고 다녔을 법한 도포 비슷한 것을 걸치고 있었다. 주로 떠드는 쪽은 금발의 남자아이였고 긴 머리의 아이는 표정도 바꾸지 않고 그저 고개만 끄덕였다.

　준후를 빤히 쳐다보던 중국 아이가 알아들을 수 없는 말을 중얼거렸다. 중국어는 아닌 듯했는데 준후나 주기 선생은 한마디도 알아들을 수가 없었다. 중국 아이는 고개를 끄덕이더니 준후의 앞쪽을 향해 손가락을 튕겼다. 그러자 음산한 기운이 준후를 향해 날아왔다. 주기 선생은 깃발 하나를 펴서 준후의 앞을 막으려고 했으나 준후는 주기 선생을 말렸다. 아이가 쏘아 보낸 기운은 준후의 발 앞에 부딪히더니 사라졌고 그 자리에는 몇 자의 한자가 쓰여 있었다. 준후가 그것을 보고 주기 선생에게 말했다.

"말이 안 통하니 필담을 하려는 모양이네요. 저보고 준후가 맞냐는데요?"

주기 선생은 불쾌한 듯 인상을 찌푸리면서 대답했다.

"그 정도 한문은 나도 읽을 줄 안다. 그런데 놈들이 왜 이야기를 하자는 거지? 사람을 없애고 증거만 날리면 될 텐데."

주기 선생의 말에 준후는 뒤를 돌아보았다. 주기 선생은 눈을 가늘게 뜨고 준후를 마주 보며 말했다.

"넌 나를 나쁜 사람으로 알고 있지만, 그리고 나도 꼭 좋은 일만 한 것은 아니지만 이번 일에서는 나를 의심하지 마. 난 지금 이 집을 지켜 주고 있는 거야."

"그런데 저 애들이 사람을 없애려 한다고 하셨지요? 그게 누구지요?"

"누구겠니? 이 집에 많은 사람이 사는 것도 아니고……."

"아라를?"

"그 철없는 아이가 뭘 안다고 없애려 하겠느냐? 최 교수야."

"저, 저런!"

"저 애들은 사람 같지 않은 종자들이야. 꾸물대고 있을 필요가 없다고. 차라리 화끈하게 한판 뛰어서 극락왕생을 시켜 주든지 최소한 혼쭐을 내서 쫓아 버려야지."

준후는 뭔가 더 물어보려고 하다가 고개를 돌려서 중국 아이를 향해 부적을 날렸다. 손가락으로 부적을 조종하자 부적은 저절로 화르르 타올라 마치 제비처럼 허공을 날며 준후의 손가락 놀림에 따라 불빛으로 글씨를 써 내려갔다. 마치 살아 있는 생명체가 움직이는 것처럼 불꼬리가 자유자재로 늘어나며 글자 하나하나를 완성하고 곧 사그라졌다.

허공에 불로 새겨진 글자가 넘실거리자 저쪽의 아이들은 꽤 놀라는 듯했고 주기 선생까지도 속으로 감탄했다.

'나이도 얼마 안 먹은 꼬마 놈이 이런 놀라운 재주를 부리다니. 잘 정진한다면 엄청난 괴물이 되겠군!'

준후는 왜 이 집에 있는 사람을 해치려 하냐는 뜻의 한자 문장을 다 쓰고 나서는 화가 난 듯 손가락을 아래로 향했다. 그러자 글씨를 쓰던 불붙은 부적은 아이들이 앉아 있는 담장의 바로 밑으로 날아들어 번쩍하는 밝은 광채와 함께 거센 불길을 뿜었다. 그러나 그 위에 앉은 두 명의 아이들은 미동도 하지 않고 아까보다 조금 더 굳은 얼굴로 준후를 바라보았다.

소름 끼칠 듯한 적막이 흘렀다. 아이들과 준후가 주고받는 시선에서 팽팽한 긴장감이 맴돌았다. 그러나 그것도 잠시 레그나를 비롯한 세 명의 아이들이 동시에 움직이기 시작했다. 아주 짧은 순간이었으나 준후와 주기 선생도 방심하고 있지는 않았기에 재빨리 등을 맞대고 돌아섰다.

레그나의 작은 몸이 금발 머리를 휘날리며 허공에 떠오르자 그 뒤의 좀비 인형들이 사방으로 흩어지면서 두 사람을 향해 날아들었고 다른 두 명의 아이들도 담장에서 뛰어내렸다. 푸른 눈동자의 아이는 총알처럼 몸을 뭉쳐 굴리면서 앞으로 쏟아져 왔고 중국 아이는 품에서 뭔가를 꺼냈다. 좀비 인형이 뭉쳐서 날아오는 것을 주기 선생이 재빨리 깃발을 휘두르며 차단하자 준후는 벽조선을 오른손에 옮겨 쥐고 마치 바위처럼 굴러 들어오는 아이의 앞을 막아서면서 잠시 중국 아이 쪽을 보았다. 그 아이가 꺼낸 것은 작은 구리종이었다.

"안드레이라면 연희 언니가 만나 보았다던 블랙 서클을 만든 사람을 말하는 거야?"

승희의 말에 연희는 고개를 끄덕였다.

"그래, 그 사람은 원래 주술적인 힘들에 경도돼서 그 힘을 가지면 큰일을 할 수 있을 것이라는 생각에 블랙 서클을 만들었다고 해. 그러나 마스터에게 배신당하고 말았지. 그래도 원래 총수였으니 그 사람의 영이라면 뭔가를 알고 있지 않을까? 아이들을 잡아오는 것은 언뜻 간단한 일 같지만 인원이 몇 되지 않는 그들 조직으로 볼 때에는 상당히 큰일이었을지도 모르잖아."

"뭐가 큰일이야?"

승희의 말에 현암이 대신 대답했다.

"자질을 지닌 아이들이 우리나라에만 있지는 않겠지. 전 세계에 흩어져 있었을 거야. 그런 아이들을 찾아내는 것도 용이한 일은 아니었겠지. 아이들을 교육하려면 여러 사람의 주술을 하나로 모아야 했을지도 모르니까."

"그래요. 안드레이가 아무리 명목상의 총수였다고는 해도 뭔가 알고 있을 거예요."

연희의 말에 승희가 고개를 끄덕였다.

"그러면 소혼을 해 봐야 하나? 하지만 준후에게 그런 걸 시킬 수는……."

현암은 고개를 저었다.

"그래. 준후에게 그런 것을 시킬 수는 없어. 자신의 힘이 아닌 타력(他力)으로 행하는 소혼이나 주술은 자신의 명을 갉아먹어. 준후에게 그런 것을 하게 할 순 없지. 나도 조금은 아는 바가 있으니 내가 해 보도록 할게."

"어머, 그러면 하지 마. 현암 군의 수명도 줄어들잖아?"

"나는 괜찮을 거야. 난 힘을 빌려서 하는 것이 아니니까."

승희는 현암의 말에도 안심이 안 되는 듯 연신 걱정스러운 표정을 지었다. 그때 스스르 현관문이 열리며 두 남자가 들어왔다. 예상치도 못했던 박 신부와 윌리엄스 신부였다. 박 신부는 손에 짧은 지팡이를 짚은 채 윌리엄스 신부의 부축을 받고 있었다.

"어? 신부님이 여길 어떻게 오셨어요?"

"음? 현암 군과 승희도 여기 있었구나."

현암과 승희, 그리고 박 신부와 윌리엄스 신부는 똑같이 어리둥절한 표정을 지었다.

"어라?"

한 아이가 몸을 바위처럼 구부린 채 준후를 향해 굴러오고 있었다. 준후는 아이의 앞을 막아서면서 낙지생근술로 그 아이를 맞부딪쳐 튕겨 낼 심산이었다. 그런데 그 아이는 준후의 바로 앞까지 굴러오다가 고무공처럼 튕겨 올라가서 준후의 머리 위를 휙 하고 넘어갔다. 준후는 몸을 돌리려고 했으나 그럴 틈이 없었다.

이번에는 중국 아이가 구리종을 딸랑거리면서 준후 앞으로 달려들었다. 주기 선생은 화가 난 듯한 고함을 지르면서 사방에서 밀려 들어오는 좀비 인형을 손에 든 깃발들로 막아 내느라 정신이 없었다. 준후의 머리 위를 뛰어 넘어간 짐승 가죽을 뒤집어쓴 아이는 허공에서 웅크렸던 몸을 펴고는 다시 한번 위로 튀어 올라가면서 길게 늑대 울음소리를 질렀다. 집 안으로 바로 뛰어 들어가려는 모양이었다.

준후는 다급해져서 자신을 노려보는 중국 아이를 무시하고 몸을 날리려고 했다. 그러나 그때 검고 가는 뱀 같은 것이 쏘아져 왔다.

"이크."

준후는 중심을 잃은 듯 몸을 비틀었다. 그 순간 검은 줄 같은 것이 아슬아슬하게 준후의 허리께를 스치고 지나갔다. 그러나 그것은 지능이 있는 것처럼 허공에서 둥글게 방향을 바꿔 준후를 휘감으려는 듯 다시 날아들었다. 그때 그 검은 밧줄 같은 것의 끝에 금빛으로 '곤선승(綑仙繩)[5]'이라는 세 글자가 반짝이는 것이 얼핏 보였다. 준후는 망설일 겨를도 없이 그 자리에 납작 엎드렸다.

곤선승은 준후의 위를 헛날아서 주인의 손으로 되돌아갔다. 준후는 날쌔게 몸을 일으키면서 얼굴을 털어 냈다. 급한 나머지 얼굴을 냅다 땅에 박은 탓에 얼굴 여기저기에 흙이 묻고 입안에선 흙모래가 씹혔다. 준후가 퉤퉤하면서 입안에 들어간 흙을 뱉자 그 중국 아이는 깔깔거리며 놀리듯 손가락질했다. 준후는 녀석의 공격을 피하기는 했지만 놀림을 받자 부아가 치밀었다.

'비웃어? 어디 얼마나 더 재주를 부리나 보자!'

준후는 주문을 외워 벽조선의 기운을 불러내기 시작했다. 저 정도로 한가락 하는 녀석이라면 벽조선쯤 되는 것으로 맞서 주어야 하지 않을까 싶었다. 그러면서도 준후는 의아한 느낌이 들었다. 방금 곤선승이 날아드는 모습은 어디에선가 본 적이 있는 듯한 수법이었기 때문이다. 하지만 어디서 보았는지 생각해 볼 여유는 없었다. 벽조선에서 기운이 일어나기 시작하자 녀석도 뭔가 알아차

---

[5] 본문에서 룽페이(중국 아이)가 사용하는 밧줄 내지는 채찍의 이름이다. 원래 곤선승은 중국의 고전 신마 소설(神魔小說)의 대표작인 『봉신방(封神榜)』의 등장인물 토행손이 사용하는 무기이다. 곤선색이라고도 하며, 던지면 스스로 적을 옭아매는 신통력을 지닌 법기로 본문의 곤선승은 이 곤선색에서 따와 이름 붙였다.

렸는지 대번에 웃음을 멈추고 다시 방울을 흔들면서 손을 내뻗었다. 그와 동시에 중국 아이의 소매 속에서 다시 곤선승이 뱀처럼 쏟아져 나갔다.

하지만 이번에는 준후도 그에 대한 대비를 하고 있었다. 준후가 왼쪽 소매를 허공에 떨치자 부적들이 우르르 쏟아져 내려왔고 곧바로 허공을 날아오르면서 준후의 주변을 에워싸듯 돌기 시작했다. 오랜만에 써 보는 만부원진의 술수였다. 곤선승이 준후를 에워싸며 휘감으려고 하는 것을 만부원진의 부적들이 준후의 주위를 세차게 맴돌면서 밀어 내기 시작했다. 부적들과 밧줄이 서로 조이고 밀어 내며 힘겨루기를 하는 듯했다. 중국 아이는 그것을 보고 한 손으론 방울을 더욱 세차게 흔들면서 다른 한 손을 품속에 집어넣었다.

비록 주기 선생이 좀비 인형들을 막아 내느라 정신없는 상태이기는 했지만, 한 명의 아이가 집 안으로 날아 들어가려는 것까지 보지 못할 정도는 아니었다. 주기 선생은 이레 동안 이 집을 지키면서 여기 있는 세 명의 아이들과 이미 겨루어 본 일이 있었다. 그러나 세 명이 한꺼번에 나타나서 달려드니 자부심이 강한 주기 선생으로서도 힘겹지 않을 수 없었다. 만약 오늘 준후가 나타나지 않았으면 어떻게 됐을까 싶기도 했으나 워낙 오만한 성격의 인물인지라 그런 생각을 머리에서 곧바로 지워 버렸다.

주기 선생은 상한 자존심도 회복할 겸 혼자서 모두를 상대해 보겠다고 마음먹고 날아 들어오는 인형 무더기를 냅다 쳐서 얻은 틈을 이용해 재빨리 발로 땅을 구르면서 움직이기 시작했다. 주기 선생이 자랑하는 힐기보법이었다. 눈 깜짝할 사이에 주기 선생의 자취가 사라지자 주기 선생에게 달려들던 좀비 인형들은 자기들끼리 허공에서 충돌하며 몇 개는 뒤로 튀어 날아가고 몇 개는 부서지면서 땅바닥에 떨어져 내렸다. 레그나가 화난 듯한 날카로운 소리를 지르는 사이 주기 선생은 번개 같은 발걸음으로 막 창문을 깨고 안으로 뛰어 들어가려는 또 한 명의 아이를 막아섰다.

"요 얌체 같은 자식. 어딜……."

말을 잇던 주기 선생은 그 아이의 모습을 보고는 깜짝 놀라 입을 다물었다. 분명 조금 전까지도 멀쩡하던 아이의 얼굴이 어느새 온통 금빛 털로 뒤덮여 있었다. 게다가 눈은 흰자위 하나 없이 붉게 빛나고 있었고 길게 튀어나온 입에는 날카로운 이빨들이 섬뜩할 정도로 뻗어 나와 있었다.

"늑대 인간?"

주기 선생이 주춤하는 사이 그 아이는 늑대 울음소리를 내면서 뛰어들어 번쩍이는 금빛 털로 뒤덮인 손―앞발이라 부르는 것이 더 맞겠지만―으로 주기 선생을 후려갈겼다. 특별히 빠른 것도 아니었고 특이한 수법이 있는 것도 아니었다. 주기 선생도 충분히 피할 수도 있었지만 뭐 저까짓 거야 하는 마음에 기를 들어서 늑대 소년의 공격을 막았다. 그러나 가볍게 휘두르는 듯한 늑대 소년의 힘은 믿을 수 없을 정도였다. 주기 선생의 깃발 두 개가 동시에 부러지면서 몸이 뒤로 튕겨지듯 날아가 집의 담벼락에 쾅 하고 부딪쳐 버렸다. "컥!" 하는 주기 선생의 신음이 들리자 준후는 놀라 뒤를 돌아보았다. 그 사이 레그나는 좀비 인형들을 주기 선생에게로 날려 보냈고 준후와 맞서고 있는 중국 아이는 품 안에서 부적을 한 뭉치 꺼냈다. 준후의 만부원진과 곤선승은 조이고 당기면서 우열을 가리기 힘든 싸움을 하는 와중에 중국 아이가 부적으로 무슨 술수를 부린다면 균형이 깨어질 우려가 있었다.

하지만 주기 선생이 위기에 빠진 것을 보고 가만히 있을 수가 없었던 준후는 벽조선의 기운을 주기 선생을 노리고 날아드는 좀비 인형 쪽으로 내쏘았다. 그와 동시에 중국 아이도 십여 장의 부적을 준후를 향해 날렸다. 부적들은 마치 준후가 던졌을 때처럼 허공에서 저절로 불이 붙어 사방으로 퍼졌다가 만부원진을 향해 날아 들어갔다. 벽조선의 검은 기운이 어지럽게 날아들던 좀비 인형들과 부딪치자 좀비 인형들은 사방으로 갈가리 찢어져 나가거나 밀려 나갔다. 중국 아이가 쏘아 낸 부적들은 만부원진의 주위에 우르르 달라붙어서 폭발하듯 밝은 불꽃을 내뿜었다. 좀비 인형들이 밀려 나자 금발의 늑대 소년은 흉악한 소리로 포효하며 주기 선생에게 달려들었다. 주기 선생은 순간적으로 위기에서 벗어나 예의 힐기보법으로 재빨리 몸을 빼냈다.

"꼬마 녀석아. 누가 너더러 도와 달라고 했냐? 공연히 남의 일에 끼어들지······."

소리를 지르던 주기 선생은 만부원진이 어지러이 흩어지면서 준후가 휘청거리는 것을 보고는 깜짝 놀랐다. 중국 아이의 부적들이 만부원진과 충돌해 힘을 약화한 것이 틀림없었다. 만부원진의 주위를 감고 있던 곤선승도 더더욱 힘을 가하는 듯했다. 아직 만부원진이 준후의 주위를 보호하고 있긴 했지만 곤선승의 힘에 조금씩 찌그러져 가고 있었고, 준후도 충격을 받은 듯 몸을 가누지 못했다.

"이런 제길, 그러니 자기 걱정이나 하란 말이야!"

주기 선생은 힐기보법으로 달려드는 금발의 늑대 소년을 살짝 피하면서 소리치다가 뭔가 결심한 듯, 지금까지 쥐고 있던 십이지신의 깃발 중 한 개를 허공에 던지고 나머지는 보이지 않을 정도의 빠른 동작으로 등에 꽂았다.

"자번(子幡)의 힘이여!"

주기 선생은 쥐의 기운을 불러내는 자번을 허공에 던지고는 자번의 힘이 채 나타나기도 전에 여태 사용하지 않았던 제황사신번 중 두 개의 깃발을 꺼내 들었다.

"제황사신번! 이놈들 각오해라!"

주기 선생이 양손을 떨치자 십이지번보다 크고 금빛과 붉은색이 수놓아진 두 개의 깃발이 활짝 펴지며 주위가 훤하게 밝아졌다. 오른손에 쥔 것은 청룡의 깃발이었고 왼손에 쥔 것은 백호의 깃발이었다.

준후는 비틀거리다가 만부원진의 술수를 포기하고 손에 수인을 맺으면서 벽조선을 사방으로 떨쳤다. 그러자 준후를 중심에 두고 돌던 부적들이 곤선승 주위에 달라붙었고, 한꺼번에 폭발하듯 불이 붙으며 곤선승을 준후의 주위에서 밀어 냈다. 준후는 재빨리 두어 걸음 뒤로 물러서면서 고개를 획 내저어서 땀을 흩뿌리고는 눈을 매섭게 치켜떴다. 준후의 묶은 머리카락이 어깨로 떨어지기도 전에 곤선승은 상처 입은 뱀처럼 꿈틀거리며 중국 아이의 손으로 돌아가려 했다. 준후는 곤선승이 상당히 영통한 물건 같아서 이대로는 쉽게 상대하기 어려울 것 같다고 생각했다. 바로 그때였다. 갑자기 중국 아이의 손으로 돌아가려던 곤선승이 부르르 떨며 그 자리에서 미친 듯 요동을 치기 시작했다. 주변의 작은 기운들이 모여 곤선승을 갉아 들어가는 듯했다.

"아! 십이지번, 자번의 기운이구나."

주기 선생이 불러낸 자번, 즉 쥐의 기운이 떼로 몰려들어 곤선승을 갉아 들어가는 것이 분명했다. 곤선승이 영통하다고는 하지만 밧줄의 일종이어서 사방에서 갉아 대는 데에는 당해 내지 못하는 것 같았다. 곤선승이 요동을 치자 중국 아이의 얼굴에 당황한 빛이 역력했다. 하지만 방울을 휘두르며 다시 덤벼들 태세를 갖추었다.

이번에는 준후 쪽에서 흥 하고 코웃음을 치며 우보법으로 중국 아이의 발을 땅에 묶어 버렸다. 레그나는 좀비 인형에 의해 허공에 떠 있었고 늑대 소년은 힘이 너무 강해서 우보법을 써 보았자 준후가 도리어 튕겨 나갈 것 같았다. 때문에 강한 공격이나 힘보다는 준후처럼 주술력에 주로 의존하는 듯한 중국 아이에게 우보법을 쓴 것이다. 우보법의 술수가 완성되자 중국 아이는 두 다리가 마비된 듯 발을 움직이지 못했다. 그러나 곧이어 그 아이도 뭐라고 중얼거리면서 발에 힘을 주는 듯했고 그러자 준후도 몸이 뻣뻣하게 굳어지는 느낌을 받았다.

'얼래? 저놈도 우보법을 쓸 줄 아는 건가?'

준후는 속으로 당황했다. 물론 우보법이나 부적술들은 자신이 만들어 낸 것도 있지만 근원을 따지자면 중국 모산파의 술법이나 화산파의 도가 술법에서 유래된 것이니 비슷한 술법을 쓸 수도 있었다. 그러나 이렇게 중국 아이와 준후가 같이 굳어 버리면 주기 선생 혼자서 레그나와 늑대 소년 둘을 다 상대해야 했다. 주기 선생이 비록 고수이기는 하지만 나이에 어울리지 않게 막강한 주술력을 지니고 있는 둘을 이겨 낼 수 있을지가 의문이었다. 그러나 주기 선생은 준후와 중국 아이의 몸이 한꺼번에 굳어진 것에 만족한 듯 미소를 띠면서 두 개의 제황사신번을 허공에 휘둘렀다.

깃발에서 각각 용과 호랑이의 모습을 띤 금빛 기운이 빠져나와 포효하듯 허공을 한 바퀴 돌다가 레그나와 금발 소년에게 맹렬한 기세로 다가들었다. 자세히 보니 제황사신번의 붉은 깃발에 금박으로 그려져 있던 청룡과 백호가 빠져나가 실제처럼 금빛을 흩뿌리면서 돌아다니고 있었다. 금박으로 이루어진 두 짐승이 허공을 가로질러 날아드는 모습은 정말이지 현란하기 이를 데 없었다. 퍽 아름답게 보이기도 했지만 거기에 서려 있는 기운도 예사 것이 아니었다. 주기 선생이 맞서고 있는 아이들도 그런 느낌을 받은 듯 경솔하게 상대하려 들지 않았다.

레그나는 청룡번의 기운이 꿈틀거리며 다가오자 날카로운 소리를 지르면서 좀비 인형들을 한데 모아 커다란 손 모양을 만들었고 늑대 소년은 뒤로 팔딱팔딱 재주를 넘으면서 달려드는 백호번의 기운을 날쌔게 피해 나갔다. 주기 선생은 두 아이가 멈칫하자 그 아이들은 그대로 두고 재빨리 등에서 진번의 깃발을 뽑아 들어 몸이 굳은 채로 있는 중국 아이에게 쏘았다. 그것도 있는 힘을 다한 듯, 그냥 깃발에서 기운만 쏘아 낸 것이 아니고 깃발 자체에 불을 붙여 모든 기운을 합한 듯이 보였다. 준후는 주기 선생의 수법이 너무 지독하다고 생각했지만 준후와 중국 아이 둘 다 우보법으로 발이 묶여 있었으니 별수 없었다. 쾅 하는 소리와 함께 중국 아이는 진번(辰幡)의 기운에 적중돼 뒤로 주욱 밀려 나다가 뜰의 나무에 부딪혀 그 나무까지 꺾어 버리고 뒤로 데굴데굴 뒹굴었다. 그와 동시에 레그나가 뭉쳐 낸 커다란 손 모양의 좀비 인형들과 청룡번의 기운이 허공에서 격돌했다. 순간의 굉음과 함께 몇 개의 인형들은 부서져서 흩어져 갔고 청룡번의 기운은 허공으로 날아올랐다.

"우하하! 이놈들! 맛이 어떠냐?"

주기 선생이 크게 웃어 대자 레그나는 입술을 깨물면서 좀비 인형을 조정해 달려드는 청룡번의 기운을 막아 내며 또 다른 한 무더기의 좀비 인형들을 쓰러져 있는 중국 아이에게 보내어 그 아이를 일으켰다. 그런데 그사이 놀라운 속도로 재주를 넘으며 백호번의 기운을 피하던 늑대 소년이 몸을 굴리며 주기 선생 쪽으로 달려들었다.

"이 녀석이?"

주기 선생이 놀라서 깃발을 휘두르려 하자 늑대 소년은 아까 준후가 한 것처럼 순식간에 몸을 숙여 땅바닥에 납작하게 엎드렸다. 그러자 늑대 소년의 뒤를 쫓던 백호번의 기운이 채 방향을 바꾸지 못하고 주기 선생 쪽으로 달려들었다. 주기 선생이 헉 소리를 내면서 재빨리 몸을 돌려 아슬아슬하게 백호번의 기운을 피하기는 했으나 몸을 돌리는 사이 늑대 소년의 앞발이 주기 선생의 옆구리를 할퀴고 지나갔다. 주기 선생이 소리를 지르자 자신을 묶어 놓았던 우보법의 주술에서 막 풀려난 준후가 재빨리 벽조선을 늑대 소년 쪽으로 흩뿌렸다.

늑대 소년은 주기 선생의 얼굴을 긴 발톱이 돋은 앞발로 후려치려다가 벽조선의 기운을 느끼고는 몸을 굴려 피했다. 그러자 레그나가 뭐라고 고함을 쳤고 늑대 소년은 훌쩍 뛰어 레그나의 옆으로 물러났다. 아이는 훌쩍 뛰는 사이에 마술처럼 원래의 모습으로 돌아가 있었다. 레그나는 어느새 중국 아이를 부축하고 있었는데 중국 아이는 큰 충격을 받은 듯, 입에서 가는 선혈을 흘리며 고개조차 가누지 못했다. 준후도 재빨리 주기 선생 옆으로 가서 주기 선생의 상태를 살폈다. 옆구리의 상처가 생각했던 것보다 꽤 깊었고 출혈도 심했다. 주기 선생은 그 와중에도 아픔을 참아 내려는 듯 얼굴을 잔뜩 찡그린 채 소리를 쳤다.

"뭐 하냐? 놈들을 다 물리쳐 버려!"

주기 선생이 말을 끝내기도 전에 아이들 셋은 섬뜩한 눈초리로 주기 선생과 준후를 노려보다가 담장에서 뛰어내려 사라져 버렸다. 준후가 곧 담장 위로 뛰어올라 살펴보았으나 그사이에 셋은 모두 어디로 갔는지 보이지 않았고 더 이상 영기도 느껴지지 않았다. 어떻게 사라졌는지는 알 수 없었지만 그들이 물러간 것은 확실했다.

준후가 돌아왔을 때 주기 선생은 상처가 심한데도 일어난 채로 경계 자세를 취하고 있었다. 손에는 청룡번과 백호번을 들고 있었는데 금박으로 그려진 그림이 돌아온 것으로 보아 쏘아 냈던 기운을 불러들인 것 같았다.

"괜찮으세요?"

"문제없다. 그런데 놈들은 도망쳤니?"

"네, 그런 것 같아요."

"이런 제기랄. 방심하는 바람에…… 하지만 한 놈이 다쳤으니 적어도 오늘은 안심해도 되겠지."

주기 선생이 말을 이으면서 손가락으로 사방을 튕기자 땅에 파묻혀 있었던 작은 깃발들이 휙휙 빠져나와 땅에 누웠다. 집 안을 보호하며 소리가 밖으로 나가지 못하게 하는 진법을 푼 모양이었다.

"이제 진법은 없애도 되겠지. 저것들 좀 주워다 주겠니?"

주기 선생의 목소리는 평소의 그답지 않게 차분하고 온화했다. 준후가 고개를 갸웃하면서 땅 위에 즐비하게 흩어져 있는 깃발들을 주우려고 발걸음을 옮겼다. 몇 걸음이나 떼었을까 주기 선생이 핑그르 돌더니 땅바닥에 털썩 쓰러졌다. 심한 상처를 무릅쓰고 고집스럽게 버티려다가 쓰러진 것 같았다. 준후는 어떻게 하면 좋을까 궁리하다가 별수 없이 주기 선생의 몸을 부축해서 집 안으로 옮기려 했다. 하지만 주기 선생은 혼미한 정신에도 손을 내저으며 준후를 뿌리치려 했다.

"이 녀석아! 나를 어쩌려고 그러냐?"

"아저씨, 일단은 치료를 받으셔야죠. 그러니……."

"그렇다고 이 집에 들어가란 말이냐? 최 교수와 알지도 못하는 처지에? 어디서 뭘 하다가 다쳤다고 할 거야, 응? 주술을 부리는 아이들이 당신을 죽이려고 쳐들어와서 막아 주기 위해 싸우다가 다쳤다고 할 거냐? 어이구."

준후는 어떻게 할까 망설였다. 그러고 보니 주기 선생의 말도 일리가 있었다. 머뭇거리던 준후가 떠올린 곳은 자신이나 현암, 박 신부가 다쳤을 때 가는 병원이었다. 이유를 묻지 않고 치료해 주는 병원이 있다고 말하자 주기 선생도 고개를 끄덕이고는 나직하게 신음을 내면서 머리에 썼던 도관(道冠)을 벗어 품에 넣었다. 준후는 주기 선생을 도와 끈으로 등에 동여맸던 십이지신의 깃발들과 제황사신번의 뭉치를 풀어 내렸다. 그리고 웃옷에 말아 옆구리에 대고 허리띠로 묶어서 조금이나마 지혈을 했다.

"제기랄, 천하의 주기 선생이 부축받는 신세가 되다니. 재수 옴 붙은 날이군."

주기 선생의 푸념에서 준후는 주기 선생이 은연중에 자신을 부축해 달라는 말을 하고 있다는 것을 깨닫고 얼른 부축해 밖으로 나와 택시를 잡았다. 주기 선생이 쳤던 진법이 신통했던지 그렇게 요란하게 싸웠어도 아무도 최 교수의 집을 이상하게 보지 않았고 일에 열중해 있을 최 교수나 잠들어 있을 것이 분명한 아라도 밖을 내다보지 않았다. 주기 선생은 계속 투덜거렸으나 그 말투에는 정말 불만스럽다기보다는 쑥스러움과 준후에 대한 고마움이 묻어 있는 것 같아서 준후는 묘한 기분에 사로잡혔다. 그리고 병원에 도착하자마자 박 신부와 현암에게 전화를 해야겠다고 생각했다.

박 신부가 왜 윌리엄스 신부까지 대동하고 연희의 집에 나타났는지에 대해서 박 신부는 아무 말도 하지 않았지만 현암과 승희, 그리고 연희는 지금까지 그들이 나눴던 이야기를 그대로 전해 주었다. 그 말을 듣자 박 신부 역시 놀라고 당혹스러워했다.
"블랙 서클의 잔존자들이라니. 이럴 수가 있나."
"승희의 투시가 틀린 적은 없었어요. 뭔가 대비해야 하지 않겠습니까?"
"대비를 한다. 어떻게 말인가? 안드레이를 소혼해 보겠다는 것인가?"
"제가 해 보겠습니다. 능숙한 건 아니지만 신필로 영과 대화를 나누는 정도는 저도 할 수 있을 것 같습니다."
"그러나 그런 방법은 좋지 않아. 저승과 이승 간의 관계를 만드는 것은……."

"그렇지만 중요한 일 아닙니까? 허락해 주십시오. 제가 한다면 준후와 같은 부작용은 없을 겁니다."

"흠."

박 신부는 그래도 내키지 않는 듯했다.

"조금 더 알아보고 난 다음 결정하기로 하세. 죽은 자의 영에게 뭔가를 물어보는 것도 일종의 청탁이라고 할 수 있지. 그런 일을 하는 데에는 반드시 대가가 필요해. 그런 일이 좋지 않다는 것은 자네도 잘 알고 있지 않은가?"

현암보다도 연희가 오히려 질린 듯한 표정을 지었다.

"신기하다고만 생각해 왔는데 정말로 좋지 않은 건가요?"

"좋을 것이야 하나도 없지요."

현암의 말을 듣고서 연희는 뭔가 생각해 보는 것 같았다. 박 신부와 현암, 승희도 잠시 말이 없었다. 현암이 먼저 입을 열었다.

"그런데 준후는 어디 있지? 집에 있나요?"

"글쎄, 나도 보질 못했는걸? 최 교수 댁에 가서 돌아오지 않은 모양이네."

"늦는 것 같은데요. 준후를 믿기는 하지만 걱정이 되네요."

이야기를 듣던 승희가 냉큼 수화기를 집어서 최 교수 집으로 전화를 걸었다. 반대쪽에서 아라가 졸린 듯한 목소리로 전화를 받고는 준후를 찾다가 없다고 대답했다. 승희가 그럼 언제쯤 준후가 나갔느냐고 물었지만 아라는 모른다고 했다. 승희는 전화를 끊고 일동을 바라보며 어깨를 으쓱해 보였다.

"갔다니까 집에 와 있을지도 모르겠네요."

"준후에게 무슨 일이 있는 것은 아닐까?"

"잘 있는 것 같네요. 별로 깊이 들여다본 것은 아니지만 그냥 잘 있는 건 확실해요."

"투시력을 그렇게 막 써먹으면……."

박 신부가 한마디 하려 하자 승희가 선수를 쳐서 애교 있게 웃으며 말했다.

"그래서 조금만 보다가 말았어요. 호호호. 신부님, 너무 염려하지 마세요."

승희의 재롱에 모두들 피식하고 웃음을 터뜨릴 때 윌리엄스 신부가 불쑥 말을 꺼냈다.

"이제 시간도 늦었습네다. 돌아가서 마저 상의하시는 것이 어떨까 싶습네다만."

그 말에는 아무도 이의를 달지 않아서 모두 연희와 연호에게 작별 인사를 하고 자리에서 일어났다. 현암과 승희가 먼저 문을 나섰고 불편한 다리 때문에 박 신부와 윌리엄스 신부는 조금 뒤에 뒤를 따랐다.

현암은 항상 승희가 앞장서서 박 신부를 부축했기 때문에 따로 신경 쓰지 않았는데 승희가 박 신부를 그냥 두고 자신을 따라오자 좀 의아해하며 돌아가서 박 신부를 부축하려고 했다. 그런데 대문 앞에서 승희가 현암의 옆구리를 쿡 찔렀다. 현암이 돌아보니 승희의 얼굴은 비록 웃고 있기는 했지만 아까와는 달리 약간 침울하게 굳어져 있었다.

"현암 군. 나랑 새자."

"어디로?"

"준후 찾으러."

"준후 잘 있다면서?"

"그런데 뭔 일에 말려든 모양이야."

"그건 또 무슨 소리야?"

"준후는 지금 병원에 가 있어."

"음? 그럼 다쳤어?"

"아니, 아니. 다친 건 아닌데 병원에 가 있는 것 같았어. 무슨 생각을 하는지 읽지는 못했지만 골치 아픈 일에 말려든 모양이야."

"음, 그렇다면……."

"별것 아니니 우리끼리 가면 되잖아. 신부님 불편하신데 자꾸 거동하시게 만들지 말고."

"흠."

현암이 대답도 하기 전에 승희가 박 신부에게 현암과 잠깐 들릴 데가 있다고 선수를 치고 나섰다. 할 수 없이 현암도 승희가 말한 대로 병원으로 차를 돌렸다. 그런데 차 속에서 승희가 느닷없이 딴소리를 했다.

"현암 군."

"음?"

"둘만 어디 가는 거 싫어?"

"좋고 싫고 할 게 뭐가 있겠니?"

"우리 둘이서만 이야기하자. 어때?"

"하렴."

"으으, 해튼……."

"왜 그러는데?"

승희는 뭔가 말을 하려다가 억지로 참는 듯했으나 현암은 무표정한 얼굴로 운전에만 신경을 쏟고 있었다. 조금 지나서야 승희는 다시 말을 꺼냈다.

"나랑 이야기하는 게 그렇게 싫으냐?"

현암은 속으로 피식 웃었다. '싫어'면 '싫어'지 '싫으냐'는 또 뭔가 하는 생각이 들었기 때문이다. 그렇지만 현암은 아무런 내색도 하지 않고 대답했다.

"뭐 특별히 좋을 것도 없고 그렇다고 못 견디겠다는 것도 아니니 안심하고 이야기하려무나. 누가 언제 싫다고 했니?"

"흥, 좌우간 무드 꽝이야."

"무드? 허어."

"아, 정말! 뭐가 허어냐!"

"나 그런 거 이제 알았니?"

승희는 기가 막혔다. 농담으로 그런 소리를 한다면 승희도 태연하게 받아넘기고 이야기를 계속 끌어가겠지만 이건 그게 아니었다. 돌같이 무표정한 얼굴에 기계 같은 음성으로 대답하니 정이 뚝 떨어질 것만 같았다. 그러나 승희는 참고 목소리를 가다듬으며 말을 이었다.

"오늘이 무슨 날인 줄 알아?"

"몰라."

너무나 간략하고 일순의 지체도 없이 현암이 대답하자 승희는 기어코 부아가 치미는 모양이었다.

"으이구, 이런 돌탱아. 세상에 자기 생일도 모르는 바보가 어디 있냐? 오늘이 네 생일이다, 생일!"

"그랬던가?"

승희의 말을 듣고서도 현암의 표정이나 목소리에는 전혀 변화가 없었다. 승희는 기가 막힌다는 듯 한숨을 쉬더니 핸드백에서 뭔가를 꺼내 현암에게 던졌다.

"으이구, 답답해. 뭐, 할 수 없지. 생일 축하해. 현암 군."

"고맙군."

현암은 대답만 했을 뿐 여전히 무뚝뚝한 표정으로 선물을 집어들 기미조차 없었다. 승희는 이제 포기한다는 듯 창밖으로 시선을 돌린 채 아무 말도 하지 않았고, 현암은 차창에 비친 승희의 모습을 바라보고만 있었다. 그러고 보니 다른 때보다도 옷차림에 신경을 쓴 듯했다. 현암의 마음 한구석이 찡하게 저려 왔다. 그러나 현암은 내색하지 않으려고 안간힘을 썼다.

'미안하다. 승희야. 나라고 네 마음 모르겠니? 그러나 어쩔 수 없단다. 나에겐 이제 다른 누구를 좋아할 만한 감정이 남아 있지 않아. 그리고 이젠 돌아갈 수도 없고, 어쨌든 선물 고마워.'

현암이 마음속으로 이렇게 말하고 있는 것을 승희는 아는지 모르는지 창밖만 바라보고 있었고 차는 무심하게 밤거리를 달려갔다.

잔존자들의 음모

박 신부는 윌리엄스 신부와 함께 차에 오르는 중이었고 그 뒤를 연희가 따라 나오고 있었다. 아까 현암이나 승희가 있을 때는 밝은 모습이었지만 지금 연희의 표정은 매우 무거웠다.
"죄송합니다, 신부님. 도움이 되지 못해서……."
박 신부는 쾌활한 표정으로 손을 내저었다.
"무슨 말을…… 연희 양. 괜찮아요. 도리어 내가 미안하지."
"티베트어까지는 익혀 본 일이 없어요. 새로 익히려면 아무래도 시간이 꽤 걸릴 것 같은데……."
"괜찮다니까, 연희 양. 내가 공연한 소리를 한 모양이군. 허허허. 그렇게 무거운 표정을 지을 것 없어요. 혹시 자존심에 상처를 입은 것은 아니겠지? 허허허."
박 신부가 유쾌하게 농담조로 이야기하자 연희도 피식 웃으며 얼굴을 밝게 폈다.
"도움이 돼 드리지 못해 송구스러울 뿐이지요. 자존심이라뇨."
박 신부는 연희에게 인자한 미소를 지어 보이고는 윌리엄스 신부와 함께 차에 올랐다. 그리고 말없이 자신을 바라보는 연희의 눈길을 뒤로하며 집으로 향했다.

"다른 통역가를 찾을 수 있을지 모르겠네요. 아마 찾을 수야 있겠지요?"

박 신부의 한숨 섞인 소리를 들은 윌리엄스 신부는 고개를 끄덕였다. 그 말은 박 신부가 자신이 전한 교단의 제안을 이미 마음속으로 수락했다는 의미가 내포돼 있기 때문이었다. 박 신부는 윌리엄스 신부에게 고개를 끄덕여 보이면서 안도와 걱정이 뒤섞인 듯한 복잡한 표정을 지었다.

아무리 현암과 박 신부에게 전화를 해도 통화가 되지 않아 어쩔 줄 몰라 하던 준후는 생각지도 않게 현암과 승희가 병원으로 찾아오자 몹시 기뻐했다. 현암과 승희는 준후에게 간략한 상황 설명을 듣고는 서로 얼굴을 쳐다보며 놀랐다. 블랙 서클의 잔존자들이 나타났다는 승희의 투시는 적중한 셈이었지만, 그들이 노리는 대상이 『해동감결』을 연구하고 있던 준후가 아닌 최 교수라는 사실은 놀랄 만한 일이었다. 그리고 주기 선생이 그들보다 앞서서 최 교수를 보호하려고 애쓰다가 오늘 크게 다친 것도 역시 놀라운 일이었다.

그러나 가장 걱정이 되는 것은 칠 인의 신동이라는 아이들이었다. 그들 중에 세 명과 주술력을 겨루었는데 준후와 주기 선생 둘이 상대하고도 거의 비등했다는 것은 현암으로도 믿기 어려웠다. 더구나 이야기를 들어 보면 레그나와 늑대 소년의 나이는 준후보다도 네다섯 살 정도 어리기까지 했다니 경악할 만한 일이 아닐 수 없었다.

"그냥 넘어갈 일이 아닌걸? 신부님께도 말씀드리고 상의해 봐야겠어."

현암이 결정을 내리자 승희는 박 신부가 조금 걱정된다는 듯 난감한 표정을 지었지만 할 수 없이 고개를 끄덕였다.

"현암 군은 주기 선생을 만나 봐. 병원 수속은 내가 처리할게."

"그래 주겠니?"

"그래요. 나도 물어보고 싶은 일이 많았어요. 주기 선생 아저씨는 아직 응급실에 있을 거예요."

말을 하면서 준후는 현암의 손목을 잡아끌었고 현암은 승희에게 눈짓을 해 보이고는 준후와 함께 응급실 쪽으로 발을 옮겼다. 승희는 현암의 손에 자신이 준 선물이 들려 있지 않은 것을 확인하고 한숨을 쉬고는 간호사에게 박상준이라는 환자의 입원 수속을 밟으러 왔다고 신경질적으로 말했다.

현암은 준후와 함께 응급실의 한쪽 구석에 있는 침대로 갔다. 상처를 입게 되면 주로 오는 병원인지라 퇴마사들의 사정을 병원 측에서도 잘 알고 있어서 다른 사람의 눈에 띄지 않도록 응급실인데도 커튼형 임시 칸막이를 설치해 놓았다. 주기 선생은 고통스러운 듯 가쁜 숨을 내쉬다가 현암이 커튼을 걷어 내며 들어오는 것을 보고 금세 평온한 안색으로 돌아갔다. 현암은 머뭇거리다가 입을 열었다.

"오랜만이군."

"왜 왔나? 요 꼬마가 자네까지 부르던가?"

주기 선생의 말은 무뚝뚝하기 이를 데 없었다. 현암은 별다른 말 없이 주기 선생의 안색을 살피고는 준후에게 물었다.

"위독한 것은 아니군."

준후가 고개를 끄덕이자 주기 선생은 부아가 치밀어 오르는지 날 선 목소리로 말했다.

"난 멀쩡하니까 염려 마. 바보같이 다쳤다고 비웃으러 왔냐?"

"아니."

그 광경을 보고 있던 준후는 조금 묘한 것을 느꼈다. 자신의 기억이 맞다면 현암과 주기 선생은 초치검 사건 이후 처음 만나는 것일 텐데 언제부터 서로 반말을 쓰게 됐는지 궁금해진 것이다.

"현암 형, 주기 선생 아저씨 만난 적 있나요?"

준후가 묻자 주기 선생이 소리를 질렀다.

"이 녀석아! 누군 아저씨고 누군 형이냐? 현암이나 나나 같은 나이란 말이야!"

현암은 주기 선생의 말에는 대꾸하지 않고 준후에게 말했다.

"한두 번 지나가다 마주친 적이 있지."

"마주쳐? 뭘 마주친 거냐?"

주기 선생은 악을 썼다.

"날 비웃으러 온 거냐? 번번이 남의 일에 끼어들어서는……."

"악의로 그런 것은 아니네."

"좌우간 난 기분 나빠! 넌 왜 자꾸 내 앞에서 잘난 척을 해?"

"난 잘난 척한 일이 없네."

"그러면 왜 날 도와주려고 하는 거지? 엉? 내 앞에서 폼 잡는 거야 뭐야?"

"꼭 자넬 도우려는 생각에서 그런 것도 아니었네. 그냥 우연히 보게 됐고 누군가 다칠 것 같으니 막으려 한 것뿐이지."

"알겠어. 네가 나보다 세다는 건 인정해. 그러니 제발 가 줘. 내 눈앞에서 사라져 줘."

"알고 싶은 것이 있네. 그것만 이야기해 주면 가지."

"제길, 난 네가 싫어. 같은 자리에 있는 것도 싫다고!"

"날 좋아해 달라고 한 적은 없지만 싫어한다니 유감이로군."

현암은 여전히 나직한 목소리로 대꾸하고 있었지만 주기 선생은 목에 핏발까지 세우며 소리를 지르고 있었다. 커튼이 가끔가다가 들썩거리는 것으로 보아 지나가던 사람들이 무슨 일이 있나 하고 들춰 보는 것 같아서 준후는 얼굴이 달아올랐다.

겉으로는 태연한 척하고 있지만 이런 말에 대꾸를 일일이 한다는 것은 현암도 화가 났다는 증거였다. 현암이 예전과는 달리 웬만해선 화도 내지 않는 차분한 성격이 됐지만 화를 참을 수 없을 지경이 된다면 예전의 결기 부리는 모습으로 돌아가지 말라는 보장이 없었다.

"좋아. 그래그래. 네가 더 세니깐 네가 다 맡아서 훌륭한 사람

돼라. 엉?"

"난 훌륭한 사람이 되려고 일하는 것이 아니네."

"좋아, 알았어. 난 못나고 무능하고 돈만 밝히는 놈이니 꺼지도록 하지. 됐나?"

"계속 그런 식으로 말한다면……."

현암의 얼굴이 굳어지는 순간 준후가 슬며시 현암의 옷자락을 잡았다. 둘 사이에 무슨 일이 또 있었기에 이렇게 된 것일까? 슬슬 준후는 주기 선생이 불쌍해 보이기까지 했다.

"진정하세요. 아저씨."

"뭐가 또 아저씨냐?"

"으음, 네. 주기 선생 형……."

"야, 인마. 주기 선생 형이 뭐냐? 그게 말이 되는 소리냐? 그냥 상준이 형이라고 해라."

"아, 네. 상준이 형, 화내시지 말고요, 이야기해 주세요. 왜 최 교수님이 위험하다는 건지, 그리고 칠 인의 신동들은 또 무엇인지. 에, 또 그리고……."

"좋아. 어차피 난 며칠 쉬어야 할 텐데 그때 놈들이 또 오면 곤란하겠지. 너 혼자론 밀릴 것 같으니 할 수 없겠지. 무적 현암께서 또 나서셔야지."

"주기…… 아니, 상준이 형. 그건……."

"좋아. 말해 주지. 그 대신 조건이 있다."

주기 선생이 말하자 현암의 눈썹이 꿈틀했다.

"뭐지?"

"다 말하지. 그 대신 현암 자네에겐 못 해! 자넨 미안하지만 최 교수 집에 가서 혹시라도 놈들이 다시 오지 않나 지켜 주게나. 내 이 꼬마에게 다 이야기해 줄 테니."

주기 선생의 말에 현암이 어이없어하는 사이 승희가 커튼을 획 걷으며 들어섰다.

"나도 들으면 안 될까요?"

"음, 댁은 맘대로 하시오. 무적 현암 씨만 사라져 준다면 내 무슨 말이라도 하지요."

현암은 고개를 설레설레 젓더니 승낙한다는 듯 끄덕여 보이고는 밖으로 나갔다. 그러자 준후와 승희는 도대체 현암을 싫어하는 이유가 뭐냐는 듯 곱지 않은 시선으로 주기 선생을 바라보았다. 그런데 주기 선생은 현암이 나가자마자 껄껄거리며 웃는 것이 아닌가.

"우하하, 쫓아냈다. 쫓아냈어. 내 말을 저리 잘 듣다니 참 착해졌구먼. 하하하."

승희는 뭐가 뭔지는 몰랐지만 하도 어이가 없어서 허리에 양손을 올리고는 쏘아붙이듯 말했다.

"당신 말을 들어서 나간 게 아니라고. 뭐가 더러워서 피하지 무서워서 피하나?"

그 말을 듣자 주기 선생은 승희를 쏘아보았다. 그러자 준후가 주기 선생의 앞을 막으면서 헤헤헤 웃어 보였다.

"상준이 형, 화내지 말아요. 현암 형은 나갔잖아요. 그러니 이제

이야기해 줘요, 네?"

준후가 나서려는데 승희가 한 발짝 앞으로 다가서며 쌀쌀맞게 말했다.

"그보다도 주기 선생 씨."

"주기 선생 씨는 또 뭐요?"

"왜 현암 군을 그리 미워하는 거죠?"

"미워하는 건 아니오. 싫어할 뿐이지."

"그럼 왜 싫어하는 거죠?"

"내 자존심을 여러 차례 짓밟았소. 더 이상 이야기하기 싫소. 좌우간 보기 싫으니 그렇게 아시오!"

주기 선생이 핏대를 세우자 준후가 달래듯이 말했다.

"상준이 형. 그러지 말아요. 난 잘 모르지만 현암 형은……."

"그만둬! 이름도 듣기 싫단 말이다. 좋아. 알고 싶은 게 뭐랬지? 다 이야기해 줄 테니 제발 그만 좀 떠들란 말이다!"

주기 선생이 소리치는데 간호사 한 명이 환자에게 안정이 필요하다는 이야기를 하면서 들어서자 가뜩이나 날카로워져 있던 승희가 간호사를 밖으로 밀어 내며 커튼을 홱 소리 나게 닫아 버렸다. 쿵 소리가 나건, 간호사와 승희가 싸우건 말건 준후는 주기 선생에게 신경을 집중했고 주기 선생도 그런 준후를 잠시 바라보다가 작은 목소리로 말했다.

"내가 좀 치사하지? 너도 그렇게 생각하니? 그렇더라도 어쩔 수가 없다. 마음은 뜻대로 되는 게 아니니……."

준후는 아무 말도 하지 않았다. 주기 선생도 잠시 입을 닫고 간호사와 승희가 싸우는 소리를 듣고 있는 것같이 보였다. 주기 선생이 천천히 입을 열었다.

"너 혹시 홍수 이야기에 대해 들어 본 일이 있니?"

"홍수요? 무슨 홍수요?"

"인류의 태곳적에 있었던, 그래서 그때까지 있던 모든 문명과 사람들을 파괴하고 죽게 했다는 그 홍수[6] 말이다."

"알아요. 그런데 갑자기 왜 홍수 이야기를 하시는 거죠?"

"최 교수가 연구하고 있는 것이 바로 홍수에 대한 거야. 그래서 그 신동이라는 놈들이 들러붙은 모양이고."

---

[6] 각국의 신화에는 세상을 휩쓸어 절멸시키는 대홍수에 대한 기록이 공통으로 언급되고 있음을 알 수 있다. 비교 신화학에서는 이러한 것을 단순히 고대 역사를 추정하는 단서로 삼고 있는 것 같으나, 본 저자는 홍수 설화를 주축으로 고대 역사의 공통성을 찾아 각 문화권 간의 맥을 잇는 시도도 해 봄 직하다고 여긴다. 잘 알려진 노아의 홍수를 비롯해 그리스 신화에서는 제우스 신이 대홍수를 내려 인간 중에는 데우칼리온(Deukalion)과 그 아내만 살아남았고, 「길가메시 서사시」에서는 우트나피쉬팀 부부만이 살아남는다. 인도 신화에서도 비슈누 신이 첫 번째 아바타라인 물고기 맛쓰야로 변해 마누를 살려 인간의 조상이 되게 하는 것도 있다. 이러한 공통점은 단지 고대에 홍수가 존재했는가 아니었는가에 대한 실증보다, 그 문화들이 별개로 성립돼 형성된 것이 아니라 서로 어느 정도 영향을 주고받았다는 증거로 삼을 수 있다고 생각한다. 또 본문의 내용과 같이 대홍수를 극복한 두 나라, 즉 조선과 중국의 예는 그중에서도 대단히 특이하다고 생각되며, 이 분야 전문가들의 연구 또한 기대해 보는 바이다. 본 저자는 특별한 고고학적 지식은 없지만 본문에서의 연대 추정 등의 일들은 오랜 시간 들여 해 본 것이며 이 분야의 주석을 자세히 달자면 끝이 없으므로 본문에 언급된 정도로 마치고 이후에 『퇴마록 해설집』이 나오게 되면 보다 자세하게 필자가 연구했던 바를 밝힐 것을 약속하는 바이다.

"홍수를 연구하는데 그 애들이 왜 달라붙어요?"

"나도 확실히는 모른다. 그러나 그 애들이 최 교수를 노리는 이유가 최 교수가 하는 연구 때문인 것이 분명해. 그러니까 홍수에 대한 연구 말이야."

준후는 어이가 없었다.

"전 이해가 되질 않아요. 홍수를 연구하는데 왜 그 애들이?"

"나도 몰라. 그러나 사실이야. 그것을 빼고는 최 교수를 건드릴 이유가 전혀 없어."

"흠."

준후는 생각에 잠겼다. 주기 선생은 상처의 아픔이 느껴지는지 얼굴을 찌푸리면서 말했다.

"어쨌거나 그 애들이 최 교수를 노리고 있는 것만은 분명한 사실이야. 그러니 믿어지지 않더라도 믿는 수밖에 없지."

"그 애들은 누구죠? 아까 칠 인의 신동이란 말을 했잖아요?"

"하하하. 너도 직접 겪어 보지 않았니? 아이들인데도 무서운 주술 실력을 지니고 있단다. 그리고 최 교수를 암살하려 하고 있고. 내가 들은 것은 그 아이들이 모두 일곱 명으로 구성돼 있다는 것밖엔 없어."

"아저, 아니……. 상준이 형은 아까 그 여자아이의 이름도 몰랐잖아요. 그리고 그중에 셋밖에 만난 적이 없다고 했고요. 그런데 그 애들이 모두 일곱 명이라는 것은 어떻게 알았어요?"

"나에게 부탁한 사람이 그렇게 일러 주었거든! 일곱 명의 아이

홍수 205

가 최 교수를 해치려 한다고 말이야."

주기 선생의 말을 듣고 준후는 눈을 크게 떴다.

"누가 부탁했는데요?"

주기 선생은 아픈데도 불구하고 장난기 어린 표정을 지어 보였다. 밖에서는 여전히 승희와 간호사의 옥신각신하는 소리가 들려왔다.

"청부한 사람의 신분은 밝히지 않기로 돼 있다만 어차피 밖에서 떠드는 저 말괄량이 아가씨가 다 알아낼 테니 숨겨도 소용없겠지. 청부한 사람은 바이올렛이라는 중국계 백인 여자야."

"바이올렛이요?"

준후가 눈을 크게 뜨는데 승희가 상기된 얼굴로 커튼을 밀치며 들어섰다. 주기 선생은 신경 쓰지 않고 계속 이야기를 이어 나갔다.

"그래. 나는 서면으로 부탁을 받았단다. 일곱 명의 무서운 아이들이 최 교수를 해치려고 하니 아무도 눈치채지 못하게 열흘 동안만 막아 달라는 내용이었지."

"원래 아는 사람이었나요?"

"아니다."

"한 번도 본 적 없는 사람에게서 달랑 온 편지 한 장을 믿고 아저, 아니 상준이 형은 그 집을 매일 지킨 거예요?"

"편지만 온 것이 아니었다. 우표 한 장이 동봉돼 있었지."

준후는 점점 알 수 없다는 표정을 지었다.

"우표요?"

"그래, 우표. 하하하. 묘한 기분이 들어서 알아보았더니 세계적으로 희귀품인 우표였단다. 값이 꽤 나가더군."

준후는 그제야 조금 이해가 갔다. 주기 선생이 정의감만 가지고 움직였다고 믿기는 어려웠던 것이다. 그나저나 그런 식으로 거액을 보내며 청부하는 수도 있구나 하는 생각에 웃음이 나왔다.

"일단 돈을 받았으니 일은 확실히 해야지. 그러나 사실 나도 맨 처음에는 반신반의했단다. 주술력을 지닌 놈들이 왜 하필 고리타분한 학자님을 해치려 하는지 알 수가 없었지. 그런데 하루 이틀가량 있으니까 정말로 아까 너와 같이 본 금발 머리 여자아이가 집 안으로 스며들어 가려 하는 것이 아니겠니? 그래서 한판 했지."

"그랬는데도 아무도 몰랐나요?"

"십이지신의 진법 중에는 소리가 뚫지 못하는 결계를 만드는 방법이 있지. 나는 밤만 되면 아예 그 집에 결계를 쳐 놓고서 기다렸단다."

"낮에는요?"

"낮에는 결계를 안 쳤지. 너도 봤다시피 그 애들은 우리나라 애들과는 차림새가 아주 달라. 그리고 여자아이는 귀신 인형들하고 꼭 같이 다니니 사람들이 많은 낮에는 나도 조금씩 쉬면서 부근만 경계했지. 그 애들은 낮에는 얼씬도 안 하던걸."

"그럼 최 교수님 댁에 드나들었던 건 아저씨…… 아니, 상준 형이었나요?"

"그래, 도대체 무슨 연구를 하는 것인가 궁금하기도 하고 해서 가끔 들어갔지."

"아라를 만나서 목걸이 사용법도 가르쳐 주었고요?"

"그 꼬마가 너에게 이야기했니? 허허."

"목걸이에 이상한 기운이 있는 것은 알았지만, 무슨 힘인지 알 수가 없어서 끌어내지 못했어요. 그런데 형은 어떻게 한눈에 보고 알아내셨죠?"

"세상에서 네가 모르는 것은 아무도 모르는 거냐? 넌 모르더라도 나는 알 수도 있잖아? 너도 현암처럼 잘난 척하는 습성이 배어 가냐?"

주기 선생이 딱 잘라 말하자 준후는 더 할 말이 없어졌다. 주기 선생은 잠시 생각에 잠긴 듯하다가 혼잣말처럼 중얼거렸다.

"그런데 최 교수의 연구는 아주 마음에 들더구나. 홍수라…… 그 사람은 우리나라 고대 역사의 원류를 캐기 위해 홍수 연구를 하고 있어. 그래서 나도 꼭 돈 때문만이 아니라 뭔가 좀 의미 있는 일을 하게 된 것 같아서 기쁘더군. 사실 세 명이나 몰려온 건 오늘이 처음이었다. 솔직하게 말해서 나 혼자서는 지켜 내지 못했을 거야. 그리고 이제 다치기까지 했으니. 그렇게 심한 건 아니지만 힘쓰는 데에는 문제가 있을 것 같아. 네가 도와주면 고맙겠구나."

"그 애들에 대해 더 아시는 건 없나요?"

"나도 더는 없다."

"그런데 그 바이올렛이라는 사람은 편지에 열흘만 지켜 달라고 적었던가요?"

"아니, 그러니까 4월 22일까지만 지켜 달라고 했다. 내가 편지를 받은 날로부터 열흘이 되더군. 그래서 그렇게 말했던 거다."

"그럼, 4월 22일 이후는 왜 부탁하지 않은 거죠?"

"정확히는 모르겠다. 무슨 꿍꿍이가 있을 테지. 아마도 내 생각엔 그 사람이 직접 한국에 오려는 게 아닐까 싶다."

"흠, 최 교수님에게 알려서 안전한 곳으로 가게 하는 편이 더 낫지 않았을까요?"

"글쎄, 나는 그렇게 생각하지 않는다. 바이올렛이라는 정체불명의 여자는 굉장히 많은 것을 알고 있는 것 같아. 그런데 그 여자가 최 교수 모르게 지켜 달라고 했다면 무슨 이유가 있을 것이라고 믿는다. 내 짐작이기는 하지만 아마……."

"뭐죠?"

"바이올렛이라는 여자가 최 교수를 잘 알고 있다고 생각하기는 어려울 것 같고, 아마도 그 일곱 아이들을 쫓는 사람이나 집단의 일원이 아닐까 싶구나. 말하자면 이런 식이지. 바이올렛은 일곱 아이들을 뒤쫓고 있다. 그런데 그 아이들이 한국의 최 교수라는 사람을 해치려 한다는 것을 알게 됐다. 하지만 당장 그곳으로 가지 못할 무슨 사정이 있다거나 해서 4월 22일 전까지는 한국에 오기가 어렵게 됐다. 그래서 그 아이들이 목적을 달성하지 못하도록 누군가에게 시켜서 그곳을 지키도록 한 뒤, 자신이 한국에 와서 그 아이들을 일망타진한다. 뭐, 이런 시나리오 아니겠니?"

"그럴 수도 있겠네요. 그러나 최 교수님을 무슨 미끼처럼 이용하다니, 좋은 일 같지는 않아요."

"아니, 그렇게만 볼 것이 아니다. 생각해 보렴. 그 꼬마들이 뭘 안다고 자원해서 그 학자 어르신을 해치려 하겠니? 분명 그 애들은 누군가의 사주를 받은 거야. 그러나 누가 그런 사주를 했는지, 도대체 최 교수의 연구 중 무엇이 중요해서 그러는 건지는 아무도 알 수 없지. 그러니 어떤 수단을 써서라도 뒤에 숨겨진 사실들을 알아내야만 최 교수를 원천적으로 보호할 수 있는 거야. 안 그러면 그 애들을 잡아 봤자 언젠가 또 다른 자들이 올지도 모르지. 그렇지 않니?"

주기 선생의 계산은 상당히 치밀했다. 그리고 주기 선생이 그 정도로 최 교수를 생각하는 건 꼭 돈 때문만은 아닌 것 같았다. 준후는 주기 선생의 추리가 어느 정도 사실일 거라고 생각했다. 그러나 주기 선생이 일을 처리하는 방식은 별로 마음에 들지 않았다. 그렇게 위험한 일이라면 본인에게도 알려야 할 것이 아닌가.

"그렇더라도 최 교수님께 사실을 알리는 편이······."

"그 사람이 그런 것을 이해해 줄 것 같니? 또 겁에 질려서 어디론가 숨어 버리거나 하면 어떡하란 말이야? 더구나 본인이 알아봤자 그런 주술에는 아무짝에도 쓸모가 없다. 오히려 모르게 하고 잘 지키는 편이 더 낫지."

주기 선생의 말도 일리는 있었다. 그러나 준후는 자신이 위험하다는 사실도 모른 채 연구에만 몰두하고 있는 최 교수를 떠올리자 고개가 저어졌다.

"그래도 본인의 이해를 구해야 해요."

"어허, 그런 게 아니란다. 그 집에는 이름이 '아라'라는 철없는 여자아이까지 있지 않냐? 최 교수는 자신이 위험에 빠지는 것은 마다하지 않을지도 모르지만 딸아이까지 위험하다고 느끼면 절대 그런 일에 동의하지 않을 거야. 염려 마라. 우리가 잘 보호하면 되지 않겠니?"

"그렇지만 그러다가 아라까지 위험해진다면 그건 더……."

"그래서 내가 그 여자애한테 목걸이 사용법까지 가르쳐 준 거다. 아마 급할 때는 도움이 될 수도 있을 거야."

"저도 봤어요. 목걸이에서 뭔가 주술력이 나오는 것 같기는 했지만 그걸로 어떻게 아라가 자신을 지켜요?"

"지키라는 것이 아냐. 그 물건, 신통한 것이더구나. 그래서 내가 살펴보는 척하면서 손을 봐 뒀지. 만약 그 집 안에서 뭔가 주술적인 기운이 뿜어져 나오면 목걸이가 감응하게 돼 있다. 그러면 그 집 뒷마당에 묻어 둔 내 물건 하나가 나에게 집 안의 사정을 거울처럼 일러 주게 돼 있단다. 너 조요경(照妖鏡)[7]이란 거 들어 본 적 있니?"

"흠."

---

[7] 요사스러움을 물리치거나 그 존재를 알아내는 거울이다. 고대로부터 도가에서는 거울이 신비로운 목적, 즉 실제와 허상을 분리해 보는 데 사용된다고 믿었다. 조요경도 그 맥락에서 사용되는 것으로, 비록 본문에서는 그리 사용되지 않지만 사악하거나 요사스러운 기운이 접근해 오는 것을 미리 알 수 있는 물건으로 설정했다.

주기 선생도 만반의 준비를 해 두기는 한 것 같았다. 주기 선생은 통증이 심해지는지 인상을 찌푸리면서 베개에 얼굴을 깊숙이 묻었다.

"이제 사흘밖에 남지 않았다. 일단 사흘 동안은 기다려 보자. 그래서 그 바이올렛인지 바이올린인지가 무슨 연락을 취해 오거나 직접 나타나면 그때 상의해 보기로 하고, 아니면 우리끼리 자구책을 취하도록 하자. 사흘 동안은 일단 기다려 보는 거야. 알겠니?"

"알았어요. 그런데 상처는 괜찮아요?"

"으음. 너무 말을 많이 했다. 아이고…… 이만 나 좀 쉬게 해 주겠니?"

주기 선생은 이제 안색까지 하얗게 질려 있었다. 지혈은 됐다 해도 통증이 몹시 심한 모양이었다. 하긴 상처가 깊으니 힘을 주면 내장이 비집고 나올지도 모를 일이었다. 그런 생각이 들자 준후는 자신도 모르게 몸서리를 쳤다.

"알았어요. 몸조심하시고 치료에만 신경 쓰세요."

"내 일을 결국은 너희에게 부탁하게 됐구나."

"그럼 이만 갈게요. 이제 간호사도 들어오게 해야겠네요."

"그래, 그리고 현암한테도 그 집 식구들에게 아무 말 말라고 당부 좀 해 주렴. 그리고 신부님께도 안부 전하고."

"그런데 22일까지 다 나을 수 있겠어요?"

"염려 마라. 병원서 안 내보내 주면 도망을 쳐서라도 그날은 나갈 테니까."

말을 마치자 주기 선생은 눈을 감았고 준후는 아무 말도 하지 않고 있는 승희와 함께 밖으로 나갔다. 나가면서 준후는 간호사가 자신을 묘하다는 듯 쳐다보는 것을 느꼈으나 승희는 아무 말도 하지 않았다. 응급실 밖으로 나가서야 승희가 말했다.

"난 저 사람 싫어. 도대체 마음에 안 든단 말이야."

"왜요?"

"생각해 봐. 따지고 보면 저 사람이 돈을 받고 청부받은 일 아니야? 그런데 네가 말려든 걸 기회로 저 인간은 손도 안 대고 위험한 일을 너한테 시키는 셈이 된 거잖아?"

"다쳤잖아요."

"그래도 그렇지. 부탁한다는 말이나 있으면 모를까. 그냥 말하는 중에 은근슬쩍 너를 감아 넣었잖아."

"에이, 그런 생각은 하지 마세요. 위험한 처지에 빠져 있다면 모르는 사람이라도 구해 줘야 하는 건데 하물며 최 교수님은 우리가 전혀 모르는 사람도 아니잖아요. 일단 사흘만 더 기다려 봐요."

승희도 고개를 끄덕이고 얼굴을 펴면서 준후에게 농담조로 말했다.

"그러고 보니 너, 최 교수보다는 아라가 더 걱정되는 거 아니니? 호호호."

"에이, 또 놀리기 시작이에요?"

"호호호, 아냐, 아냐. 하긴 그렇기도 하지. 최 교수나 아라도 우리와 연관이 많고, 일곱 신동이란 애들도 우리와 무관한 건 아니니까. 일단 신부님께 말씀드리고 상의하자. 원래는 별일 아닌 것 같아서 괜히 걱정하실까 봐 신부님한테는 아무 말 안 하려고 했는데, 문제가 생각보다 커지는 것 같아."

"네······. 근데 일곱 신동이란 애들이 우리랑 무관하지 않다는 건 또 무슨 말이에요?"

"글쎄, 내 생각이지만 그 애들은 블랙 서클의 잔존자들인 것 같아."

승희는 아무렇지도 않은 듯이 말했으나 준후는 깜짝 놀라서 그 자리에 멈춰 섰다.

"블랙 서클이라뇨? 블랙 서클의 사람들은 모두 죽었잖아요."

"맞아, 그런데······ 너한테도 이야기해 줄게."

승희는 걸음을 옮기면서 자신이 꿈에 아버지와 정체불명의 아이를 본 일과 그로 인해 행한 투시의 내용, 즉 그 아이가 서울에 와 있으며 블랙 서클의 수법과 똑같이 마음을 가리고 있어서 해석하는 것을 막아야 한다고 중얼거리는 내용만 간신히 파악할 수 있었던 것, 그래서 연희가 위험한 것이 아닐까 추측했던 일 등을 이야기했다. 다만 『해동감결』의 해석 때문에 준후를 걱정한 일과 안드레이의 영을 소환해 보자는 이야기는 준후가 혼자서 무리하게 소환술을 할까 봐 말하지 않았다. 승희의 이야기를 다 듣고 나자 준후는 고개를 끄덕였다.

"그랬군요. 어쩐지······."

"왜? 너도 뭔가 짚이는 것이 있었니?"

"중국 아이의 무기인 곤선승, 그걸 휘두르는 수법이 어디선가 많이 본 듯싶었어요. 돌이켜 보니 코제트가 채찍을 쓰던 것과 유사한 것 같네요."

"그랬구나. 그러고 보니 그중 하나는 늑대 인간의 모습이었다지? 그렇다면 그 아이는 카프너의 후예겠구나. 레그나 슈바르츠라는 애는 좀비 인형을 부린다니 호웅간을 계승한 거라고 볼 수 있겠고."

"블랙 서클의 잔존자들이 있었다니 놀라워요. 그리고 그것이 아이들이라니, 원 참."

"하지만 그 아이들이 스스로 모든 걸 익혀서 행동하고 있다고는 믿기 어렵지 않나? 그렇다면 누군가 잔존자가 있다는 말인데……그가 뭔가 음모를 꾸미고 있는 것이 분명해."

"블랙 서클의 생존자는 성난큰곰 아저씨 하나뿐이잖아요. 그리고 그 아저씨는 나쁜 사람이 아닌데."

"꼭 살아서만 일을 저지르라는 법은 없잖아."

"블랙 서클 사람들은 죽고 나서는 영까지 악마에게 흡수당했잖아요. 영이 남아 있었다면 연희 누나와 리 아저씨를 영으로나마 다시 만나게 해 줄 수 있었을 거 아니에요. 그러나 그건 불가능했어요."

"흡수당했는지 여부가 확실하지 않은 사람이 한 명 있단다."

"누군데요?"

"마스터."

"으윽, 그러고 보니 그렇네요. 아이구, 만약 그렇다면 큰일인데."

"너무 염려하지 마. 마스터라고 별수 있겠니? 차라리 이번에는 마스터도 잡귀일 뿐이니 마음 놓고 주술을 쓸 수 있잖아?"

"그래도 무서운 상대였어요."

"좀 더 두고 보면서 상의해 보자꾸나. 우리는 아직 일곱 아이의 정체도 파악하지 못하고 있지 않니? 이름도 레그나라는 아이 한 명밖에 모르고."

이야기를 주고받으며 둘은 어느덧 거리로 접어들고 있었다. 현암이 차를 몰고 가 버렸기 때문에 둘은 걸어서 거리까지 나올 수밖에 없었다. 그런데 갑자기 승희가 뭔가를 알 것 같다는 표정을 지었다.

"레그나 슈바르츠, 이름이 묘한데?"

"네? 어떻게요?"

"슈바르츠(Schwarz)는 독일어로 검다는 뜻이지. 그리고 레그나의 스펠링은 'Legna'가 되겠지?"

"저는 외국어는 잘 몰라요."

"잘 들어 봐. LEGNA를 거꾸로 하면 ANGEL, 즉 엔젤이 되지. 이건 천사라는 뜻이야. 그런데 슈바르츠라는 성은 영어로는 블랙에 해당해. 그러니 그 애의 이름은 뒤부터 영어식으로 바꿔 읽으면 블랙 엔젤(Black Angel)[8]이 되는 거야. 범상한 이름이 아닌데."

---

8   지옥의 악마 중 하나이나 대악마들의 지배를 받는 보통 악마보다 훨씬 지위가 높은, 독립적인 활동을 하는 악마이다. 모든 여성 악마들의 두목으로 묘사돼 있다. 블랙

"블랙 엔젤이 뭐죠?"

"나도 잘은 몰라. 그냥 서양에서 믿어지기로는 블랙 엔젤은 악마 중에서도 대단히 높은 서열의, 그러니까 여자 악마들의 대장 격인 악마라고 하지. 천사처럼 날개를 가지고 아름다운 여자의 모습을 하고 있지만 머리카락이나 날개, 거기다가 옷까지 모든 것이 검은 사악한 악마란다. 어떤 남성이라도 타락시키는 재주가 있어서 대단히 무서운 존재로 믿어지고 있지."

"타락이요?"

"넌 몰라도 돼."

준후와 승희는 다 같이 인상을 찌푸렸다. 물론 레그나라는 아이가 블랙 엔젤이라고 볼 수는 없었지만, 그런 이름을 가지고 있다는 것은 아무래도 기분 좋은 일이 아니었기 때문이다. 둘이 각자의 생각에 빠져 있는 사이, 마침 지나가는 택시가 있어서 둘은 그것을 타고 퇴마사들의 아지트로 향했다.

박 신부는 집에 도착해 있었다. 늦은 시간이어서 윌리엄스 신부는 자신의 숙소로 돌아갔고 현암이나 승희, 준후도 들어오지 않은 상태였기 때문에 집 안이 을씨년스럽게 느껴졌다. 돌아다녔더니

엔젤은 대단히 아름다운 용모와 날개를 지니고 있어 천사같이 보이나 온통 검은색이라 블랙 엔젤이라는 이름이 붙었다. 일반적으로 파괴력보다는 다른 종류의 힘, 즉 아무리 마음이 굳세고 건실한 남성이라도 매혹해 자신의 충실한 수하로 타락시키는 힘을 지니고 있어 공포의 대상으로 여겨져 왔다.

다리 여기저기가 쑤시고 저려서 쉬어 볼까 하는데 팩스 들어오는 소리가 들렸다. 박 신부는 어디서 오는 것인지 궁금해서 아픈 다리를 이끌고 팩스기 옆으로 다가갔다.

'미국? 거기서 웬 팩스가 오는 거지?'

전혀 본 적이 없는 주소에서 온 것이라 박 신부는 잘못 온 거라고 여겼다. 그런데 팩스 종이 첫머리에 낯익은 사람의 이름이 쓰여 있었다.

디어 준후(Dear Joon Hoo).

'준후? 준후한테 외국인 친구가 있었나?'

박 신부는 준후가 아는 사람들을 하나하나 떠올려 보다가 안경을 벗어 닦아 냈다. 그사이 팩스 수신이 끝나는 날카로운 소리가 들렸다. 내용은 다음과 같았다.

친애하는 준후 군에게.

불쑥 연락을 취해서 당황스럽게 여겨질 수도 있겠지만, 일을 도와주어서 감사하다는 말을 전하려고 이렇게 연락을 취합니다. 준후 군이나 같이 계신 다른 분들도 관련이 있는 중요한 일이니 힘들더라도 수고해 주시기 바랍니다.

지금 알아보니 하마터면 큰일이 날 뻔했더군요. 제가 그 아이들의 힘을 과소평가했나 봅니다. 준후 군이 도와주지 않았으면 교수님은 무사하지 못하셨을 거예요. 제가 여러 가지 사실을 알고 있다고 놀라지는 마세요. 저도 준후 군이 친한 여자분과 비슷한 재주가 있어서 아는 것이니까요.

제가 한국에 간 다음에 모든 것을 설명하겠습니다. 일단 이틀만 더 교수님을 보호해 주시기 바랍니다. 아무도 모르게 하는 편이 좋다고 생각합니다. 예정보다는 조금 빨랐지만 여기도 일이 좀 있어서 당장 달려갈 수는 없군요. 21일 밤에 교수님 댁 부근에서 만나기로 하겠습니다. 여러분들과 잘 아는 친구 한 분과 같이 갈 테니 염려하지 마십시오. 다른 분들께도 준후 군이 잘 전해 주시기 바랍니다. 직접 전하는 방법 말고는 안전하지 않아 자세한 내용을 적지 못하는 점을 양해해 주십시오.

바이올렛

'바이올렛? 바이올렛이 누구지? 준후가 무슨 일에 말리든 걸까? 이게 도대체 어떻게 된 일일까?'

박 신부는 팩스 종이를 내려놓고는 다시 한번 안경을 닦았다. 도대체 자신이 모르는 사이에 무슨 일이 일어나고 있는지 박 신부로서는 한없이 궁금할 뿐이었다.

현암은 주기 선생에게 떠밀리다시피 해서 나선 것이라 그다지 기분이 좋은 것은 아니었다. 그래도 말을 했으니 지켜야 한다는 마음에 곧바로 최 교수의 집으로 향했고 지금 막 도착한 참이었다. 어차피 최 교수도 모르는 사람이 아닌 데다 우연히 그랬다고는 하지만 준후도 관련이 된 일이고, 무엇보다도 위험에 빠져 있다는 사람을 못 본 척할 수는 없었기 때문에 당연히 해야 할 일이라는 생각이 들었다.

현암이 골목길에 차를 세워 두고 내리려는데 좌석 한구석에 승희가 주었던 선물이 아무렇게나 굴러다니는 것이 눈에 들어왔다.

'음.'

현암은 차에서 내리려던 자세 그대로 자그마한 선물을 집어 들고 조심스럽게 포장을 풀었다. 현암은 승희에게 미안하다는 심정뿐이었다. 승희가 전부터 자신에게 은근히 마음을 주고 있다는 것을 현암도 모르는 바는 아니었지만 그렇다고 확신하지도 못하는 감정을 승희에게 표현할 수는 없었다. 지금 자신의 입장으로서는 그런 마음을 결코 표현해서는 안 된다고 여겼기 때문이다.

비록 몸을 지닌 것도 아니고 오래전에 죽은 사람이기는 하지만 월향이라는 존재에게 마음을 주었고, 월향이라는 존재와 자신은 이제 떼려야 뗄 수 없는 불가분의 관계에 있었다. 함께 목숨을 걸고 싸워 왔던 많은 일들이 그 계기가 돼 준 것이다. 월향에게 품고 있는 마음이 정말 연애 감정인지는 현암 자신도 장담할 수 없었지만 어쨌거나 현암은 자신이 승희에게 느끼고 있는 감정도 연애 감정은 아닐 것이라고 확신하고 있었다. 더구나 현암에게 승희는 이미 매우 소중한 존재였기 때문에 오히려 더더욱 그래야 한다고 생각했다.

포장을 모두 벗기자 작은 상자가 나왔고 상자의 곁에는 편지 한 장이 있었다. 상자 속에는 지포 라이터 한 개가 들어 있었고, 편지에는 장난기 어린 필체로 다음과 같은 말이 쓰여 있었다.

현암 군에게.
담배 끊은 것은 알지만 마땅한 선물이 없어서 주는 거야. 그렇다고 담배 또 피우라고 주는 건 아니야. 불필요한 남자가 되지 말라는 의미에서 주는 거니까 그냥 그렇게 생각해. 생일 축하해!
승희

현암은 편지를 읽은 뒤 라이터를 주머니에 쑤셔 넣고 망설이듯 편지도 접어서 윗주머니에 넣은 채 차 밖으로 나갔다. 차 문을 닫고 최 교수의 집으로 발을 옮기면서, 현암은 기억 속에서 현아의 모습을 본 지도 꽤 오래됐다는 생각이 들었다. 문득 승희의 얼굴이 현아의 얼굴과 겹쳐 지나가는 것 같아 자기도 모르게 깜짝 놀랐다. 어느 사이부터인가 자신이 승희를 여동생처럼 여기고 있는 것은 아닌가 하는 생각이 들었기 때문이었다.

'그래. 언제부터인가 나도 모르게 그런 생각을 가지게 된 것인지도 모르겠구나.'

현암은 까닭 없는 한숨을 내쉬고는 최 교수의 집 초인종을 조심스럽게 눌렀다. 잠시 후에 아라의 애교 섞인 목소리가 들려왔다.

[누구세요?]

"아, 아라구나. 나 현암이야. 아버님 계시지?"

[아저씨구나. 잠깐만요.]

아라의 구김살 없는 목소리를 들으니 아직은 별일 없는 것이 분명하다 싶어 현암은 안도의 한숨을 내쉬었다. 그나저나 무턱대고 초인종을 눌러 버렸으니 무슨 용건으로 왔다고 변명할까 하는 고민이 됐다.

'최 교수님의 연구가 어떤 것인지 좀 물어보아야겠구나. 어차피 알고 있어야 할 내용이기도 하고, 가능하면 이 집 부근에 오래 머물러 있어야 할 것 같으니······.'

하지만 너무 늦은 시간이 아닐까 싶어 현암은 조금 머쓱한 기분으로 집 안에 들어섰다.

"허, 어느새 또 그런 일이 생겼단 말인가?"

승희와 준후의 이야기를 듣고 박 신부는 놀라움을 감추지 못했다. 준후와 승희는 그들 나름대로 박 신부가 받은 팩스의 내용을 보고 또 한 번 놀랐다. 박 신부는 블랙 서클의 잔존자들이 있고 그들이 최 교수를 노리고 있다는 것, 잘은 몰라도 그 이유가 최 교수의 연구 내용 때문일 것이라는 이야기를 듣고 놀랄 수밖에 없었고, 준후는 바이올렛이라는 의문의 여자가 어떻게 한 번도 본 적이 없는 사람들에 대해 이토록 자세히 알고 일을 부탁할 수 있는지 놀랄 수밖에 없었다. 준후는 바이올렛이 그들의 일을 훤하게 알고 있는 것이 믿어지지 않는 듯 승희에게 물었다.

"승희 누나. 누나라면 한 번도 보지 못한 사람을 기운만으로 알아낼 수 있겠어?"

"어? 글쎄. 안 될 것 같아. 그건 백사장에서 바늘 찾기만큼이나 어려운 일일 거야. 직접 그 사람을 본 적이 있다면 별로 어려운 일이 아니지. 사진을 본다면 조금 힘들지만 그럭저럭 될 거고. 그렇지만 최소한 이름이나 사는 곳이라도 알아야 할 거야. 안 그러면 수십억이나 되는 많은 사람 중에서 어떻게 찾는단 말이야."

승희는 준후가 도통 모르겠다는 표정을 짓자 다시 설명해 주었다.

"나도 연구해 본 적은 없으니 잘 몰라도 이런 것과 비슷하다고 할 수 있을 거야. 커다란 도서관이 있다고 쳐. 나는 물론 글자를 읽을 줄 알고 말이야. 그런데 내가 어떤 내용을 알고 싶을 때, 그 책을 찾기만 하면 아주 쉽게 그 내용을 읽을 수 있겠지. 그런데 최소한 그 책이 어디 있는지는 알아야 할 것 아니겠니? 책 제목이라거나 저자 이름이라거나…… 내가 투시하는 건 그런 것과 흡사하다고 볼 수 있어."

"그러면 이 바이올렛이라는 사람은 어떻게 우릴 알 수 있는 걸까요? 내 생각으로는 보통의 초능력자라면 절대 누나보다 뛰어날 수가 없어요."

"칭찬인지 뭔지 모르겠구나. 그러나 나도 모르는 일이지, 뭐."

승희가 중얼거리고 있는데 박 신부가 무겁게 입을 열었다.

"준후야. 너는 그 신동이라는 아이 중 세 명과 겨루었다고 했지? 그 애들이 정말 블랙 서클과 비슷한 술수들을 쓰더냐?"

"네, 거의 틀림없어요."

"음…… 승희의 투시도 있고 하니 틀림없을 것 같구나. 그나저나 일은 한꺼번에 터진다고, 내게도 부탁이 하나 들어왔는데……."

"네? 어떤 거죠?"

"내게 들어온 부탁은 나 혼자 해결해야 하는 것이란다. 아니, 윌리엄스 신부님도 함께 가시겠지만……."

"왜요? 다 같이 가면 좋잖아요."

준후의 말에 박 신부는 무겁게 고개를 저었다.

"아니다. 이번 일은 내 신앙과 관련이 있는 것이고, 부탁한 측이 가톨릭 교단이란다. 그러니 혼자 가야 한다. 위험한 일 같은 것은 없을 테니 염려하지 않아도 된단다. 그리고 이번 일을 잘 조사해 주면 내 파문을 없던 일로 해 주기로 했단다."

"어? 와! 그럼 좋은 일이네요. 승낙하셨나요?"

승희가 누구보다도 기쁜 표정을 지었다. 승희도 가톨릭 신자이기 때문에 파문당한 자는 영원히 구원받을 수 없다는 것을 알고 있었고 항상 그런 면을 안타까워하곤 했다.[9] 물론 승희는 그리 독실한 신자는 아닌지라 영혼관이나 사후 세계 같은 내용들을 가톨릭

---

9   중세 시대에서 가톨릭의 파문은 사형보다 더한 징벌이었다고 한다. 이는 사람의 몸뿐만 아니라 영혼의 구원을 배제하는 행위로 최후의 심판 날에도 파문당한 자들은 재판조차 받을 기회가 없다고 믿어 왔기 때문이다. 교리대로라면 그런 영혼들이 갈 곳은 지옥의 한 귀퉁이뿐으로, 중세에는 교황권과 왕권이 충돌하면 교회에서 가장 강력한 징벌로 왕에게 파문을 내리는 경우가 종종 있었다.

에서 가르치는 그대로 믿었던 것은 아니다. 그러나 그런 교리를 거부한다는 것이 박 신부에게 얼마나 큰 고통인지 짐작할 수 있었다.

"나도 고민을 많이 했단다. 신앙이란 나 자신의 신앙심이 가장 중요한 것이라 생각한단다. 물론 신부다운 생각은 아니겠지만 말이다. 허허허. 아멘."

"그런데요? 승낙하셨어요?"

"음, 했다. 그런데 이곳의 일도 큰일이어서 쉽게 마무리가 되는지 모르겠구나."

"괜찮을 거예요. 준후도 있고 현암 군도 있으니."

"나도 아직 며칠의 시간 여유는 있다. 우선 그사이에 해결해 보기로 하고, 그때까지도 해결이 안 된다면 조금 뒤로 미루기로 하자꾸나. 그건 나에게 맡기렴."

승희와 준후는 고개를 끄덕일 수밖에 없었다. 누가 뭐라고 해도 모든 일에 최종적인 결정을 내려야 하는 것은 박 신부였다. 박 신부야말로 모두가 믿고 따르는 지도자나 마찬가지였기 때문이다. 잠시 후, 준후가 어렵게 입을 열었다.

"그런데 신부님. 무슨 일로 가시는지는 물어보면 안 되나요?"

"허허. 너희들에게야 뭐 말 못할 것이 있겠니? 안 그래도 좀 도움을 구하려던 참이란다."

박 신부는 잠시 말을 끊었다가 장난기 어린 얼굴로 말했다.

"너희들, 에메랄드 태블릿(Emerald Tablet)이라는 것에 대해 들어본 적이 있니?"

승희는 고개를 저었고 준후도 전혀 모르겠다는 듯 눈을 크게 뜨면서 물었다.

"에메랄드 태블릿이 어떤 거지요?"

"에메랄드 태블릿은 고대에 헤르메스 트리스메기스토스라고 하는 연금술사가 새겼다는 문서지. 문서라기보다는 일종의 비석이라고 할 수 있는 거야."

"헤르메스…… 누구라고요?"

"현자 헤르메스 트리스메기스토스."

"이름이 복잡하군요."

승희와 준후가 흥미를 보이자 박 신부는 곁에 놓아두었던 책과 메모 더미에서 책 한 권을 꺼내면서 말했다.

"그래. 이 사람은 고대의 유명한 현자이자 마술사라고 불리는 사람이지. 중세에 연금술이 번창했던 것은 알고 있겠지? 대부분의 연금술사들은 자신들이 쓰는 기술의 창시자가 헤르메스 트리스메기스토스라고 생각했단다. 중세에 유행했던 헤아릴 수 없을 만큼 많은 연금술과 마술에 대한 문헌은 모두 다 이 헤르메스 트리스메기스토스의 것이라고 알려졌지. 물론 대부분이 위작이었겠지만 말이다."

"그런데요? 그게 지금 있나요?"

"그래. 에메랄드 태블릿은 실제로 발견돼 해독을 위해 사람들이 대단히 고심하고 있다고 알려져 있지. 맨 처음 이 비석이 발견된 것은 전설로 남아 있어. 에메랄드 태블릿은 페니키아 문자로 새겨져 있다고 하는데 헤르메스 트리스메기스토스가 죽을 때 에메랄드 비석을 꼭 쥐고 죽었다고 전해졌지. 그래서 아브라함의 아내인 사라가 헤브라이 지방 근처의 동굴에서 헤르메스 트리스메기스토스의 시체를 발견하면서 에메랄드 비석을 처음 찾았다는 설이 있단다. 그런데 또 다른 설에 의하면 알렉산더 대왕이 고대에 알려진 마술사 아폴로니우스의 손안에서 비석을 찾아냈다고도 하고 또 헤르메스 트리스메기스토스가 그 비석을 모세의 누이인 일리언에게 주었다고도 하지. 아라비아에서는 노아의 방주에 제일 먼저 실은 것이 이 에메랄드 태블릿이라고 전해지고 있어."

"그런가요? 그렇다면 꽤 유명한 물건이었던 것 같군요."

"물론 헤르메스 문서라고 일컬어지는 연금술과 마술 문서들은 기원전 3세기에서 2세기 전에 이집트 알렉산드리아에서 주로 쓰였을 거야. 그건 당시 번성했던 이단적인 기독교파들의 손으로 주로 이루어졌던 것으로 추정되고 있지. 에메랄드 태블릿에 관한 최초의 언급은 9세기경 아라비아 책에서 나오는데 학자들은 에메랄드 비석이 이집트에서 제작되지 않고 그리스나 시리아에서 만들어진 것이 아닐까 하는 견해를 가지고 있어. 그렇지만 누가 어디에서 만들었는지 정확하게는 아무도 알지 못하지."

승희가 고개를 끄덕이면서 말했다.

"그렇군요. 그런데 신부님의 일과 에메랄드 태블릿이 무슨 관련이 있지요? 이미 발견된 거라면서요? 비석이 에메랄드로 된 거라면 무지 예쁘겠네."

"하하하. 그걸 보석으로만 생각하면 문제가 있지. 그리고 내 일은 다른 에메랄드 태블릿을 조사하는 거란다."

"다른 에메랄드 태블릿이요?"

"그래. 지금 알려진 에메랄드 태블릿의 후작(後作)이라고나 할까? 아무튼 그런 것이 발견됐다고 하더구나. 그런데 이번의 것은 내용이 먼젓번의 것과는 달리 종교적인 색채가 짙고, 문제성 있는 내용이 적혀 있다고 해."

"네? 문제성 있는 내용요?"

"그래. 가톨릭 신앙 전반에 영향을 줄 수 있는 그런 내용일지도 모른다는 것이지. 그래서 가톨릭 측에서 조사를 하려는 거야."

"그런데 왜 하필 신부님이 가셔야 하죠?"

"그 돌은 저주받은 것이라더구나. 그래서 이상하게도 보통의 사람들은 접근도 어렵고, 비문의 내용도 보이지 않는다는 거야. 신비한 일이지."

"그래서 큰 능력을 지닌 신부님에게 청이 들어온 것이군요."

"청이 들어왔다기보다는 윌리엄스 신부님이 천거해 주신 거란다. 무척 힘들었을 텐데 그분께도 감사해야겠지."

"그렇군요."

"어쨌거나 이 일이 그다지 위험할 것 같지는 않구나. 태블릿의 내용을 전달해 주면 그만이니까. 그리고 내 생각에는 거기 있는 내용도 별것 아니지 않나 싶어."

"무슨 말씀이시지요?"

"그냥 그런 기분이 든다. 신앙은 오로지 신앙일 뿐이지, 논리나 검증을 요구하는 것이 아니야. 요즘은 예수님의 과거에 대해서도 말이 많고 마리아께서도 동정녀이니 아니니 하는 논쟁 따위로 사람들이 싸우는 그런 시대 아니냐. 그러나 그런 내용들이 신앙 자체에 영향을 준다고는 믿지 않는단다. 오히려 그런 내용 자체보다도 그것이 신앙에 영향을 주는 것이라고 믿는 사람들이 더 문제를 끼친다고 볼 수 있지. 이번의 내용도 그런 것이 아닐까 해. 그러니까 기독교 교리가 고대의 어떤 다른 종교의 내용을 빌렸다거나, 어느 선지자는 신으로부터 능력을 받은 것이 아니라 마술적인 능력으로 신통력을 보인 것이라는 따위의…… 아멘."

"교리를 배척하는 것이나 의심하는 것 등을 교단에서 좋아할 리는 없잖아요."

"그렇지만 그것만을 추구하는 것도 좋은 일은 아니지 않나 싶다. 예수님의 가르침이 옳고 인간에게 믿음과 사랑의 마음을 심어 주었기에 진정한 믿음을 가질 수 있는 거지, 권능이나 기적들 때문에 예수님을 추종하는 것은 아니란다. 그러니 그런 부분을 밝혀낸다고 신앙 자체가 흔들려서도, 또 신앙심에 영향을 받아서도 안 되겠지. 진화론이 처음 나왔을 때, 얼마나 논쟁이 많았는지는 승희 너도 대강 알고 있겠지. 그러나 진화론을 믿는 사람들이 모두 신앙심이 없는 것이라고 한다면, 지금 세상에 신앙심을 가진 자는 거의 없을 거야. 물론 아직도 창조론을 주장하는 사람들이 있지만 말이다. 신앙심이란 검증이나 이론 때문에 매도돼서도 안 되고,

그런 검증을 하지 못하게 하거나 할 필요도 없는 것이지. 그게 내가 믿는 바란다. 아멘."

박 신부는 말하는 도중에도 미소를 멈추지는 않았지만 말을 멈추고서 더더욱 인자하게 웃어 보였다. 승희는 고개를 끄덕였고, 준후는 잘 이해가 안 되는지 멀뚱히 있다가 불쑥 말했다.

"그런데 그 에메랄드 태블릿의 내용은 밝혀져 있나요? 그러니까 이미 발견된 에메랄드 태블릿의 내용 말이에요."

"그래. 17세기경에 원문이 발견돼 일단은 그 내용이 밝혀져 있지. 그러나 그걸 아직 정확하게 해독한 사람은 아무도 없어."

"그래요?"

박 신부는 자료집이라고 할 수 있는 메모장을 뒤져서 한 페이지를 준후에게 보여 주었다.

"물론 나도 페니키아 문자를 해독할 능력이 없어서. 영역본을 보고 적어 왔는데 해석이 정확한지 모르겠구나. 여기 대강 적어 놓은 내용이 있단다. 보거라."

그 메모에는 박 신부가 나름대로 번역한 에메랄드 태블릿의 내용이 적혀 있었다.

> 이하에 쓴 것은 절대 거짓이 아니며 진정한 진실의 예언이다.
> 위는 아래와 같고 아래는 위와 같으며 그리해 하나가 되면 기적이 이루어지리라.

세상의 모든 것은 한 사람의 생각이 없다면 이 한 사람의 힘으로 생겨날 수는 없다.

그에게 힘을 준 것은 태양이고 그 모태는 달이다.

바람이 태내를 거치고 대지가 돼지를 키우며 그것은 세상의 모든 놀라운 일들을 낳게 된다.

그리고 그 힘은 다하거나 모자람이 없다.

힘이 땅에 미치면 대지의 기운과 불의 기운을 나누고 또 나누어 미세해진 것을 만물로 나눈다.

그리고 지혜를 가득 품은 채 그 힘을 감추어 승천한다.

힘이 다시 지상으로 내려오면 강한 힘과 약한 힘을 각자의 내면으로 해방하게 되고

그래서 그대들은 천지의 빛과 영광을 얻고 모든 불안과 걱정은 사라진다.

이는 힘 중의 힘이기에 온갖 공허함을 이기고 모든 단단한 것을 관통한다.

그리해 세상이 창조된다.

그리해 이와 같이 조화의 불가사의는 이루어지게 된다.

내 이름은 헤르메스 트리스메기스토스이다. 여기에는 우리 천지간에 있는 세 개의 지혜만을 담았을 뿐이다. 태양의 업에 대해 내가 남겨야 할 것을 여기에 남겨 놓는다.

"이 내용만 가지고 뭘 알아낼 수 있다는 거지요? 제가 보기에는 여기에 적은 것은 주문에 가까운 것 같은데요. 왜 이것을 해석하려고 하지요?"

박 신부는 그 말을 듣고 껄껄 웃으며 말했다.

"네 말이 맞는지도 모르지. 마술사들이나 중세의 연금술사들은 모두 에메랄드 태블릿의 내용을 해석하는 데에만 전념했어. 그러나 아직 정확한 해독은 나오지 않았지."

"에메랄드 태블릿이 연금술사들한테 그렇게 많이 읽힌 이유가 뭐지요?"

"중세의 연금술사들은 쓰는 말이 약간 달랐단다. 쓸모없는 금속으로 금을 만드는 힘을 연구하는 것을 연금술이라고 하는데, 연금술사들에게 '태양'은 금을 가리키고 '달'은 은을 가리키는 말이었지. '검은 유리'는 납이었고, '회색 까마귀'는 안티모니, '하늘색의 이슬'은 수은이었어. 그것으로 볼 때 이 전반적인 내용은 금속들을 금으로 변화시키는 것이라고 해석되기도 했지. 그런데 네 말을 듣고 보니 그럴 듯도 하구나."

"그렇지요. 예를 들면 불경에도 아제아제 바라아제라거나 옴 마니 반메 훔, 수리수리 마수리 같은 부분들이 있잖아요. 그건 뜻을 해석하기보다는 음역으로 생각해 일종의 주문이라고 여겨야 하는 것이죠. 만약에 누가 아제아제 바라아제의 내용을 해석했다고 하면 그건 뜻이 없는 말이 되지 않겠어요?"

"그렇기도 하구나."

"그런데 여기에 쓰여 있는 내용은 어디선가 본 것 같은 생각이 드는데요."

"그래?"

"물론 그럴 리야 없겠지만……."

준후가 말을 흐리자 이번에는 승희가 나섰다.

"이 에메랄드 태블릿이 페니키아 문자로 쓰여 있다고 했죠?"

"그래. 페니키아의 말로 쓰여 있지. 그래서 학자들이 이 비석이 시리아에서 만들어지지 않았나 추측한 것이란다. 페니키아는 시리아 근처에 있어서 언어도 유사했고 민족도 메소포타미아의 셈족이었지."

"메소포타미아요? 그러면 바빌로니아와 수메르가 있던 곳이 아닌가요?"

"그래. 페니키아와 시리아는 바빌로니아 신앙의 많은 부분을 모방했단다."

"그랬군요. 어쨌든 에메랄드 태블릿이 페니키아 글씨로 쓰였다면 그쪽과 연관이 있는 것이 아닐까요? 메소포타미아…… 오래된 곳이잖아요."

"그렇다고 볼 수 있지."

박 신부와 승희가 대화를 나누는 동안 준후가 깊은 생각에 빠진 듯한 얼굴로 있다가 불쑥 말을 꺼냈다.

"그런데 내용은 아무래도……. 음…… 신부님, 이 메모 저에게 주실 수 있어요?"

"그래. 그러려무나. 그런데 이걸 가지고 무엇을 하려 그러니?"
"아뇨. 뭐 좀 생각해 볼 게 있어서 그래요."
"알았다."
박 신부가 에메랄드 태블릿의 내용을 적은 쪽지를 주자 준후는 그것을 접어 소매 속에 찔러 넣었다.

에메랄드 태블릿

에메랄드 태블릿의 내용이 적힌 메모를 집어넣고 나서 준후는 난데없는 소리를 했다.
"저, 최 교수님 댁에 다녀올게요."
"음? 아니, 이 밤중에?"
"현암 형도 가 있잖아요. 그리고 저도 알아볼 게 있어서요."
이번에는 승희가 고개를 갸웃했다.
"너 걱정돼서 그러니? 현암 군이 가 있으니 괜찮지 않을까?"
"아뇨. 오늘은 아이 하나가 많이 다쳤으니 또 오지는 않을 거예요. 걱정돼서 가는 건 아니에요. 좌우간 다녀오겠습니다."
준후는 말을 마치자마자 의아해하는 승희와 박 신부를 남기고 급히 방을 나섰다. 너무나 궁금한 것이 있었기 때문이었다. 준후는 재빨리 위층 자기 방으로 올라가 종이 뭉치 하나를 품에 끼고 바로 집 밖으로 나왔다.

대문을 나선 준후는 호흡을 조절한 뒤 품에 들었던 종이 뭉치를 꺼냈다. 책 한 권과 그 내용을 번역한 종이였다. 준후는 그중에서 한 장을 꺼내어 유심히 살폈다. 한자를 파자로 구성해 놓은 글이었는데 다른 것에 비해 비교적 쉽게 쓰인 편이어서 빨리 해독할 수 있었던 내용이었다.

가림토 문자로 나오는 말들은 준후로서도 읽을 수만 있을 뿐, 뜻풀이까지는 상당히 어려운 점이 많아 큰 진전은 보지 못하고 있었다. 하지만 이 시만은 예외였다. 물론 운율이 절구(絶句)나 당시(唐詩)처럼 맞아떨어지거나 한문의 문법을 잘 지킨 것은 아니었지만, 예언서라는 것은 원래 해독하고 보면 단어의 나열 같은 형식을 취하는 경우가 많았다.

    大水積火 以火終
    큰물이 집을 쌓고 불로써 끝난다.
    見綠碑 北西走
    녹비(綠碑)를 보고 북으로 서로 달릴 것이고
    藏眞來出 四大客忘
    장차 드러날 진실을 감추고 네 명의 큰 손님은 세상에서 잊히리라.

'세상에서 잊히리라…… 잊히리라…….'
호흡을 조절하기는 했지만 준후의 가슴은 여전히 방망이질 치듯 두근거리고 있었다. 준후는 다시 한번 길가에서 『해동감결』을 펴 들고 자신의 해석이 맞는지를 확인해 보았다. 틀림없었다. 물론 파자로 쓰인 『해동감결』의 해석이 쉬운 것만은 아니어서 얼마든지 틀릴 여지가 있었다. 그러나 적어도 네 명의 큰 손님은 준후 자신과 박 신부, 현암, 승희를 가리키는 말이 확실한 것 같았다. 그런데 그 녹비라는 말은…….

'가림토로 쓰인 이 부분의 세 글자는 한자 표현으로 絲, 口, 求임이 틀림없으니 이건 '녹(綠)' 자가 분명해. 그리고 일어난 돌이라는 건 비석을 가리키는 것이니 '비(碑)' 자가 틀림없어. 아! 녹비…… 에메랄드는 녹색이야. 만약 이 구절에서 말한 녹비가 정말 에메랄드 태블릿을 가리키는 거라면…… 우리는 전부…….'

준후는 맨 앞의 큰물이라는 구절도 다시 살폈다. 큰물은 바다를 의미한다고도 볼 수 있다. 그렇지만 물이 집을 덮는다는 것은 홍수를 의미하는 것이 아닌가. 최 교수가 하는 연구도 홍수에 대한 것이었고, 박 신부가 에메랄드 태블릿의 내용을 살피러 가야 한다는 것은…… 그리고 맨 마지막의 '사대객망(四大客忘)'이라는 것은 잊힌다는 의미만이 아니라 모두 죽는다는 의미도 되지 않는가? 그렇다면 자신이나 현암, 박 신부, 승희 모두가…….

'운명이 그렇다면 도대체 어떻게 해야 하는 것일까?'

준후는 어찌해야 할지 몰라 막막하기만 했다. 두렵거나 대책을 강구해야 한다는 생각도 들지 않았다. 하지만 가만히 있을 수만은 없었다.

'아냐. 더 알아봐야 해. 아직은 확신할 수 없어. 여기서 말한 큰물이라는 것이 정말로 최 교수님이 연구하시는 그 홍수를 의미하는 것인지 알아보아야 해.'

준후는 종이 뭉치를 싸서 옆구리에 끼고는 미친 듯이 달리기 시작했다. 밤이고 외진 곳이어서 지나가는 사람들도 없었다. 달려가는 준후의 얼굴에서 흐르는 땀방울이 미처 땅에 떨어지기도 전에 바람에 부서져 흩어졌다.

홍수

막 도착해서 최 교수와 일상적인 인사말을 어색하게 나누고 있던 현암은 정작 묻고자 했던 말은 꺼내지 못하고 있었다. 최 교수가 준후에 대해서 계속 묻고 있었기 때문이다.

'이 양반은 준후에 대해 뭐 이리 궁금한 게 많지? 나중에 사위 삼으려고 그러는 건가? 하하하.'

현암은 그런 생각을 하면서 자기 아버지의 등 뒤에 숨어서 가끔 고개를 내미는 아라를 보았다.

'아직 저렇게 어린애인데…… 내 생각이 지나쳤나 보군.'

현암이 중얼거리는데 초인종 소리가 들렸다. 잠시 후 초인종 소리에 달려 나갔던 아라가 함박웃음을 지으며 준후의 옷소매를 질질 잡아끌면서 들어왔다. 하지만 준후는 아라와는 정반대로 뭔가 불안한 듯 발갛게 상기된 얼굴이었다. 최 교수는 준후를 보고 고개를 갸우뚱했다.

"오호. 꼬마 도령이 또 오셨구먼. 늦은 시간에 웬일인가?"

"네? 아 네. 그러니까…… 아까 인사도 드리지 못하고 가서 죄송하다는 말을……."

"허허허. 괜찮네. 뭐 그런 것 가지고 그러는가."

최 교수가 웃자 현암도 웃으면서 말했다.

"편하게 말씀하세요. 아직 어린데요."

"허허허. 그래도 어엿한 도련님인걸. 그래, 설마하니 인사를 하려고 이렇게 헐레벌떡 온 것은 아닐 테지? 괜찮으니 이야기하게나. 알고 싶은 게 있나?"

준후는 전에도 여러 번 최 교수를 느닷없이 찾아와서 뭔가 물어보거나 자료를 달라고 한 것 같았다. 준후는 어두운 생각을 감추려는 듯 실없이 웃어 보이고는 최 교수에게 물었다.

"교수님의 연구 내용에 관해 관심이 있어서요."

"오? 허허허. 이런 영광이로구먼. 꼬마 도령께서 관심을 가져 주시다니."

최 교수의 농담 섞인 말투는 항상 악의가 없어 듣기 좋았다. 아라는 그런 자기 아버지를 보면서 혀를 날름 내밀었다.

"치, 맨날 그거 연구한다고 아라랑 잘 놀아 주지도 않고. 맨날 밤새우고. 연구 싫어, 싫어……."

"아이구, 미안하다. 봐주렴. 중요한 일이라서 어쩔 수가 없구나.

허허허."

최 교수와 아라가 실없이 떠들 때 현암이 준후에게 살짝 말했다.

"뭐 새로 알아낸 거라도 있니?"

준후가 고개를 끄덕이자 현암도 알았다는 듯 더 이상 묻지 않았다. 최 교수는 아라를 달래서 방으로 쫓아 보낸 뒤 입을 열었다.

"미안하네. 워낙 딸아이가 버릇이 없어서 말이지."

"아닙니다. 괜찮습니다."

"괜찮아요."

"음, 그래. 가만…… 아까 뭘 물어봤더라? 아, 그렇지. 내 연구에 관해 물어봤지?"

"네……."

"나는 고대의 홍수 신화에 대해 연구하고 있네."

"홍수라고요?"

"그래. 홍수 말이네. 인간의 뇌리에 아직도 자리 잡고 있는, 대홍수에 대한 이야기지."

"홍수라면 어디에서나 날 수 있는 것 아닌가요?"

"그렇게 아무 데서나 볼 수 있는 흔한 홍수를 말하는 것이 아니라 인류가 자칫하면 망해 없어졌을지도 모를 만한 거대한 규모의 홍수를 말하는 거라네."

"그런 홍수가 정말 있었어요?"

"정확한 것을 알 수는 없네. 내 연구에 따르면 홍수가 일어난 시기는 최소 기원전 2500년에서 최대로 잡으면 기원전 4000년이라네. 즉 지금으로부터 사천오백 년에서 육천 년 전의 이야기지."

"윽. 그렇다면 문자로 남은 기록도 없겠네요?"

"그 당시에 새겨진 기록은 물론 없네. 기원전 4000년이라면 전반적으로 따져서 청동기 시대 초기이거나 신석기 시대 말기에 해당한다네. 모든 문명이 막 싹트려고 할 때에 불과하지. 그렇지만 그에 대한 단서는 여러 곳에서 찾을 수 있다네."

"어디에 나오지요?"

"유명한 홍수 이야기가 있는데, 자네는 모르고 있나?『성경』에 나오는 노아의 홍수 말이네."

현암은 고개를 끄덕였으나 워낙 서양 계통에는 깜깜한 준후는 고개를 저었다.

"노아의 홍수요? 에구, 저는 모르는데요."

"아담과 이브를 만듦으로써 인간을 창조하신 하나님께서 인간이 날로 타락해 가는 것을 그대로 두고 볼 수 없어 세상을 거대한 홍수로 뒤덮어 버렸다네. 모든 것을 멸종시키고 새로운 세상을 열려는 것이었지. 하지만 진정한 의인이었던 노아에게만은 거대한 홍수가 일어날 것이니 그에 대비하라고 계시하셨다네. 노아에게 인류의 대를 잇게 하려는 생각에서였지. 충직한 사람인 노아는 하나님의 계시를 믿고 거대한 방주를 만들었다네."

"방주가 뭐지요?"

"방주는 영어로는 아크(Ark)라고 하는 배의 일종이라네. 그러나 파도나 풍랑에도 침수되지 않기 위해 돛이나 노 같은 것을 다는 대신 모든 곳에 문을 만들고 역청을 발라 방수 처리를 한 것이라서 배라기보다는 상자 모양이 더 가깝지. 후에 모세가 십계명을 깨뜨리고 그것을 담았다는 언약궤도 역시 아크라고 불리니까."

"그래서요?"

"노아는 하나님의 계시대로 대홍수 뒤에도 사람들과 모든 생명이 이어질 수 있도록 방주 안에 모든 식물의 종자와 살아 있는 동물들을 암수 한 쌍씩 넣었다네. 비는 내렸고, 노아의 방주에 탄 존재들만 빼고는 모든 인간들과 산 것들은 멸종해 버렸지. 노아의 방주는 아라라트산 위에 자리를 잡았고, 홍수가 끝난 뒤에는 노아의 세 아들인 함, 셈, 야벳의 가족들이 흩어져서 각 민족의 조상들이 됐다고 한다네."

"그렇군요."

최 교수는 머리를 긁적이는 준후를 바라보고 웃으며 말했다.

"자네는 성서의 내용에 대해서는 하나도 모르나? 동화나 여러 가지로 접할 기회가 많았을 것 같은데."

그 말을 듣고 현암은 말할 수 없는 준후의 내력을 떠올리며 미소를 지었고 준후는 창피한 듯 중얼거렸다.

"헤헤헤. 읽어 본 적이 없어서요. 그런데 그 홍수 전설은 노아의 것뿐인가요?"

"그렇지 않다네. 내가 조사하고 있는 바에 의하면 놀랍게도 거의 모든 민족의 창세 설화나 이야기에는 홍수에 대한 부분이 있다네. 재미있는 일이지."

"홍수야, 아무 데서나 날 수 있는 일이니 그런 것 아닐까요?"

"물론 그렇게 볼 수도 있네. 그러나 홍수의 기록 대부분이 파괴와 두려움을 담고 있다는 데에 특징이 있다네. 홍수가 자주 난 곳으로 고대 이집트의 나일강 유역을 들 수 있지. 나일강은 해마다 대규모로 범람해 많은 희생자가 나기도 했네. 그렇지만 그 범람은 강에 의해 운반된 대량의 비옥한 흙을 대지로 되돌려 주는 역할을 하곤 했다네. 즉 홍수로 인해 강 유역의 토지가 비옥해져서 그로 인해 나일강 유역의 이집트 문명은 오히려 풍요로워지고 유복한 생활을 할 수 있었던 거지. 그런 문명권에서라면 홍수 설화라도 홍수의 파괴적인 양상만 있기보단 좋은 측면으로서의 양상도 겸해서 전해져 내려왔을 가능성이 크지 않은가?"

"그렇겠네요."

"그런데 이 홍수의 경우는 좀 다르단 말이네. 공포와 멸망이라는 모티브가 공통으로 흐르고 있네. 어디 이번에는 홍수가 자주 나지 않는 곳의 예를 들어 보세. 아까 이야기한 노아의 홍수가 대표적이라고 할 수 있지. 노아는 유대 민족으로 그들은 당시 중동 지방에 살고 있었네. 그곳은 사막에 가까운 지역이네. 그곳에서 홍수가 났다는 것을 상상할 수 있겠나?"

"그러고 보니 그렇네요. 사막에서 홍수가 난다는 것은 좀……."

"서양 문명의 모태라고 할 수 있는 고대 그리스에서도 홍수의 신화는 전해진다네. 주신 제우스의 분노로 인해 대홍수가 일어나고 모든 인간들이 전멸되는데 그중 진실한 믿음을 가졌던 데우칼리온만이 살아남게 되지. 이 역시 노아의 홍수 이야기와 놀랄 만큼 흡사하다네. 그 외에 홍수와 관련된 유명한 것으로는 게르만의 창세 설화가 있지. 게르만과 켈트족의 설화에서는 세계가 거인 이미르의 몸에서 창조됐다고 전해진다네. 즉 신들의 왕인 오딘과 그 형제 신인 빌리와 베가 그때까지 세상을 지배하던 서리 거인의 두목 격인 이미르를 공격해 죽인 것이지. 이미르의 피는 바다와 호수가 됐고 살은 대지, 뼈는 산, 이와 부서진 뼈는 암석, 머리 가죽은 천공(天空), 뇌수는 구름이 됐다고 하네. 무지무지한 거인이지. 그런데 신들이 이미르를 죽였을 때 그의 몸에서 분출된 피로 인해 전 세계가 멸망하고 모든 산 것이 죽어 없어진 대홍수가 났다고 전해진다네. 인간은 나중에 이미르의 부패한 살에서 구더기처럼 생겨났다고 하지."

준후는 씁쓸한 표정을 지었다.

"그렇군요. 그래도 구더기라니······."

그러나 현암은 눈을 빛냈다.

"묘한 일이군요. 그러고 보니 홍수 설화가 정말 많은데요."

"소수 민족의 경우에도 그런 예는 많다네. 잉카와 마야 문명에도 홍수 설화가 있지. 하지만 이 경우는 조금 다른 양상을 보이는데 대홍수가 일어나서 모든 것이 멸망하려 할 때 흰옷을 입은 신의 사자가 나타나서 홍수를 막아 주었다고 하지."

"오호."

"또 중국 남부 먀오(苗)족의 설화에 의하면 하늘의 번개 신인 뇌공(雷公)을 잡은 용감한 사냥꾼의 자식들이 물을 주지 말라는 아버지의 당부를 어기고 뇌공에게 물을 주었다고 하네. 그 바람에 뇌공이 하늘로 승천해 버리고 보복으로 비를 퍼부어 세상을 멸망시켰다는 설화가 있다네. 물론 그때 뇌공은 커다란 바가지를 두 개 붙여서 자신을 구해 준 아이들을 안에 넣어 죽지 않게 보호해 주었다고 한다네. 그 아이들이 인류의 조상이 됐다는 것이지."

"음. 노아의 홍수와 대단히 비슷하군요. 아니, 그보다는 모두가 무언가 공통의 모티브를 가지고 있는 것 같네요."

"인도에도 홍수 설화가 있지. 그러니까⋯⋯."

준후는 아는 이야기가 나오자 눈빛을 반짝였다.

"맞아요. 비슈누 신의 첫 번째 아바타라가 물고기 변신인 맛쓰야 아바타라지요. 비슈누 신은 그 첫 번째의 아바타라로 변해 대홍수가 일어날 때 마누에게 미리 일러 주고 배를 만들게 해 마누를 구했지요. 그래서 마누는 인류의 시조가 됐고요.[10] 그러고 보니

---

10 인간의 시조로 일컬어지는 마누(사티야브라타)가 어느 날 아침, 씻으려고 물을 떠 오니 물고기 한 마리가 들어 있었다. 그 물고기가 "대홍수가 일어나서 생물을 전멸시켜 버릴 거예요. 당신을 구해 드릴 테니 나를 길러 주세요"라고 했다. 마누는 이야기를 들은 대로 연못을 만들어서 그 물고기를 길렀는데, 물고기가 점차 커졌기 때문에 마누는 그것을 바다로 보냈다. 그때 물고기는 대홍수가 일어날 해를 말하며 배를 준비하고, 그때가 되면 자신으로부터 떨어지지 말라는 이야기를 남기고 떠났다. 이윽고 물고기가 예고한 해에 대홍수가 일어났다. 마누가 배에 타자 물고기가 가까이 왔기 때문에 그 모퉁이에 그물을 쳤다. 물고기는 후에 마누가 내린 곳이라 불리는 북방의 산(히말라야)으로 배를 인도했고, 물이 낮아지면 아래로 내려가라고 마누에게 일러 주어 마누는 그 말을 따랐다. 대홍수는 모든 생물을 소탕했고 오직 마누 혼자만이 이 지상에 살아

아까 노아의 홍수와 꼭 같네요."

"그렇구나. 정말……."

"동방으로 가 볼까? 수메르 지방에서 발견된 점토판 중에는 「길가메시 서사시(Epic of Gilgamesh)」[11]라는 기록이 있는데 그중에 우

남았다. 자손을 원했던 마누는 고행을 계속해 제사를 지내며 여러 가지 공물을 수중(水中)에 바쳤다. 일 년이 지나자 그 안에서 한 여자가 나타났다. 미트라와 바루나 두 신이 그녀를 만나 "너는 누구냐?" 하고 물었다. "마누의 딸입니다"라고 그녀는 답했다. 두 신이 "우리의 딸이 돼라"라고 했지만 그녀는 "나를 낳은 것에 속합니다"라고 말하고 나서 마누에게 갔다. 마누가 누구냐고 묻자 "나는 당신이 수중에 바친 공물에서 태어난 당신의 딸입니다. 제사 지낼 때 나를 이용해 주세요. 그러면 당신은 자손과 가축이 풍족한 사람이 됩니다"라고 대답했다. 자손을 바라는 마누는 그녀와 함께 고행을 계속했고, 그는 그녀와 자손(인류)을 낳았다.

11 길가메시는 반신반인이자 초인적인 힘을 지닌 거인으로 도시 국가 우루크의 지배자이다. 그는 넘치는 힘을 주체하지 못해 백성을 괴롭히는 폭군이었다. 그래서 우루크의 백성들은 천신 아누에게 길가메시를 징벌해 줄 것을 요청했다. 천신 아누는 여신 아루루에게 길가메시에게 대항할 수 있는 호걸을 만들어 땅에 내려보내도록 했고, 그 호걸이 털북숭이 장사 엔키두이다. 엔키두는 초원에서 자라 동물들과 함께 지내면서 힘을 길렀다. 그의 아버지는 신탁을 받은 사냥꾼의 말을 따라 엔키두가 장성하자 우루크 신전에서 일하는 유녀와 접촉시켜 인간 세상을 알도록 해 주었다. 유녀와 지내면서 야성을 벗은 엔키두는 주민들을 괴롭히는 길가메시 이야기를 듣고 우루크 성으로 찾아가 길가메시와 싸우게 된다. 벽이 허물어지고 집이 무너지도록 격렬하게 맞서 싸웠으나 승부가 나지 않았고, 그러한 가운데 두 사람 사이에 우정이 싹트게 됐다. 길가메시는 친구가 된 엔키두의 말을 따라 우루크의 백성들에게 행복을 가져다줄 것을 맹세했다. 본래 우루크 지방은 평원 지대라 집을 지을 나무가 없었다. 나무를 구하기 위해선 삼목 숲으로 들어가야 했으나 훔바바라는 용과 뱀의 모습을 한 괴물이 숲을 지키고 있기 때문에 숲에 갈 수 없었다. 길가메시와 엔키두는 백성들을 위해 괴물을 처치하기로 했다. 큰 도끼와 칼을 가지고 숲으로 간 두 사람은 미쳐 날뛰는 괴물 훔바바와 혈전을 벌인 끝에 승리를 쟁취하게 됐다. 그리해 우루크의 백성들은 나무를 베어 집을 지을 수 있게 됐다. 고된 원정에서 돌아온 영웅 길가메시에게 반한 바람둥이 여신 이슈타르가

트나피쉬팀의 대홍수 이야기가 나오지. 이 홍수 이야기 또한 노아나 데우칼리온, 마누의 홍수 이야기와 놀랄 만큼 유사하다네."

그에게 청혼을 했다. 그러나 길가메시는 그간 있었던 그녀의 빗나간 애정 행각을 비웃으며 매몰차게 거절했다. 자존심이 크게 상한 이슈타르는 아버지인 천신 아누에게 복수를 간청했고, 딸의 애원에 천신 아누는 하는 수 없이 흉맹스러운 하늘의 황소를 우루크로 내려보냈다. 하늘의 황소는 땅에 내려오자 걷잡을 수 없이 날뛰기 시작했다. 이를 좌시할 수 없었던 길가메시와 엔키두는 힘을 합쳐 하늘의 황소를 처치했다. 그러나 신성한 하늘의 황소를 죽인 사람에게는 신의 징벌이 뒤따르게 돼 있었다. 반신반인인 길가메시를 대신해 인간인 엔키두의 죽음이 결정됐다. 그리해 엔키두는 길가메시가 눈물로 지켜보는 가운데 병이 들어 십이 일 동안 침대에서 누워 있다가 결국 죽고 말았다. 사랑하는 친구 엔키두의 죽음을 보면서 길가메시는 인간의 유한한 삶을 원망했고, 사랑하는 사람들에게 영생을 주기 위해 긴 방랑의 길을 떠나게 됐다. 전갈 인간이 지키는 마슈산을 지나 암흑의 터널을 지나는 등 갖은 고난을 겪은 길가메시는 마침내 신으로부터 영원한 생명을 부여받은 우트나피쉬팀을 만나게 된다. 우트나피쉬팀은 슈루팍이라는 마을에 살고 있었는데, 과거 신들은 이 마을을 대홍수로 멸망시키기로 한 다음 그에게 방주를 만들도록 명령했다고 한다. 그는 에아 신의 명령대로 방주를 만든 다음 홍수가 시작되자 가족들과 동물을 태웠다. 대홍수는 육 일 동안 계속됐다. 비가 멎자 방주는 니시르산에 멎었고 비둘기, 제비, 까마귀를 보내 물이 빠진 것을 확인한 우트나피쉬팀은 비로소 방주에서 나와 신들에게 감사의 기도를 올렸다. 이는 창세기 노아의 전설에 나오는 부분이며, 이후 에아 신은 선한 우트나피쉬팀에게 영원한 생명을 주고 먼 곳의 허구에서 살게 해 주었다. 우트나피쉬팀은 자신을 찾아온 길가메시에게 일주일 동안 잠을 자지 않는다면 영생의 비밀을 알려 주겠다고 했다. 그러나 길가메시는 오랜 여행으로 피로했기 때문에 긴 잠이 들었고, 영생의 비밀을 얻지 못한 채 고향으로 돌아가야 했다. 이러한 길가메시를 불쌍하게 여긴 우트나피쉬팀의 아내는 깊은 바닷속에 있는 젊음이 회복되는 풀이 있는 곳을 알려 주었다. 뛸 듯이 기뻐한 길가메시는 당장 바닷속으로 뛰어들어 그 풀을 얻었다. 우루크의 모든 백성들에게 영생을 줄 수 있다는 기쁨으로 귀로에 오른 길가메시는 돌아오는 도중 샘물에서 목욕을 하게 된다. 그런데 그가 목욕을 하고 있는 도중 늙은 뱀 한 마리가 와서 영생의 풀을 먹고 허물을 벗어 달아났다. 길가메시는 결국 유한한 삶을 살아야 하는 인간의 운명을 탄식하면서 사랑하는 백성들이 기다리는 우루크로 발걸음을 돌릴 수밖에 없었다.

"정말 신기하네요."

준후는 이야기에 취해 아까까지 자신을 괴롭히고 있던 문제마저도 잊어버렸다. 그리고 현암도 상당한 관심을 보이고 있었다.

"아프리카에서는 보통 문자가 없었고 대부분의 이야기가 구전돼 오기 때문에 자료를 찾기가 더 어렵지만, 그곳에도 대홍수의 설화는 전해지고 있다네. 자…… 내가 간략하게 예를 들기는 했지만 일단 전 세계의 각 곳에 걸쳐서 홍수의 신화들이 모두 공통적으로 존재한다는 것은 알겠지?"

"네. 그런데 몇몇 나라는 말씀을 안 하신 것 같아요. 우리나라나 동방에도 홍수 설화는 있는데……."

최 교수는 준후의 말에 한 손을 내저으며 크게 웃었다.

"허허허. 그래그래. 그 이야기를 하려던 참이라네. 일단 대홍수가 있었다는 것을 전제하기로 하세. 그런데 그 파괴적이고 세상을 뒤엎어 멸망시켰던 대홍수에서 살아남은, 정확하게 말하면 대비책을 세움으로써 일반적인 파멸에서 벗어날 수 있었던 나라가 두 곳 있네. 어디인지 알겠나?"

"아! 그렇다면 그게 바로……."

준후는 머릿속이 환해지는 것 같았다.

서양의 경전이라든가 설화 같은 것에 대해서는 깜깜한 준후였지만 이 홍수 이야기와 연관 지을 수 있는 이야기들은 몇 가지 알고 있었다.

"중국의 치수(治水) 설화하고, 우리나라의 치수 기록이……."

현암은 궁금한 모양이었다.

"우리나라에도 홍수와 치수의 기록이 있습니까?"

"물론 있다네."

"그래요? 그것도 공통적인 이야기인가요?"

"그래. 바로 그거라네. 일단 중국의 이야기를 좀 더 자세히 보세. 중국에서는 커다란 홍수가 나서 수습할 수가 없었지. 모든 땅은 물에 잠기고 비는 밤낮으로 퍼부어 댔지. 그때 치수를 맡았다가 실패한 자신의 아버지를 대신해 치수를 맡은 것이 누구인지 알겠는가, 꼬마 도령? 동양의 고사에는 정통하니까 말이야."

"예! 우(禹)이지요."

"그래, 우임금이라네. 물론 치수 사업을 하고 있었을 때는 임금이 아니었지. 그런데 우는 자신의 힘으로 치수 사업을 마무리 지었던 것이 아니라네. 그는 동방에서 치수법을 배워서 십 년에 걸쳐 물에 잠긴 세상을 복구하고 마침내 치수 사업을 마무리 지을 수 있었지."

"맞아요. 동방…… 중국의 동방이라면……."

"그래. 우리나라밖에 없겠지."

현암과 준후가 충격을 받은 듯 멍하니 앉아 있자 최 교수는 자리에서 일어나 따라오라는 손짓을 했다.

"자네들에게 내 기록을 보여 줌세. 흥미가 있다면 눈으로 보면서 자세하게 이야기하세나. 어떤가?"

"좋습니다."

현암과 준후는 최 교수의 방으로 들어섰다. 방에는 온갖 책과 원고 더미가 어지러이 쌓여 있었고 빈 병과 커피 잔이 여기저기 널려져 있었다. 방에 짙게 배어 있는 담배 냄새에 현암은 자신도 모르게 어깨를 흠칫했다. 담배를 끊은 지 꽤 오래됐지만 공연히 담배 생각이 났다. 최 교수는 더러운 방이 아무렇지도 않은 듯 책상 위에서 책 한 권을 찾아 들었다. 현암은 그 책의 제목을 힐끗 보았다.

"『단기고사(檀奇古史)』[12]로군요."

"맞아요. 발해 시조 대조영의 동생인 대야발이 썼다는 단군 시대의 역사서지요."

"사실 이 책을 후대에 모작된 일종의 위서로 구분하는 사람도 있네. 내용적으로 오류가 있어서 대조영의 동생이 썼다고는 볼 수 없으니, 후대의 누군가가 지어낸 거란 뜻이지."

"그런가요?"

"그거야 모르지. 『규원사화』나 『단기고사』는 실증적으로 당시에 쓰이지 않는 것으로 믿어진다는 몇몇 단어나 기술이 나오며, 지나

---

12 현재까지 남아 있는 우리나라의 고대사를 다룬 서적은 『단기고사』, 『규원사화』, 『환단고기』이다. 『단기고사』는 본문에서 언급한 바와 같이 발해 태조 대조영의 동생 대야발이 지은 사서이며, 『규원사화』는 숙종 2년(1675)에 북애(北崖)라는 본명을 밝히지 않은 학자가 지은 책이다. 이 책은 전국을 누비며 얻은 사십여 권의 사서를 바탕으로 썼다고 전해진다. 『환단고기』는 1911년 운초 계연수 선생이 다섯 가지의 사서를 엮어서 낸 책이다.

치게 우리 민족을 높인다고 해 위서라고 배척받고 있네. 그것들을 바탕으로 저술된 『환단고기(桓檀古記)』 또한 마찬가지로 취급하는 사람들이 많다네. 『환단고기』는 나도 전체를 사서로 볼 만큼 믿음직하다고 생각지는 않지만, 내용을 모조리 지어낸 것이라 보기는 어렵지."

준후가 끼어들어 말했다.

"『규원사화』는 적어도 후대에 지어진 책은 아닌데요. 아주 오래된 고서를 본 적이 있는걸요.[13]"

"어? 그걸 어떻게 봤지?"

해동밀교에서 보았다는 이야기를 할 수는 없어서 준후는 그냥 둘러대었다.

"어느 절에서 봤는데. 지금은 없어졌어요."

최 교수는 섭섭한 표정을 감추지 못했다.

"그거 아쉽구나."

준후는 그냥 입을 다물었다. 그러자 최 교수는 한숨을 쉬며 말

---

[13] 1990년대에 들어 『규원사화』는 국립 중앙 박물관에서 1600년대 숙종 때의 진본이 발견돼 20세기에 지어진 모작이라는 그동안의 주장을 무색하게 했다. 이후 이것을 위작이라고 하던 학자들은 그 즉시 침묵하거나 책이 오래된 것이라도 내용까지 다 맞다고 볼 수 없다고 주장했다. 그 이전까지 이 책의 진위 여부를 판별할 때 주로 쓰인 척도 중 하나가 '당시에 존재하지 않았던 단어나 표현이 기술돼 있다'였다. 그러나 이제 진본이 나왔다면 단어나 표현에 대한 논란부터 잠식시키고 판별 기준을 달리 세워야 할 것인데, 여전히 무슨 교전을 숭상하듯 위서라는 같은 주장만 되풀이하는 학자들이 정말 학자들인지 그 진위부터 판별하는 것이 좋을 것 같다.

했다.

"하긴, 오래전에 쓰인 책이라고 전부 사실을 기록한 것이라고 믿을 수는 없지. 허나 그렇다고 완전히 거짓을 기록했다고만 볼 수도 없어. 신화나 전설에 대한 기술은 글자대로만 봐야 하나? 일부 학자들이 하늘처럼 받들고 섬겨 모시는 중국 이십오사(二十五史, 중국 청나라 건륭 때 정한 중국의 정사 이십사사[二十四史]와 원나라 역사를 보정해 지은 역사책 『신원사』를 일컫는 말)에는 틀린 기술이 없고, 부적절하거나 잘못 쓰인 문구들이 없는 줄 아나? 고대사가 아니라 근세에 이르러 집필된 정사에도 허무맹랑하거나 말도 되지 않는 전설 같은 이야기들이 수두룩하다네. 과학이 발전된 현재의 논리 기준으로 볼 때는 허무맹랑하지만 당시의 기준에서는 그것이 과학이었거나, 합리적인 기술이었던 거지. 그런데 현대적인 잣대만을 들이대며 단점을 찾아 거부하려는 논리는 마음에 들지 않아. 나는 그 내용들을 다룰 때, 아직은 규명되지 않았지만 일종의 가설 비슷하게 여긴다네. 물론 그게 논리적으로 틀렸다고 하는 사람들도 많지만, 아직은 틀렸다는 논리도, 다 맞는다는 논리도 받아들일 수 없어."

"맞는 생각 같은데요."

"그러나 반대로 그런 내용을 무조건 긍정적으로 받아들이는 것도 문제지. 뭐든 냉정한 기분으로 선을 잘 지키며 판단해야 하는데, 무조건 믿거나 무조건 믿지 않는 것은 둘 다 옳은 방법이라고 볼 수 없어. 더구나 일부 국수주의자들은 이런 내용으로 추악한 짓들도 하지."

"어떤 짓이요?"

"말도 안 되게 책의 내용을 확대시키는 거다. 우리 고대 민족은 제일 잘나서 전 세계가 우리 땅이었고, 전 세계인이 우리 선조들의 발밑에 엎드렸고, 모든 문화가 우리 민족에게서 나왔고, 모든 거대 유적은 우리 민족이 만들고……."

"말도 안 되잖아요. 어떻게 그런 소리를 할 수 있죠?"

"내가 보기엔 말이다. 그건 무지의 소신이 아니라 음모가 아닐까 싶다."

"음모요?"

"나는 그런 책들의 내용을 확대해 우리 민족이 세상에서 가장 잘났고 고대에는 전 세계가 다 우리 땅이었다고 외치는 국수주의자들을 제일 경계하지. 내가 보기엔 사실 그들이야말로 어용 식민 학자들의 앞잡이들이 아닐까 싶거든. 어쩌면 얼굴을 숨긴 그들 자신일 수도 있고."

"왜 그런데요?"

"그렇게 누군가가 난리를 떨어 주어야 사람들이 기분이 언짢아서 반대쪽 의견에 힘을 실어 주지 않겠나? 결국 그 책들의 내용 전체를 사장하려고 일부러 악선전을 하는 셈이지. 나는 상당히 의심스러워. 결국 이 책들은 강단학자들이 제일 거부하는 것들이지만, 반대로 그럴 수 있게 해 주는 게 도리어 자칭 민족주의자들이라는 거지. 아무것도 모르고 날뛰는 바보들도 있겠지만, 어쩌면 그 학자님들이야말로 가면을 쓰고 숨어서 일부러 그런 추악한 소문을 퍼뜨리는 게 아닐까 싶기도 해. 그런 다음 그런 주장을 조금이라도 꺼낸 사람은 전부 헛소문을 퍼뜨리는 악인들로 규정지어 매도하는 거지. 실제로 건전하게 비판적으로 말하는 사람일지라도 그 책들 이야기만 꺼내면 같은 부류로 몰아서 매도해 버리는 수법이지. 공산주의자들이 많이 쓰던 방법이야. 조지 오웰의 『동물농장』에 보면 양 떼 이야기가 나오잖나. '네 다리는 좋고, 두 다리는 나쁘다!'를 일제히 소리쳐 상대의 입을 막아 버리는 양 떼."

준후는 머리를 긁었다.

"그건…… 아직 읽은 적이 없네요."

"어? 너라면 읽었을 줄 알았는데. 네 지식은 동양사에만 편중돼 있는 것 같구나. 뭐, 나중에 읽어 봐도 된다."

"대체 왜 그러는데요?"

"자기가 이제껏 해 왔던 말이 틀렸다고 인정할 수 없으니까 그러겠지. 또는 그런 상황이 오는 것 자체를 받아들일 수 없거나. 그래야 걸리적거리는 사람들이 사람들에게서 외면당하고 매도돼 치워질 테니까."

"그건 심한 생각 아닐까요?"

"내 생각일 뿐이니까 심각하게 받아들이진 말아라. 어쨌든 나는 이런 유의 책들을 참조하지만, 한 구절 한 구절 무조건 믿지도, 무조건 불신하지도 않아. 이거, 말이 길어졌구먼. 일단 보기로 하세."

최 교수는 다시 현암에게 말한 다음, 책갈피를 넘기며 어딘가를 찾고는 말했다.

"여기…… 전(前) 단군 조선의 제2세였던「부루(扶婁)」편에 보면 다음과 같은 구절이 나온다네. 보게나."

> 임금께서 태자였을 때 중화의 우와 더불어 친하시다가 임금께서 보위에 오르니 우도 순의 자리를 대신해 왕이 됐다. 그때 홍수가 구 년 동안 천하에 범람해 중화는 우가 치수하는 데 곤란을 겪고, 조선은 팽오에게 치수를 맡겨 치수가 완료되니, 우가 도산 회의(塗山會議)를 각 나라에 요청했다. 임금께서 팽오를 특명 대사로 삼아 우에게 보내어 치수하는 법을 설명하셨다.

준후는 이미 알고 있었던 듯, 고개를 끄덕거리며 잠깐 내용을 보았으나 현암은 한참 동안 들여다보았다. 현암이 책에서 눈을 떼자 최 교수가 말했다.

"이외에도 우리나라의 상고 시대를 다룬 여러 기록에 의하면 중국에서 우리나라에 사자를 보내어 치수법을 배워 갔다는 기록들이 있다네. 시기적으로 볼 때 각 나라의 역법이 맞지 않았기 때문에 정확한 대조는 할 수 없겠지만 대략적으로 시기도 일치하는 것으로 보인다네. 즉, 우리나라는 당시 홍수의 치수법을 알고 있었던 유일한 민족이었다고 할 수 있다는 거지."

"기록들의 신빙성은요? 대부분 소실된 기록들이 아닙니까?"

"우리나라에서는 모화사상(慕華思想)에 심취한 나머지 많은 사서가 탄압 속에서 강제로 실전됐네.『조대기(朝代記)』,『삼성비기(三聖秘記)』,『지공기(誌公記)』,『표훈천사(表訓天詞)』,『동천록(動天錄)』,『지화록(地華錄)』. 그 외에도 많은 사서들이 금서로 지정돼 엄하게 회수되고 사라졌다는 기록이 『세조실록』이나 『성종실록』 등에 나와 있네. 중국에 거슬리는 일을 할 수 없었던 조선 조정으로서는 어쩔 수 없는 일이었는지 모르나 참으로 애통한 일일세. 지금 그나마 기적적으로 남은 것이 『규원사화』와 『단기고사』, 그리고 『환단고기』 정도이지. 그러나…….”

최 교수는 씨익 웃었다.

“지금 이것은 황조복 판 『단기고사』라네.”

“황조복 판이요?”

“그래.『단기고사』가 얼마나 험난한 경로를 걸어야 했던 책인지 좀 길어도 짚고 넘어가세. 고구려 때까지만 해도 단군 시대의 거의 모든 기록들이 보존돼 있었지만, 고구려가 망할 때 중국인들이 제일 먼저 역사 서고로 가서 불을 질러 모조리 없애 버렸지. 중국의 모화사상에 위배되는 우리의 옛 역사가 세상에 나오는 것을 싫어했던 거야. 일제 시대의 역사 왜곡과 비슷한 수법이지. 후에 발해가 일어나자 대조영은 동생인 반안군왕(盤安郡王) 대야발에게 단군 조선과 기자 조선의 내용을 복원한 사서를 만들게 했고 이에 대야발은 십삼 년이나 고서를 모으고 비문을 읽고 돌궐국(지금의 투르크)에까지 여러 번 답사하는 노력 끝에 이 책을 만들었다네.”

“그랬군요. 적어도 발해 때라면 지금보다는 많은 자료가 남아 있었겠지요."

"그렇네. 그래서 이 책은 발해문으로 목판 인쇄됐는데 발해 건흥(建興) 8년, 그러니까 835년 4월에 발해의 대문호인 황조복이 이를 한역하고 장상걸이 주석을 달아 펴낸 것일세. 조금씩 떠돌다가 구한말 학자이신 유응두 선생이 중국의 한 고서점에서 발견해 입수했고 문하생인 이윤규를 시켜 수십 권을 등사했지. 이것이 광무 11년, 그러니 1907년인가에 다시 간행됐으나 이건 일제가 모조리 소각했다네. 그 후 1912년에 단재 신채호 선생과 이윤규 선생의 아드님이신 이관구 선생께서 만주에서 이것을 출간하려다 실패하셨지. 하지만 이관구 선생은 이것을 필사적으로 보관해 광복 후에 겨우 김두화 스님과 함께 국한문으로 번역하시고 초대 부통령을 지내신 이시영 선생의 교열을 거쳐 1949년에야 펴냈다네. 그런데 6·25를 겪으면서 이나마도 거의 없어져서 몇 권 안 남았고 특히 이관구 선생이 목숨을 걸고 지켜 오신 황조복 판도 동란 중에 결국 사라져 버렸다네. 기구하고도 기구한 운명의 책이지."

"그런데 그게 황조복 판이라면서요?"

"그래. 이건 황조복 판의 복사본일세. 내가 이 연구에 전적으로 매진하게 된 것도 중국에 있는 그분 덕분이지."

"그분이라뇨?"

"황달지 선생이라고 중국의 역사학자일세. 그분이 우연한 기회에 이러한 사서 수십 점을 얻으시게 됐다는데, 거의가 우리 고대사에 대한 것들이라는 거야. 그래서 일단 내게 보내신 것이 이 황조복 판의 복사본일세. 조만간 한번 방문하려고 하네."

"그렇군요."

"물론 아직은 진위가 판명되지 않았으니 공표할 수는 없지. 확실한 건 직접 가 봐야 알 수 있을 거야. 일단은 홍수 이야기로 돌아가세."

말을 하면서 최 교수는 준후와 현암에게 도표 하나를 보여 주었다. 거기에는 각 나라의 설화에 따른 홍수의 기록이 연대별로 나와 있었다.

가장 앞에 있는 것은 우리나라의 단군 세기의 연표에 따른 홍수 기록을 적은 것이었고 그다음에는 중국 우의 치수 기록이, 그다음으로는 성서에 나오는 노아의 홍수 기록이 적혀 있었다.

"일단 우리의 기록에 의하면 전 단군 조선 일 대이신 단군왕검 때 큰 홍수가 났다고 돼 있다네. 그리고 중국 우임금의 치수 기록…… 그래, 우임금이라면 삼황오제(三皇五帝)[14]의 시대에 뒤이

---

14 중국 고대 전설상의 여덟 명의 제왕을 일컫는 말이다. 삼황(皇)과 오제(帝)가 누구를 가리키는가에 대해서는 다양한 설이 있다. 우선 삼황으로는 1. 천황(天皇), 지황(地皇), 태황(泰皇)『사기(史記)』, 2. 천황, 지황, 인황(人皇)『하도(河圖)』, 3. 수인(燧人), 복희(伏羲), 신농(神農)『상서대전(尙書大傳)』, 4. 복희, 신농, 축융(祝融)『백호통(白虎通)』, 5. 복희, 여와, 신농『춘추운과추(春秋運科樞)』, 6. 복희, 신농, 황제(黃帝)『상서 공안국서(尙書 孔安國序)』등 여러 설이 있다. 오제에 대해서는 1. 복희, 신농, 황제, 소호(少皞), 전욱(顓頊)『예기(禮記)』, 2. 황제, 전욱, 제곡, 당뇨, 우순『사기』, 3. 소호, 전욱, 제곡, 당뇨, 우순『상서 공안국서』등 설이 다양하다. 이처럼 다양한 주장이 있는 것을 보면 삼황오제라는 말이 먼저 생겨나고 그에 맞추어 제왕의 이름을 붙인 것으로 보인다. 전국시대 말기부터 한 초(漢初)까지는 예로부터 구전돼 오던 전설을 정리해 집성한 시기

어 등장한 요, 순임금 중 순임금의 뒤를 이어 즉위했던 왕이지. 중국의 상나라 이전의 기록들은 중국에서도 정확하게 나와 있는 것이 없으니 대략 추정치로 맞추어 볼 수밖에 없다네. 그러나 보게나. 우 이전에는 그의 아버지 곤이 치수했는데 『서경(書經)』의 「요전(堯典)」에 따르면 '九載 績用弗成'이라, 즉 구 년이라고 돼 있지. 그 이후에 『사기(史記)』의 「하본기(夏本紀)」에 의하면 '禹居外十三年, 過家門不敢入', 즉 우가 십삼 년이나 집 밖으로 다니면서 집 앞을 지나가면서도 감히 들어가지도 못했다는 것이 나온다네. 중국의 이러한 기록으로 보면 중국의 홍수는 이십이 년 동안 지속됐다고 할 수 있겠지. 그 외의 연도는 나오지도 않는다네. 그리고 우리나라에서 홍수가 난 것은…… 이렇게 고고학적 관계로 계산하면 정확하게 나오지? 기원전 2284년에 치수가 완료됐다지. 그리고 구 년 홍수였다는 것은 중국과 우리나라의 기록이 같네. 요임금은 자기 때 홍수가 있었는데 막지 못하고 순임금에게 왕좌를 물려주었지.

로, 이때 문헌과 민간전승을 통해 보존돼 있던 옛 제왕들의 전설을 시대 순으로 수집, 배열하려는 시도가 있었다. 삼황오제라는 명칭도 이때 생겨났을 가능성이 크다. 삼황설 가운데 천왕, 지황, 인왕을 말한 것은 그 자체의 내용은 없고 천지인 삼재(三才)에서 이끌어 낸 추상적인 표현일 뿐이며, 수인, 복희, 신농 등은 옛 전설을 담고 있다. 수인, 복희, 신농 전설은 정통 유가의 고전에는 거의 기록돼 있지 않지만, 전한 말 신비 사상이 발전하면서 옛 전설에 나오는 반인반수의 신들에 대한 관심이 생겨났다. 이를 동중서(董仲舒) 등의 학자가 역사 순환론인 삼통설(三統設) 삼정설(三正設)에 근거해 셋으로 정리한 것이다. 오제는 오행설의 영향을 받은 것으로 보인다. 삼황오제가 역사적 사실은 아니지만 중국 신화 전설로서 중요한 의미를 지니고 있다.

순이 즉위한 것이 기원전 2284년으로 우리가 치수를 완료한 것과 같네. 그러니 홍수가 일어난 것은 기원전 2293년이라 할 수 있을 거네. 그리고 도산 회의가 있었던 것은 기원전 2267년이라네. 그렇다면 우리나라에서 치수가 완료된 것과 비교해 십칠 년 이후지. 자, 여기서 생각해 보세. 중국 기록의 '우가 집에 십삼 년 동안이나 들어가지 못했다.'는 구절 때문에 우가 치수한 것이 십삼 년이라고 믿고 있지. 그러나 홍수가 다 끝나고서야 우가 집에 갔다는 구절은 없네. 그러니 우가 치수한 것은 훨씬 더 이후라고 볼 수 있지. 같은 홍수를 만나고, 구 년 사이에 우리나라는 별 피해 없이 치수를 끝냈는데 우의 아버지 곤은 치수를 못 한 거야. 그리고 그 이후 우는 십칠 년 동안이나 고생했어도 별다른 업적이 없었고, 그사이 십삼 년 동안 집에도 못 간 거겠지. 그러다가 도산 회의에서 우리나라의 오행치수법(五行治水法)을 배워 간 후 치수를 간신히 마무리한 거라네."

준후가 한학 교육을 주로 받아서 동양 고금의 지식에 다소 능통하다고 하더라도 역사 분야에 있어서 최 교수가 설명하는 말을 다 알아들을 수는 없었다. 고금의 예를 드는 것은 그래도 알 수 있었지만 역년 계산과 기타 복잡한 숫자 계산의 근거와 그 내용들을 알아듣기는 벅찼다. 그러나 열띤 최 교수의 목소리에서 준후는 최 교수의 말에 어느덧 공감하고 있는 —비록 다 알아듣고 이해한 것은 아니더라도 말이다— 자신을 발견했다. 현암은 기록 하나하나를 꼼꼼히 살펴보면서 최 교수의 말을 듣고 있었다. 최 교수는 준후가 이해가 잘 안된다는 듯 고개를 갸우뚱거리는 것을 보고 흥미로운 이야기로 화제를 돌렸다.

"재미있는 것이 우가 도산에서 치수 작업을 했을 때 삼십이 넘어 비로소 장가를 들었다고 하는데, 그때 흰색의 구미호(九尾狐)[15]를 보았다고 하는 것이네. 우리나라 전설에서는 언제부터인가 구미호가 요사스러운 동물로 규정돼 버렸지만, 원래 고대에서 구미호는 보는 사람이 왕이 된다는 아주 상서로운 동물로 알려져 있었다네. 그 구미호는 옛날 중국에서 우리나라를 부르는 이름이었던 청구국(靑邱國)에서만 사는 동물이었네. 구미호를 본 우는 여교(女嬌)라는 아가씨와 혼인하게 되는데, 이것도 우가 우리나라에 와서

---

15 우리나라에서 언제부터 구미호가 불길한 동물로 간주됐는지는 모르겠으나 고대에 구미호는 일종의 신수로서 흰 털이 복슬복슬하고 탐스러운 아홉 개의 꼬리를 지니고 있으며 그것을 보는 자는 왕이 된다는 전설이 있었던 것으로 보인다. 『산해경』을 보면 '청구산의 남쪽에는 옥이 많이 나고 북쪽에는 청호—청확[靑䨼]의 오류로 보이는데 청확은 물감의 재료가 되는 푸른 흙이다—가 많이 난다. 이곳의 어떤 짐승은 생김새가 여우 같은데 아홉 개의 꼬리가 있으며 그 소리는 마치 어린애 같고 사람을 잘 잡아먹는다. 이것을 잡아먹으면 요사스러운 기운이 빠지지 않는다'라는 구절이 있다—『산해경』에 나오는 괴이한 짐승은 거의 모두 사람을 잘 잡아먹으며 꼭 그것을 잡아먹으면 어떻다는 식으로 묘사가 돼 있어 흥미롭다—. 중국에서나 일본에서도 여우의 전설은 많은데, 특히 중국에서는 호선(狐仙, 여우 신선)이라 해 인간의 모습으로 바뀐 여우가 좋은 일도 하고 정의로운 일도 많이 하는 것도 볼 수 있다. 구미호나 천년호의 전설이라는 것은 그 근거를 찾을 길이 없으며, 본 저자의 생각으로는 〈천년호〉라는 영화가 시발점이 돼 여우가 사람을 마구 해치는 괴물로 등장한 것이 아닌가 싶다. 우리 민간 전설을 보면 여우는 사람을 홀리기는 해도 사람을 마구 해치는 살인귀는 아니었던 것으로 주로 묘사돼 있다. 이런 점에서 구미호도 도깨비와 흡사한, 친근한 매력을 지닌 정령적인 존재로 해석함이 어떨까 생각하는 바이다.

치수법을 배워 갔다는 것을 강하게 암시하는 것이지. 신화란 그런 식으로 표현하는 것이니까 말이네. 단군 신화의 곰과 호랑이가 부족 토템을 나타낸다는 것은 거의 정설이지. 그러니 내 생각으로는 우가 청구국에서만 사는 구미호를 보고 결혼한 뒤 왕이 됐다는 것은 동방, 즉 당시 조선에서 중매도 받고 왕위의 지지도 받았다는 그런 뜻을 담은 것이 아닐까 싶네."

현암이 고개를 끄덕이며 덧붙였다.

"그렇군요. 그러나 우리나라가 치수법을 가르쳤다면, 우리나라는 홍수 때 별로 피해를 보지 않은 모양이지요? 우리는 그렇게 강한 홍수에 대한 신화가 없잖아요?"

"맞네. 중국의 사서를 보면 요임금 때는 임금의 생활마저도 궁핍하기 짝이 없었네. 순임금이 초가집에서 직접 노동을 한 것은 근검해서라기보다는 홍수의 피해가 그만큼 엄청났다는 것을 뜻할 거네. 거의 전 국민이 몰살당하거나 마찬가지라고 봐야지. 왕이 초근목피(草根木皮)로 연명했다니 말이네. 그러나 단군 조선에는 기원전 2284년에 치수를 마치고 기원전 2283년에 강화에 삼랑성과 참성단을 쌓았다고 하네. 우리나라가 홍수의 피해를 크게 입었다면 이런 역사(力事)를 벌일 수 없지 않겠나?"

"그렇지요. 그런데 도산이라면 그건 어디 있던 거죠?"

"당시 우리의 판도는 만주만이 아니라 중국 북부 거의 전역을 지배했다고 봐야 한다네. 도산은 양쯔강의 북쪽, 화이허(淮河)의 남쪽으로 중국의 중심에서는 조금 동쪽으로 치우친 곳에 있지. 즉 옛날의 회(淮) 땅 부근이라네."

"흠······."

"자. 다음은 노아의 기록을 보세. 성서의 연대 계산[16]이 분명 지금의 역법에 준한 것이 아니라는 것은 통설로 굳어져 있다네. 예를 들면 아담이 구백삼십 세를 살았고 므두셀라가 구백육십삼 세를 살았다고 하는데 그렇게 오랫동안 사는 인간은 있을 수 없기 때문이지. 물론 이를 신학적인 이유를 들어 규명하려는 사람도 있지만 그보다는 연대를 계산하는 방법이 달랐다고 보는 것이 더욱 타당할 것 같네. 그 예는 여기서도 볼 수 있지. 이 도표와는 조금 관계없는 이야기이기는 하지만 말이네."

최 교수는 성서의 한 페이지를 펴서 준후에게 보여 주며 말했다.

"자. 수백 년씩을 살았다고 기록됐던 성서 속의 사람들 나이가 비교적 요즘 현실의 나이와 비슷해지기 시작하는 때는 아브라함부터 볼 수 있다네. 아브라함은 백칠십오 세를 살았고, 그 자식인

---

[16] 성서에는 족보가 기록돼 있어 연대 추정이 쉬울 것 같으나 실제로는 그렇지 않다. 최근에 알려진 예로는 모세의 후계자인 유대 민족이 사십 년간 광야를 떠돌 때 군사령관이자 지도자 역할을 했던 여호수아가 무너뜨린 성벽의 유적이 실제로 발굴됐다. 그런데 그 유적은 대략 기원전 1400년경으로 판명됐다. 성서에 보면 여호수아로부터 예수까지는 몇 세대 떨어져 있지 않으나 실제로는 천사백 년이라는 세월이 흐른 것이다. 이처럼 성서의 연대는 쓰인 그대로를 따를 수 없는 면이 많다. 이는 아마 본문에 나온 것처럼 역년의 차이에서 비롯된 것이 아닐까 싶다. 그 부근은 적도 지방 근처라 사계절이 뚜렷하지 않아 역법의 차이에 따라 시간 계산이 많이 달라질 가능성이 높기 때문이다.

이삭을 백 세에 낳았다고 하지. 그때 이삭을 낳을 것이라는 계시를 신의 사자에게서 받자 아브라함의 부인인 사라가 웃는 장면이 나온다네. 나이가 그렇게 먹은 노인들이 어떻게 아이를 낳을 수가 있느냐는 말이었지. 그러니 이때 유대 민족의 역법 개념은 과거와는 조금 달라져서 비교적 지금의 것과 비슷하게 산정됐을 가능성이 있다고 판단될 수 있는 거라네. 지금의 감각으로 볼 때에도 나이가 백 세 가까이 먹은 여자가 아이를 낳는다는 것은 있을 수 없는 일이겠지?"

말을 하면서 최 교수는 힐끗 준후의 멍한 얼굴을 보고는 껄껄 웃었다. 아무래도 최 교수는 준후에게 설명을 해 준다기보다는 스스로의 말에 도취돼 계속 이야기하고 있는 것 같았다.

"허허허. 이 꼬마 도령이 그런 것까지 알 필요는 없겠지. 좌우간 연대를 추정하는 방법으로 이용될 수 있는 근거가 성서에 나와 있다네. 예수 그리스도의 출생으로 기원전과 기원후를 셈하는 것은 알고 있겠지? 자, 보세. 신약 성서의 첫 부분,『마태오복음』의 서두에 보면 예수의 족보가 쭉 나와 있다네. 보면 아브라함부터 다윗까지가 십사 대이고 다윗부터 바빌론으로 끌려갈 때까지가 십사 대이며 바빌론으로 끌려간 다음부터 예수까지가 또한 십사 대라고 돼 있지. 그러면 합하면 사십이 대가 되지? 그리고 창세기 편을 보면 노아로부터 아브라함까지도 세세히 족보가 나온다네. 이 표를 보게."

최 교수가 찾은 다른 표에는 노아로부터 아브라함까지의 계보가 적혀 있었다.

> 노아의 아들 셈: 홍수 이 년 후 100세 때 아르박삿을 낳음.
> 아르박삿: 35세에 셀라를 낳음.
> 셀라: 30세에 에벨을 낳음.
> 에벨: 34세에 벨렉을 낳음.
> 벨렉: 30세에 르우를 낳음.
> 르우: 32세에 스룩을 낳음.
> 스룩: 30세에 나홀을 낳음.
> 나홀: 29세에 데라를 낳음.
> 데라: 70세가 되기까지 아브람과 나홀과 하란을 낳음.

"여기서의 아브람이 바로 아브라함이지. 아브람이 이삭을 낳은 것은 백 세 때이네. 그러니 이를 모두 합하면 대략 삼백오십이 년 정도가 되지. 그러니 한 세대의 평균으로는 삼백오십이 나누기 구 니까 약 사십 년이 나온다네. 그리고 사십이 대가 있지? 그것을 여 기서 보인 것과 같이 대략 사십 년씩을 한 세대로 잡아 보기로 하 세. 그러면 어떻게 되지? 사십이 곱하기 사십이니 천육백팔십이 나온다네. 이 둘을 합하면 대홍수는 기원전 2032년이 되겠지?"

"그렇군요. 연도가 조금 안 맞네요."

"그러나 이것은 그리 큰 오차도 아니라네. 사십이 대 사람들의 평균을 삼십 세로 잡는다면 당장 그 연대는 기원전 1600년대 이

하로 줄 수도 있지. 또 아브라함같이 나이가 많이 먹어서 아이를 가지는 사람이 그중 몇 명만 더 있다면 오히려 늘어날 수도 있고. 이렇게 조상들의 숫자로 연대를 추정하기 위해서는 사회학적 관습을 알아야 하네. 예를 들면 우리의 조선 왕조는 이십칠 대인데 오백 년 정도가 된다고 알고 있지? 조선 시대의 한 대를 삼십 살로 생각한다면 조선 왕조는 자그마치 팔백십 년이나 된다네. 그러나 조선 시대는 일반적으로 조혼 풍습이 있었다는 것을 생각해야 하네. 또, 실제로 자손으로 왕위가 이어진 것이 아니라 왕의 동생이 계승한 경우도 있고 영조처럼 왕이 무척 오래 장수한 경우도 있으니 그것을 일반적인 경우로 보기는 힘들다는 것을 알 수 있을 걸세."

"그렇다면 그것만으로 연도를 정확하게 산정할 수는 없겠네요."

"그래. 그런 일반적인 계산으로 전체를 볼 수는 없겠지. 그러나 이 경우는 조금 나은 편이네. 내가 나름대로 계산한 자료에 의하면 말이지……. 물론 학계에서 이것을 정통으로 인정해 줄지 아닐지는 아직 알 수 없지만…… 과정은 생략하기로 하고 노아의 홍수가 일어난 연대는 대략 다음과 같다네. 물론 약간의 가정은 들어간 거네."

말을 마치면서 최 교수는 준후에게 노아의 홍수에 대한 메모가 쓰여 있는 부분의 말미에 있는 숫자 하나를 보여 주었다.

기원전 2300년~기원전 2000년.

"삼백 년의 차이가 생길 수 있나요? 모호하네요."

"그러나 이 이상의 방법은 없다네. 사실 우리나라 연표에 나와 있는 기록도 글자 그대로 믿을 수 있다는 보장은 없지. 그러나 이 정도의 일치를 증빙한 것도 어려운 일이었다네. 다시 말하면 말이지……."

최 교수는 책상 위에서 두꺼운 펜을 집어 들고 메모로 쓰인 종이의 밑부분 숫자들에 계속 굵은 색의 줄을 쳐 갔다.

단군 조선 = 대홍수의 기록과 치수의 기록. 기원전 2275년.
중국 = 우의 치수 기록. 단군 조선의 것과 동일.
그리스 = 데우칼리온의 신화. 기원전 2400년~기원전 2200년.
노아의 홍수 = 기원전 2300년~기원전 2000년.
북유럽 이미르의 죽음으로 인한 대홍수 = 기원전 1800년 이전—정확히는 알 수 없음—.
먀오족 뇌공의 대홍수 = 기원전 2000년 이전.
남미 마야 문명권의 홍수 파멸 설화 = 알 수 없음.
아프리카 도곤족의 홍수 신화 = 기원전 2000년대 정도.
인도의 마누 신화 = 기원전 2200년 이전.
…….

이하에도 최 교수는 세계 각지에 살고 있는 여러 민족에게서 얻어 낸 사십여 종 이상의 홍수 설화의 연표를 만들어 놓고 있었다.

세계 최초의 문명권이라 할 수 있는 메소포타미아나 이집트의 왕조 성립들이 기원전 3500년에서 기원전 3000년경의 일이니만치 대략 그런 고대의 일들은 추정에 의존하는 수밖에 없었으나, 최 교수는 갖가지 자료를 수집해 그 연대가 비교적 일치한다는 것을 증명해 보이고 있었다. 준후는 전적으로 최 교수의 말을 믿고 있었고 골치 아픈 연도 계산 문제에 신경을 쓰고 싶지 않았기 때문에 대강 그 목록들을 훑어 내려갔다. 그러나 그 마지막에 몇 번이나 붉은 동그라미가 쳐져 있는 항에 가서는 눈을 뗄 수가 없었다.

수메르의 우트나피쉬팀 홍수 신화 = 기원전 2300년경.

"수메르요? 그럼 메소포타미아에 있는 것 아닌가요?"
"그렇네."
"이 연대는 비교적 정확하네요?"
"수메르 문명이 유명해진 것은 「길가메시 서사시」와 그와 관련된 내용들이 점토판으로 나왔기 때문이지. 그런데 「길가메시 서사시」의 주인공인 길가메시는 기원전 2000년경의 신화적 인물로, 일설에 의하면 기원전 2100년경 우르의 통치자 우르남무가 그 원형이라고 하지. 그런데 『열왕기』에 따르면 길가메시는 홍수 이후의 다섯 번째 왕이었고, 당시의 왕들은 상당히 길게 통치했던 것으로 알려져 있다네. '길가메시의 아들은 삼십 년밖에 통치하지 못했다'는 구절이 있으니 말이네. 이렇게 볼 때 대략 네 명의 왕들이 평균 오십 년가량 통치한 것으로 보면 기원전 2300년경이 나오게 되는 셈이지. 홍수 이야기는 수메르의 것이 가장 중요한 가치를 지녔다고들 하지. 물론 서양 학계의 주장이네. 왜냐하면 노아의 홍수 이야기가 수메르의 홍수 설화인 우트나피쉬팀 신화와 너무나 흡사하기 때문이야. 사실 마누의 신화나 우의 치수 등도 다를 게 없는데……."

"따지고 보면 우리나라, 중국, 수메르, 그리스, 인도, 노아의 홍수까지 모두가 비슷한 시기에 일어난 것임에는 틀림이 없군요."

준후의 말에 최 교수는 고개를 끄덕였다. 그러나 현암은 다른 생각을 하고 있었다. 물론 고대에 우리나라로부터 중국, 인도, 근동과 중동, 그리고 멀게는 유럽과 오세아니아, 아메리카나 아프리카까지도 휩쓸었을지 모르는 대홍수가 있었다는 것은 놀라운 일이었다. 그러나 그것에 대한 연구가 왜 최 교수를 위험에 빠뜨리는 것인지 현암은 짐작할 수가 없었다. 홍수와 고대사를 연구한다고 도대체 누가 최 교수를 해치려 한다는 말인가? 아니면 최 교수의 이런 연구 내용 중에 뭔가 또 수수께끼나 중요한 단서가 감춰져 있단 말인가? 현암은 생각하면 할수록 머리가 복잡해지는 것을 느꼈다.

최 교수는 현암의 무거운 표정을 알아차리지 못한 채 큰 숨을 한번 내쉬고는 이야기를 덧붙였다.

"내가 너무 길게 이야기했나 보군. 내 연구 내용은 대략 이렇다네. 그러나 가장 중요한 것은 우리나라의 고대사 쪽에 포인트를 두고 있다는 거네. 사실 고대에 있었던 홍수가 정말 세계를 휩쓸었는가에 대해서는 내가 공박당할 우려가 많네. 기록상의 이야기들 말고는 정말 홍수가 전 세계적으로 동시에 일어났다는 근거도 찾기 어렵고. 그래서 일단은 그 이론적인 가설 체계를 세우는 것으로 만족하려고 하고 있네. 그러나 당시는 잘해야 청동기 시대 또는 신석기 시대 말기였지. 지금까지의 내 연구 결과를 토대로 본다면 그런 시대에 괴멸적인 대홍수에서 벗어날 수 있는 치수 기술을 익힐 정도로 문명을 지녔던 나라는 우리나라뿐이었네. 믿기 어려운가? 그렇겠지. 우리나라의 역사는 이미 여러 차례에 걸쳐서 다른 자들의 손에 의해 손질되고 변조돼 왔네. 더구나 우리 고대사의 정당성을 입증하는 일 대부분은 역사를 왜곡한 일본의 그늘에서 벗어나려고 애쓰는 정도여서 세계 학계에 제출될 이론으로는 별로 관심을 끌지 못하는 것이 사실이지. 하지만 우리의 고대사가 잘 알려지지 않은 더 큰 이유는 지금 활발하게 진행되고 있는 연구가 대부분 성서에 언급된 것이나 서구의 고대사에 지나치게 주도되는 경향 때문이라네. 트로이 성벽이나 미케네 문명이 발견된 뒤로 바벨탑의 원형인 지구라트와 노아의 방주의 잔편, 모세의 미라 등이 계속해서 발견되고 있지. 그러나 한 가지 통탄스러운 것은 그 대부분이 성서나 그리스 시대 등 서양 문명의 기조가 되는 것들이란 말일세. 간단하게 예를 들어 서양에 잘 알려졌던 이집트의 피라미드는 막대한 양의 조사가 이루어졌지만 그에 필적하는 남미의 피라미드들이나 전설의 도시인 마추픽추, 케찰코

아틀, 동남아의 앙코르 와트 등의 거대한 유적들은 상대적으로 연구하는 사람도 적고, 명확한 결론도 내려지지 않고 있지. 동방으로 오면 더 말할 나위가 없다네. 우리가 세계적인 문화재로 자랑하는 석굴암조차도 그 가치는커녕 존재마저도 아는 사람이 거의 없는 실정이네. 즉 모든 문화사가 암암리에 서양 중심으로 쓰이고 있는 셈인데, 이는 공평하지 못한 일이네. 동양이나 남미, 아프리카 등 주변 지대의 문화 및 역사도 제대로 밝혀지고 알려져야 한다네. 내 꿈이기도 하고 한낱 꿈이 돼 버릴지도 모르지만, 이 홍수 이론이 잘만 된다면 세계 고고학계에서 고대사 부분의 전체적인 재조사를 이끌어 낼 수가 있을 거네. 그러면 우리나라의 고대사에 대해서도 많은 것이 다시 밝혀지고 검증되리라 믿네, 이것이 내가 이 홍수 부분의 연구를 밀고 나가는 진정한 이유라네."

최 교수의 말에 준후는 절로 감탄했다. 현암도 마찬가지였다. 그러나 지금 현암의 머릿속을 차지하고 있는 것은 다른 것이었다. 뭔가가 잡힐 듯 말듯 현암의 머릿속에서 맴돌고 있었다. 하지만 현암 스스로의 생각에도 지금 자기가 하는 추측이 지나친 것 같아 그쯤에서 그만두기로 했다.

두 사람은 시간이 늦어지기도 했고 너무 많은 이야기를 한꺼번에 들은 탓인지 머릿속이 온통 뒤죽박죽인지라 더 이야기하고 싶어 하는 최 교수에게 작별을 고하고 최 교수의 집을 나왔다. 집을 나서면서 현암이 준후에게 슬쩍 물었다.

"넌 어떻게 생각하니?"

"뭘요?"

"교수님의 연구 내용 말이야."

"글쎄요. 제가 뭐 알아야지요. 어쨌든 상당히 흥미 있는 연구를 하시는 것 같아요. 교수님 말씀처럼 잘만 된다면 잊혔던 우리의 고대사를 바로잡는 데 상당한 역할을 할 수 있지 않겠어요?"

"그래. 그렇지만 그것 말고 말이야. 교수님의 연구 내용 중에서 과연 남의 미움을 살 만한 일이 있는 걸까? 주기 선생의 말에 의하면 교수님은 그 연구 내용 때문에 위험에 처한 것이라고 했잖아."

"뭐, 교수님을 시기하는 나쁜 학자가 그러는 것이 아닐까요?"

"글쎄다. 그것도 불가능한 이야기는 아니지만, 그건 좀……."

"그러면 음…… 우리나라의 역사가 밝혀지는 것을 싫어하는 일본 쪽에서……."

"그럴 가능성도 있겠지. 사실 나도 그런 생각이 들었단다. 그런 맥락에서 한 가지 더 거론하자면 음…… 나로서도 조금 지나친 추측이라고 생각되기는 하지만……."

"뭔데요? 현암 형?"

"최 교수의 이야기 중 그 부분이 걸렸어. 이 홍수 연구가 주목받게 된다면 전반적으로 고대사 부분의 연구가 다시 이뤄질 것이라는 말 말이야."

"고대사 연구 때문에요?"

"결국 최 교수가 추구하는 것은 보다 정확하고 편향되지 않게 고대사를 연구하자는 데 있는 것 같아. 그렇다면 거기서 뭐가 나올까? 만약 정말 우리가 상대하는 자들이 최 교수의 연구 내용이나 그 연구로 인해 파급될 어떤 영향 때문에 최 교수를 해치려고 하는 것이라면 결국 그들은 뭔가 나타나는 것을 두려워하고 있는 거야. 드러나는 것이 무엇일까? 내 생각으로는 그건 고대의 잊힌 힘의 일종일 것 같아."

"왜 그런 생각을 하게 됐죠?"

"생각해 보렴. 아직 확실하지는 않지만, 지금 그 아이들은 블랙서클의 영향 아래 자라나 주술적 능력을 지니고 있어. 그러나 역사적인 소양은 없을 가능성이 크지. 그들이 지니고 있는 공통점, 그리고 그들이 지닐 수 있는 가장 공통적인 관심사는 그런 종류의 힘이 아니겠니?"

"고대사 연구를 한다고 그런 주술법이 바로 나타난다거나 사람들에게 알려지는 것은 아니잖아요."

"네 말엔 일리가 있어. 그래서 나도 설마 그 이유 때문만은 아닐 거라는 생각도 든다만. 그러나 그런 종류의 일이 아니라면 블랙서클 같은 데서 신경을 쓸 리가 없잖니."

"좀 더 지켜봐야겠네요. 아직 모르는 것이 너무 많아요. 그 아이들을 다시 만났으면 좋겠는데요?"

"나도 그렇단다. 물론 그 아이들도 보통이 아니라니 위험할 수도 있겠지만, 그 아이들에게서 어떻게든 뭔가를 알아내야 할 것 같구나."

말하다가 현암은 묘안이 떠올랐는지 무릎을 쳤다. 그리고는 의아해하는 준후를 끌어당겨서 귓속말로 무엇인가를 중얼거렸다.

그날 밤은 아무 일도 일어나지 않았다. 주기 선생이 다쳐서 병원에 입원한 것처럼 그 중국 아이도 꽤 심한 상처를 입었을 테니 어디선가 상처를 치료하느라 오지 않는 것이 분명했다.

날이 밝자마자 준후는 바쁘게 이곳저곳을 뛰어다녔다. 현암이 집 밖에 세워 둔 차에서 최 교수의 집을 지키는 사이에 준후는 집 주변에 언제든지 발동시킬 수 있도록 결계를 구축했다. 자세히 말하지는 않았지만 세 단계로 구축해서 최악의 상황까지 대비했다고 하는 것을 보아 퍽 공을 들인 모양이었다.

그러고 나서 준후는 주기 선생과 승희, 연희, 현암 사이를 오가면서 서로의 소식을 전했다. 현암과 승희는 가급적 박 신부를 나오지 않게 하려는 생각이었지만 박 신부는 불편한 몸에도 불구하고 하루 이틀 정도는 밖에서 지내도 된다며 고집을 부렸다. 무슨 일이 있으면 금방 연락을 취할 테니 그때 오셔도 된다고 했지만 박 신부는 자신을 빼놓고 어떻게 그럴 수 있느냐고 하면서 따라나서 결국 현암의 반대쪽을 지키기로 했다. 윌리엄스 신부도 그냥 지나칠 수 없었는지 도와주기로 약속했고 연희도 자신이 있어야 아이들과 대화가 가능하다면서 고집을 부려 나와 있기로 했다. 백호도 이야기를 듣고 지원해 주겠다고 했지만 사람이 너무 많아지면 그 아이들이 눈치챌 것 같아 그것은 그만두고, 무슨 일이 있을 때만 달려와 달라고 당부해 두었다.

사실 바이올렛의 팩스를 믿지 않았다면 이렇게까지 완벽하게 경계를 하지는 못했을 것이다. 바이올렛의 정체나 기타 모든 것은 불확실했지만 바이올렛의 팩스를 믿고 있었기 때문에 모두는 긴장된 모습으로 경계에 임했다. 밤에는 주변을 돌아보아야 해서 현암과 승희가 각각 한 조가 돼 집 주변을 돌아보았다. 그러나 여전히 아무런 일도 일어나지 않았다. 최 교수는 여전히 두문불출이었고 아라는 콧노래를 흥얼거리면서 학교에 갔다가 친구들과 어울려서 집에 돌아왔다. 준후는 집 안의 동정을 살피기 위해 책을 찾는다는 명목으로 최 교수의 집에 들어갔다가 아라와 그 친구들에게 붙들려서 한참을 놀아 주고서야 진땀을 흘리며 빠져나왔다.

다음 날이 되자 밖에서 밤을 새워서인지 모두 피곤해 보였지만 내색하는 사람은 아무도 없었다. 남의 나라에서까지 밤을 새우며 고생을 하는 윌리엄스 신부도 아무런 내색 없이 유쾌하게 지냈다. 박 신부와 현암은 그동안 알아낸 일들을 모두 종합해서 판단을 내려 보려고 했지만 이전에 추측했던 것에서 한 발짝도 더 나갈 수 없었다. 결국 그 아이들에게 직접 뭔가를 알아내야만 했는데 그러기 위해서는 현암이 제안한 방법을 쓰는 수밖에 없다는 데 박 신부도 동의했다.

짧고도 긴 밤

　바이올렛과 약속한 4월 21일 밤이 다가왔다. 주기 선생의 말처럼 그 아이들은 낮 동안에는 근처에도 얼씬거리지 않았다. 그 아이들은 바이올렛이 오늘 밤에 오는 것을 모르고 있을 테니 오늘 밤에 나타나리라는 보장은 없었다. 그러나 준후나 현암은 은근히 오늘 밤에는 나타나 주었으면 했다. 그래야 바이올렛이 오기 전에 좀 더 많은 것을 알 수 있을 테니 말이다. 바이올렛이 이야기해 준다고 해도 현암은 바이올렛의 이야기를 액면 그대로 믿을 수만은 없다고 생각하고 있었다.

　시간은 자꾸 흘러갔다. 박 신부와 윌리엄스 신부는 오늘도 아이들은 나타나지 않을 것 같다는 승희와 준후의 말을 묵묵히 듣고 있었다. 그러나 현암은 오늘 아이들이 반드시 올 것 같은 이상한 예감이 든다고 말했다. 결국 모두는 하룻밤을 지새운 피곤함을 뒤로한 채 떠오르는 밤하늘의 별들 아래서 주의 깊게 주변을 살폈다.

　그런데 그러한 적막을 깨고 먼저 나타난 것은 아이들이 아니라 주기 선생이었다. 준후는 골목 입구에 세워진 승희의 차 속에서 시간을 때우고 있었기 때문에 주기 선생이 택시에서 내려 걸어오는 것을 가장 먼저 발견할 수 있었다. 주기 선생의 해쓱한 얼굴은 몸 상태가 별로 좋지 않다는 것을 나타내고 있었다. 준후는 그가 무리해서 나온 것이 아닌가 싶어 걱정이 됐다.

"에구, 아직 다 낫지도 않았을 텐데 왜 나왔어요?"

"이건 원래가 내 일이다. 그러니 당연히 나와야지."

주기 선생은 주변을 둘러보고 준후에게 물었다.

"현암이도 와 있니?"

"네. 신부님도 와 계시고요, 윌리엄스 신부님이라고 영국분도 계세요. 연희 누나도 있고요."

"거창하군."

"그러니 아저씨, 아니 상준이 형은 도로 병원으로 가세요. 문제없을 거예요."

"아니. 그래도 있겠다. 이건 원래 내 일이야. 나는 프로다. 돈을 받고 일을 맡은 이상 내 일은 내가 해야 한다. 바이올렛이라는 여자도 만나 보고 싶고. 누가 뭐래도 내 의뢰자니까 말이야."

"바이올렛이요? 하긴……."

준후가 고개를 끄덕이는데 주기 선생이 혼잣말처럼 중얼거렸다.

"그 여자, 글씨가 아주 예쁘더구나."

"네?"

"아, 아니다. 아니야. 좌우간 너에게 할 이야기가 있다."

준후는 주기 선생이 바이올렛의 이야기를 하다가 너무 당혹해 하는 것이 이상해서 주기 선생의 얼굴을 쳐다보았다. 주기 선생의 얼굴이 붉어진 듯했다. 주기 선생은 헛기침을 한두 번 하고는 준후에게 뭔가를 불쑥 내밀었다.

"이거 가져라."

"네? 뭔데요?"

"펴 보면 안다."

준후는 고개를 갸웃하면서 주기 선생이 내민 봉투를 풀어 보았다. 거기에는 종이가 한 뭉치 들어 있었는데 고서(古書)로 보이는 낡은 종이를 컬러 복사한 것이었다. 그리고 그 종이 뭉치의 제일 겉장에는 다음과 같은 글자가 쓰여 있었다.

'십이지번술 요결(十二支幡術 要訣)'

"엥? 이거……."

주기 선생은 여전히 억지로 만든 듯한 딱딱한 표정을 지으면서 말했다.

"그래. 내 밑천이다. 물론 전부 있는 것은 아니다. 제황사신번에 대한 건 없어. 그러나 일단 받아 둬라."

"아니, 그런데 왜 이걸……."

"난 너에게 신세를 졌다. 그러니 어떻게든 갚아야지. 너 같은 꼬마에게 신세를 지고도 그냥 있다면 자존심이 용납하지 않는다."

"하지만 나만이 아니라 현암 형이나 모두가……."

"하하하. 현암이한테 이걸 또 줘? 제길, 지금도 나보다 센데 지금보다 더 세지라고? 천하무적이 되게 해 주란 말이냐? 당장 죽어도 그런 꼴은 못 본다. 그러니 네가 익히고 싶으면 익히고, 아니면 그냥 두든지 팔아 버리든지 네 맘대로 하려무나."

준후가 주기 선생의 속마음을 몰라 망설이고 있는데 주기 선생이 준후의 머리를 쓰다듬으면서 조용히 말했다.

"난 못된 놈이야. 세상에서 나 혼자만 잘난 줄 알았지. 그러나 널 보니 하하하, 넌 참 착한 아이다. 그러나 세상은 착한 것만 가지고는 제대로 살 수 없어. 물론 나같이 되라는 건 아니지만, 험한 세상을 사는 데 조금이라도 도움이 됐으면 해서 주는 거니까 받아 두려무나."

주기 선생은 그래도 준후가 망설이는 듯한 표정을 짓자 정색을 하고 말했다.

"생각해 봐라. 난 성질이 못돼 먹어서 제자를 가르치거나 할 형편이 못 돼. 그러니 내가 죽으면 십이지신술은 대가 끊어질 것 아니냐? 내가 예전에 이 책을 훔쳐 나오는 바람에 십이지신술의 맥이 끊어졌어. 나 이외에는 아무도 아는 사람이 없지. 요즘 세상에 이런 것을 익힐 재주가 있는 사람도 보기 힘들고…… 비인부전(非人不傳)이라고 아무에게나 맡길 수도 없는 일이잖니? 그래서 너에게 맡기는 거다. 그러니 받아 다오. 응?"

주기 선생이 막상 은근하게 나오자 마음 약한 준후는 뭐라고 더 말을 하지 못하고 그냥 고개를 끄덕이며 종이 뭉치를 서류 봉투에 넣어서 승희의 차로 돌아갔다. 그러자 까닥거리면서 라디오를 듣고 있던 승희가 밖을 내다보고는 주기 선생에게 말했다.

"병원에 있어요. 염려하지 말고요. 바이올렛인가 하는 여자 입에서 돈 물러 달라는 말은 안 나오게 할 테니까요."

주기 선생은 승희의 빈정거리는 소리를 못 들은 척 한쪽 담 귀퉁이로 가더니 힐기보법을 사용해 어디론가 사라져 버렸다. 준후가 보니 주기 선생은 자기 성격대로 무리를 하는 듯했다. 옆구리에 그렇게 큰 상처를 가진 사람이 태연한 척하며 나돌아 다니고 보법까지 사용하다니……. 준후는 고개를 설레설레 흔들면서 차에서 나왔다. 그런데 주기 선생이 막 사라진 쪽에서 묘한 기운이 뿜어져 나오는 것 같았다. 준후는 긴장한 채 승희에게 손짓했다. 그러자 승희는 휴대 전화로 재빨리 다른 사람들에게 연락하고는 앞자리에 두었던 백에서 두 개의 물건을 꺼낸 뒤 차에서 내렸다. 하나는 세크메트의 눈이었고 또 하나는 자그마하고 예쁜 인형이었는데 인형에는 'To Legna(레그나에게)'라고 쓰인 봉투가 하나 달려 있었다. 승희는 피식 웃으면서 왼손에 세크메트의 눈을, 오른손에 인형을 들고는 준후의 뒤를 따라 달려갔다.

"왔니?"
"네. 그런 것 같아요."
준후가 긴장된 얼굴로 주변을 가리켜 보였다. 아까와는 달리 주변에 희미한 안개가 끼어 가고 있었다. 안개는 살아 있기라도 한 것처럼 점점 짙어지더니 금세 주변을 자욱하게 뒤덮었다.
"주술로 불러낸 안개예요. 코제트의 술수 기억하지요?"
준후의 말에 승희는 고개를 끄덕여 보이고는 눈을 감고 어느 쪽에서 사람들이 접근하는지를 살폈다.
"저쪽이다. 여섯 명인 걸 보니 거의 다 온 것 같은데."
승희는 나직이 말하고는 사람들이 다가온다는 쪽으로 몇 걸음

달려 나갔다. 그리고는 길 한가운데 준후가 준 야명부 한 장과 인형을 놓고 준후가 몸을 숨긴 담 모퉁이로 돌아왔다.

준후는 승희가 오자 눈을 감고 정신을 집중했다. 잠시 후, 길 한가운데에 놓인 야명부가 화르륵 타오르더니 주변이 조금 밝아졌다.

"잘될까요?"

준후가 의아한 눈빛으로 보자 승희는 그냥 어깨만 까딱해 보이는데 마침 이쪽으로 온 현암이 대신 대답했다. 그러고 보니 현암과 박 신부, 윌리엄스 신부, 연희도 모두 와 있었다.

"아무리 주술력이 강하다고 해도 역시 아이들이야. 호기심이 많을 테고 더구나 저 인형은…… 저 인형 속에서 새어 나오는 느낌만으로도 충분히 집어 볼 마음이 생길 거야."

"쉿!"

박 신부가 대화를 중단시키자 모두가 입을 다물고 긴장된 모습으로 길 쪽을 바라보았다. 밤인 데다가 안개가 점점 짙어져서 이제는 코앞도 알아보기가 어려웠지만 야명부의 빛이 있는 길 한가운데만은 환하게 눈에 들어왔다. 마침내 안개를 뚫고 조그마한 그림자들이 다가오기 시작했다. 서두르는 것 같지도 않았고 긴장하는 기색도 없었다. 다만 아무 생각 없이 그냥 지나치는 듯한 발걸음이었다.

"가운데가 레그나, 늑대 소년과 중국 아이도 있군요."

이미 셋은 준후와 한 번 상대한 적이 있어서 조금 먼발치에서도 그들의 모습을 알아볼 수 있었다. 그 셋은 가운데에 있었는데 그들의 왼쪽으로는 아이라고 보기에는 상당히 덩치가 큰 검은 머리의 아이 한 명이 있었고 그 옆에는 흑인 아이도 한 명 있었다. 그리고 그들의 오른쪽에는 멀리서도 똑똑히 식별할 수 있는 새빨간 옷을 위아래로 걸치고 옷만큼이나 붉은 머리를 길게 늘어뜨린 여자아이 한 명이 있었다. 세 명의 실력은 겪어 본 적이 있었지만 나머지 세 명의 실력도 그에 뒤질 것 같지는 않았다.

레그나의 뒤쪽에서 열을 지어서 따라오고 있는 인형들의 수는 지난번보다도 훨씬 많은 것 같았다. 준후가 보기에 처음에 레그나가 혼자 왔다가 주기 선생에게 밀리자 다음번에는 두 명이 왔고, 그래도 주기 선생이 버티어 내자 지난번에는 세 명이 왔는데 준후의 방해로 뜻을 이루지 못하자 이번에는 여섯 명이 온 것 같았다.

'저쪽이 여섯이면…… 우리 중 싸울 수 있는 사람은 네 명, 윌리엄스 신부님은 좀 약하고 박 신부님도 다치셨으니 한 명씩만 상대한다 치고, 현암 형과 내가 두 명씩 맡으면 이겨 내지는 못하더라도 버티어 낼 수는 있겠지.'

준후가 속으로 이런 생각을 하고 있는데 레그나가 길에 놓여 있는 인형 쪽으로 다가가는 것이 보였다. 승희는 재빨리 세크메트의 눈을 오른손에 옮겨 쥐고는 눈을 감은 채 그 자리에 앉아서 혼신의 힘으로 정신을 집중했다. 모두가 긴장된 눈으로 그쪽을 바라보고 있는데 레그나가 망설이다가 피식 웃는 소리를 내고는 천천히 인형을 집어 들었다.

'됐다!'

현암은 속으로 기쁨의 탄성을 질렀다. 인형에는 편지가 달려 있었지만 미끼였고 정말로 중요한 것은 인형 속에 들어 있는 세크메트의 눈과 월향검이었다. 즉, 일반적인 투시로는 그들의 마음속을 읽어 낼 수가 없었으므로 세크메트의 눈을 이용하기로 했는데 저들에게 세크메트의 눈을 손에 쥐게 하려면 이 방법밖에는 없었다. 세크메트의 눈은 마음속을 그대로 전달하므로 짧은 시간이라도 많은 것을 알 수 있게 될 테니 말이다.

 다만 승희의 마음속도 똑같이 읽힐 우려가 있으므로 승희는 전력을 기울여서 자신의 마음을 가려야만 했다. 그리고 아무리 저들의 마음을 읽는 것이 중요하다 하더라도 세크메트의 눈을 그냥 넘겨줄 수는 없었으므로 현암이 마음대로 조종할 수 있는 월향검을 같이 넣어서 마음을 다 읽고 나면 인형째 회수할 생각이었던 것이다. 물론 그 안에는 준후의 부적들도 여러 장 들어 있어서 월향검의 영기가 밖으로 느껴지지 않게 했고 다만 세크메트의 눈의 영기는 느낄 수 있게 해 놓았으므로 그들도 위험하다고 느끼지 않았을 것이었다. 레그나가 손에 인형을 쥐자마자 승희의 마음속으로 레그나의 생각이 그대로 흘러 들어왔다.

 무슨 수작을 꾸미는 건지. 이래 봐야 우리 일곱에게는 이기지 못할 텐데…… 뭐가 들었을까?

 레그나는 궁금한 생각으로 편지를 열었지만 한 글자도 알아볼 수가 없었다. 그 안에는 우리 말, 그것도 고어체로 '자네들은 모두 바보 멍청이들이네. 지금 당장 이곳에서 물러가지 않으면……' 식의 욕설(?)이 적혀 있었던 것이다. 레그나는 중국 아이에게 물어보았다. 그러자 뒤에서 연희가 아주 작은 소리로 박 신부에게 중얼거렸다.

"에스페란토예요. 블랙 서클 사람들처럼 에스페란토를 쓰는군요."

이봐, 룽페이. 너 이거 읽을 줄 알아?

몰라. 그건 중국어도 아냐. 한국말 같은데?

그러자 레그나는 덩치 큰 검은 머리의 아이에게 물었다.

너는? 바알.

내가 어떻게 알겠어? 아무도 모를걸? 앙그라는 알지도 모르지만.

이번에는 레그나가 작은 소리로 중얼거리는 게 승희에게 느껴졌다.

앙그라가 알면 뭐 해. 지금 여기 없는데…… 그런데 이 인형에서 뭔가 묘한 것이 느껴지는데.

그러자 중국 아이가 레그나에게 말했다.

뭔가 수상쩍어. 태워 버리자.

왜 그래? 위험한 느낌은 없는데?

우물쭈물할 때가 아냐. 우린 그 늙은이만 없애면 그만 아냐? 그리고 그 이상한 놈들도 다 해치워야 해. 주누하고 그 이상한 깃발 휘두르는 놈 말이야.

앙그라의 지시를 받아어? 앙그라는 아무도 모르게 하라고 했잖아? 주누라는 애까지 없애면 시끄러워질지도 모르는데?

이미 시끄러워졌을걸? 모르긴 몰라도 지금 저놈들 패거리가 전부 다 몰려와 있을 거야. 혼암이나 팍 신부도 모두.

그래 봐야 우린 여섯이야. 깃발 휘두르는 놈이 안 다쳤다고 해도 저쪽에서 싸울 수 있는 놈은 넷뿐이야.

붉은 머리의 여자아이가 말했다.

헤남이라는 녀석은 나에게 맡겨 줘. 그 녀석, 이상한 칼을 가지고 있다며?

그러자 흑인 아이가 말했다.

레드 나말라스라면 문제없을 거야. 나 구구루가 보장하지.

그러자 늑대 가죽을 쓴 아이가 말했다.

그 녀석은 대단하다던데?

문제없어. 그나저나 그 인형 정말 이상하다. 뭔가 있는 거 아냐?

물론 승희도 계속 읽어 내고는 있었지만 연희도 그들의 대화를 멀리서 알아듣고 박 신부에게 계속 그 아이들의 이름을 가르쳐 주고 있었다. 덩치 큰 아이의 이름은 바알, 붉은 머리의 여자아이는 레드 나말라스, 흑인 아이는 구구루, 중국 아이의 이름은 룽페이였는데 늑대 소년의 이름은 알 수 없었다. 그리고 나머지 한 명, 이곳에 오지 않은 아이의 이름은 앙그라인 것 같았다. 승희에게 레그나의 마음이 느껴졌다.

앙그라가 중국에서 하는 일은 잘 돼야 할 텐데. 황달지 교수를 해치우는 건 최 교수만큼 어렵지 않겠지? 내가 갈 걸 잘못했어.

'황달지 교수를 해치운다고? 그럼, 최 교수 말고 이들이 노리는 사람이 또 있었다는 말인가?'

승희가 깜짝 놀라는 바람에 잠시 정신이 흐트러졌고 그러자 승희의 마음도 조금 레그나에게 느껴진 모양이었다. 레그나가 놀라는 것이 승희에게 느껴졌다.

　넌 뭐야? 이게 뭐 하는 거야?

　승희가 약속한 대로 재빨리 현암의 옷깃을 당기자 현암은 마음 속으로 월향을 불렀다.

　'월향!'

　현암과 마음이 통해 있던 월향은 현암이 부르자 그동안 참고 있었던 듯한 귀곡성과 함께 세크메트의 눈을 단 채로 인형을 뚫고 나와 하늘로 솟아올랐다. 인형에서 뭔가가 튀어나오자 깜짝 놀란 레그나가 한 걸음 뒤로 물러섰고 옆에 있던 늑대 소년이 늑대 울음소리를 내면서 월향을 잡으려고 허공에 손을 휘저었다. 그러나 월향은 재빨리 늑대 소년의 손을 피해 위로 솟아 올라갔다. 거의 동시에 중국 아이가 부적을 허공에 흩뿌리자 부적들은 삽시간에 불줄기로 변해서 월향검을 따라 허공으로 날아 올라갔다. 월향검이 방향을 바꾸자 불줄기들은 흡사 대공포가 비행기를 쏘는 듯 아슬아슬하게 월향검을 스치고 지나갔다. 그것을 보고 레드 나말라스가 소리쳤다.

　"칼(Das Schwert)!"

　레드가 날카로운 외침과 함께 소매를 쳐들자 놀랍게도 소매 속에서 붉은빛을 띤 번뜩이는 물체가 월향을 향해 쏘아져 나갔다. 순식간에 벌어진 일이라 자세히 볼 순 없었지만 뾰족하게 솟은 뿔들이 원형을 이루고 있는 게 칼은 아닌 것 같았다. 하지만 빙그르 회전하며 무서운 속도로 날아가는 기세는 보통이 아니었다.

분위기가 심상치 않아지자 현암은 더 기다리지 못하고 앞으로 뛰어나갔다. 월향이 위험하다고 판단됐기 때문이다. 다른 사람들도 현암의 뒤를 따라 우르르 달려 나갔다. 모두들 아이들이 뜻밖의 일을 만나서도 침착하게 대응하는 것을 보고는 놀란 상태였다. 현암 쪽으로 날아들던 월향검은 현암이 달려 나오는 것을 느꼈는지 귀곡성을 지르면서 방향을 바꾸었고 레드의 무기는 아슬아슬하게 월향검을 비껴 지나갔다. 평소 월향검의 움직임은 지금보다 유연하고 빠른 편이었지만 작은 크기에 세크메트의 눈까지 묶여 있었기 때문에 둔해질 수밖에 없었다.

현암이 날아드는 월향을 받아 들자 레드의 무기가 현암을 향해 덮쳐들었다. 당황한 현암 대신 준후가 뒤에서 뇌전 한 방을 날려 보냈다. 그러나 그 무기도 역시 영성이 있는지, 아니면 레드에 의해 조종되고 있는 것인지 준후의 뇌전을 슬쩍 피해서 레드 쪽으로 날아갔다. 현암은 일단 월향을 받자마자 월향에서 세크메트의 눈을 풀어 그것을 연희가 받을 수 있도록 뒤로 던졌다.

그사이 준후와 박 신부, 윌리엄스 신부가 달려와서 현암의 앞에 버티고 섰다. 준후는 원래 싸움이 최 교수의 집 정도에서 벌어질 것으로 생각하고 집 안에 결계를 쳐 놓았었는데 예상외로 길에서 싸우게 되자 소동을 일으키게 될까 봐 염려가 됐다. 그러나 소동이 일어나더라도 어쩔 수 없었다. 아이들도 레드가 무기를 받아 들자 주욱 열을 지어 섰다. 중앙에는 레그나가 있었는데 어느 틈에 좀비 인형들을 모두 불렀는지 레그나의 뒤를 따라오고 있던 인형이 한데 뭉쳐서 레그나를 받쳐 안고 있었다. 그 아이들은 여섯 명이 앞에 나타났어도 전혀 동요하지 않았다. 어떻게 보면 오히려 재미를 느끼는 것처럼 보였다. 레그나가 뭐라고 중얼거리는 것을 연희가 알아듣고 일행에게 말해 주었다.

"모두 한데 모여서 오히려 재미있게 됐다고 하네요."

박 신부가 그 말을 듣고는 음 하고 신음하더니 연희에게 말했다.

"연희 양. 왜 관계없는 사람을 해치려 하냐고 물어봐 주겠나?"

연희가 박 신부의 말을 전하자 레그나는 깔깔 웃으면서 대답했다. 분위기로 볼 때 레그나가 그들의 우두머리인 모양이었다.

"앙그라의 명령이래요."

"앙그라가 누구지?"

연희가 레그나에게 물었다. 아이들은 연희의 말을 듣고 모두 슬슬 웃었다. 아마도 장난을 치려는 듯했다. 그러나 룽페이라던 중국 아이 하나만은 준후를 노려보고 있었다. 지난번 싸우다가 상처를 입어서 기분이 안 좋은 것 같았다.

"앙그라는 그들의 대장이래요. 그리고 한 가지 제안할 것이 있다는군요."

현암은 긴장된 표정으로 청홍검을 쌌던 천을 뒤로 던지면서 물었다.

"뭐지요?"

"공연히 시끄럽게 만들고 싶지는 않대요. 그냥 여기서 비켜나면 해치지 않겠다는군요."

"흥! 어린애 같은 소리!"

현암은 코웃음을 치고 레그나를 노려보다가 피식 웃었다. 생각해 보니 레그나나 모두 어린애들이 아닌가? 현암은 어린아이 보고 어린애라고 하는 것이 과연 비난인지 의심스러워서 웃은 것이었는데 레그나는 현암이 웃는 것을 비웃음이라 여겼는지 쌀쌀맞게 웃어 보이더니 양옆으로 눈짓을 하면서 소리를 쳤다. 연희는 그 소리를 똑똑히 알아들을 수 있었다.

"모두 죽여 버려!"

레그나의 명령이 떨어지자 제일 먼저 늑대 소년과 덩치 큰 아이가 달려 나왔다. 달려오는 도중에 늑대 소년의 모습은 순식간에 늑대처럼 바뀌었고 그 모습을 본 연희는 두려움에 자신도 모르게 두어 발짝 뒤로 물러났다. 바알이라는 덩치 큰 아이는 달려오면서 끙 하는 소리를 질렀고 그러자 양손에 파르스름한 기운이 둥글게 맺히기 시작했다. 그들의 뒤에서는 레드가 '마검(Zauber-schwert)'라고 소리치면서 아까의 무기를 내던졌고 그제야 연희는 그 무기가 마검이라고 불린다는 것을 알았다. 어른 몸 두 배만큼 커진 좀비 인형들도 레그나를 내려놓고 금방이라도 달려들 태세를 취했다. 마지막으로 구구루가 두 손바닥을 맞붙인 채 그 자리에 털썩 주저앉자 중국 아이도 곤선승과 방울을 꺼냈다.

현암과 준후, 박 신부도 만반의 준비를 갖추고 있었다. 준후가 벽조선을 꺼내 들고 수인을 맺으며 주문을 외우자 허공에 뿌옇게 리매의 형체가 나타났다. 뒤를 이어 현암이 레드의 무기에 맞서서 월향검을 내쏜 다음 칼집에서 번쩍이는 청홍검을 빼 들었다. 박 신부는 서두르는 기색 없이 지팡이를 꼭 쥐고 몸에서 환한 오라를 내면서 천천히 앞으로 나섰다.

승희도 구구루처럼 그 자리에 앉아 힘을 전달할 채비를 갖추고 있었다. 전혀 도움이 되지 않는 연희는 뒤로 물러섰다. 윌리엄스 신부는 박 신부처럼 손에 오라를 끌어올리고 있었으나 뭔가를 망설이는 표정이었다. 아마 흡혈귀의 힘을 쓰지 않고도 저 아이들을 막아 낼 수 있을까를 고민하는 것 같았다.

리매의 기운이 허공에 엉겨서 형체를 드러내는 사이에 뛰어가던 늑대 소년이 몸을 굴려 현암에게로 날아들었다. 허공에서는 현암 쪽으로 날아들던 레드의 마검이 월향검과 격돌해 안개 속에서 불꽃을 번쩍이고 있었다. 청홍검을 들고 있는 현암에게 자신만만하게 덤비는 것으로 보아 늑대 소년은 칼을 두려워하지 않는 것 같았다. 그러나 아무리 그렇다 해도 명검인 청홍검으로 그으면 단번에 두 토막이 날 것 같아서 현암은 청홍검을 거두고 오른손에 태극기공의 '발' 자 결을 운용해 바위처럼 달려드는 늑대 소년의 몸을 후려갈겼다. 그러나 늑대 소년의 육탄 공격은 예상보다 강했다. 늑대 소년의 몸이 튕겨 나듯 뒤로 밀려 나자 현암의 몸도 반작용으로 뒤로 주르륵 밀려 났다.

이때 바알은 박 신부에게 달려들고 있었는데 박 신부는 이미 몸을 똑바로 세우고 기도하는 자세로 움직이지 않고 있었다. 바알은 우습게 보이는지 단번에 끝낼 수 있다는 듯한 표정을 지으며 오라 막을 향해 주먹을 휘둘렀다. 그러나 쾅 하는 소리와 함께 불꽃이 튀었을 뿐 박 신부의 오라는 꿈쩍도 하지 않았다.

예상치 못한 결과에 놀란 바알이 믿을 수 없다는 표정을 짓고 있는 사이 뒤에서 룽페이가 곤선승을 날렸다. 그러나 이번에는 준후가 재빨리 벽조선을 부쳤다. 검은 기운이 날아가서 곤선승과 부딪치며 곤선승의 성난 뱀 같던 기세도 사그라졌다. 룽페이는 놀란 얼굴로 곤선승을 감아 들였다.

레드는 자신의 마검이 월향검에 의해 차단당하자 신속히 앞으로 나서면서 손으로 가느다랗지만 강렬한 불꽃을 내쏘았다. 그와 동시에 구구루가 기합 소리를 내자 땅에서 조그만 돌조각들이 튀어 올라 퇴마사들을 향해 날아들었다. 갑작스러운 공격에 놀란 현암이 간신히 레드의 불꽃을 피하기는 했지만 구구루의 돌들을 다 피할 수는 없었다. 몇 개를 얻어맞고 비틀거릴 때 늑대 소년이 몸을 굴려 날아들었다. 미처 현암이 몸을 돌릴 새도 없이 준후의 리매가 늑대 소년의 앞을 가로막고 튕겨 버렸다.

그러자 레그나의 거대한 좀비 인형이 리매에게 다가들었다. 이렇게 정신없는 틈을 타서 레드가 현암에게 불꽃을 뿜어 보았으나 준후의 멸겁화에 적중됐다. 힘껏 내쏜 불꽃들이 준후에게 격파되자 레드는 몸을 휘청거렸다. 원래 준후의 실력이라면 레드의 불꽃쯤은 문제도 아니었지만 뒤에서 현암과 박 신부를 보조해 주기에 바빠서 제 위력을 발휘하지 못하고 있었다.

싸움은 점점 극렬해졌다. 이번에는 리매에 의해 튕겨 나갔던 늑대 소년이 현암에게 날아들 태세였다. 정신 차릴 사이도 없이 리매와 마주 잡고 힘을 쓰고 있던 레그나의 좀비 인형 중 일부가 현암의 뒤쪽을 공격했다. 현암은 몸을 옆으로 돌려서 오른손으로는 '폭' 자 결을 운용하고 왼손으로는 비록 공력은 집어넣지 못했지만 파사신검 제삼초식을 운용해 커다란 원을 허공에 그려 나가면서 좀비 인형들의 공격에 대비했다.

좀비 인형들은 청홍검의 서슬 퍼런 검막에 휘감겨 토막토막 나면서 허공에 흩어졌고 곧바로 늑대 소년의 둥글게 뭉친 몸체가 현암 쪽으로 날아들었다. 현암도 이번에는 사정을 두지 않고 십성 공력을 끌어올려서 '폭' 자 결을 운용했다.

현암과 늑대 소년이 서로 충돌하는 순간 콰쾅 하는 소리가 울리면서 늑대 소년의 몸은 여지없이 뒤로 튕겨졌다. 늑대 소년은 '폭' 자 결의 충격 때문에 몹시 고통스러운 듯했다. 둥글게 움츠렸던 몸을 펼 때 보니 입에서 피를 흘리고 있었다. 그러나 늑대 소년의 길게 돋은 오른 손톱 끝에도 피가 묻은 헝겊이 걸려 있었다. 자신이 얻어맞는 순간에 손톱을 뻗쳐서 현암의 오른쪽 어깨를 내쳤던 것이다. 늑대 소년은 고통이 심한 듯 뒤로 밀려 나가다가 구구루의 옆쪽 땅바닥에 처박혀 버렸다. 현암도 어깨의 상처가 심상치 않은 듯싶었다. 그렇지만 현암은 아무런 내색 없이, 허공에 떠서 레드의 마검과 격렬하게 공중전을 벌이고 있는 월향검을 걱정스러운 듯 바라보았다.

마검과 월향검이 서로 엉켜서 부딪칠 때마다 불꽃이 번쩍거렸는데 안개 때문에 뚜렷하게 보이지는 않았다. 바알은 박 신부의 오라를 정신없이 두들겨 댔지만 박 신부는 놀라는 기색 없이 오히려 절룩거리면서 레그나 쪽으로 걸어 나갔다. 바알은 눈까지 벌게져서는 엄청난 기운으로 박 신부의 오라 막을 두들겨 댔지만 박 신부의 오라 막은 조금도 풀리지 않았다. 할 수 없이 바알은 박 신부를 오라 막째 밀어 버리려고 시도해 보았지만 오히려 자기가 뒤로 주르륵 밀려 나고 있었다. 바알의 체구가 장대했음에도 불구하고 박 신부는 조금도 힘을 들이지 않는 듯 절룩거리면서 계속 앞으로 나아가고 있었다.

현암이 늑대 소년을 물리치고 월향검을 불러들이는 사이 이번에는 레드와 룽페이가 불꽃과 곤선승으로 동시에 현암을 공격했다. 그러나 준후가 현암의 뒤쪽에서 왼손으로는 멸겁화를 일으키고 오른손으로는 벽조선을 허공에 던지며 뇌전을 내쏘았다. 레드의 불꽃은 멸겁화에 차단당했고 곤선승은 뇌전을 맞아 뒤로 밀려 나면서 마치 살아 있는 뱀처럼 꿈틀거렸다. 곤선승을 마주 잡고 있던 룽페이도 전기가 오르는지 크으윽 하는 신음을 내며 눈을 질끈 감았다. 준후는 떨어져 내리는 벽조선을 받아 들고 여유 있게 씨익 웃어 보였다. 아픔이 좀 가라앉는지 룽페이의 눈이 조금씩 열리면서 마침 웃고 있던 준후의 얼굴과 마주쳤다. 룽페이는 안 그래도 아프고 분한데 준후의 웃는 얼굴을 보자 화가 머리끝까지 치밀어 오른 것 같았다. 옆에 있던 레드도 약이 오르는지 허공에 대고 알 수 없는 소리를 지르면서 기묘한 몸동작을 했다.

현암이 부르자 월향검은 돌아와 칼집에 꽂혔다. 그런데 검이 꽂히면서 가죽으로 만들어진 칼집에서 피시식 연기가 오르는 것이 아닌가. 현암은 깜짝 놀랐다. 월향검이 뜨겁게 달아오른 것을 보니 레드의 마검이라는 무기에서 솟던 붉은 기운은 역시 불꽃이었던 모양이었다. 현암은 상대를 잃은 레드의 마검이 자신에게 덮쳐들 것으로 생각하고 양손으로 청홍검을 잡고 검기를 뿜어내고 있었다. 그런데 레드의 마검은 난데없이 방향을 틀어서 준후 쪽으로 달려들었다. 거기다가 룽페이의 곤선승과 부적들까지 불길을 뿜으며 준후에게 날아들었고 때는 지금이라는 듯 레드도 달려 나오면서 양손에서 불꽃을 뿜어내고 있었다. 준후는 한꺼번에 무더기로 공격을 받자 다급해졌다. 현암도 준후의 위기를 보고는 크게 기합을 지르면서 허공으로 뛰어올랐다. 청홍검을 파사신검 제칠초식의 수법으로 내던지고 난 뒤 공력을 집중한 오른팔로 곤선승을 받아 내었다.

날아간 청홍검은 마검과 요란한 소리를 내면서 부딪혀 서로 엉켰는데 현암이 워낙 세차게 던졌기 때문에 얽힌 후에도 청홍검에 밀려서 건너편이 있던 전봇대에 푹 박혀 버렸다. 아무리 세차게 던졌다지만 콘크리트로 만들어진 전봇대를 조금도 부스러뜨리지 않고 푹 박혀 버리다니, 청홍검은 과연 명검이라 할 만했다. 박힌 다음에 보니 마검은 여섯 개의 가지가 달린 원반 모양이었는데 가지에서 비죽비죽한 칼날이 솟아나 있었다. 그러나 지금은 청홍검에 얽혀서 움직이지 못하고 있었다.

일단 마검이 제압당하자 준후는 벽조선을 크게 휘두르면서 부적을 꺼내 흩뿌렸고 벽조선의 검은 기운은 레드의 두 줄기 불꽃과 부딪쳐 한꺼번에 퍽 소리를 내면서 사라져 갔다. 그러나 룽페이의 부적들은 불타오르는 해골의 형상으로 바뀌면서 벽조선의 기운을 피해 둥글게 퍼져 나갔다가 준후를 향해 사방에서 달려들었다. 그러자 준후의 부적들이 마치 요격 미사일처럼 룽페이의 부적들을 향해 날아들었다. 준후와 룽페이의 부적들이 서로 공중에서 부딪쳐 하나씩 사라져 갔다. 양쪽의 부적 수가 거의 비슷한 것 같았지만 마지막엔 준후의 부적 두세 장만이 남았고 그것들은 지체 없이 룽페이를 향해 날아들었다. 현암은 오른팔에 곤선승이 감기자 찌릿한 아픔이 느껴졌지만 아랑곳하지 않고 기합을 지르면서 곤선승을 앞으로 끌어당겼다. 그러자 으악 하는 비명을 지르면서 자그마한 룽페이의 몸이 여지없이 허공으로 솟아올랐다. 그 순간 구구루가 앙칼진 고함을 내지르면서 양 손바닥으로 땅을 후려치자 땅이 우르르 흔들렸다. 바알을 밀어 내면서 앞으로 나가던 박 신부와 현암은 중심을 잃고 넘어졌고 준후는 재빨리 우보법을 써서 자신의 발을 땅에 붙였다. 땅이 흔들리자 레드와 바알도 비틀거렸지만 그들은 미리 대비하고 있었던 듯 넘어지진 않았고 레그나와 상처를 입은 늑대 소년은 구구루의 뒤쪽에 있었기 때문에 영향을 크게 받지 않았다.

박 신부가 넘어지자 바알은 재빨리 중심을 잡고 박 신부에게로 몸을 날렸다. 레드는 휘청거리다가 그때까지도 계속 맞붙어 싸우고 있던 좀비 인형과 리매 쪽으로 불꽃을 뿜었다. 아마도 그쪽을 겨냥한 것이 아니었는데 휘청거리는 바람에 우연히 그쪽으로 불길이 나간 것 같았다. 어쨌든 불길은 좀비 인형들의 등 부분을 뚫고 지나가 리매에게까지 적중됐다. 불이 붙자 여러 개의 인형으로 이루어진 좀비 인형들은 불붙은 부분을 떼어 내 버리고 작아진 모습으로 뭉쳤으나 불길에 휩싸인 리매는 고통스러운 듯 포효했다. 준후가 그것을 보고 당황하자 허공에 솟아 있던 룽페이는 중심을 잃고 넘어진 현암의 손에 있는 곤선승을 놓아 버렸다. 그리고 땅에 떨어지면서 재빨리 몸을 튕겨서 준후에게로 날아들었다. 준후는 리매가 불길에 휩싸인 것을 구해 주려고 하던 참이었는데 난데없이 룽페이가 육탄으로 날아들자 머뭇거렸다. 벽조선으로 막으면 그만이었지만 준후는 순간적으로 사람에게 벽조선을 쓴다는 것에 대해 갈등을 느꼈던 것이다. 머뭇거리는 사이에 룽페이는 가차 없이 발차기로 준후를 걷어차 버렸다. 현암이 놀라서 몸을 튕겨 일어나려는데 난데없이 오른팔에 감긴 곤선승이 살아 있는 뱀처럼 현암의 온몸을 칭칭 감아 버렸다.

힘을 써 보려고 했으나 공력이 오른팔밖에는 돌지 않기 때문에 곤선승을 뿌리칠 수가 없었다. 현암이 허우적거리고 있는 것을 보고는 아까 쓰러졌던 늑대 소년이 이 가는 소리를 내면서 벌떡 일어나 몸을 굴려 날아들었다. 돌연 갑자기 바알의 몸이 위로 솟구치더니 작은 빛의 구체가 우르르 솟아올랐다. 박 신부가 오라 구체를 내쏘아 자신을 깔아뭉개려던 바알을 밀어 버린 것이다.

박 신부는 바알을 밀어 내면서 넘어져 있는 방향 그대로 몸을 돌려서 현암에게 달려드는 늑대 소년을 향해 오라를 쏘았다. 늑대 소년이 오라 구체에 얻어맞고 옆으로 조금 밀려 난 덕분에 상체를 낮춘 현암은 덮쳐드는 늑대 소년을 간신히 피할 수 있었다. 늑대 소년은 현암 옆쪽에 서 있던 소화전 박스에 부딪혀 스테인리스로 된 케이스를 우지끈 부숴 버리고는 그 자리에 멈추어 섰다.

박 신부가 서둘러 일어나려고 할 때 구구루가 다시 땅을 뒤흔들었다. 다리가 불편한 박 신부는 물론이고 현암도 데구루루 굴렀다. 준후에게 달려오던 연희와 승희마저도 넘어져 버렸다. 한가운데에서는 레드의 불꽃에 얻어맞아 타오르고 있던 리매가 고통스러운 포효를 지르면서 서서히 사라져 갔다. 상대가 없어지자 레그나의 좀비 인형들은 우르르 흩어져서 박 신부를 향해 어지럽게 날아들기 시작했다. 한쪽에서 룽페이는 한 방을 맞고 비틀거리는 준후의 아랫배를 걷어찼고 준후는 헉 소리를 내면서 옆으로 나가떨어졌다.

그러나 룽페이가 방울을 막 쳐들려고 하는 순간에 누군가의 시커먼 그림자가 룽페이의 앞을 막아섰다. 룽페이가 놀라서 위를 올려다보자 거기에는 타는 듯한 붉은 눈에 길쭉한 이빨을 지닌, 파리한 얼굴의 사람이 서 있었다. 퇴마사들이 밀리자 마음을 독하게 먹고 몸 안에 잠자는 힘을 일깨워 흡혈귀로 변한 윌리엄스 신부였다. 윌리엄스 신부의 입에서 음울하게 변한 목소리가 흘러나왔다.

"지옥의 저주를 받을 녀석들."

윌리엄스 신부는 길쭉한 손톱이 돋은 손으로 룽페이의 따귀를 철썩 갈겼다. 따귀라고는 하지만 워낙 엄청난 힘이라 룽페이는 입에서 선혈을 내뿜으며 한쪽 담벼락에 처박혀 버렸다. 윌리엄스 신부가 사제복 자락을 휙 훑어 내자 한 줄기의 강한 바람이 몰아쳐 박 신부에게 달려들려고 하던 좀비 인형들을 우르르 흩어 놓았다. 몸을 일으키던 연희는 그 와중에도 윌리엄스 신부의 검은 사제복이 흡혈귀의 분위기에도 잘 어울린다는 쓸데없는 생각을 하면서 승희와 함께 쓰러져 있는 준후에게로 가서 준후를 일으켜 세웠다.

"준후야! 힘내!"

승희도 정신이 하나도 없었다. 여럿이 한데 뒤엉켜 싸우는 판이라 누구에게 힘을 보내야 하는 건지 알 수 없었다. 승희는 현암이 묶여 있는 것을 보지 못했으므로 급한 김에 준후에게 있는 힘을 다 넣어 주었다. 뒤에서 룽페이가 나가떨어지는 것을 보고는 레그나가 소리를 질렀다. 지금 여기서는 한국어, 독어, 영어, 중국어, 에스페란토 등의 갖가지 나라의 말들로 주문을 외우는 소리와 기합, 그리고 홧김에 지르는 소리들과 주술의 굉음들이 서로 뒤섞여서 아수라장이었지만 연희는 그 말들을 모두 알아들을 수 있었다.

"지옥의 저주는 너나 받아라! 이 흡혈귀 놈아!"

룽페이가 담벼락에 처박히는 것을 보고는 넘어졌던 바알이 소리를 지르면서 흡혈귀로 변한 윌리엄스 신부 쪽으로 덤벼들었다. 둘은 마치 레슬링을 하는 것처럼 서로 손을 마주 잡고 밀어 내기 시작했다. 아까 박 신부에게 쩔쩔매서 힘이 없어 보이던 바알이었지만 실제로는 그렇지 않았다. 윌리엄스 신부가 흡혈귀가 됐을 때의 힘은 그야말로 엄청난 것이었는데도 둘이 서로 한 치도 물러서지 않는 것을 보니 바알의 힘도 그에 못지않게 강한 것이 분명했다.

윌리엄스 신부가 일으킨 질풍에 휘말렸던 좀비 인형들은 레그나가 뒤에서 앙칼진 소리를 지르자 순식간에 분산돼서 일부는 박 신부에게, 또 일부는 현암에게, 나머지는 준후를 일으키고 있는 승희 쪽으로 날아들었다. 연희가 놀라서 보니 그 인형들은 저마다 입을 벌리며 날카로운 이빨을 드러내고 있었다. 연희는 호신술로 몸을 굴려 승희의 앞을 막아서면서 준후가 전에 심어 주었던 오른손의 부적 자국을 앞으로 내밀었다. 그 부적 자국은 사악한 것들이 다가오는 것을 인식한 듯 환하게 밝은 빛을 내뿜었다. 빛을 쐰 좀비 인형들은 가까이 다가오지 못한 채 연희와 승희 그리고 준후의 주변을 맴돌면서 기회를 노렸다.

박 신부는 간신히 몸을 일으키는 참이었는데 다시 좀비 인형들이 덤벼들자 재빨리 허리춤에서 성수 뿌리개를 꺼내어 허공에 뿌렸다. 성수 방울들을 맞은 좀비 인형들은 허공에서 타들어 가며 미친 듯이 날뛰기 시작했다. 이것을 본 레그나가 노한 듯한 고함을 지르자 레드가 박 신부 쪽으로 뛰어 들어갔다. 늑대 소년은 아직 일어나지 못한 현암 쪽으로 몸을 돌려 날아들었다. 오른팔이 곤선승으로 묶여 있어서 현암이 위험해지자 월향검이 귀곡성을 내며 왼팔에서 튀어나왔다. 늑대 소년은 월향검의 소리를 들었는지 황급히 방향을 틀었고 월향검은 늑대 소년을 스치면서 허공으로 솟아올랐다가 현암 쪽으로 쏘아지듯 날아들었다.

현암은 월향검이 곤선승을 끊어 주기 위해 오는 것을 알고 몸을 돌렸으나 다른 힘이 자신의 몸을 당기는 바람에 데구루루 굴렀고 월향검은 안타까운 듯 가는 귀곡성을 울리면서 제비처럼 방향을 바꿔 날아올랐다. 나가떨어졌던 룽페이가 곤선승의 끝을 힘껏 당긴 것이다. 월향검이 다시 날아드는데 이번에는 좀비 인형들이 와르르 현암에게 덮쳐들었다. 월향검은 현암을 보호하려고 좀비 인형 몇 개를 꿰뚫어 버렸다. 월향검에 꿰뚫린 좀비 인형들은 허공에서 폭발하듯 흩어져 갔다. 그렇지만 좀비 인형의 숫자가 워낙 많아서 현암을 지키기에는 역부족이었다. 좀비 인형들이 우르르 달려들어서 현암의 온몸을 깨물기 시작하자 현암은 다급한 김에 아랫배에 힘을 주어서 사자후의 일갈성을 터뜨렸다.

"어헝!"

엄청난 소리가 사방에 울려 퍼지자 현암의 몸에 달라붙었던 좀비 인형들은 우르르 튕겨져 버렸고 얼결에 곤선승을 잡아당기던 룽페이도 밧줄을 놓쳐 버렸다. 현암의 사자후는 비록 물리적으로 큰 타격을 주는 것은 아니었지만 수세에 몰렸을 때 단번에 전세를 역전하는 효과를 보여 주기도 했다. 현암이 곤선승의 자루를 움켜쥐자 현암의 온몸에 얽혔던 곤선승이 주르르 흘러내렸다. 자루를 쥔 사람의 말을 듣는 것 같았다.

현암이 곤선승을 쥐는 것을 본 룽페이는 다급한 기색으로 우보법의 방위를 밟았다. 현암은 막 곤선승을 휘두르면서 월향검을 내쏘려는 순간, 그만 룽페이의 우보법에 걸려서 온몸이 굳어지고 말았다. 좀비 인형들의 대열이 사자후 소리에 밀려 흐트러지자 조금 숨을 돌린 박 신부는 현암의 행동이 덜컥 정지하자 놀라서 소리를 치려고 했다. 그러나 그보다 먼저 레드의 불길이 박 신부에게 날아들었다.

'레드 나말라스(Red Namalas). 거꾸로 하면 불도마뱀인 샐러맨더(Salamander)가 되는군! 과연 불을 이용한 술수에 능하구나.'

박 신부가 이런 생각을 하며 가느다란 불길을 피하는 사이 불길은 벌써 사제복에 옮겨붙기 시작했다. 그러나 박 신부가 레드에게 다시 성수 뿌리개를 휘두르자 불길의 중간이 툭 끊어져 버렸다. 그 틈을 타서 박 신부는 재빨리 옷에 붙은 불을 껐고 레드는 박 신부가 피하자 아아악 하는 신경질적인 소리를 지르면서 전봇대 쪽으로 달려갔다. 청홍검에 얽혀 있는 마검은 그렇게 복잡하게 끼어 있는 것이 아닌데 그때까지도 조금씩 움직거리기만 할 뿐, 빠져나오지 못하고 있었다. 아마도 청홍검에 깃든 검의 정기가 마검을 움직이지 못하게 한 것 같았다. 레드는 그것을 보고 마검을 회수해 던지고, 청홍검까지도 집어 들 작정으로 전봇대 쪽으로 달려가고 있던 것이다. 바알과 계속 힘겨루기를 하고 있던 윌리엄스 신부가 그것을 보고는 으르렁거리는 소리를 냈다. 원래는 온화하고 익살맞은 윌리엄스 신부였으나 흡혈귀의 모습으로 변하고 나니 그 소리까지도 음산하고 음울하게 들렸다.

"캬아아!"

윌리엄스 신부가 울부짖듯 큰 소리를 지르자 온몸에서 붉은색의 기운이 폭풍처럼 뿜어져 나왔고 그 기운을 이기지 못한 사제복 자락이 여기저기 터져 나갔다. 갑작스러운 기운에 윌리엄스 신부와 마주 보고 겨루던 바알이 놀라 조금 주춤하는 사이, 윌리엄스 신부는 무서운 괴력으로 바알의 커다란 몸뚱이를 번쩍 들어서 레드가 달려가는 전봇대를 향해 집어 던졌다.

바알은 비명을 지르면서 레드 쪽으로 날아갔고 레드는 얼른 고개를 숙여 날아오는 바알을 피했다. 아슬아슬하게 레드를 피한 바알은 그대로 전봇대에 부딪쳤고, 쿵 하는 소리와 함께 전봇대가 땅바닥으로 곤두박질쳤다. 그 바람에 청홍검도 바닥에 떨어져 버렸고 레드의 마검도 다시 하늘로 솟아 올라갔다.

박 신부가 얼른 달려가서 청홍검을 집어 드는데 쓰러져 있던 바알이 박 신부의 다리를 움켜잡았다. 대비를 하지 못하고 있던 박 신부는 앞으로 넘어져 버렸고 레드는 때는 지금이라는 듯 박 신부에게 불길을 내쏘려고 했다. 그러나 레드가 막 손을 치켜드는 순간 레드의 앞에 붉은색의 깃발이 꽂히면서 화르륵 불길을 뿜었다. 레드는 주춤하면서 주위를 돌아보았지만 주위에는 아무도 보이지 않았다.

한쪽에서는 룽페이의 우보법에 묶여 있는 현암을 늑대 소년이 공격하려던 참이었다. 그러나 막 정신을 차리고 일어난 준후가 벽조선의 기운을 늑대 소년에게 쏘아 보냈다. 늑대 소년이 재빨리 몸을 돌려서 그 기운을 피하는데 굳은 듯 서 있던 현암의 눈에 사정없이 고꾸라지는 박 신부의 모습이 들어왔고, 그 순간 눈에서 분노의 불길이 치솟았다. 현암은 비록 몸은 굳었지만 공력의 유통은 가능했다. 물론 하반신의 혈도까지 공력이 내려가지 않는다는 것은 누구보다도 현암이 잘 알고 있었다. 하지만 지금 그런 것을 생각할 틈이 없었다. 현암은 무의식중에 자신의 공력을 모조리 모아서 하반신 쪽으로 내리눌렀다.

"하아압!"

그와 동시에 현암의 발을 땅에 붙잡아 두고 있던 룽페이가 삼 미터가량이나 솟구쳤다. 그러나 현암은 몸이 자유롭게 되는 것과 동시에 온몸의 기혈들이 걷잡을 수 없이 들끓어 오르는 것을 느꼈다. 막혀 있던 혈도로 전신 공력을 밀어 보낸 부작용 때문인 것 같았다. 현암은 비틀거리면서도 안간힘을 다해서 아래쪽으로 쏠려 있는 공력을 모조리 오른팔에 모았다. 그러자 현암의 오른손에 쥐어져 있던 곤선승이 창처럼 곧게 뻗어 나가 방향을 돌리려던 늑대 소년의 한쪽 다리를 푹 뚫고 지나갔다. 곧이어 늑대 소년의 처참한 비명이 들렸다. 현암은 최후의 기력을 다해서 왼손을 높이 치켜들었다. 그러자 월향검이 알았다는 듯 허공으로 솟구쳐 올라갔다. 마침 넘어진 박 신부를 향해 레드의 마검이 내리꽂히던 중이었다. 귀검과 마검이 허공에서 요란한 소리를 내며 충돌하는 순간 커다란 불꽃이 하늘을 수놓으면서 주변을 환하게 물들였다. 위로 솟구쳐 올라갔던 룽페이의 몸이 땅바닥에 쿵 하고 떨어지는 것과 동시에 구구루가 땅을 뒤흔들었고 기혈이 들끓어서 정신이 오락가락하던 현암은 취한 사람처럼 몸을 제대로 가누지 못했다. 그러나 현암 본인 외에는 아무도 그가 내상을 입은 것을 알지 못하고 있었다.

준후는 멸겁화의 술수로 연희와 승희를 괴롭히는 좀비 인형들을 태워 버리고 있었고 윌리엄스 신부는 레드에게 바람을 내쏘고 있었으며 박 신부는 다리를 붙잡고 늘어지는 바알을 떼어 내려고 안간힘을 쓰고 있었다. 박 신부는 처음에는 오라의 구체를 아래쪽으로 내쏘았으나 바알이 너무 끈질기게 달라붙자 불편한 다리가 뽑혀 나갈 것 같은 느낌마저 들었다. 할 수 없이 베케트의 십자가가 달린 지팡이 끝을 손에 쥐고 필사적으로 오라를 부풀렸다. 바알은 오라 막에 밀려서 박 신부를 놓쳐 버리고 말았다. 넘어진 바알을 향해 박 신부는 오라의 구체를 소나기처럼 내쏘았고 바알은 양팔로 얼굴을 가리면서 고스란히 박 신부의 공격을 받았다.

또다시 상황이 불리해지자 이때까지 좀비 인형만을 부리고 있던 레그나가 앞으로 타박타박 걸어 나왔다. 레그나의 눈은 붉게 빛나고 있었으며 등 뒤로는 검은 기류 같은 것이 맴돌기 시작했다. 그때 허공에서 세 개의 물체가 획 하고 땅바닥으로 곤두박질쳤다. 하나는 힘을 잃어버린 듯한 월향검이었고 나머지 두 개는 두 동강 나 버린 마검이었다. 월향검은 온전한 채로 땅바닥에 떨어졌지만 마검은 채 땅에 닿기도 전에 섬광을 내뿜으며 폭발해 버렸다. 그 광경을 보고는 레드가 발작하듯 얼굴을 감싸 쥐면서 길게 고함을 질렀다.

"으아아악!"

그 소리에 놀란 현암은 몽롱해진 눈으로 옆을 돌아보았고 그러자 땅에 떨어져 있는 월향검이 눈에 들어왔다.

"월…… 월향."

현암은 기어들어 가는 듯한 소리로 월향을 부르다가 그만 자리에 털썩하고 주저앉아 버렸다. 현암의 갑작스러운 쓰러짐에 모두가 놀라 당황하고 있을 때 준후가 소리를 지르면서 급히 현암에게로 다가갔다. 윌리엄스 신부가 레드를 붙잡으려 하는 순간 레드는 발작하는 듯한 소리를 지르며 어깨에 걸치고 있던 자신의 붉은 웃옷을 벗어서 윌리엄스 신부 쪽으로 내던졌고 그와 동시에 구구루가 땅을 흔들었다. 그러자 옷이 불이 확 타오르면서 커다란 불덩어리로 변해 윌리엄스 신부를 덮쳤다. 윌리엄스 신부는 놀라서 뒷걸음질을 치다가 구구루가 땅을 흔드는 바람에 그 자리에 넘어져 버렸다. 흡혈귀라고 해도 불에 타면 별수 없었으니 윌리엄스 신부에게는 위기가 찾아온 셈이었다. 그때 난데없이 두 줄기의 기운이 날아들면서 그 불덩어리를 옆으로 밀어 버렸다.

"같잖은 것들이 왜 이리 날치고 다니는 거냐!"

말소리가 들리는 쪽에서는 주기 선생이 특유의 힐기보법을 운용하며 제황사신번을 휘두르고 있었다. 부상이 심했기 때문인지 그가 날린 깃발들의 기운은 예전 같지 않았다. 윌리엄스 신부는 일어나려다 끄응 소리와 함께 맥없이 땅바닥에 고꾸라지고 말았다. 흡혈귀의 힘을 쓰려면 피가 필요한데 윌리엄스 신부는 자기 것 말고는 달리 피를 얻을 길이 없으므로 자신의 피를 쓰다가 그만 의식을 잃고 쓰러져 버린 것이다. 현암과 윌리엄스 신부, 늑대 소년과 룽페이가 쓰러졌으니 레그나와 구구루, 바알, 레드 그리고 박 신부, 준후와 주기 선생이 각각 남아 있었다. 그러나 주기 선생은 상처를 심하게 입은 몸이었기 때문에 결국 사 대 이의 싸움이 되는 셈이었다.

준후는 현암이 걱정됐지만 서서히 다가오고 있는 레그나 때문에 자리를 뜰 수가 없었다. 여태껏 레그나는 좀비 인형을 조종하는 것 말고는 직접 나선 적이 없어서 실력을 잘 알 수 없었는데 현암을 향해 내뿜는 기운을 보니 보통이 아닌 것 같았다. 바알은 먼지를 뒤집어써서 엉망진창이 된 몸을 툭툭 털며 일어섰고 레드는 자신의 마검이 월향검에 의해 박살 난 것에 분개해 한쪽에서 이를 갈고 있었다. 구구루는 여전히 저만치 뒤쪽에 앉아 있었다. 정신없이 한차례 겨루기는 했지만 이제는 양쪽 다 능력들이 보통이 아니라는 것을 알고 있었기에 선뜻 먼저 나서지 못하고 팽팽하게 긴장 상태만을 유지하고 있었다.

그 상태를 먼저 깨뜨린 것은 레그나와 구구루였다. 구구루가 기합 소리를 내자 땅이 흔들리면서 돌멩이들이 치솟아 우박처럼 날아들었고 레그나의 몸에서도 먹구름 같은 기운이 몰아쳐 나왔다. 이에 준후는 벽조선을 휘둘러서 기운들과 돌멩이들을 한꺼번에 쳐냈고 박 신부는 오라 막을 한층 크게 부풀렸다. 주기 선생은 물러서지 않고 힐기보법을 운용해서 앞으로 달려 나가며 등에 지고 있던 열여섯 개의 깃발 중에 쓰지 않고 남겨 두었던 열네 개의 깃발을 일제히 뿌렸다.

"이놈들아! 이거나 받아라!"

네 개의 제황사신번 깃발과 열 개의 십이지번 깃발이 한꺼번에 허공에 퍼져 나가면서 레그나와 레드, 바알과 구구루를 향해 날아들었다. 정말 화려한 술수였다. 동시에 모든 깃발을 다 쏜 것을 보니 부상 때문에 버티기 힘든 주기 선생이 술수를 다 펴서 싸움을 끝내려는 것 같았다. 그러나 앞으로 달려 나가며 술수를 쓰는 바람에 구구루의 돌멩이들과 레그나의 검은 기운을 미처 피할 수 없었다.

주기 선생이 어깨에 돌멩이를 맞아 힐기보법의 운용이 흐트러진 틈을 타 레그나의 검은 기운이 아랫배 부분을 파고들었고 곧이어 우박 같은 돌멩이들이 주기 선생의 온몸을 강타했다. 그러나 아이들 쪽도 무사하지는 못했다. 바알은 주먹을 쥐고 기운을 일으켜서 십이지번의 기운을 허공에서 꺼뜨려 버렸지만 나머지 한 가닥, 제황사신번 중의 현무의 기운에 정통으로 맞고는 순식간에 뒤로 튕겨 나가 벽에 처박히더니 그 자리에 쓰러져 버렸다. 레드는 불길을 내쏘아 가장 강하게 다가오던 주작번의 기운을 맞추고 몸을 날렸지만 뱀의 기운인 사번(巳幡)에 몸을 스쳤다. 그러나 구구루와 레그나는 각각 돌멩이와 그때까지 남아 있던 좀비 인형들을 이용해 주기 선생의 공격을 막아 냈다.

특히 레그나는 주기 선생의 공격에 아랑곳하지 않고 준후에게 달려들면서 과거 코제트가 사용했던 증오의 안개와 비슷한 검은 기운을 내쏘았는데 기운의 위력이 코제트의 것보다 훨씬 강했다. 준후도 온 힘으로 벽조선의 기운을 일으켜서 맞받아쳤지만 도리어 뒤로 밀려 나서 몇 바퀴를 굴렀다. 물론 레그나의 기운이 강한 탓도 있지만 아까 룽페이에게 얻어맞고 무리하게 힘을 써서 탈진 상태에 있는 데다가 현암이 쓰러지자 힘을 보내 주던 승희가 현암에게 달려가느라 힘을 보내 주기를 중단했기 때문에 그다지 강한 기운을 끌어올릴 수 없었던 것이다.

그와 동시에 박 신부는 오라 막을 커다랗게 일으키면서 쓰러지려고 하는 주기 선생을 부축해 오라 막 속으로 끌어들였다. 주기 선생은 의식을 잃은 상태였다. 그런데 주기 선생을 부축하는 박 신부의 손에는 뭔가 축축한 것이 닿았다. 무리하게 힘을 쓰는 바람에 옆구리 상처가 벌어져 버렸는지 붉은 선혈이 붕대와 웃옷을 물들이면서 배어 나오고 있었다.

'이런 몸으로 저렇게 힘을 쓰다니…….'

박 신부는 안타까운 마음으로 주기 선생을 내려놓으며 넘어져 있는 현암과 월향검을 바라보았다. 마침 승희가 현암을 옮기려는 참이었다. 현암은 무척 고통스러운 듯 조그만 움직임에도 몸을 움찔거렸다. 연희는 본 모습으로 돌아와 맥없이 넘어져 있는 윌리엄스 신부를 끌어가고 있었다. 주변은 엉망진창이었다. 부서진 인형 조각들과 핏자국들이 여기저기 널려 있었으며 그 위를 아직 불씨가 남아 있는 잔해들이 날아다녔다. 게다가 한쪽에선 기절한 룽페이와 피가 흐르는 다리를 움켜쥐고 신음하는 늑대 소년이 보기에도 처참하게 널브러져 있었다.

박 신부는 잠시 그런 광경을 보다가 눈을 꾹 감고 아까 집어 들고 있던 청홍검을 그 자리에 꽂아 세웠다. 겉으로 보기에 박 신부의 행동은 침착하고 여유로워 보였지만 사실은 대단히 화가 난 상태였다. 레드는 박 신부가 천천히 움직이는 것을 보고 손을 뻗어 두 줄기의 불꽃을 날렸지만 불꽃은 박 신부의 오라 막을 뚫지 못하고 미끄러지듯 비껴 나가 버렸다.

"음?"

레드는 놀라운지 신음을 내면서 더욱 거세게 불길을 내뿜었지만 박 신부는 움찔하지도 않았다. 오히려 천천히 몸을 일으키면서 레드를 올려다보았다. 레드는 그러한 박 신부의 태도에 질린 듯 뒤로 한 걸음 물러섰다. 바알은 좀 타격을 입었는지 이를 악물면서 몸을 일으켰으나 박 신부의 오라에는 자신의 술수가 먹혀들지 않는다는 것을 확인한 참이라 덤벼들 것 같지는 않았다.

그러나 레그나는 준후가 허무하게 뒤로 밀려 나자 준후를 버려둔 채 박 신부를 향해 걸어가기 시작했고 그에 맞서서 박 신부도 몸을 꼿꼿이 세우고 레그나 쪽으로 다가갔다. 두 사람이 중앙으로 나서자 나머지 사람들의 시선이 모두 그쪽으로 쏠렸다. 두 사람은 검은 기운과 연녹색의 오라를 일으킨 채 세 발자국쯤 되는 거리에서 꼼짝하지 않고 가만히 서 있었다. 다른 사람이 보기에는 아무것도 아닌 것 같았지만 두 사람은 있는 힘을 다해서 상대의 힘을 밀어 내려고 애쓰는 중이었다. 레그나의 머리카락이 한두 가닥씩 하늘을 향해 솟구쳐 올라가기 시작했고 박 신부의 뺨에도 삽시간에 맺힌 땀방울이 주르륵 흘러내렸다. 아무 소리도 나지 않았지만 숨 막히는 긴장감이 사방을 가득 채웠다.

그런 와중에 바알이 재빨리 몸을 날려서 현암 쪽으로 달려들었다. 준후가 놀라서 벽조선을 휘저으려고 하는 사이 레드의 불꽃이 구구르의 진동과 함께 또다시 준후에게 날아들었다. 하지만 구구루의 진동마저도 박 신부와 레그나가 힘을 발하고 있는 부분에는 미치지 못하고 사그라져 버렸다. 준후가 몸을 피하는 사이 바알은 크게 소리를 지르면서 승희 따위는 안중에도 없다는 듯이 현암을 향해 덤벼들었다. 그러나 승희는 두려운 내색 없이 표독스러울 정도로 날카롭게 외쳤다.

"비켜! 돼지!"

바알은 귀찮다는 듯한 표정을 지으며 손으로 냅다 승희를 후려쳐 버렸다. 승희는 그래도 나가떨어지지 않고 바알의 손목을 움켜쥔 채 악착같이 달라붙었다. 바알은 예상치 못했던 승희의 저항에 놀라 눈을 크게 떴다. 그때였다. 승희가 전신의 힘을 모아 바알에게 퍼부었다.

"크아아악!"

바알은 생각지도 못한 엄청난 힘이 몰려오자 감전된 것처럼 사지를 부들부들 떨었다. 승희의 힘이 몸속에서 충돌을 일으키자 아무리 힘이 센 바알이라도 견딜 수 없는 모양이었다. 그러나 바알은 쓰러지면서도 마지막 힘을 모아서 자신의 손목을 잡고 있는 승희를 거세게 내팽개쳤다. 승희는 뒤로 한참을 날아가서 땅에 떨어지고서도 또다시 몇 미터나 미끄러져 갔다. 승희를 떼어 내고서도 아직 쓰러지지 않은 바알이 주먹으로 현암을 내리치려 하자 레드의 불꽃을 피하던 준후가 급한 나머지 몸을 날려 바알의 옆구리에 직접 부딪쳤다.

승희의 힘 때문에 기력을 거의 잃은 상태인 데다가 작은 체구였지만 온 힘을 다 쏟아 달려든 준후의 공격에 바알은 몸을 휘청거렸다. 바알이 휘청거리자 윌리엄스 신부를 끌어다 놓고 뛰어오던 연희가 몸을 날리면서 휘청거리는 바알의 옆얼굴을 내리쳤다. 그러나 준후나 연희의 공격에도 불구하고 바알은 쓰러지지 않았다. 그때 거의 무차별적으로 준후를 향해 뿜어지던 레드의 불꽃 한 가닥이 바알을 향해 날아들었다.

"으악!"

레드는 서둘러 불꽃을 옆으로 돌리려 했지만 공교롭게도 비틀거리던 바알에게 적중됐다.

"크아아악!"

방어할 틈도 없이 불꽃을 뒤집어쓴 바알은 비명을 지르면서 몸부림쳤으나 레드의 불꽃은 꺼지지 않고 바알의 몸 전체로 훨훨 타올랐다. 박 신부는 레그나와의 겨루기에 온 정신을 집중하고 있던 참이라 뒤쪽에서 일어나는 일들을 보지도 못했고 설혹 보았더라도 거기에 관여할 틈이 없었다. 불에 훨훨 타오르는 바알의 몸이 막 연희에게 덮치려는 찰나에 바알의 몸이 마술에 걸린 것처럼 위로 휙 하고 솟아올랐다.

넘어져 있던 준후와 연희가 놀란 눈으로 그쪽을 보았다. 그곳에는 믿어지지 않을 만큼 거대한 사람의 형체가 서 있었다. 아니, 그 사람의 모습은 부풀어 오르듯이 계속 커져 가고 있어서 덩치가 꽤 큰 편인 바알의 몸은 장난감처럼 그 사람의 한 손에 대롱대롱 매달려 발버둥 치고 있었다. 연희가 그 사람이 누구인지를 기억해 내고는 반갑게 소리쳤다.

"성난큰곰!"

비록 인디언의 의상을 입고 있지는 않았지만 그 사람은 분명 성난큰곰이었다. 강신술을 빌려 몸을 크게 한 것 같았으나 얼굴만은 옛 모습 그대로였다. 바이올렛이 같이 오기로 했다는 친구는 바로 성난큰곰이었던 것이다.

오랜만이군. 다들 괜찮은가? 내 친구 현암은 많이 다쳤는가?

성난큰곰 특유의 대화법인 마음으로 직접 이야기하는 소리가 연희에게 느껴져 왔다. 성난큰곰의 목소리는 따뜻했고 눈앞의 싸움에 전혀 동요하지 않는 것 같았다. 준후는 성난큰곰이 나타나자 반가우면서도 그가 손에 들고 있는 바알이 불에 타들어 가는 모습을 보고는 외쳤다.

"저, 저 아이가 불에······."

알았다.

성난큰곰은 장난감 가지고 노는 것처럼 바알의 몸을 그 자리에 내려놓고는 엄청난 크기의 손바닥으로 툭툭 쳐서 불을 단박에 꺼뜨렸다. 그러나 심하게 불에 덴 바알은 부르르 떨더니 몸을 축 늘어뜨렸다. 연희와 준후는 타는 냄새에 속이 역겨웠지만, 성난큰곰은 아무렇지도 않은 듯 옆에 쓰러진 현암을 잠시 살펴보고는 거대한 몸을 움직여 레그나와 박 신부가 겨루고 있는 쪽으로 걸어갔다. 그러자 묘한 일이 벌어졌다. 뒤쪽에 남아 있던 레드와 구구루가 몸을 벌벌 떠는 것이었다. 현암이나 준후, 박 신부와도 거리낌 없이 맞서 싸우던 아이들이 얼굴색까지 변하면서 놀라는 것을 보고 준후와 연희는 이상하다는 생각을 지울 수 없었다. 더군다나 그때까지 조금도 물러서지 않고 박 신부와 팽팽하게 버티고 있던 레그나까지도 뒤로 한 걸음 물러서는 것이었다.

키가 삼 미터에 가까울 정도로 크게 불어난 거인이 다가오는 것을 본다면 보통 사람들은 놀랄 것이다. 그러나 이 아이들은 보통 사람이 아니었다. 그런데 지금은 거의 그런 경우에 보통 사람들이 놀라는 것만큼이나 두려움에 휩싸인 표정을 하고 있었다. 준후는 지난번 현암이 성난큰곰과 겨루어서 아슬아슬하게 이겼던 것을 알고 있었기 때문에 아이들이 저렇게까지 두려워하는 이유를 알 수가 없었다. 다만 아이들의 표정에서 성난큰곰을 본능적으로 두려워한다는 정도만 읽을 수 있었다. 성난큰곰의 소리가 모두의 마음속에 울려왔다.

드디어 너희들을 찾았구나! 바보 같은 것들.

성난큰곰의 말이 들림과 동시에 레그나가 재빨리 몸을 굴렸다.

그러자 레그나가 있던 자리에는 쾅 하는 소리와 함께 두 치 정도나 되는 깊이로 땅이 패면서 먼지가 솟았다. 레그나가 빠져나가자 박 신부가 미처 힘을 거두어들이지 못하고 땅에 힘을 쏟은 것이다. 레그나는 급박한 듯 레드와 구구루를 잡아 일으키곤 그대로 몸을 뒤로 돌려 빠른 속도로 도망쳤다. 자기편이었던 아이들이 세 명이나 쓰러져 있는데도 그냥 도망치다니 엄청나게 의리 없는 놈들이라고 준후는 뒤에서 중얼거렸다. 그렇더라도 준후나 박 신부는 그들을 추격해 잡을 만한 컨디션이 못될 뿐 아니라 다친 사람들이 걱정돼 자리에 그냥 있었다.

성난큰곰이 아이들의 뒤를 쫓으려 달려가는 듯했으나 어느 사이에 그들의 모습은 사라져 버린 뒤였다. 아이들이 사라져 버리자 그들의 주술력으로 인해 짙게 끼었던 안개도 서서히 사라져서 새까만 밤하늘에 점점이 빛나는 별들이 하나둘 보이기 시작했다. 성난큰곰은 멈칫하다가 결국 돌아왔다.

도망쳐 버렸다. 안개가 끼는 것을 보고 바로 달려왔는데. 십 분 사이에 일이 이렇게까지 될 줄은 몰랐다. 다들 괜찮은가?

준후는 그 말을 듣고 자신의 귀를 의심했다.

'십 분? 아니, 그러면 맨 처음 안개가 낄 때부터 지금까지 시간이 십 분밖에 안 흘렀단 말이야?'

한 사나흘 밤 정도는 꼬박 지새우면서 싸운 것 같은 기분이었는데 고작 십 분 정도였다니. 그것도 맨 처음 안개가 끼고 레그나가 이야기하는 것을 듣고 하던 것까지 해서 십 분이라면 실제로 자신들이 싸운 시간은 사오 분밖에 안 된 셈이었다. 준후가 막막해서 쩝 하고 입맛을 다시자 옆에서 연희가 그런 준후를 보고 고개를 흔들었다.

"나도 무척 오래 지난 줄 알았는데. 정말 짧고도 긴 밤이군."

준후가 고개를 끄덕이자 성난큰곰은 다시 둘에게 물었다.

꼬마 친구와 아가씨. 많이 다치지 않았나?

준후는 얼굴이 좀 붓고 아까 룽페이에게 얻어맞은 곳이 쑤시는 것 빼곤 별 탈 없었고 연희도 괜찮았다. 박 신부도 다친 데는 없지만 어두운 표정을 지으면서 한참이나 자신이 힘을 내쏟아 움푹 팬 땅바닥을 들여다보고 있었다. 윌리엄스 신부는 빈혈 증세로 쓰러진 것이라 그리 걱정할 것은 없었고 문제가 되는 것은 현암과 주기 선생, 두 명이었다. 승희도 호되게 내던져졌지만 심하게 다치지는 않은 듯, 이미 일어나서 누군가의 부축을 받으며 이쪽으로 오고 있었다. 박 신부와 준후는 승희를 부축해 이쪽으로 다가오는 사람을 유심히 지켜보고 있었는데 그 사람은 가까이 오자 간드러지는 목소리로 말했다.

"호호호. 저는 바이올렛이라고 합니다. 처음 인사하는 자리치고는 좀 험악하군요. 많이 다치시지는 않았나요? 서두른다고 서둘렀는데 조금 늦어진 것 같네요."

바이올렛의 목소리가 엄청나게 높은 데다가 너무 간드러졌기 때문에 영어를 잘 모르는 준후조차도 몸에 소름이 돋을 지경이었다. 거기에다가 말이 엄청나게 빨라 도대체 멈출 것 같지가 않았다. 그녀는 아무리 적게 잡아도 오십대 후반은 넘을 것 같았는데 어울리지 않게 짙은 화장을 하고 온몸을 보석으로 휘감고 있었다. 더군다나 상당히 크고 뚱뚱한 몸에 번쩍거리는 실로 수놓은 옷을 입고 있어서 전체적으로 조잡하고 부자연스럽게 보였다.

준후는 물론 사람에 대한 선입견을 가지지 않는 편이었고, 그러면 안 된다는 것도 알고 있었지만 자신도 모르게 속이 메스꺼워지는 것은 어쩔 수가 없었다. 연희도 미간을 찌푸리면서 눈을 크게 떴다. 오로지 박 신부 한 사람만 전혀 변함없이 담담하게 바이올렛을 맞았다.

"만나 뵙게 돼 반갑습니다."

준후는 주기 선생이 바이올렛의 글씨가 예쁘니 어쩌니 하던 것을 떠올리고는 자기도 모르게 속으로 피식 웃었다. 주기 선생이 기절해 있는 것이 오히려 다행이 아닐까 싶기도 했다. 승희는 바이올렛의 부축을 받아 여기까지 걸어왔으나 바이올렛의 손에서 벗어나고 싶은 듯 몇 번이나 괜찮다고 말하면서 빠져나가려고 했다. 그러나 바이올렛은 승희의 몸을 꽉 잡고 놓아주지 않았다.

"모두들 정말 감사합니다. 자세한 사정 이야기를 해 드려야겠지만 이 장소에서는 적당하지 않은 것 같네요. 다친 사람들도 많으니 병원으로 옮겨야 할 테고, 누군가 나타나면 시끄러워질지도 모르니까요. 오우, 이분이 미스터 상준인가요? 저런, 저런. 너무나 힘든 일을 하셨군요. 저렇게 다치다니, 가엾기도 해라. 이분은 미스터 현암? 성난큰곰이 미스터 현암 이야기를 수도 없이 했어요. 너무너무 강하고도 마음이 올바른 분이라고요. 다치신 모양이군요. 여기 쓰러져 계신 신부님은 누구? 이분에 대해서는 듣지 못했는데요. 그리고……."

눈 깜빡할 사이에 엄청난 양의 말이 쏟아져 나오자 승희는 더 이상 견디지 못하겠는지 몸을 배배 꼬며 간신히 바이올렛의 손아귀에서 빠져나왔다. 승희는 현암이 외부의 공격을 받고 쓰러진 것이 아니라 또 그놈의 혈도가 잘못돼서 쓰러진 것이라고 추측했다. 그렇다면 자신이 보조적으로 힘을 부어 주어야 했다. 역시 짐작대로 현암은 벌겋게 상기된 채 숨을 몰아쉬고 있었다.

"으이구. 이 미련퉁이야."

승희는 현암을 일으켜 세워 자리에 앉히자마자 현암이 쓰러지지 않게 어깨에 손을 짚고 힘을 밀어 보내기 시작했다. 바이올렛의 말을 알아듣지 못하는 준후는 호기심 때문에 머뭇거렸지만 바이올렛의 기관총 화법에 견디다 못해 귀를 막고 싶은 마음이 간절했다. 준후는 슬슬 뒤로 물러나서 땅바닥에 떨어져 있는 월향검에게 다가갔다. 그러면서 문득 아까 레드의 마검도 정말로 지독한 것이라는 생각이 들었다.

'만약 월향검이 전력을 다해서 마검을 부수지 않았다면 어떻게 됐을까?'

준후는 월향검을 조심스럽게 집어 들었다. 조금씩 꿈틀거리는 것으로 보아 회복될 수 있을 것 같았다. 준후는 내친김에 청홍검도 집어 들었다. 룽페이가 떨군 곤선승도 보였지만 그 곤선승의 끝부분은 늑대 소년의 다리에 박혀 있어 그냥 둘 수밖에 없었다. 그런데 피를 많이 흘린 채 기절해 있는 늑대 소년의 몸에서 뭔가 작은 소리가 들리는 것 같았다. 준후는 고개를 갸웃하면서 늑대 소년 쪽으로 다가섰다.

"최 교수와 주기 선생, 그리고 우리의 일을 어떻게 알았지요?"

박 신부는 바이올렛의 전혀 쓸데없는 말을 간신히 중단시키고 몇 가지 질문하고 있던 참이었다. 연희는 성난큰곰과 함께 윌리엄스 신부와 주기 선생을 부축해 옮기고 있었다.

"오우, 저런. 죄송, 죄송. 너무 제 이야기만 했네요. 용서해 주시겠어요?"

바이올렛은 뚱뚱한 몸을 흔들면서 호호호 웃다가 끔벅 윙크했다. 박 신부도 어지간한 사람이었지만 그 모습을 보고 기분이 좋을 수는 없었다. 그러나 뭐라고 할 수도 없으니 참는 것밖에는 도리가 없었다.

'아멘. 이건 싸우는 것보다도 더 힘들군.'

그런 박 신부의 속마음을 아는지 모르는지 바이올렛은 특유의 소름 돋는 '호호호'를 연발하면서 지껄였다.

"간단하지요. 저는 조금, 그러니까 그다지 내세울 만한 것은 못 되지만 약간의 재주가 있지요. 에…… 그러니까, 저는 백마녀 협회의 회장이기도 해요."

그 말을 듣고는 박 신부의 눈이 조금 커졌다.

"마녀라고요?"

"네……. 그렇다고 이상한 눈으로 보지 말아 주세요. 마녀라고 해도 중세 때 있었다는 이상하고 나쁜 일이나 반기독교적인 행위를 하는 건 아니에요. 우리 백마녀 협회는 자연을 존중하고 자연계와 인간계의 잊힌 힘들을 유익하게 사용하는 데에 목적을 두고 있어요. 하긴 그렇기 때문에 이런 골치 아픈 일에 말려들었지만……. 제가 이 일에 말려든 것은 어떤 조직과 연관이 있어요. 물론 그 조직과 노선을 같이하는 것은 아니었지만요. 아 참! 내 정신 좀 봐. 어떻게 미스터 상준의 일이나 준후 군의 일을 알았냐고 물으셨죠? 저는 수정구 응시를 한답니다. 그러니까 투시력과 비슷하지만 그보다 조금 더 나은 면도 있고 못 한 면도 있지요. 이름만 안다면 멀리 떨어진 상황을 볼 수가 있다는 점에서는 좀 낫고, 속마음까지는 알 수 없다는 점에서는 못하죠. 그러니까 어제, 오우, 아니지. 그저께 미스터 상준이 다친 것은 수정구 응시를 통해 알았지요."

"잠깐, 잠깐만요."

박 신부가 횡설수설하는 바이올렛의 말을 잠시 중단시키고 물었다.

"일단 말씀하신 바로 미세스 바이올렛은……."

"오우, 저런. 미스 바이올렛이라고 불러 주세요. 모르시고 하신 실수이니 용서해 드리지요. 호호호."

"아, 네. 일단 정리를 해 보면 미스 바이올렛은 백마녀 협회의 회장이고, 무슨 조직의 일과 연관돼 이번 일에 말려들게 된 것이며 수정구 응시를 통해서 우리들을 알게 됐다는 건가요?"

"오우, 맞아요."

"그런데 방금 말씀하신 대로라면 이름을 알아야 수정구 투시가 가능한데 그건 어떻게……."

"간단해요. 여러분들의 이름과 국적은 성난큰곰이 알려 주었어요. 그리고 미스터 상준에 대한 것은 우연히 알게 됐어요. 정말 우연한 일이었답니다. 나중에 이야기해 드릴게요. 오, 그나저나 지금은 할 일이 있네요. 이 아이들을……."

"흠. 또 이 아이들에 대해서는 어떻게 아셨나요? 그것도 수정구 응시를 통해서였습니까?"

"오우, 물론 아니지요. 조직 때문에 알게 됐어요."

"그 조직이란 어떤 겁니까?"

"아주아주 파워풀 하고 세상에 잘 알려지지 않은 조직이지요. 그 조직은 최 교수의 연구가 진행되는 것을 두려워해요. 몹시 몹시 두려워하고 있지요. 그래서 그 조직에서 이 아이들을 보낸 거예요."

"이 아이들이 그 조직이라는 곳의 소속이란 말입니까?"

"오우, 그렇지는 않아요. 그 조직에서 의뢰를 한 거죠."

"이 아이들은 블랙 서클이라는 곳에서 사용하던 수법을 물려받은 것으로 보이는데…… 블랙 서클에 대해서도 아시나요?"

"물론 알지요. 성난큰곰과 저는 매우 매우 친해요. 그래서 다 안답니다. 여러분들이 애써 주셔서 그 무시무시하고 호러블 한 블랙 서클이 사라지게 된 것도 다 들었지요. 정말 저로서도 믿어지지 않는 이야기였어요. 호호호. 그런데 여기서 계속 이러고 있을 수는 없지 않겠어요? 누가 지나가기라도 한다면 좋지 못할 거예요."

"그러나 최 교수를 지켜야 하지 않겠어요?"

"오우, 이제 저 아이들은 절대로 다시 여기 오지 않을 거예요. 성난큰곰이 왔으니까요."

"왜 그렇죠?"

"아, 너무 이야기가 많아요. 하지만 지금 당장은 다친 사람들부터 어떻게 해야 하는 것 아닐까요? 자세한 이야기는 조금 있다가……."

바이올렛이 말을 하고 있는데 저만치에서 준후의 날카로운 소리가 들렸다.

"이, 이게 뭐예요! 지, 지독한……."

마침 그때는 승희와 연희가 현암과 윌리엄스 신부, 주기 선생을 조금 떨어진 곳에 있는 차에 옮겨 싣고 있었고 성난큰곰은 불에 덴 바알을 살펴보고 있었다. 준후의 목소리를 듣고 박 신부와 바이올렛, 성난큰곰은 준후 쪽을 돌아보았다. 준후가 상처를 돌보느라 그랬는지 준후 앞에 있는 늑대 소년의 가죽옷이 젖혀져 있었다. 그런데 안쪽에서 희미한 불빛이 새어 나오고 있었다. 조금 거리가 있어서 정확히 보이지는 않았지만 숫자가 '4'에서 막 '3'으로 변하는 것 같았다. 그렇다면 그것은…….

"준후야, 얼른 피해!"

박 신부는 소리를 지르면서 바이올렛을 옆으로 확 밀어 버리고는 준후에게로 뛰어들었다. 폭탄임이 분명했다. 준후도 놀란 나머지 몸을 굴려서 박 신부가 달려오는 쪽으로 데굴데굴 굴러왔다. 그 순간 숫자는 '1'로 변했다. 박 신부가 준후의 몸 위를 덮으면서 반사적으로 오라 막을 극도로 끌어올렸고 성난큰곰도 한쪽으로 몸을 날렸다. 사방이 숨 막힐 듯한 빛과 소리에 휩싸였다. 그리고 잠시 후 다시 암흑과 정적이 거리를 가득 메웠다.

 현암은 허공에 떠 있는 자신을 발견했다. 여기가 어디인지, 왜 자신이 여기 있는지 알 수가 없었다. 그리고 자신이 지금 허공에 떠 있다는 사실이 하나도 부자연스럽게 느껴지지 않았다. 그렇게 허공에 떠 있는 현암의 눈앞에 거대한 도시의 풍경이 펼쳐져 있었다. 우뚝 솟은 고층 건물들과 안테나들의 숲, 그리고 빽빽하게 땅 위를 수놓고 있는 도로들과 그 도로들을 따라 보기 좋게 나 있는 가로수들……. 갑자기 가로수들이 서 있는 녹색의 구역이 도로를 뚫고 넓어지기 시작했다. 마치 수천 배로 빠르게 돌아가는 필름을 보는 듯했다.

 현암은 뭔가 소리를 내려고 했으나 입이 열리지 않았다. 몸도 움직여지지 않았고 눈도 감을 수 없었다. 현암이 보고 있는 사이 가로수의 물결은 도로를 가득 메우고 건물들이 있는 곳까지 비집고 들어가기 시작했다. 고층 건물, 아파트, 탑 같은 수많은 건물은 수백, 수천 년의 나이를 먹은 듯 급속하게 썩어 들어갔다. 급기야는 건물들이 하나둘 무너져 내렸다. 현암은 소리를 지르려고 했다. 자신으로서도 뜻을 알 수 없는 소리를. 그리고 몸을 허우적거리면서 움직이려고 안간힘을 썼다. 그러나 몸은 조금도 움직여지지 않았다. 순식간에 그 많던 건물들은 앙상한 뼈대와 폐허의 자취만을 남긴 채 하나둘씩 사라졌고 그 위를 푸른 식물들이 덮어갔다. 그리고 저 멀리서 거대한 녹색의 산 같은 것이 밀려왔다. 아니, 녹색이라기에는 너무 짙은 푸른색이어서 그것은 산이라기보다는 거대한 물결이나 해일 같았다. 그 시퍼런 물결이 인정사정없이 덮치자 가장 큰 건물의 폐허조차도 장난감처럼 으깨졌다.

그 거대한 물결은 현암까지도 엎어 버릴 듯 으르렁거리면서 달려들었다. 현암은 비명을 지르며 벗어나려고 했으나 움직일 수 없었다. 거대한 물결이 현암을 휩쓸려고 하는 순간, 눈앞이 캄캄해지면서 아무것도 보이지 않더니 난데없이 현암보다도 수십 배는 커 보이는 목탁 한 개가 눈앞에서 떨어져서 산산이 부서져 버렸다. 목탁이 부서지면서 나는 소리가 거대한 울림이 돼 현암에게 전해지는 순간, 현암은 몸을 벌떡 일으켰다.

"이제 정신이 좀 들어?"

익숙한 목소리였다. 현암은 주위를 둘러보았다. 눈에 들어온 것은 푸른색이 아니라 눈부시게 투명한 흰색의 풍경이었다.

병원. 그래, 꿈이었구나. 현암은 흘러내리는 식은땀을 닦지도 못한 채 목소리가 들린 쪽으로 눈을 돌렸다. 승희가 미소를 지으며 앉아 있었다.

"이제야 정신이 들었군. 괜찮아?"

"물, 물 좀……."

승희는 물 한 컵을 따라서 현암에게 주었다. 현암은 물을 단숨에 들이켠 다음에야 마음의 평정을 찾았다. 승희는 현암의 안색이 좋지 않은 것을 보고는 걱정되는 듯 말했다.

"안 좋은 꿈이라도 꿨어? 얼굴색이 영 보기 안 좋네."

"음, 홍수, 홍수가…… 그리고 커다란 목탁이……."

"목탁은 난데없이 웬 목탁이야? 정신이 들었으니 다행이군."

현암은 비로소 자신이 무리하게 공력을 운용하다가 쓰러졌던 일이 생각났다.

"신부님과 준후는? 그리고 신동들은?"

"신부님과 준후는 별일 없어. 성난큰곰은 중상을 입었지만……. 성난큰곰이 아니었다면 많이 죽거나 다쳤을 거야."

"성난큰곰?"

"그래, 현암 군이 의식을 잃은 다음 바이올렛과 함께 왔었어."

"그랬구나. 바이올렛과 같이 온 사람이 바로……."

"그래. 내가 간단하게 이야기해 줄게."

승희는 현암이 의식을 잃고 있어서 나중에 벌어진 일들을 하나도 모르고 있다는 것을 깨닫고는 성난큰곰과 바이올렛이 온 것, 아이들이 도망친 일 그리고 늑대 소년의 몸에 있던 폭탄이 터진 일들을 간략하게 이야기해 주었다.

그리고 폭탄이 폭발하려는 순간, 성난큰곰이 강신술을 써서 사람들이 있는 쪽을 막은 덕분에 박 신부, 준후, 바이올렛 등은 그다지 크게 다치지 않았지만, 정작 성난큰곰은 폭탄에 너무 가까이 있었던 탓에 강신술을 썼음에도 불구하고 만신창이가 될 정도로 크게 다쳤다는 말도 덧붙였다.

"준후나 박 신부님은? 많이 다치셨니?"

"멀쩡하다고 한다면 거짓말일 거고…… 좀 다치시긴 했어. 그러나 위중한 것은 아니니까 염려할 건 없어. 그 근처의 집들이 좀 피해를 보았어. 다행히 담장이 무너지고 유리창이 깨어진 정도고 다친 사람은 없어. 백호 씨가 어떻게 잘 수습한 모양이야. 가스 폭발이라고. 애꿎은 가스 공사 측만 원망 듣게 생겼지. 후후후."

"월향검은? 그리고 최 교수님은?"

승희는 현암의 말을 듣고 피식 웃었다.

"염려 마. 월향검은 준후가 보관했고, 다른 사람들은 다들 무사하니까."

"그 아이들은 어떻게 됐지?"

"불행히도 신동 아이들은 무사하지 못했어. 늑대 소년은 즉사했고, 바알은 워낙 상처가 심해서 옮기는 도중에 죽었어. 룽페이라는 중국 아이만 숨이 붙어 있지."

"음……."

현암은 한숨을 내쉬었다. 아무리 악독한 수법을 쓰고 거기다가 사람을 죽이려고까지 했다지만 아이들이 그렇게 비참하게 죽어야 했다는 것은 가슴 아픈 일이었다. 현암은 잠시 생각에 잠겼다가 말을 꺼냈다.

"오늘 며칠이지? 그러니까…… 내가 얼마 동안이나 의식을 잃고 있었지?"

"꼬박 하루 지났어. 지금은 밤 아홉 시고, 현암 군이 쓰러졌던 건 어제 일이야. 일단 정신이 든 것을 보니, 이제 괜찮은 모양이네. 그렇지?"

현암은 한쪽 팔을 들어 움직여 보았다. 원래 현암의 몸에는 큰 상처가 있는 것이 아니었고 다만 공력을 잘못 운용해 기혈이 들끓는 바람에 기절했던 것이다. 어찌 된 것인지는 모르지만 공력은 제자리로 돌아와 있었다. 이제 현암은 완치된 것이나 다름없었다. 승희도 이런 일을 여러 번 겪은 덕에 현암의 상황을 잘 알고 있었다.

"이제 거뜬하군. 이상한 일이야. 기혈이 그렇게 엉켰는데…… 누가 도와주었니?"

"글쎄, 뭐 어떻게 할 수가 있어야지. 처음에는 많이 걱정했는데 새벽부터 자연스럽게 상태가 좋아지더라고. 그래서 모두 안심했지, 뭐."

이상했다. 자신은 의식을 잃고 있었으니 기혈을 바로잡을 생각을 못 했을 텐데…… 만약 도운 사람이 없다면 필경 위험한 지경까지 갔을 것인데 어떻게 진정됐는지 이해가 가지 않았다. 어쨌든 멀쩡해진 것만은 엄연한 사실이니 이렇게 누워 있을 수만은 없었다. 현암이 몸을 일으키자 승희가 그럴 줄 알았다는 듯한 표정을 지었다.

"일어나려고?"

"음. 다 나았는데 이러고 있을 필요는 없잖아."

"그래, 그럼. 마침 지금 최 교수님 댁에서 회의하고 있는 중이야. 현암 군도 가자고."

승희는 말을 마치고 현암에게 옷을 건네주고는 갈아입을 동안 기다리기 위해 밖으로 나갔다. 나가는 승희의 뒷모습을 보며 현암은 마음 한끝이 찡해 오는 것을 느꼈다. 승희는 분명 자신이 깨어날 때까지 자신의 곁을 떠나지 않았을 것이다. 현암은 승희의 뒷모습을 향해 한마디 했다.

"승희야. 고맙다."

"안 하던 소리 하지 말고 옷이나 얼른 입어!"

장난스럽게 톡 쏘면서 승희는 문을 쾅 닫아 버렸다.

바이올렛의 폭로

사람들이 최 교수의 집에서 모임을 갖기로 한 것은 첫째로 이후에 또 있을지 모르는 누군가의 위협에서 최 교수를 보호하려는 의미였고, 둘째는 최 교수에게 위험이 다가오고 있다는 것을 알려야 하느냐 말아야 하느냐를 논의하기 위함이었다. 현암과 승희는 최 교수의 집으로 들어가려다가 우연히 마주친 박 신부와 백호로부터 일단 집 근처에서 사전 모임을 갖기로 했다는 말을 들었다. 그 근방은 어제 일어난 폭발 사고의 여파로 아직도 혼란스러웠을 뿐 아니라 인부들이며 주민들이 계속 오가고 있었으므로 일단 레그나를 비롯한 신동들이 다시 올 염려는 없을 것 같아서 조금 떨어진 커피숍의 한 방에서 모두가 모이기로 한 것이다. 폭발의 피해가 상당한 것을 보고 현암은 폭발을 몸으로 막아 내고도 죽지 않은 성난큰곰의 힘에 혀를 내둘렀다. 모인 사람은 중상을 입은 성난큰곰과 주기 선생을 제외한 모든 관련자들로 박 신부, 현암, 준후, 연희, 승희, 백호, 월리엄스 신부 그리고 바이올렛까지 여덟 명이었다. 박 신부와 준후는 약간의 찰과상으로 여기저기 반창고를 붙인 상태였지만 그다지 크게 다친 곳은 없었고 월리엄스 신부나 연희는 멀쩡했다. 모두들 현암이 완쾌된 것을 보고 반가워했다. 현암은 조금 머쓱한 기분이 들어서 말했다.

"별로 잘한 것도 없는데……."

"오우, 무슨 말씀을. 미스터 현암은 두 명이나 되는 신동들을 혼자 쓰러뜨리지 않았습네까?"

월리엄스 신부의 솔직한 말에 모두 고개를 끄덕였다. 현암은 조금 쑥스러웠지만 거기에 대해서는 아무 대답도 하지 않았다. 그러자 박 신부가 현암이 궁금해할 것을 알고 미리 다친 사람들의 이야기를 꺼냈다.

"성난큰곰과 주기 선생은 중상이어서 한두 달은 있어야 할 것 같다더군. 주기 선생은 무리하는 바람에 상처가 덧났고, 성난큰곰은 워낙 큰 폭발에 휘말려서 많이 다쳤지만 생명에는 지장이 없다고 하는군. 좌우간 먼저 미스 바이올렛의 이야기를 들어 보세."

바이올렛은 특유의 기관총처럼 쏟아 내는 영어로 이야기를 했기 때문에 준후는 물론이고 현암도 거의 알아듣기가 어려웠다. 그래서 연희가 바이올렛의 이야기를 통역해 사람들에게 들려주고 있었다. 하지만 두서도 없이 빠르게 쏟아 내는 바이올렛의 말을 정리해서 옮기려니 평소와는 달리 애를 먹는 모양이었다.

"바이올렛 씨가 이 일에 말려들게 된 것은 우연한 일이었답니다. 바이올렛 씨는 백마녀 협회의 회장이고 수정구를 통해 어디든지 볼 수 있는 힘을 가지고 있다고 하는군요. 그런 능력을 너무 내보이면 매스컴이다 뭐다 달라붙는 것이 싫어서 능력을 감추고 일부러 틀리기도 하면서 적당히 점쟁이 노릇을 하고 있었다고 합니다. 그런데 어느 날 예고도 없이 도구르라는 남자가 찾아와서는 바이올렛이 수정구 응시를 통해 세계 어느 곳이라도 볼 수 있다는 사실을 다 알고 있다고 하며 네 사람에 대한 것을 투시해 달라고 협박했다는군요."

"그 네 사람은?"

"한국의 최영민 교수와 중국의 황달지 교수, 티베트의 판첸 라마라는 라마승, 인도의 사타 교수입니다."

"황달지 교수?"

그 이름이 나오자 준후와 현암은 흠칫했다. 그 사람은 우리나라의 역사와 관련된 고서들을 많이 소장하고 있다던, 그래서 조만간 최 교수가 방문해 볼 예정이라고 하던 사람이 아닌가. 그러나 준후와 현암이 말할 틈도 없이 바이올렛은 계속 이야기했다.

"네 사람을 모두 투시했고 거처를 소상히 가르쳐 주었답니다.

모두가 각자 자기 나라말들로 연구를 하는 중이어서 바이올렛 자신은 알아보지 못했지만 네 사람의 연구 내용까지 모두 알려 주었다고 해요. 그러니까, 투시한 모양 그대로를 종이에 비슷하게 그려서 말이지요. 거의 일주일에 걸쳐서 녹초가 되도록 투시한 끝에 도구르는 만족한 듯, 거액의 돈을 주고 가 버렸다고 합니다."

"네 사람이 비슷한 연구를 하고 있었나요?"

"알아볼 수 없으니 확신할 수는 없어요. 그러나 네 사람이 연구하는 내용이 거의 동일하다는 느낌을 받았다고 하는군요. 그런데 인도의 시타 교수와 티베트의 라마승에게서는 뭔가를 찾은 듯한 느낌을 더 강하게 받았다고 해요."

"인도와 티베트라……"

티베트라는 말을 듣고 윌리엄스 신부가 뭔가 말하려다가 입을 다물었다. 바이올렛의 이야기가 이어졌다.

투시해 주고 나서 바이올렛은 양심의 가책을 느꼈다고 한다. 처음에만 해도 바이올렛은 그들이 무슨 학문상의 연구 결과를 훔치려 하는 줄 알았던 것이다. 물론 거액의 보수를 받은 데다가, 협박에 가까운 강요를 이기지 못해 한 일이기는 하지만 좋지 않은 일에 자신의 능력을 쓴 것 같아서 바이올렛은 거꾸로 도구르에 대해 투시했다. 그러자 깜짝 놀랄 만한 것이 보였던 것이다.

"바이올렛 씨의 투시는 어떤 장소를 비춰 볼 수 있는 것이지, 마음속을 읽어 낸다거나 하는 것은 아니래요. 그래서 시간이 꽤 걸렸다는군요. 도구르라는 자는 어떤 조직에서 일하는 것 같았는데 그 조직에서는 일곱 아이들을 동원해서 네 사람을 아무도 눈치채지 못하게 없애려고 했다는 거예요."

그 말을 듣고 이번에는 백호가 바이올렛에게 직접 물었다.

"아무도 눈치채지 못하게 없애다니요? 그리고 왜 번거롭게 일곱 명이나 되는 아이들을 시킨 거죠?"

"주술력을 사용하기 위해서죠. 물론 총이나 폭탄을 사용하거나…… 세상에는 사람을 죽일 수 있는 방법은 많지요. 그러나 그 조직에서는 동일한 연구를 수행하던, 그것도 따로 떨어져 있던 네 나라의 학자들이 동시에 죽는다면 그 사람들의 연구 내용이 세상에 널리 알려질 우려가 있다고 판단한 것 같아요. 이럴 경우 편리하게 이용할 수 있는 것이 주술력이지요. 즉 알 수 없는 힘으로 사람들을 해치우는 겁니다. 감추거나 하지 않고요. 그러면 사람들은 놀라면서도 그것에 대해 결코 인정하려 들지 않을 것이고 그렇게 되면 사람들의 죽음을 연관 지어 생각하지 않을 겁니다."

"오히려 더 이상하게 여기지 않을까요?"

"아니지요. 예를 들면 이렇습니다. 한국에서 한 사람이 의문의 죽임을 당했는데 가령 온몸이 알 수 없는 불에 시커멓게 타서 죽은 것이라고 합시다. 그리고 한 사람은 중국에서 한여름에 꽁꽁 얼어서 죽었다고 합시다. 이런 식으로 사건이 일어난다면 과연 어떤 쪽으로 보도와 수사가 집중될까요? 분명 그 사람들의 죽음 자체가 신비한 것이기 때문에 누가 그 사람들을 해친 것으로는 아무도 생각하지 않을 겁니다. 어떻게 이런 일이 일어났는지에만 더 신경을 쓰게 되겠지요. 그러고는 얼마간 알 수 없는 수수께끼나 신비한 일로만 간주되다가 잊혀 버리겠지요. 그들은 그것을 노리는 겁니다."

백호는 고개를 끄덕였다. 박 신부나 현암으로서도 그 말을 수긍할 수 있었다. 살인 사건이 일어났음에도 그것이 살인 사건으로 보이지 않게 하는 가장 좋은 방법일 수도 있었다. 주술력을 이용해 사람을 해친다면 거기에는 일반적인 사건에서의 추리적인 요소조차 끼어들 여지가 없어진다. 그렇다면 그 사건들은 기껏해야 국내에서의 작은 가십거리 정도, 아니 언론은 그것조차 무시하게 될 공산이 크다. 그렇다면 당사자들이 모두 죽은 상황에서 아무도 그들 간의 연관성을 밝혀내지 못할 것이 분명했다.

"그런데 다른 사람들은 어떻게 됐지요? 이미 당했습니까?"

분위기가 상당히 고조되자 말이 통하지 않는 현암과 준후만이 연희의 통역을 듣고 있었고 나머지 사람들은 모두 바이올렛과 직접 이야기하고 있었다.

"Oh, No. 아닙니다. 최 교수가 첫 번째 목표였지요."

"그 이유는요?"

"여러분 때문입니다. 제가 여러분들에 대해 알게 된 것도 바로 그들 덕분이지요. 그들은 블랙 서클을 와해시켜 버린 한국의 주술사들에 대한 이야기를 했어요. 가장 걱정되는 방해자들은 그들이라고 말이지요. 그들은 한국의 최 교수만 여러분들이 모르게 해치울 수 있다면 나머지 사람들은 식은 죽 먹기라고 여겼던 것이지요. 나머지 사람들을 섣불리 해치다 최 교수가 낌새를 채거나 여러분들이 개입하게 되면 일이 복잡해지기 때문에 그들은 최 교수를 첫 번째 목표로 삼고, 만약에 대비하기 위해 일곱 명 중 여섯 명을 한꺼번에 보낸 겁니다. 사실 저도 여러분들의 능력을 보았을 때 눈을 믿을 수가 없었어요. 호호호."

"최 교수와 우리가 관계가 있다는 것은 어떻게 알았지요?"

"그들도 나름대로 조사를 했겠지요. 자세한 것은 저도 몰라요."

박 신부는 준후를 쳐다보았다가 다시 바이올렛에게로 눈을 돌렸다. 바이올렛은 쉴 새 없이 계속 이야기했는데 심각하고 무거운 비밀들을 폭로하면서도 수선스럽게 웃으며 온갖 몸짓을 동원하는 바람에 이야기를 듣는 사람들로서는 보통 곤혹스러운 게 아니었다.

"저는 여러분에 대해 하나도 몰랐어요. 그 조직에서는 그냥 '한국의 그들'이라고 했지, 이름을 말하지는 않았으니까요. 그래서 저는 조사를 했죠. 투시를 통해 한국의 여기저기를 보았어요. 결국 경치 구경만 했지만 말이에요. 오, 정말 멋진 곳이 많더군요. 원더풀. 호호호."

"이야기를 계속하시지요."

"저는 우연히 아는 사람을 통해 한국에서는 공식 기관에서 암암리에 그러한 주술사들을 이용해 어려운 일들을 해결하기도 한다는 말을 들었죠. 그리고 그 책임자가 미스터 백호라는 사실도 알아낼 수 있었어요. 호호호. 그래서 미스터 백호를 며칠이나 걸려 투시해서 한국어로 된 이름 하나를 알아냈지요. 그게 미스터 상준이었어요. 처음에는 그분이 블랙 서클을 쳐부순 분인 줄 알았어요. 그래서 도구르에게서 받은 돈 중 반을 떼어 우표를 한 장 사서 미스터 상준에게 부치며 최 교수를 지켜 달라고 한 겁니다."

백호는 망연한 표정을 지었다. 그것이 사실이라면 저 뚱보 아주머니, 아니 할머니는 어느 정부의 어떤 문건이라도 마음대로 수정구를 통해 볼 수 있을 것이 아닌가 하는 생각이 들어서였다.

"그런데 왜 아무도 모르게 하려고 했지요?"

"오우, 저는 최 교수님이 뭘 연구하는지 몰랐어요. 그저 아주 중요한 거라고만 생각하고 있었죠. 그리고 그 연구는 계속돼야 한다고 믿었죠. 특히 저는 미스터 상준이 그들이 두려워하는, 그러니까 블랙 서클을 물리친 사람이라고 여겼기 때문에 그분이 지켜 준다면 조직도 포기하고 물러가지 않을까 추측했죠. 제가 생각이 짧았나 봐요. 호호호."

"그러고요?"

"그래도 안심이 안 돼서 수정구로 응시해 보았지요. 미스터 상준은 정말 놀라운 힘을 가지고 있어요. 그러나 그 아이들 역시 상상을 초월하더군요. 미스터 상준은 그들 중 한 명을 물리쳤어요. 하지만 저는 그곳에 이미 아이들이 여섯 명이나 가 있다는 걸 알고 있었죠. 문제가 심각했어요. 미스터 상준의 힘으로 볼 때 한 명은 상대해도 둘은 힘겨울 거고, 셋 이상의 아이들이 동시에 덤비면 미스터 상준은 스크램블드에그가 될 거예요. 그리고 제 생각과는 달리 그들은 미스터 상준이 지키는 것을 알면서도 전혀 겁내지 않고 덤벼들었어요. 미스터 상준은 그들이 겁내는 사람이 아니었어요. 제 실수였지요. 오, 맙소사. 그래서 저는 급하게 더 조사를 했지요."

"그래서요?"

"원래 저는 심령 협회와도 연관이 있었기 때문에 그쪽으로 혹시 아는 사람이 없을까 해서 국제 전화를 해 댔지요. 결국 저는 영국 심령 연구 협회의 월터 보울이라는 분을 알아냈어요."

"아!"

모두가 감탄하며 고개를 끄덕였다. 월터 보울은 전에 영국에서 켈트족의 유령 소동을 겪으면서 만났던 사람이니 당연히 퇴마사들에 대한 이야기를 잘 알고 있을 것이었다. 또 심령 연구 협회 일을 했으니 바이올렛과 연락이 된 것도 당연했다.

"처음에 그분은 아무 말도 안 하려 하시더군요. 그러나 마침내 블랙 서클에 대한 이야기까지도 상세히 들을 수 있었지요. 그중에 유일한 생존자가 아직 있다는 말도요. 그게 성난큰곰이었어요."

"그렇게 된 거였군요."

"시간이 없었지요. 저는 너무나 바쁘게 뛰어다녔답니다. 살이 얼마나 빠졌는지 몰라요. 그건 좀 좋기도 하지만."

'이게 살이 빠진 거라면……'

승희는 속으로 중얼대면서 몸서리를 쳤다. 그러나 바이올렛은 자기 얘기에 취해서 계속 떠들기만 했다.

"호호호. 그러다 보니 이쪽 일이 걱정되더군요. 서둘러서 팩스를 보내고 성난큰곰을 만나서 사정 이야기를 들었지요. 그래서 그 아이들의 정체까지도 다 알게 됐어요. 성난큰곰은 블랙 서클에서 벗어나자마자 그 아이들을 찾으러 다녔다고 해요. 자신들의 행동에 책임을 지기 위해서죠."

"그랬군요. 그렇다면 저 아이들은?"

"모두 과거의 블랙 서클에서 영능력의 소질이 있는 아이들을 데려다가 주술 교육을 해 육성한 아이들이었다고 하는군요. 블랙 서클이 붕괴한 이후 아무도 돌보는 사람이 없었는데 성난큰곰이 찾아가 보니 이미 모두 사라져 없었더래요. 그 아이들이 조직의 킬러가 돼 버렸을 줄은 아무도 몰랐어요."

이번에는 준후가 연희의 통역을 통해 바이올렛에게 물었다.

"그런데 저는 아이들이 성난큰곰을 상당히 무서워하는 듯한 인상을 받았어요. 아이들이 왜 성난큰곰을 두려워하죠?"

"성난큰곰을 왜 무서워하느냐고요? 당연하지요. 그 아이들은 블랙 서클에서 양성했던 아이들이에요. 성난큰곰은 아이들까지 끌어들여 일을 꾸미는 것을 탐탁하지 않게 생각했고 그래서 아이들에게도 냉랭하게 대했지요. 아이들이 나중에야 강한 주술사가 됐을지 몰라도 처음에 잡혀 와서는 공포에 떨었고 또 그런 환경이니만큼 워낙 눈치가 빨랐던 아이들은 자신들을 내키지 않아 하는 성난큰곰을 무서워하게 됐지요. 그리고 그 느낌이 아직도 남아 있어서 성난큰곰을 본능적으로 무서워하는 거예요."

"폭탄은……."

"그 폭탄은 필경 최 교수를 없애기 위해 차고 온 것일 거예요. 끔찍하기도 하지. 가미카제 특공대라니! 그런데 성난큰곰을 보고 무서운 나머지 성난큰곰을 없애기 위해 폭탄을 터뜨린 것이 분명해요. 틀림없어요."

그러나 바이올렛의 이야기에 박 신부는 고개를 저었다.

"그 아이들은 일반적인 아이들의 수준에 빗대어 볼 수는 없을 것 같군요. 그냥 아이들일 뿐이라면 무서워하는 대상을 피하는 것 이상의 행동을 생각할 수는 없을 겁니다. 자신이 무서워하는 대상에 위해를 가하기 위해서는 보다 냉정한 사고가 필요합니다."

"그렇다면요?"

이번에는 현암이 끼어들었다.

"저도 신부님 생각이 맞는 것 같습니다. 더구나 그 아이들이 파견된 이유가 뭐죠? 미스 바이올렛의 말에 의하면 그 아이들은 아무도 모르는 사이에 최 교수를 암살하기 위해 온 것 아닙니까? 그런데 폭탄을 차고 오다니요. 그건 모순입니다. 앞뒤가 맞지 않아요."

"그렇다면 뭐죠?"

"그 폭탄은 최 교수를 해치려고 가지고 온 것이 아닐 것 같습니다. 제 생각에는……."

모두의 눈이 현암을 향해 쏠렸다. 이번에는 연희가 바이올렛에게 현암의 말을 번역해 주어야 했다.

"저는 폭발 상황을 조금 전에야 보았습니다. 그 폭발은 그렇게까지 거대한 규모가 아니었어요. 정말로 최 교수를 없애기 위해 폭탄을 지니고 온 거라면 집 한 채는 날려 버릴 정도의 것을 설치했을 겁니다."

백호가 현암의 말에 끼어들었다.

"그 말에는 현암 씨 의견과 조금 다른 생각입니다. 제가 조사했는데 조금 석연치 않은 면이 있었습니다. 거기서 사용된 폭약은 HMX입니다. 매우 비싸서 군용의 특수 목적으로밖에는 사용되지 않는 폭약이지요. 그러나 그 폭약의 장점은 연소 잔해물이나 흔적을 거의 남기지 않는 데 있습니다. 처음부터 폭탄이 터졌다는 이야기를 듣고 저희 측에서 조사했으니 망정이지, 경찰이 조사했으면 가스 폭발 사고 정도로 알았을 겁니다."

"그 이야기는?"

"그 폭탄이 최 교수를 노렸을 가능성도 있다는 겁니다. 그 폭약은 흔적이 잘 남지 않으니 사고로 위장할 수 있을 테니까요."

"HMX의 폭발력은 어떤가요?"

"상당히 강하죠. 그 양이 적어서 피해가 적었다는 말을 하시는 것 같은데, 그 폭약은 매우 비싸고 입수가 거의 불가능합니다. 그래서 미량밖에 구하지 못했던 것은 아닐까요?"

"아무리 그랬다고 해도 원래의 목적을 달성하지 못할 만큼의 양만 가지고 모험을 걸었을까요? 만일 저라면 다이너마이트라도 서너 개 더 넣어서 보충했을 겁니다. HMX라는 걸 구할 수 있었다면 다이너마이트 정도는 손쉽게 구할 수 있었겠지요. 안 그렇습니까?"

백호가 움찔해서 들어가자 박 신부가 분위기를 가라앉혔다.

"자자, 현암 군. 본론을 이야기하세."

"만약 그 폭탄이 최 교수를 노린 것이 아니라면 두 가지 경우를 생각할 수 있습니다. 한 가지는 그들이 신분이 노출되지 않도록 흔적을 남기지 않고 자살하려는 목적이지요. 그러나 그런 것 같지는 않습니다. 룽페이는 죽지 않고 발견됐다면서요? 그 애의 몸에도 폭탄이 있었나요?"

백호가 고개를 젓자 현암은 고개를 끄덕였다.

"그러면 한 가지 설명밖에 남지 않는군요. 그 애들은 우리를 죽이려 한 겁니다."

현암이 단정 짓듯 하는 말을 연희를 통해서 전해 들은 바이올렛은 조금 불만스러운 듯이 현암을 바라보았다.

"그렇지만 그들은 여러분이 이 일에 개입하는 것을 원치 않는다고 했어요."

"그들이 원치 않는다고 꼭 그렇게 되리라는 보장은 없지요. 최 교수를 노린 것도, 자폭한 것도 아니라면 그 아이들이 폭탄을 지니고 있을 이유는 없어요. 그리고 아이들 중 늑대 소년만이 폭탄을 지니고 있었습니다. 그 아이는 다른 아이들과 달라서 직접 몸으로 부딪치고 할퀴고 하는 것이 주무기였어요."

"그러니까 접근전을 할 때 터뜨리려는 생각에서 그랬을 거란 말인가?"

"네. 아마 그 아이들도 처음부터 그걸 사용할 생각은 하지 않았겠지요. 어쩌면 늑대 소년은 자기 몸에 설치된 것이 폭탄이었다는 것조차도 몰랐는지도 몰라요."

이번에는 준후가 그 말에 동의한다는 듯이 말했다.

"그런 것 같아요. 그 아이는 다리가 뚫리기는 했지만 의식이 있었어요. 만약 그 아이가 그게 폭탄이었다는 걸 알았다면 그렇게 신음하고만 있지는 않았을 거예요."

이번에는 백호가 의견을 내놓았다.

"그러나 폭탄은 분명 그들 중 하나가 폭발시켰을 겁니다. 자기 편의 몸에 폭탄을 매어 둘 정도의 잔인한 자들이라면 자기 쪽이 결정적으로 밀리기 시작했을 때 그걸 터뜨렸을 겁니다. 그런데 폭탄은 한 발 늦게 터졌어요. 현암 씨나 승희 씨가 모두 몸을 피할 수 있을 정도의 시간적 여유를 두고 폭발 시간을 맞춰 놓은 거예요. 아이들 중의 하나가 조작한 것이 분명합니다. 자신이 몸을 피한 다음에 폭발시키기 위해 여유를 둔 것이겠지요."

"그렇다면 레그나가…… 그 여자아이가 그렇게 지독한……."

박 신부는 그때야 침중한 목소리로 말했다.

"그 아이는 보통 아이가 아니었네."

"물론 보통 아이는 아니지요. 주술적 능력을 지니고 또……."

박 신부는 승희의 얼버무림을 딱 자르듯 말했다.

"그 정도가 아니야. 뭔가가 있어. 분명히 그 아이는 우리와 싸울 때 자신의 진면목을 드러내지 않았어."

준후가 그 말을 듣고는 눈을 크게 떴다.

"아니. 신부님과 겨룰 때 온 힘을 다 쓰는 것 같던데…… 그게 진면목이 아니라고요?"

"그 아이의 이름을 뒤집으면 블랙 엔젤이 되지. 그냥 지은 이름 같지는 않아. 그 아이들 중에 레드 나말라스라는 아이가 있었는데 그 이름은 뒤집으면 샐러맨더, 즉 불도마뱀이 되네. 그러니 레그나의 이름도 그냥 지어진 것으로 생각되지 않아. 난 뭔가를 느꼈네. 그 아이가 가진 것은 보통의 주술력이 아니야. 뭐랄까, 아주 어둡고 은밀하고 사악한 종류의 기운…… 그런 힘을 느꼈다네. 분명 나도 밀리고 있지는 않았지만 그때 성난큰곰이 나타나지 않았으면 무슨 일이 벌어졌을지는 알 수 없네."

박 신부의 말을 듣고 모두가 말을 잊은 듯 조용해졌다. 잠시 후 박 신부가 바이올렛에게 질문을 했다.

"이제 대략은 알겠군요. 미스 바이올렛. 그런데 아직 세 가지 사실이 분명하지 않습니다. 첫째, 그 의문의 조직이 어떤 것인지. 둘째, 그 조직은 어떻게 블랙 서클의 후예인 그 아이들을 데리고 있게 됐는지. 셋째, 그 조직은 어째서 최 교수의 연구 내용을 방해하려고 하는 것인지 말입니다."

모두 고개를 끄덕이자 바이올렛은 특유의 웃음과 말투도 거둔 채 심각한 표정으로 대답했다.

"그 조직이 뭔지는 저도 몰라요. 그리고 어째서 그 아이들을 데리고 있는지도 잘 모릅니다. 그리고 세 번째 역시도 저로서는 전혀 짐작이 가지 않아요. 그래서 여러분을 만나 의논하고자 한 것이지요."

이번에는 백호가 물었다.

"중국의 황달지 교수와 티베트의 판첸 라마, 인도의 시타 교수. 최 교수를 뺀 나머지 세 사람의 이름이 맞나요?"

바이올렛은 고개를 끄덕였다. 백호가 그들의 거처를 알려 달라고 하자 바이올렛은 지난번 도구르의 청탁을 받고 투시했을 때 미리 적어 두었던 듯, 수첩을 꺼내어 백호에게 그들의 거처를 적어 주었다. 그러고 나자 현암이 말했다.

"그 사람 중 한 사람의 이름은 들은 적이 있습니다. 황달지 교수에 대한 것이지요. 그 사람은 최 교수님과 공동 연구를 하고 있다고 합니다. 중요한 고서들을 많이 가지고 있다던데, 최 교수님도 중국으로 가 볼 생각이라고 하더군요."

그때까지 침묵을 지키고 있던 윌리엄스 신부가 말을 꺼냈다.

"곽 신부님, 판첸 라마의 이름은 저도 알고 있습네다."

박 신부는 윌리엄스 신부가 판첸 라마를 알고 있다고 하자 눈을 크게 떴다.

"오호? 그래요? 어떻게……."

"비밀이지만 이 자리에서는 말해도 무방하겠지요. 아멘. 우리가 찾으려는 에메랄드 태블릿의 소장자가 바로 티베트의 판첸 라마입네다."

윌리엄스 신부의 말에 백호와 바이올렛을 제외한 모두가 깜짝 놀랐다. 박 신부가 교단의 은밀한 부탁을 받고 에메랄드 태블릿을 조사하러 가기로 했다는 이야기는 대강 전해 들어서 모두 알고 있었지만, 그 에메랄드 태블릿의 이야기가 여기서 언급될 줄은 몰랐던 것이다. 더군다나 도구르라는 자가 판첸 라마를 노리고 있으며 특히 무언가를 찾으려 한다는 말까지도 바이올렛에게서 들은 뒤라, 모두 이번 일이 어떻게든 에메랄드 태블릿과 연관이 있으리라는 확신을 가지게 됐다.

"도대체 어떻게 된 건지. 최 교수님의 연구는 상고 시대의 역사에 대한 것인데…… 그것도 홍수에 대한……. 그런데 그게 어떻게 에메랄드 태블릿과 연관이 된다는 거죠?"

준후가 잘 모르겠다는 듯이 중얼거렸다. 사실 다른 사람들도 거기에 대해서는 알 수가 없었다. 현암이 말을 꺼냈다.

"또 다른 한 사람은 인도의 시타 교수라고 했지요? 그리고 그 이름 모를 조직에서는 네 사람의 죽음을 원한다고 했지요, 미스 바이올렛?"

"틀림없어요."

"그렇다면 그 네 사람은 어떻게든 서로 연관돼 있을 겁니다. 에메랄드 태블릿과 최 교수님의 연구 역시 전혀 관련이 없는 듯하지만 실제로는 깊은 연관을 가지고 있을지도 몰라요. 우선 시타 교수에 대해 최 교수님께 물어보는 것이 좋겠습니다. 최 교수님이 황달지 교수님처럼 시타 교수와도 공동 연구를 하고 있다거나 뭔가 관련 있는 연구를 한다면 몰라도, 그게 아니라면 시타 교수도 분명 에메랄드 태블릿과 관련이 있을 테니까요."

"좋아. 더구나 나머지 세 사람이 아직 살아 있다고 하니, 그 사람들에게도 조만간 위험이 닥칠 거야. 이곳에서 폭발 사고까지 일으켜 놓고도 일이 확산되지 않으리라고 믿을 정도로 그 조직이란 것이 멍청하지는 않을 테니까."

"그런데 그 세 사람을 어떻게 불러 모으지요? 그냥 말로 한다면 그 사람들이 믿어 줄 것 같지 않은데요?"

"이미 늦었을지도 몰라요."

그때 불쑥 말한 것은 승희였다.

"지난번 레그나를 투시할 때, 저는 앙그라라는 그 아이들의 대장이 황달지 교수를 해치려고 중국으로 갔다는 이야기를 들었어요."

박 신부가 크게 놀라면서 승희에게 말했다.

"저런! 그런데 왜 이제 이야기하니?"

"저도 좀 경황이 없어서 잊어버리고 있었어요. 지금 생각난 거예요."

"그렇다면 큰일이군. 황달지 교수에게 전화라도 하는 것이 어떨지?"

현암은 반대했다.

"사실대로 이야기하면 믿지 않을 겁니다. 그리고 조심시켜 봐야 그 아이들 정도의 주술사들에게는 아무런 소용이 없을 거예요. 오히려 경계하고 있다는 것을 알면 일을 서둘러 해결할지도 몰라요. 우리가 가서 지켜 주는 것이 가장 확실한 방법일 것 같습니다."

"간다고? 그럼 세 곳을 다 간다는 말인가? 그럴 만한 시간이 있을까?"

"그 수밖에 없지 않습니까? 이번 최 교수의 건에서도 그 아이들은 결코 서두르지 않았어요. 황달지 교수 건에서도 그렇게 서둘러서 일을 해치우려 하지는 않을 것 같습니다. 물론 짐작이기는 하지만 말이에요."

현암의 말을 듣고 박 신부가 최후로 결단을 내리는 것 같았다.

"흠, 일리가 있네. 좌우간 서둘러야겠군. 백호 씨."

"네?"

"좀 도와주셔야겠소. 중국으로 급히 갈 수 있도록 여권이나 수속을 부탁합니다."

"하하하. 좋습니다. 사실 이번 역사 연구 건도 이미 제 윗분께 보고를 드렸습니다. 그분도 동감하시면서, 가능한 한 지원해 주라고 하셨으니 염려 마십시오. 특히 그 알 수 없는 조직이라는 곳에서 그렇게까지 관심을 가진다면, 우리의 고대사에 대한 다른 면모가 드러날지도 모르겠군요. 대찬성입니다."

"모두 다 중국으로 가는 건가요?"

승희의 말에 박 신부는 잠시 생각하는 듯하더니 해결안을 내놓았다.

"어차피 세 곳에 있는 사람들을 전부 만나 보고 보호해야 하네. 그러니 천상 우리도 세 팀으로 나누어질 수밖에 없을 것 같군. 나는 일단 내정돼 있던 것이기도 하니 윌리엄스 신부님과 함께 티베트로 가겠네. 티베트를 가려면 어차피 중국을 경유해야 하니 말이지. 중국에는 현암 군과 연희 양이 같이 가는 게 어떤가? 앙그라라는 신동들의 두목 격인 아이가 갔다고 하니 현암 군이 가 주어야 할 것 같네. 현암 군 혼자서는 말이 잘 통하지 않을 테니 연희양이 가야 할 것 같고…… 또 최 교수님도 중국에 가려던 참이었다면 같이 가게 하는 것이 좋겠네. 비록 아이들은 다 물러갔지만 아직 혼자 있는 건 위험하니까 말이지."

"그러지요."

현암과 연희가 고개를 끄덕이자 준후가 말했다.

"그럼, 저는 승희 누나와 인도에 가면 되나요?"

"그런 셈이지. 인도는 영어를 많이 사용하니 승희만 있어도 될 게다. 특히 시타 교수는 우리가 아는 것이 거의 없는 사람이니 승희의 투시력이 필요할 것 같아. 미스 바이올렛도 동행해 주셨으면 감사하겠습니다만, 시타 교수를 찾는 것은 다른 사람과 달리 어려울 것 같으니까요."

"오, 좋지요. 언젠간 꼭 한 번 인도에 가 보고 싶었어요."

"좋아요. 인도는 저나 승희 누나와도 관련이 많은 곳이니까요. 불문 성지도 있고 또……."

준후는 무언가 이야기하려는 듯하다가 입을 다물었다. 뿔뿔이 흩어지는 것이 그다지 탐탁하지는 않았지만 지금 팀을 나눈 것 이상으로 합리적인 방법은 없는 것 같았다. 모두 일어나기에 앞서서 박 신부는 다시 한 가지 제안을 했다.

"최 교수는 내가 만나 보도록 하지. 백호 씨는 황달지 교수와 판첸 라마, 특히 시타 교수에 대해 조사를 부탁드립니다. 그리고 한

가지 잊고 있었는데, 룽페이에게서도 뭘 좀 알아낼 수 있지 않을까 싶군요. 경과가 안 좋은 것 같지만…… 아멘."

그 일에는 승희가 나섰다.

"세크메트의 눈을 사용해 보죠. 제가 해 볼게요."

박 신부는 고개를 끄덕였고 마지막으로 말을 덧붙였다.

"다른 사람들은 나와 같이 가고 싶으면 가고, 승희와 함께 가고 싶으면 그리로 가세. 그리고 시간이 없으니 볼일이 끝나는 대로 저녁때 우리 집에서 모이기로 하세. 또 먼 길을 가야 할 것 같으니까. 이후의 계획은 그때 이야기하기로 하고. 알았지?"

모두 동의했으므로 박 신부는 윌리엄스 신부와 준후를 데리고 최 교수의 집으로 향했다. 백호도 자기 갈 곳으로 갔고 현암과 연희는 승희와 같이 가기로 했다. 모두 일어서는데 바이올렛이 승희에게 속삭이듯 말했다.

"오우. 신부님이 점잖으시던데 또 저렇게 박력 있고 과단성도 있으시네요. 멋져요."

'크, 그 나이에 밝히기는…….'

승희는 속으로 웃음을 참으며 바이올렛에게 한마디 해 주었다.

"미스 바이올렛이 너무너무 멋지다고 말한 사람도 있답니다."

"오우, 그럴 리가요. 설마, 과장된 이야기겠지요? 호호호."

주기 선생을 생각하며 놀리느라고 한 이야기였는데 바이올렛이 좋아서 어쩔 줄 몰라 하는 것 같아 승희는 쓴웃음을 지었다. 자꾸 이런 표정을 짓다 보면 느는 건 주름밖에 없다는 걱정을 하면서…….

최 교수를 설득하는 일은 생각보다는 어렵지 않았다. 지난번 일본에서 자신의 딸이 겪은 이상야릇한 사건 때문이었는지 최 교수는 박 신부가 일러 주는 말을 별다른 반발 없이 받아들였다. 간간이 긴 한숨이 최 교수의 입에서 새어 나왔다. 그리고 자신의 주변에서 자신도 모르게 그런 위험한 사건들이 일어나고 있었다는 사실에 대해 몸서리를 쳤다. 위험이 닥친 이상, 그것도 보통의 위험이 아닌 초자연적인 위험이라면 의당 박 신부의 말을 따르는 것이 옳다는 것을 최 교수는 예상외로 선선히 수긍해 준 것이다.

  보통 사람들 같았으면 박 신부를 미친 사람 취급하고도 남았을 테지만, 최 교수는 자신의 외동딸을 일본에서 구해 준 일로 퇴마사 일행을 전적으로 믿고 있어서 그나마 평정을 유지할 수 있는 듯했다. 그렇지만 최 교수 본인조차도 어째서 누군가가 자신을 노리는지에 대해서는 전혀 짐작하지 못했다. 본인조차도 자신의 연구 내용 중에 그렇게 다른 사람이 꺼릴 만한 것이 있다고는 보지 않았기 때문이다.

  "도대체 고대사 연구를 하는 것이 왜 생명을 걸어야 하는 일인지 저로서도 짐작이 가지 않는군요. 물론 위험이 있다고 해서 하던 연구를 중단할 수는 없습니다. 그건 분명한 사실이지만, 왜 연구를 중단시키려고 하는지 알 수가 없어요."

  "그건 저희도 마찬가지입니다. 최 교수님. 혹시 최 교수님의 연구 중에 고대사와 관련된 것이 아닌, 다른 내용이 들어 있지는 않습니까?"

"허허허. 제가 뭘 안다고 다른 분야의 것을 연구하겠습니까? 고대의 홍수에 대한 각 민족의 공통적인 신화에서 고대사의 연원과 문명의 갈래를 되짚어 추적해 보는 것이 제 연구 내용의 전부입니다. 그 이상도 이하도 없습니다."

"그 연구는 중국의 황달지 교수와 공통으로 하는 것이지요?"

"예. 그렇습니다."

"그러면 티베트의 판첸 라마라는 분도 아십니까?"

"전혀 모르는 이름입니다. 티베트 쪽은 조사한 바가 없습니다."

"그렇다면 인도의 시타 교수라는 분은요?"

"음, 시타…… 시타 교수라. 혹시 역사학이 아니라 자연 과학 쪽을 전공하신 분이지 않습니까?"

"이름은 들어 보셨나요?"

"이런 말을 하는 것이 실례가 된다면 양해하십시오. 제가 생각하는 사람이 신부님께서 말씀하신 그 사람이 맞다면 그분은 원래 화학자로 알려져 있던 분입니다. 그런데 신비주의적 경향을 너무 띠어서 학계의 웃음거리가 되고 난 뒤 일에서 물러나다시피 한 사람으로 알고 있습니다. 물론 같은 사람이 아닐지도 모릅니다만……."

"화학자요?"

박 신부가 최 교수의 말을 듣고는 뭔가가 떠오른 듯 인상을 찌푸렸다. 신비주의적 경향을 지닌 화학자라……. 그 말을 들었을 때 박 신부에게 즉각 떠오른 단어가 하나 있었기 때문이다. 연금술(鍊金術)이었다. 에메랄드 태블릿과 현자의 돌은 연금술에서 빠지지 않는 테마 중의 하나였다.

'만약 시타 교수가 연금술에 관심이 있다고 한다면 에메랄드 태블릿에 흥미를 느끼는 것도 무리는 아니다.'

박 신부는 그런 생각을 해 보았다. 아무튼 최 교수는 자신에게 위험이 닥친다면 더더욱 연구를 그만둘 수 없으며, 어떤 일이 있어도 연구를 완성해 보이겠다고 힘 있게 말했다. 최 교수도 퍽 용기 있는 사람이었다.

"어차피 한번 가 보려고 생각했는데 마침 잘됐군요. 관(官)에 계신 분이 도와주신다니 더더욱 좋고요. 가서 황달지 교수를 만나야겠습니다. 그런데……."

최 교수의 눈이 잠들어 있는 아라의 방을 향하자 박 신부는 미소를 지으며 고개를 끄덕였다.

"아라도 같이 가도록 하지요. 며칠 학교를 못 나갈 수도 있겠지만 여기에 혼자 남겨 두는 것은 그다지 좋을 것 같지 않군요."

"흠, 이번 일이 오래 걸리지는 않겠지요?"

"그랬으면 저도 좋겠습니다."

"좋습니다. 딸아이를 혼자 내버려두는 것은 저도 원치 않아요. 선생님에게 잘 말해 보죠."

최 교수는 애써 평안한 표정을 지으려고 했지만 그의 얼굴에는 팽팽한 긴장이 감돌고 있었다. 박 신부는 남몰래 한숨을 내쉬었다.

임종

박 신부와 준후가 최 교수와 이야기를 나누고 있을 무렵, 승희와 현암 그리고 바이올렛은 심각한 얼굴로 침대에 누워 있는 한 명의 아이를 바라보고 있었다. 싸움에서 심한 상처를 입은 데다 폭발에 휩쓸려서 전신에 화상을 입은 중국 아이 룽페이였다.

룽페이는 금방이라도 숨이 끊어질 것 같은 상태였다. 그의 몸은 수없이 많은 투약용 튜브들과 심전도 선들로 빽빽이 덮여 있었다. 붕대를 감은 얼굴에는 아직도 피가 번져 나오고 있었고 산소마스크를 쓰고도 호흡이 가쁜지 약한 경련을 일으키며 몸을 들썩거렸다. 마주 보고 싸울 때는 무서워 보였지만 이제 이렇게 심하게 다친 상태로 누워 있는 것을 보니 룽페이도 역시 어린아이에 불과했다. 현암의 얼굴은 어둡게 굳어 있었고 바이올렛은 눈물까지 글썽이며 연신 손수건으로 눈가를 문지르고 있었다. 병원 측의 진단으로는 회생 불가능이라고 했다. 지금은 단순히 지속적인 투약과 심폐 소생으로 조금이라도 생명을 연장해 보려고 시도하고 있을 뿐이었다. 잘 모르는 현암과 승희가 보기에도 치솟았다가 급격하게 떨어지기를 반복하는 룽페이의 심전도 곡선은 퍽이나 다급한 상황임을 나타내고 있었다.

룽페이가 이 꼴이 된 것은 퇴마사들과의 싸움을 통해서라기보다는 폭발 때 입은 부상 때문이었다. 현암이나 준후가 룽페이에게 준 타격 그대로였으면 조금 있다가 깨어날 정도였다. 그러나 폭발에 의해 입은 화상과 상처는 너무나 커서 손을 댈 수 없을 정도였던 것이다. 늑골 일곱 대가 부러졌고 팔 한쪽과 다리 한쪽이 산산조각이 났으며, 뇌진탕 증세에 장 파열과 심한 내출혈까지 있으니 룽페이는 죽지 않은 것이 이상할 정도였다. 아무리 그들과 맞서 싸운 적이었다고 하더라도 어린 생명이 꺼져 가는 모습을 앞에 두고는 모두가 숙연해질 수밖에 없었다. 승희도 룽페이가 가엾은 듯, 흘러내릴 것 같은 눈물을 억지로 참고 있었다. 승희는 떨리는 소리로 현암에게 말했다.

"이렇게까지 심할 줄은 몰랐어. 꼭 이 아이에게 뭔가를 알아내야 하는 걸까?"

현암도 승희와 비슷한 기분이었지만 애써 담담한 어투로 자신의 솔직한 심정을 말해 주었다.

"알아내려는 것만이 아니야. 다만…… 이 아이의 마지막 말 정도는 들어 주어야 하지 않겠니?"

승희는 아이의 마지막 말은 들어 주어야 한다는 현암의 말을 되뇌며 세크메트의 눈 한쪽을 꺼내어 룽페이의 손에 쥐여 주었다. 그러나 아무런 힘이 없는 아이의 손은 그나마도 쥐고 있지 못했다. 승희는 슬픈 심정으로 룽페이의 손에 다시 세크메트의 눈을 쥐여 주면서 손을 꼭 잡았다. 그러면서 승희는 현암에게 다른 세크메트의 눈 하나를 내밀었다.

"현암 군이 좀 해 줘. 너무 가엾어서 난 못 하겠……."

현암은 어두운 얼굴로 승희가 내민 세크메트의 눈을 받아서 들었다. 참자. 참아야 한다. 현암은 스스로 그렇게 마음속으로 다짐했다. 세크메트의 눈을 손에 꼭 쥐자 승희는 다른 한 손을 현암의 어깨에 얹음으로써 룽페이와 현암의 생각 모두를 읽을 수 있었다. 승희가 룽페이의 손을 잡는 순간, 현암은 헝클어진 마음을 애써 진정시켰다.

룽페이, 들리니? 내 말이 느껴지니?

아, 아파요. 누구세요? 아, 아저씨는……. 으음…… 아파요. 너무너무 무서워요.

마음을 편히 가져라. 이제 더 이상 아무도 너를 해치지 않는다.

너무 아파요. 아파…… 내가 왜, 왜 이렇게 됐죠?

룽페이의 목소리는 물론 귀로 들리는 것이 아니라 마음속으로 울리는 일종의 느낌 같은 것이었다. 그런데 지금 룽페이의 느낌은 싸울 때의 자신만만함은 온데간데없이 사라져 버리고 처량하고 슬픈 울림으로 변해 있었다.

너를 해치려고 한 것은 아니다. 폭탄이 터졌어. 늑대 소년의 몸에 장치돼 있던.

그, 그럴 리가…… 피에트리의 몸에 폭탄이?

늑대 소년의 이름이 피에트리였다는 것을 현암은 그제야 알 수 있었다. 그러나 지금에 와서 그런 것은 중요하지 않았다.

그랬다. 우린 몰라서 미처 너나 바알이나 피에트리를 구해 내지 못했어.

그럴 리가. 레그나가, 레그나가 왜…….

그건 레그나가 장치한 것이니?

폭탄인지 몰랐는데…… 좋은 물건이라고 피에트리에게…… 아아! 레그나가 그걸 터뜨린 건가요? 거짓말이죠? 네?

나는 거짓말은 하지 않는다.

룽페이는 혼란스러운 듯 보였다. 현암은 말재주가 없는 자신을 원망했다. 룽페이가 너무도 가엾게 느껴졌기 때문이었다. 박 신부가 와 주었으면 좀 더 룽페이의 말을 잘 들어 주었을 텐데 하는 생각이 들었다.

아저씨, 진심이군요. 고마워요. 나를 불쌍하게 여겨 주어서…….

현암이 무의식중에 한 생각이 세크메트의 눈을 통해 룽페이에게 전달된 것이다. 원래 세크메트의 눈은 쥐고 있으면 상대방의 마음을 그대로 전달하기 때문에 현암의 진실한 마음을 룽페이도 느낄 수 있었던 것이다.

아, 아저씨는 나쁜 사람 같지 않아요. 이상해요. 모든 게 너무도……. 앙그라와 레그나는 아저씨와 아저씨의 친구들이 악인이라고 했는데, 그래서 모두 없애야 한다고, 세상을 구하기 위해서는 그래야 한다고 했는데.

현암은 자신이 들은 말이 믿어지지 않았다. 그들이 오히려 세상을 구한다는 명목을 가지고 아이들을 꼬여 낸 것일 줄은 미처 상상도 못 했기 때문이었다.

뭐라고? 세상을 구한다고?

세상을…… 잊힌 힘을 해방해서는 안 된다고……. 그러기 위해 모두, 모두를…… 아, 아파요.

격심한 고통이 현암에게 전해졌다. 아이로서는 차마 감당하기 힘든 크나큰 고통이었다. 승희도 느꼈는지 소리를 질러서 간호사를 불렀다.

"여기! 환자가 고통스러워해요! 어떻게든 해 줘요."

"진통제 투약이 허용 횟수를 넘었습니다. 더 이상은 곤란해요."

"어차피 살길이 없는 아이에요! 고통이라도 덜어 줄 수 없나요?"

"의사 선생님께 여쭤보죠."

승희는 부아가 치밀었다. 이 판국에 규정 따위를 따지는 것이 영 마음에 들지 않아서였다. 그런데 옆에 있던 바이올렛이 간호사가 간 틈에 백을 열더니 작은 주사기 하나를 꺼내어 룽페이에게 재빨리 놓아 주었다. 무엇인지는 몰라도 그 주사를 맞자 룽페이의 고통은 조금 가라앉은 듯했다.

힘을 내! 힘을.

아, 안 되겠어요. 너무, 너무 힘들…….

그래도 포기하면 안 된다!

너무 힘들어요. 힘이…… 아, 나는 죽는 건가요?

아니야. 그렇지 않을 거야!

거짓말……. 난 죽을 거예요. 모르겠어요. 난 어린데…… 아직은 더 많은 날이 남아 있다고 생각했는데…….

현암은 뭐라고 할 말이 없었다. 한 사람의 임종을 앞에 두고 느낄 수 있는 감정은 그다지 많지 않았다. 어차피 모두가 벗어날 수 없는 것이 죽음이지만 피어 보지도 못하고 꺼져 버리려는 아이에게 그런 말을 할 수는 없었다.

참 힘들었어요. 우리가 세상을 구원해야 한다고 했죠. 그래서 무척이나 힘들게 수련했어요. 세상을 구하려면 힘이 있어야 한다고 해서…….

누가 그랬지?

앙그라, 앙그라가…… 아, 앙그라가 틀렸던 걸까요? 으윽. 아, 아파…….

방금 주사를 맞았는데도 룽페이는 고통에 몸부림치기 시작했다. 현암은 더 돌아볼 것도 없이 무의식적으로 룽페이의 부러지지 않은 어깨에 손을 대고 아낌없이 공력을 밀어 넣었다. 다행히 도가 쪽의 수련을 한 룽페이여서 그런지 현암의 공력은 별 부작용 없이 룽페이의 몸 안으로 들어가는 것 같았다.

아, 고마…… 고마워요. 그러나 아직도 아파…… 아파요.

현암은 혼신의 힘을 다해 공력을 룽페이에게 밀어 넣었다. 점차 단전 부분이 비어 가는 듯했지만 현암은 개의치 않았다. 한참이 지나자 룽페이는 간신히 생각을 전달해 왔다.

난, 난…… 아저씨들이야말로 세상을 망하게 하려는 악당들이라고 들었어요. 그런데, 그런데…….

그런 생각은 그만해라. 그리고 우선 힘을 내!

아니, 아니에요. 미안하다고 말하고 싶어요. 내가 틀렸어요. 그리고 우리가 틀렸어요. 아저씨들은 좋은 사람들이에요. 지금 어떻게 해서 이야기를 하고, 아저씨 마음을 느끼는지는 모르지만…… 분명히 우리가 틀린 거예요. 말해 줘요. 아저씨들이 세상을 망하게 할 사람들인가요? 아니지요? 네?

아니다. 그리고 약속하마. 절대 그러지 않게 하겠다고.

그래요, 그래. 앙그라가 미워요. 아, 어쩌면 맞아요. 그 애야말로 정말 무서

홍수 355

운 아이예요. 무서워요. 무서워……. 나도 잘못했어요. 잘못…….

잘못했더라도 그걸 알았으면 됐다. 이젠 괜찮아.

난, 나는 죽지 않을 줄 알았어요. 나만은……. 바보 같지요? 세상을 위해서 악한 자들은 모조리 죽여 없애야 한다고 배웠고, 나도 그렇게 생각했어요. 나도 죽는데…… 이렇게 죽을 건데…….

넌 죽지 않아!

엄마 생각이 나요. 못 본 지 오래됐는데…… 세상을 구하기 위해 참아야 한다고 앙그라는 그랬죠. 하지만 보고 싶어요. 보고 싶어…….

현암은 간신히 눈물을 삼켰다.

꼭 보게 될 거다. 볼 수 있을 거야.

그랬으면, 정말 그랬으면…… 우리 엄마는 뚱뚱하고 못생겼어요. 그래도, 그래도 보고 싶은데…….

꼭 볼 수 있을 거야. 의식을 잃으면 안 돼!

앙그라…… 레그나…… 레그나가 좋았는데. 그 애들은 나빴어요. 아저씨 생각을 보고서야 알게 됐어요. 아저씨…….

음? 그래. 말해라.

그 애들이야말로 위험할 거 같아요. 아저씨들이 세상을 망하게 하는 게 아니라 그 애들이 그럴 것 같아요. 난 이제 틀렸어요. 아저씨가 막아 주세요. 네?

그래! 내가 꼭 막으마. 약속할게! 약속!

그리고 가능하면…… 그 애들을 용서…… 용서를…… 나처럼, 나…….

현암은 더 이상 아무런 생각도 떠오르지 않았다. 누가 모든 사람이 원래부터 악한 존재라고 했던가? 어제 목숨을 걸고 싸운 것밖에 없는 관계이지만 현암과 승희는 룽페이의 죽음 앞에 끝없이 눈물을 흘렸다.

앙, 앙그라는 중국에…… 그리고 모든 것은 땅속, 지하의 도시……. 그리로…… 그리로 가서…… 아! 엄마.

룽페이는 어느덧 최후의 순간을 맞이하고 있었다. 마지막으로 룽페이의 목소리가 잦아드는 순간, 바이올렛이 앞으로 나서면서 룽페이의 붕대 감은 얼굴을 가만히 쓰다듬어 주었다. 그러자 룽페이의 눈이 평온해지면서 손끝이 미세하게 떨렸다. 승희가 손을 놓자 바이올렛이 그 손을 잡아 주었다. 룽페이가 고요한 미소를 짓자 룽페이의 심전도 곡선이 갑자기 일직선을 그었다.

현암은 깊게 한숨을 내쉬었다. 눈물이 흐르고 있었지만 닦을 생각도 들지 않았다. 뭐라 할 말도 없었다. 룽페이는 마지막 순간에 어머니를 찾았고 바이올렛이 손을 잡아 주자 평안한 미소를 지었다. 바이올렛의 모습을 어머니로 착각한 것일까? 그건 아무래도 좋았다.

'편안하게 잠들어라. 편안하게…… 너와 한 약속은 내가 반드시 지켜 주마.'

현암은 조각상처럼 망연하게 천장을 바라보며 계속 중얼거렸다.

아직 깨어나지 못하는 성난큰곰과 주기 선생을 문병하고 급한 대로 장 박사에게 룽페이의 장례를 부탁했다. 저녁때가 되자 약속대로 퇴마사 일행과 윌리엄스 신부, 바이올렛은 모두 모여 출발 준비를 하고 있었다. 조금 지나 약속한 시간에 백호가 나타났다.

백호는 어떤 사람과 동행해서 왔는데 그 사람은 모두의 여권을 받아 거기에 스탬프를 찍고 사인과 함께 일련번호들을 기재해 주고는 사라졌다. 백호가 박 신부와 현암, 승희에게 비행기표를 건네주면서 말했다.

"이제 각각 출발하셔도 됩니다. 티베트는 중국을 경유해서 가셔야 할 것 같고, 인도는 바로 갈 수 있습니다. 출국은 문제없을 것이고, 도착 후 수속도 저희 쪽에서 전화로 조치를 취해 놓겠습니다. 비행기는 각각 세 시간 후에 출발합니다."

역시 이런 일에는 백호가 최고였다. 다들 여권을 받아 들고 고개를 끄덕이고 있는데 백호가 덧붙였다.

"더불어서 제가 그 아이들에 대한 조사도 했습니다. 최소한 항공편으로는 떠나지 않은 것 같더군요. 변장했다거나 나누어서 출발했다면 혹 몰랐을 수도 있지만."

바이올렛이 무슨 소리인가 연희에게 물어보고 나서 방정맞게 웃으면서 말했다.

"제가 이미 응시해 봤어요. 그 아이들은 자기들끼리만 몰려다녀요. 지금 바다 위에 있답니다."

"그렇다면?"

"배를 타고 있어요. 그런데 어디쯤 있는지는 몰라요. 바다라는 게 다 비슷비슷해 보이잖아요? 호호호."

바이올렛은 진작 이미 아이들에 대해 응시를 해 본 모양이었다. 그것을 보고 박 신부가 말했다.

"그러면 여기서도 투시를……."

"투시가 아니라 정확히 말하자면, 수정구 응시랍니다."

"아, 예. 수정구 응시를 하실 수 있습니까?"

"오우, 되지요. 물론 된답니다."

말을 하면서 바이올렛은 그녀의 엄청나게 큰 핸드백—핸드백인지 여행 가방인지 구분도 잘되지 않을 정도였다—을 열고 맑고 투명해 보이는 수정구를 꺼내 보였다.

"그러면 그 수정구에 비추어지는 모습을 다른 사람들도 볼 수 있을까요?"

"오우, 불행히도 그렇게는 되지 않아요. 저만 볼 수 있답니다."

"좋습니다. 그러면 마지막으로 황달지 교수와 판첸 라마 그리고 시타 교수, 이 세 사람이 아직 무사한지 봐 주실 수 있겠습니까?"

"어제까지는 별일 없었는데…… 좋아요. 해 보죠. 원래는 불을 끄고 촛불을 켠 상태에서 해야 하지만. 호호호. 그건 손님이 있을 때만 그러는 거예요. 호호호. 이해하시지요? 원래 그냥 아무 데서나 가능하답니다. 시간이 없으니 지금 당장 해 보이지요."

바이올렛은 오 분가량 알 수 없는 주문을 외우면서 수정구를 계속 쓰다듬었다. 평소 싸구려 웃음이 만발하던 바이올렛의 얼굴도 이때만은 엄숙하기 이를 데 없었다. 한참이 지나자 바이올렛은 미소를 띠며 말했다.

"판첸 라마님은 기도하시는 중이에요. 아직 별일 없군요."

"그리고요?"

"아, 이제 해 봐야지요."

바이올렛은 수정구를 매만지더니 이번에는 땀을 한 번 훔치면서 말했다.

"호호호. 시타 교수는 누구와 논쟁 중이군요. 대단한 것은 아니고 연구 내용에 대한 것 같아요."

"좋습니다. 그러면 황달지 교수는요?"

바이올렛은 다시 수정구를 응시했다. 그런데 이번에는 바이올렛의 얼굴이 조금 심각해지면서 고개를 갸웃하는 것이 보였다.

"음…… 별일 없는 것 같기는 해요. 황달지 교수는 지금 침대에 누워 있어요."

"중국도 지금은 해 질 무렵일 테니까 그런 것 아닐까요?"

"제가 사흘 사이에 황달지 교수를 투시한 건 세 번이에요. 그런데 세 번 다 자리에 누워만 있네요. 숨은 쉬고 있는 걸 보니 무사하기는 한 것 같은데."

세 번을 투시했는데 세 번 다 자리에 누워 있다는 것은 미심쩍은 면이 있었다.

"음? 어디가 아픈 것은 아닐까요?"

"모르죠. 다시 말씀드리지만 저는 수정구를 통해 다른 공간을 볼 수 있는 것뿐이에요. 제반 사정까지 다 알 수는 없어요."

그 말을 듣고 이번에는 승희가 눈을 감고 한참 뭔가를 생각하는 듯했다. 이번에는 승희가 투시해 보는 것이었다. 한참이 지난 뒤, 승희는 한숨을 쉬면서 말했다.

"황달지 교수는 자고 있어요. 악몽을 꾸고 있는 것 같군요. 특별한 것은 느껴지지 않는데요?"

"무사한 것만은 확실하니 다행이군. 계획대로 어서 출발하기로 하지. 각자 연락은 백호 씨를 통해 하기로 하고."

박 신부가 최후로 말을 맺자 승희는 연희에게 세크메트의 눈 한쪽을 내밀었다.

"가지고 가……. 언니."

연희는 고개를 끄덕이며 세크메트의 눈을 받아서 들었고 현암과 연희는 최 교수와 아라를 데리러 가기 위해 먼저 자리를 떴다. 승희와 준후, 바이올렛도 떠났고 박 신부와 윌리엄스 신부도 백호와 함께 집을 나섰다. 그러나 박 신부에게 이별을 고하고 돌아서는 백호의 얼굴이 어두워지는 것을 박 신부는 잠깐, 아주 잠깐 동안 볼 수 있었다.

황달지 교수의 노트

중국에 도착한 박 신부와 현암 일행이 해야 할 일은 황달지 교수를 찾는 것과 백호에게 연락을 취하는 일이었다. 호텔에 여장을 풀자마자 현암과 연희, 그리고 최 교수와 아라는 황달지 교수를 방문하러 가기로 했다. 아무래도 중국으로 가는 비행기보다는 인도로 가는 비행기가 늦게 도착할 것이었으므로, 박 신부는 일단 백호에게만 연락을 해서 무사히 도착했음을 알렸다. 백호의 말로는 티베트 편은 그쪽의 담당 관리와 따로 이야기해야 하는 문제이기 때문에 한시라도 빨리 출발하기 위해서는 그쪽의 담당자를 직접 만나야 할 것이라고 했다. 박 신부와 윌리엄스 신부는 티베트로 가기 위한 수속을 서둘러 밟아야 했으므로 황달지 교수를 만나러 갈 수는 없었다.

"흠, 이걸 어쩐다? 황달지 교수를 꼭 만나고 싶었는데…… 그러면 현암 군."

"네."

"잘 부탁하네. 나하고 윌리엄스 신부님은 담당자를 먼저 만나야 할 것 같으니 자네는 최 교수님을 잘 모시고 가 주게."

"염려 마십시오."

그러는 중에 최 교수가 황달지 교수에게 전화했는데 아무도 받지 않았다. 최 교수는 고개를 갸웃하면서 두세 번 더 해 보았지만 여전히 아무도 받는 사람이 없었다.

"집에 없는 것이 아닐까요? 전화번호를 받아 적은 지 꽤 오래된 것이어서……."

"그렇다면 학교에 알아볼 수는 없을까요?"

최 교수는 시계를 힐끗 보고는 고개를 갸웃거렸다. 이미 시간은 밤 열 시를 가리키고 있었다.

"지금은 이미 한밤중인데요? 학교엔 아무도 없을 겁니다. 만약 전화번호가 바뀐 것이라면 주소도 바뀌었을 가능성도 많고요. 아예 내일 만나는 것이 어떻겠습니까?"

박 신부는 조금 생각해 보고는 최 교수에게 대답했다.

"글쎄요. 일이 다급하니까 헛걸음질하는 셈이 되더라도 한 번 가 봐 주시는 게 어떨까 싶군요. 밤에 불쑥 찾아가는 것이 결례이기는 하겠지만……."

현암 일행은 밖에 나와서 연희의 능숙한 중국어 솜씨에 힘입어 택시를 잡았다. 황달지 교수가 사는 곳은 베이징 시내에서 조금 벗어난 외곽 지역의 한 아파트였는데, 택시를 타면 한 삼십 분가량 걸리는 거리라고 택시 운전사는 말해 주었다.

황달지 교수가 별일 없다는 이야기를 바이올렛에게서 듣기도 하고 승희의 투시로 확인까지 했지만, 현암은 이상하게 마음이 긴장돼 오는 것을 느꼈다. 과연 앙그라는 마스터의 영혼과 무슨 관계가 있을까? 또 앙그라는 어째서 황달지 교수를 아직까지 해치지 않았을까? 그들이 관심이 있다는 에메랄드 태블릿과 홍수의 대한 이야기는 도대체 어떻게 얽힌 것이며, 무슨 비밀을 품고 있는 것일까? 생각하면 할수록 의문점은 너무도 많았다. 그런 현암의 생각을 아는지 모르는지 최 교수는 택시 안에서도 계속해서 자신의 노트를 정리했고, 아라는 연희에게 푹 기댄 채 꾸벅꾸벅 졸고 있었다.

한참이 지나서 차는 조금 허름해 보이는, 그러나 사람은 무척 많이 사는 곳인 듯 여기저기 쓰레기 더미와 낙서, 그리고 자전거들이 빽빽이 세워져 있는 아파트 단지에 도착했다. 시간이 꽤 늦어서인지 지나다니는 사람들은 별로 보이지 않았다.

"317동 1423호일세."

조금 퀴퀴한 냄새가 나는 승강기를 타고 일행은 위로 올라갔다. 아라는 아무래도 졸린 것을 참기 어려운 듯, 꾸벅꾸벅 졸다시피 하면서 일행을 따라왔다. 십사 층에 엘리베이터가 멎자 최 교수가 앞장서서 1423호를 찾았다. 그러나 초인종을 아무리 눌러도 안에서는 아무런 반응도 없었다. 복도를 면한 창문을 들여다보아도 집 안의 불은 모두 꺼져 있는 듯했다.

"흠! 이거 부재중인 모양이구먼."

그러나 현암의 생각은 조금 달랐다.

"뭔가 이상한데요?"

"뭐가 말인가?"

"아까 우리가 출발하기 전에 미스 바이올렛이 투시했었어요. 황달지 교수님이 자리에 누워 있다고요. 그리고 승희도 황달지 교수님은 몸이 안 좋고 악몽을 꾸고 있다고 했죠. 그런데 몸이 아프시다고 잠자리에 일찌감치 드신 분이 이처럼 늦은 시간에 어딜 나간단 말이죠?"

최 교수가 놀란 표정을 짓는 것을 볼 사이도 없이 현암은 조심스럽게 아파트 문으로 다가섰다. 그리고 최 교수와 연희, 아라를 한쪽으로 물러서게 한 다음 문에 살짝 귀를 갖다 대고 신경을 집중했다. 안에서는 아무런 기척도 느껴지지 않았다. 현암의 청력이면 사람이 집 안에서 돌아다니는 소리도 느낄 수 있을 정도였지만 안에서는 전혀 기척이 느껴지지 않았다. 문이 잠겨 있지 않은 듯

스르르 열렸다. 최 교수가 그것을 보고 놀라는 듯한 표정을 짓고 무어라 말하려 하자 현암은 손가락을 세워 입술에 갖다 대고 조용히 하라는 시늉을 해 보였다. 반사적으로 오른손이 왼손에 차고 있던 월향검으로 갔지만 월향검은 레드의 마검과 일전을 치른 다음이라 힘이 거의 빠져 있는 상태였으므로, 월향검을 빼 드는 것은 그만두고 문을 열고 안으로 조심스럽게 들어섰다.

안으로 들어선 현암은 안에 인기척이 나지 않나 다시 한번 주의 깊게 살피면서 걸음을 옮겼다. 집은 십오 평가량 돼 보이는 좁은 아파트였는데, 현관문은 마루와 연결돼 있었고 마루에는 방문이 세 개나 있었다. 깜깜해서 잘 보이지는 않았지만 이상하게 먼지가 많이 낀 것 같았다.

'분명 뭔가가 있어! 황달지 교수가 아무리 아팠다고 해도 집 안에 이토록 먼지가 쌓일 정도로 바깥출입을 하지 않았단 말인가?'

현암은 집을 잘못 찾았다는 생각은 애초부터 하지 않았다. 바이올렛의 수정구 응시가 틀렸을 것 같지는 않았기 때문이었다. 따지고 보면 그 신동들도 바이올렛의 응시 내용으로 모두의 주소를 알았다고 하지 않은가! 현암은 망설이다가 마침내 결심한 듯, 가운데 쪽의 방문을 조심스럽게 열었다. 그러나 그 문은 화장실 문이었다. 현암이 문을 닫으려는데, 옆방에서 뭔가 미미한 인기척이 들려왔다. 현암은 재빨리 몸을 돌려서 소리가 난 쪽의 방문을 왈칵 열어젖혔다. 그러고 나서 혹시 안에서 기습이 있을까 싶어 일단 벽에 몸을 붙이고 섰다가 안으로 뛰어들었다. 방 안의 광경을 본 현암은 놀란 듯한 신음을 냈다.

뒤에는 현암의 뒤를 따라 들어온 연희와 최 교수가 있었다. 최 교수는 그다지 키가 크지 않아 현암의 등 너머로 안의 광경을 볼 수 없었지만, 연희는 방 안의 광경이 똑똑히 보였다. 방 안은 통조림 깡통들과 기타 잡동사니 쓰레기들로 그득 널브러져 있었으며, 노트와 책들이 산더미처럼 겹겹이 아무렇게나 쌓여 있었다. 그리고 방 한 귀퉁이에 놓인 커다란 침대에서는 누군가 이불을 덮어쓴 사람이 누워 있었다.

"연희 씨, 불을 켜요."

현암이 긴장을 늦추지 않고 말하지 연희는 서둘러 스위치를 더듬어서 불을 켰다. 방 안이 환하게 밝아졌다. 그제야 현암의 뒤를 따라온 최 교수는 침대 위에 누워 있는 사람을 보고 신음을 냈다.

"황, 황달지 교수!"

황달지 교수의 얼굴은 누렇게 떠서 죽은 사람 같아 보였고, 아주 약하게 숨을 쉬고 있기는 했지만 불이 켜졌는데도 아무런 반응을 보이지 않았다. 최 교수가 놀라서 다가서려고 하는데 현암이 제지했다.

"잠깐만요!"

현암은 미심쩍은 생각을 떨쳐 버릴 수 없었다. 황달지 교수가 살아 있는 것은 다행이었지만 황달지 교수는 인사불성인 채였다. 그런데 방금 안에서 들린 인기척은 무엇이란 말인가? 현암은 몸이 긴장으로 뻣뻣해져 오는 것을 느끼면서 천천히 방 안을 둘러보았다. 그러나 방에는 몸을 숨길 곳이 아무 데도 없었고 창문도 달려 있지 않았다. 황달지 교수의 침대는 낮아서 누가 침대 밑으로 기어 들어갈 수도 없어 보였다.

'황달지 교수가 무의식적으로 몸을 뒤척인 걸까?'

현암은 의아해하면서도 긴장을 풀지 않고 조심스럽게 침대로 다가서면서 황달지 교수를 덮고 있던 이불을 들춰 보았다. 놀랍게도 황달지 교수의 온몸은 가느다란 철삿줄 같은 것으로 꽁꽁 동여매어져 있었다.

"어, 이런!"

그때 현암이 놀라는 틈을 타서 갑자기 침대 아랫부분에서 자그마한 형체가 이불을 젖히고 튀어나와 현암의 가슴을 강타했다. 미처 몸을 피하지 못하고 고스란히 공격을 받은 현암은 허공에 떠올랐다가 천장에 머리를 부딪혔다. 현암의 몸이 채 방바닥으로 떨어져 내리기도 전에 자그마한 형체는 양손을 뻗었고, 뭔가가 휙 하고 최 교수와 연희에게 날아들었다. 최 교수가 헉하고 숨을 내쉬면서 허리를 굽히는 것이 연희에게 보였고, 연희는 소리를 지르려고 했으나 그만 눈앞이 아찔해지면서 그 자리에 털썩 넘어져 버리고 말았다.

현암이 정통으로 받은 타격은 주먹이나 무기로 친 것이 아니었고 놀랍게도 한 장의 묘한 부적 같은 그림이 가슴에 붙어 일어난 일이었다. 그림이 가슴에 붙은 순간, 현암은 큰 충격을 받고 나가

떨어졌고 그다음에도 전혀 몸을 움직일 수가 없었다. 그러나 정신은 잃지 않아서 연희와 최 교수가 줄이 달린 둥근 공에 얻어맞고 쓰러지는 것을 똑똑히 볼 수 있었다.

황달지 교수의 침대 안에 숨어 있던 형체는 놀랍게도 대여섯 살밖에 안 돼 보이는 아주 작은 꼬마였다. 아무리 현암이 경계하고 있기는 했지만 황달지 교수의 발치에 그렇게 체구가 작은 아이가 웅크리고 숨어 있을 것이라고는 짐작조차 할 수 없었기에 고스란히 기습을 당해 버린 것이다. 아이는 헐렁해 보이는 검은 옷을 위아래로 입고 있었는데, 나이답지 않게 침착하고 익숙한 동작으로 가느다란 철사를 꺼내어 조금도 서두르지 않고 신음하고 있는 연희와 최 교수의 손발을 재빨리 묶었다. 그러고는 방 한쪽 구석에서 테이프를 주워 와서 연희와 최 교수의 입에 붙였다.

마치 콧노래라도 부르는 듯한 가벼운 동작이어서 현암은 기가 막혔다. 그러나 무슨 주술이 씌워진 것인지 아무리 용을 써도 가슴에 붙은 부적 때문에 조금도 몸을 움직일 수가 없었고 입마저 움직여지지 않았다. 눈조차 깜박할 수가 없어서 쓰리고 아파 왔다.

그 아이는 유유히 연희와 최 교수를 다 묶고는 현암의 앞에 딱 버티고 섰다. 이윽고 조금도 입을 움직이지 않았는데도 어디서 많이 들은 듯한 어조의 유창한 한국말이 울려 퍼졌다.

오래간만입니다. 미스터 현암! 나를 기억하나요?

현암은 누구인지 금방 알 수 있었다. 어떻게 잊을 수 있겠는가? 그가 사용하는 복화술, 그리고 그 목소리와 어조……

'마스터!'

아라는 졸린 나머지 집 안으로 들어가는 것조차 귀찮아서 밖에서 졸음을 쫓으려고 깡충거리며 뛰고 있었다. 밤공기가 서늘해서인지 졸음은 어느덧 가시고 머리가 개운해졌다. 아까 현암이 경계하는 빛을 띠면서 안으로 들어섰기 때문에 최 교수가 아라에게 이곳에 그냥 있으라고 했던 것이다. 아라는 평소 남의 집에 들어가는 것을 그다지 탐탁하지 않아 했고, 또 이번 여행에 불만이 많았기 때문에 밖에서 그냥 어정거리고 있었다.

'학교도 안 가고 외국 여행 간다고 좋아했는데, 이게 뭐야? 놀러도 안 다니고, 잠도 안 자고…… 빨리 좀 나오지. 아라 졸린데. 씨이.'

그러나 안으로 들어간 현암과 연희, 최 교수는 도통 나올 생각을 하지 않았다. 아라가 입을 죽 내밀고 투덜거리는 중에 자신의 아래쪽에서 무언가 희미한 빛이 비치는 게 느껴졌다. 아라는 놀라서 아래를 내려다보았으나 아무것도 없었다. 조금 더 두리번거리다가 아라는 그 빛이 자신의 옷 속에서 나오는 것을 알았다. 그 빛은 전에 준후가 아라에게 주었던 목걸이에서 새어 나오고 있었다. 아라는 이상해서 얼른 목걸이를 꺼내 보았다.

"어? 이게 왜 빛이 나지? 손가락도 안 모았는데?"

전에 주기 선생이 아라의 집에 들어가서 목걸이를 보았을 때, 목걸이에 이상한 능력이 있다는 것을 꿰뚫어 보았다. 그래서 그 목걸이에다 한 가지 술수를 더 심어 놓았던 것이다. 전에 준후에게 말해 주었던 조요경이란 말은 거기에서 비롯된 것이었다. 즉 자신에게 위해가 될 수 있는 요기나 주술력이 근처에 나타나면 그 목걸이가 자동으로 빛을 발하게 되고 동시에 주기 선생이 가지고 있는 조요경에도 그 빛이 동시에 비치게 해 놓았던 것인데, 어린 아라는 그것까지는 몰랐다. 아라는 단순히 목걸이가 제 스스로 빛을 발하자 아빠와 현암, 연희가 집 안에 들어가서 나오지 않는 것까지도 잠시 잊은 채 신기한 듯 그것을 들여다보고 있을 뿐이었다.

하하하. 기억하는군요. 이렇게 모습이 달라졌는데도 용하게 기억하는군요.
"당신은 이미 죽었어!"
현암이 외치자 마스터는 웃었다.
오, 물론 죽기야 죽었지요. 악마의 손에.
현암은 처음 듣는 소리에 눈을 치떴다.
"악마에게 죽었다고?"
그러나 현암은 그 이야기보다 당장 마스터가 어떻게 다시 나타난 것인지 궁금했다.
"네 영혼은 블랙 서클로 흡수되지 않은 건가?"
아. 아니죠. 블랙 서클은 무슨 소용돌이 같은 것이 아니었어요. 일종의 통로죠. 그들의 영혼은 계약이 맺어져서 넘어간 것이지, 블랙 서클이 무조건 영혼을 흡수하는 건 아니죠. 그리고 나는 계약에 종속되지 않았어요.

"악마가 너를 죽였다면서? 네 영혼은 어떻게 그대로……."

뭐랄까. 내 영혼은 버려졌어요. 아스타로트는 나를 별로 필요로 하지도, 증오하지도 않았던 것 같아요. 앞에서 치워 버렸지만 영혼은 방치했어요. 원래라면 저승으로 가야겠지만, 나는 그럴 수 없었어요. 물론 당신들은 그 이유를 짐작할 테죠? 당신들이 있으니까. 당신들이 아직 세상에 있으니까.

마스터는 차분하게 말하다가 미소를 지었다.

이 아이의 몸은 내가 빌려 쓰고 있고, 이 아이의 몸을 빌릴 때 나는 앙그라라는 이름을 사용하죠. 앙그라 마이뉴.

현암은 일이 어떻게 된 것인지 짐작이 갔다.

'마스터. 역시 그랬구나! 마스터야말로 앙그라의 진면목이었구나. 마스터의 가공할 주술력이라면 죽었다고 해도 이 정도는 어렵지 않겠지…….'

아무튼 이렇게 보게 되니 감회가 새롭군요. 하하하. 저 눈 큰 아가씨도 같이 왔으니 이 얼마나 좋은가요? 그때 당신들을 죽이지 않고 내 업적에 대한 관객으로 쓰려고 했지요. 허나 당신들은 보지 말아야 할 것을 보았어요. 감정적으로 대할 생각은 없지만, 수치스럽다고요.

사실 현암이나 연희 등은 아무것도 기억하지 못했지만 마스터는 그렇게 여기지 않는 듯했다. 예전의 차분함과는 달리, 이글이글 불타는 듯한 눈빛으로 현암을 노려보며 웃었다.

그러니 전과 달리, 그냥 죽어 줘야겠어요.

현암도 지지 않고 똑같이 눈을 부릅떴지만 마스터는 슬쩍 눈을 돌리며 깔깔거렸다.

이제 사이좋게 저승으로 가게 됐으니 외로워 말고요. 조금 있으면 꼬마나 덩치 큰 신부와도 만날 수 있을 테니까요. 당신들은 내 계획에서 조금도 벗어나지 못해요. 조금도! 전 세계가 당신들의 적이거든요. 하하하.

현암은 앙그라, 아니 마스터의 말을 듣고 놀랐지만 몸을 움직일 수는 없었다. 마스터는 현암의 모습이 우스운지 다시 한번 깔깔 웃다가 이번에는 무서운 표정을 짓고는 현암의 코앞에 얼굴을 들이대고 소리를 질렀다. 이번에는 말투가 험악했고 감정을 그대로 드러냈다.

네놈들! 네놈들 때문에 수십 년 고되게 얻었던 힘이 없어졌다, 모두…… 네놈들을 모조리 없애야 해. 아스타로트가 나를 죽였지만, 계약이 무효화된 건 아니야. 조건은 그대로다. 모두 죽으면 내 힘이 돌아온다. 이제 절대로 벗어나지 못한다. 그 신부도, 꼬맹이도, 라가라쟈를 봉인한 그 여자도…… 절대 벗어나지 못해! 전 세계가 너희들의 적이 될 거야. 전 세계의 경찰과 각 나라의 정부가 너희를 표적으로 삼을 거다. 그나마 네놈은 험한 꼴 당하지도 않고 여기서 죽을 테니 다행인 줄 알아라. 하하하.

현암은 마스터가 헛소리하고 있다고밖에 보이지 않았다. 전 세계가 자신들의 적이라니 도대체 무슨 소리인가? 현암은 마음속으로 월향을 불렀으나 허사였다. 월향도 마찬가지로 부적 한 장에 역시 꼼짝도 못 하는구나, 하는 공허한 느낌뿐이었다.

마스터는 웃는 얼굴로 돌아가더니 한쪽 구석에 쌓여 있던 빈 통조림 깡통을 뒤지기 시작했다. 우르르 흩어지는 통조림 깡통을 보고 현암의 머리에 뭔가가 스치고 지나갔다. 통조림 깡통의 숫자는 모두 여섯 개였다. 현암의 생각에 마스터는 오래전부터 이곳에서 잠복해 함정을 꾸미고 있었던 것이 분명했다. 바이올렛의 말에 의하면 최소한 사흘 전부터는 이곳에서 황달지 교수를 묶어 놓고 있었던 것이다. 그렇다면 통조림 깡통의 개수는 최소한 아홉 개가 돼야 맞는 것이 아닐까?

그러나 마스터가 잡동사니의 틈바구니에서 석유통 하나를 꺼내자 현암의 사고는 중단됐다. 마스터는 사방에 가솔린을 뿌리기 시작하면서 비아냥거리는 투로 말했다.

정신이 멀쩡한 채로 몸이 타들어 가는 것을 경험하는 것도 기분 나쁘지는 않을 거야. 미스터 현암, 나중에 기분이 어땠는가를 내게 꼭 가르쳐 주게. 어떤지 알고 싶으니까 말이야.

"으악! 이게 뭐야!"

아라는 놀라서 자지러지는 듯한 비명을 질렀다. 목걸이에서 빛이 나는 것이 하도 신기해서 손가락을 모으고 주기 선생이 가르쳐 주었던 대로 힘을 주어 보았다. 그러자 사방에서 아주 조그맣게 바스락거리는 소리가 들려오기 시작했다. 아라는 그게 무슨 소린가 싶어 사방을 돌아보았으나 주변에는 아무것도 보이지 않았다. 그랬는데도 조그맣게 바스락거리는 소리는 계속 들려왔다. 그러다가 아라는 문득 발밑을 보고 그 바스락거리는 것의 정체를 알고는 깜짝 놀랐다.

"으악! 싫어! 싫어어!"

그것은 수백 마리나 되는 바퀴벌레였다. 어느 구석에서 나타났는지 수백 마리의 바퀴벌레들이 아라를 향해 열심히 기어 오고 있었다. 아주 작은 놈이 있었는가 하면 손가락 마디 두 개 정도의 큰 놈까지, 갈색의 작은 물결을 이루듯 아라를 향해 달려오고 있었다. 아라는 소리를 지르고는 더 이상 다른 것을 생각할 겨를도 없이 목걸이를 손에 쥔 채 현관문을 열고 안으로 뛰어들었다.

안에서는 가솔린을 다 뿌린 마스터가 막 불을 붙이려던 참이었다. 갑자기 비명이 들려오더니 또 거칠게 문을 여는 소리와 함께 누가 들어오는 듯하자, 마스터는 재빨리 안색이 변하면서 소매를 떨쳐 내더니 줄이 달린 두 개의 쇠 추를 양손에 하나씩 거머쥐었다. 그리고 몸을 일으켜 문으로 나서려는 순간, 문이 왈칵하고 열렸다.

마스터는 당연히 어른이 올 것으로 짐작하고 하나는 보통 어른들의 얼굴쯤, 하나는 가슴쯤의 높이로 추를 내던졌는데 아래쪽의 추가 아라의 머리 위를 아슬아슬하게 스치고 지나가는 정도로 빗나가 버리면서 방문을 뻥 뚫어 버렸다. 바퀴벌레 떼에 놀라서 앞뒤 가리지 않고 뛰어 들어온 아라는 눈앞에 현암이 꼼짝 못 하고 앉아 있고 연희와 아빠인 최 교수가 꽁꽁 묶인 채 쓰러져 있는 것을 보고는 다시 한번 놀라서 그 자리에 굳어 버린 듯, 우뚝 멈춰 섰다.

마스터는 두 개의 추가 모두 빗나가자 아라를 무서운 눈초리로 노려보면서 추를 거두어들이려는 듯, 획 하고 손을 떨쳤지만 방문을 뚫고 나간 추는 문에 걸렸는지 돌아오지 않았다. 그 모습을 본 아라는 몸을 덜덜 떨기 시작했다.

마스터는 추가 돌아오지 않자 급한 김에 앞으로 달려 나가면서 아라를 힘껏 떠밀었다. 아라는 비틀했다가 화가 치민 듯, 앞뒤 가리지 않고 고함을 지르면서 달려들어 마스터를 발로 차 버렸다. 마스터가 빙의돼 있는 앙그라는 대여섯 살밖에 안 된 아이라 아라보다도 더 체구가 작았다. 때문에 아라가 화가 나서 발로 차는 것을 얼결에 맞자 그만 뒤로 벌렁 쓰러질 수밖에 없었다.

현암은 속으로 애가 타서 얼른 자신의 가슴에 붙은 부적을 떼어 달라고 소리치고 있었지만 아라가 그런 것을 알 리가 없었다. 아라는 마스터를 밀쳐 내고서는 최 교수에게 달려가서 철사를 풀려고 애써 봤지만 허사였다. 그사이 몸을 일으킨 마스터가 달려들더니 뒤에서 아라의 머리칼을 잡아끌었다. 그러자 아라가 큰 소리로 비명을 질렀다.

"으악! 도와줘! 아저씨!"

아라는 꼼짝도 하지 않는 현암을 바라보며 작은 손을 바둥거렸지만 현암은 속으로만 발을 구르고 있을 뿐이었다. 그때 방 안으로 수백 마리는 넘어 보일 듯한 바퀴벌레 떼가 마구 기어 들어오기 시작했다. 마스터는 그런 것은 신경 쓰지 않고 아라의 머리칼을 다시 세게 잡아당겼다. 그런 마스터의 다른 쪽 손에는 자그마한 단검이 번쩍하고 형광등 불빛에 반사돼 빛을 발했다.

"으아아악! 도와줘!"

아라가 공포에 질려서 소리를 지르는 순간, 아라의 손에 들려 있던 목걸이가 빛을 발하는 것이 현암의 눈에 들어왔다. 그러자 놀랍게도 기어 들어오던 수백 마리의 바퀴벌레들이 파드닥거리면서 아라와 마스터에게 날아들었다. 바퀴벌레가, 그것도 수백 마리나 일제히 날개를 퍼드득거리면서 날아드는 것은 참으로 역겹고 징그러운 광경이었고 마스터도 예외는 아니었는지 기겁을 했다. 아라는 공포에 질려 있는 데다가 또다시 바퀴벌레 떼가 날아들자 찢어질 듯한 비명을 지르면서 머리가 뽑히는 것도 상관 않고 마스터를 뿌리치며 바퀴벌레를 피해서 몸을 날렸다. 마스터의 손에는 수십 가닥의 머리카락만이 남았고, 마스터가 들었던 단검이 공허하게 허공을 가른 다음 순간, 마스터의 몸에는 바퀴벌레들이 새카맣게 달려들었다.

"으아아악!"

제아무리 날고 긴다는 마스터였지만 끔찍한 비명을 지를 수밖에 없었다. 한 마리만 보아도 기분 나쁜 바퀴벌레가 수백 마리나, 그것도 날개를 펴고 달려드는 모습은 보는 사람의 입장인 현암도 속이 이상해지는 판이었는데 당사자는 오죽했으랴. 순간 아라는 간신히 몸을 피했으나 중심을 잡지 못하고, 또 뽑힌 머리카락 부분이 아픈지 으앙 하고 울음을 터뜨리면서 데굴데굴 굴렀다. 그때 현암의 가슴에 붙어 있던 부적이 아라의 발에 밀려 팔랑거리면서 옆으로 떨어졌다.

현암은 몸에 찌르르하고 마비가 풀리는 느낌이 들자 당장 떨쳐 일어나려고 했지만 그만 그 자리에 풀썩 쓰러져 버렸다. 마비가 완전히 풀리려면 좀 더 시간이 걸려야 할 듯싶었다. 바퀴벌레들과 씨름하던 마스터는 현암의 부적이 떨어지는 것을 보고 이를 갈면서 소매를 떨쳐 내었다. 그리고 손가락을 튀기면서 바퀴벌레들을 몸에 잔뜩 붙인 채 문밖으로 뛰어나갔고 주술로 일으켰는지 마스터의 손가락에서 작은 불똥이 튀어 곧 불이 붙었다. 현암은 불이 붙는 것을 보고 몸을 일으키려 했지만 다리가 휘청했다.

"아라야, 나가! 어서!"

아라는 울다가 현암의 목소리를 듣고, 또 방 안에 불이 붙는 것을 보고는 구르다시피 밖으로 뛰어나갔다. 현암은 급한 김에 최 교수를 안고 오른손에 얼마 안 되는 공력이나마 모아 후려쳐서 내보냈다. 그사이 가솔린에 붙은 불은 무서운 속도로 번지면서 현암의 옷에까지 달려들었다. 순간 월향이 힘을 찾은 듯 휙 하고 현암의 왼손에서 빠져나와 연희의 손목에 묶인 철사에 날을 걸고 찢어지는 귀곡성을 울리면서 방 밖으로 나갔다.

연희의 몸에도 불이 번지고 있었지만 몸을 파닥거려서 가능한 한 불에서 멀리 떨어지려고 애쓰는 참이었다.

현암은 몸에 불이 붙는 것도 상관 않고 손을 더듬거려서 침대에 묶인 황달지 교수에게 손을 뻗었으나 불길이 다가와 철사를 풀 시간이 없었다. 현암은 왼손으로 침대를 잡고 이번에는 오른손에 가능한 만큼의 공력을 넣어서 땅을 후려쳤다. 그러자 그 반작용으로 쿵 소리와 함께 바닥이 조금 패면서 침대는 움찔했지만 현암의 왼손은 그 힘을 이기지 못하고 침대를 잡았던 손을 놓쳐 버렸다. 그 사이 아라가 어떻게 해서 최 교수의 손을 풀어 주었는지 최 교수는 자신의 발을 직접 풀고 있었고, 지금 아라는 연희의 손을 풀어 주는 중이었다.

"안 되겠소! 불이 번져요!"

현암은 그제야 몸이 움직여지는 것이 느껴졌다. 안은 불바다가 돼 버렸지만 현암은 황달지 교수가 그대로 타들어 가는 것을 차마 눈 뜨고 볼 수가 없었다. 현암은 몸을 재빨리 한 바퀴 굴려 몸에 붙었던 불을 대충 끄고는 오른손을 뻗자 월향검이 귀곡성을 지르면서 날아와 잡혔다.

현암은 월향이 손에 들어오자 소리를 지르면서 불바다가 된 방 안으로 뛰어들었다. 황달지 교수의 몸은 불로 뒤덮여 가고 있었다. 현암이 월향검으로 침대의 아랫부분을 휙 그어 버리자 월향검의 검기에 철사들이 잘려 나갔고 동시에 침대도 퍼석하면서 주저앉았다. 그런 다음 현암은 월향을 허공에 던져 버리고는 오른손에 힘을 주어 황달지 교수의 멱살을 낚아챈 그대로 밖으로 내던지고 자신도 방 밖으로 뛰어나갔다.

불은 방 밖으로도 무섭게 번지고 있었다. 현암의 몸에도 불이 붙었지만 공력이 돌고 있었기 때문에 큰 화상은 입지 않았다. 마루에서는 최 교수와 아라가 발의 철사를 다 풀지 못한 연희를 질질 끌면서 밖으로 나가는 중이었고, 현암도 황달지 교수를 끌면서 집 밖으로 빠져나갔다. 그러는 동안 월향은 스스로 날아서 현암이 밖으로 나가는 도중에 칼집으로 돌아왔다.

막 아파트의 문밖으로 나오자 복도로 불길이 확 밀려 나왔다. 연희는 발에 묶였던 철사를 푸는 중이었고, 최 교수와 아라는 현암의 몸에 붙은 불을 끄려고 했다. 그러나 현암이 소리쳤다.

"나보다 황달지 교수님이 급해요! 어서요!"

현암이 자신의 몸에 붙은 불을 끄는 동안 아파트 저 아래에서 누군가가 자전거를 타려다가 버리고 도망가는 모습이 보였다. 먼 거리였지만 가로등 불빛 덕분에 현암은 그게 누구인지 알 수 있었다. 앙그라…… 아니, 마스터였다.

"놓치지 않겠다!"

현암이 소리치면서 계단으로 가려는데 불이 난 것을 보고 사람들이 올라오는 것인지 엘리베이터가 섰다. 현암은 어리둥절해하는 사람들을 헤치고 엘리베이터 안으로 무작정 뛰어들었고 그 뒤를 따라온 연희도 간신히 엘리베이터를 탔다. 내려가는 중에 연희가 숨을 몰아쉬면서 말했다.

"쫓아가려고요?"

"녀석의 마음은 마스터지만, 몸은 겨우 여섯 살짜리 어린애에요. 쫓아가면 잡을 수 있어요!"

다행히 중간에 한 번도 서지 않고 엘리베이터는 일 층에 닿았고, 아래에는 불 때문인지 여러 명의 사람들이 웅성거리며 서 있었다. 사람들을 헤치고 현암이 앞서 달렸고 연희도 그 뒤를 따랐다.

현암이 아파트 밖으로 나왔을 때는 마스터의 모습은 보이지 않아 어느 방향으로 달아났는지는 알 수 없었다.

이럴 경우에는 일종의 감으로 방향을 잡아 뛰는 것이 훨씬 정확하다는 것을 현암은 오랜 퇴마행을 통해 알고 있었다. 그러나 한참을 달려가던 현암은 두 갈래 길에서 멈추어 서야 했다. 길거리의 지나가던 몇몇 사람들이 몸에 그을린 자국이 그득한 젊은이가 달려가는 모습이 이상하다는 듯 자꾸 쳐다보는 바람에 감이 깨져버렸기 때문이다. 어느 쪽으로 가야 할지 짐작이 잘 가지 않아 두리번거리는데 뒤에서 연희가 큰 소리로 말했다.

"오른쪽으로 갔대요!"

현암의 뒤를 따라오던 연희는 그새 지나가던 사람에게 꼬마 하나가 뛰어가는 것을 보지 못했느냐고 물어보았던 참이었다. 현암은 연희가 일러 주는 대로 오른쪽 길로 달려갔다.

아라와 둘이 남은 최 교수는 불 때문에 몰려온 사람들에게 둘러싸여 말을 지어내느라고 정신이 없었다. 최 교수는 사람들에게 구급차를 불러 달라는 말만 계속했고, 사람들은 최 교수가 한국 사람이라는 것을 알고 나서는 더 이상 이것저것 묻지 않고 불을 끄느라 법석을 떨었다.

최 교수는 젊은이 두 사람의 도움을 받아 숨이 끊어질락 말락 하는 황달지 교수를 아래층으로 조심스럽게 옮겼다. 불이 나면 화상을 입는 게 두렵다고 여기지만 가장 두려운 것은 질식이다. 다행히 황달지 교수는 연기에 오래 노출돼 있지 않아서인지 질식하지는 않았고 몸에 붙은 불도 옷만을 태운 정도였다. 또 화상도 그렇게까지 심해 보이지는 않았다. 그제야 울음을 그친 아라는 힘없이 그을음과 눈물이 범벅이 된 꾀죄죄한 얼굴로 최 교수의 뒤를 따라갔다. 최 교수와 두 청년이 황달지 교수를 아파트 입구에 내려놓고 구급차가 오기를 기다리는 동안, 아라는 사람들 틈새로 들어와서 황달지 교수를 뻔히 바라보고 있었다.

황달지 교수의 앞섶은 최 교수가 화상 여부를 조사하느라고 풀어 헤쳐 놓았었는데, 아라는 그것이 안쓰럽게 보여서 옷깃을 여며 주려고 했다. 그런데 겉옷이 거의 타 버려서인지 아라가 힘을 주자 옷이 맥없이 터지면서 뭔가가 땅에 툭 소리를 내며 떨어졌다. 최 교수는 그 소리를 듣고 무심코 고개를 돌렸다. 땅에 떨어진 것은 검은색 수첩이었다. 최 교수는 그 수첩을 주워 황달지 교수에게 도로 넣어 주려다가 황달지 교수의 옷이 엉망인 것을 보고는 일단 자신의 주머니에 그 수첩을 집어넣었다.

연희는 최 교수와 아라가 걱정됐다. 자신이 공연히 현암의 뒤를 따라가는 것은 아닌지, 또 지금이라도 최 교수에게로 돌아가는 것이 좋지 않을까 싶으면서도 계속 현암의 뒤를 따라 뛰어갔다. 지금 마스터를 쫓는 것보다 중요한 일은 없을 것 같았다. 더군다나 말도 전혀 통하지 않는 현암을 혼자 내버려두면 무슨 일이 벌어질지 몰라서 걱정이 되기도 했다.

'최 교수님이 잘 처리했을 거야. 나중에 그 동네에 가서 사람들

에게 물어보면 쉽게 병원을 찾을 수 있겠지.'

생각하면서 달리다 보니 현암의 모습이 보이지 않았다. 연희가 당황한 나머지 주위를 두리번거리고 있는데 건너편에서 뭔가가 무너지는 소리가 났다. 재빨리 달려가 보니 나무 상자가 길에 엉망진창으로 흩어져 있었고 그 한가운데는 누가 밀고 지나간 듯, 길이 쭉 나 있었다.

'현암 씨다! 마스터를 발견한 모양이구나!'

조금 가다 보니 이번에는 바닥에 사과들이 마구 굴러다니고 있었다. 한 아주머니가 나쁜 꼬마라고 욕을 해 대며 사과를 줍고 있었다. 연희는 볼 것도 없이 앞으로 달려갔다. 마스터는 현암에게 발견되자 현암의 추격을 방해하려고 사과 상자를 내팽개친 모양이었고 현암은 보나 마나 물불 가리지 않고 그것을 뚫고 따라갔을 것이다. 그런데 가다 보니 막다른 길이 나타났고 한쪽 구석의 작은 덧문이 조금 흔들거리고 있었다. 연희는 덧문을 열고 안쪽으로 들어갔다. 안으로 들어서니 약초 냄새가 코를 찔렀다. 말린 약초들로 가득 뒤덮인 창고 같았다. 여기도 여러 개의 상자가 흩어져 있었다. 그때 위층에서 뭔가가 부서지는 소리가 들렸다. 한쪽 구석에 놓여 있는 사다리를 타고 위로 올라가려는데 연희의 오른손에 있는 준후가 심어 준 부적이 갑자기 빛을 발했다.

'이런! 마스터가 악한 주술을 부리고 있는 게 틀림없어!'

연희는 서둘러서 사다리를 타고 위로 올라갔다. 위에서 벌어지고 있는 광경을 보고 긴장된 연희의 입에선 자신도 모르게 낮은 신음이 새어 나왔다.

선택

 그즈음 한국에서는 백호가 침울한 표정을 짓고 있었다. 백호의 앞에는 어떤 사람이 의자에 깊숙이 몸을 파묻고 뒤로 돌아앉아 있었다. 의자 위쪽으로 모락모락 피어오르는 담배 연기를 바라보는 백호의 얼굴에 땀방울이 맺혔다.
 "그들은 절대 그런 짓을 저지르지 않습니다."
 "그건 나도 아네."
 "그렇다면 우리가 어떻게 그런 식으로 행동할 수 있습니까?"
 "나도 마음이 아프네. 내가 무슨 목석인 줄 아는가? 그러나 어쩔 수 없단 말일세."
 "설령 외교적인 압력이 있다고 해도 그건 어디까지나 비공개적인 일 아닙니까? 어차피 그쪽에서도 외부에 공개할 수는 없는 내용이고요."
 "그렇지 않아. 절대로! 자네는 아직 너무 젊어."
 백호의 이마에 힘줄이 솟았고 무섭게 긴장된 눈은 타는 듯이 빛나고 있었다. 자기도 모르는 사이에 꼭 쥐고 있는 주먹이 조금씩 떨리고 있었다.
 "어쩔 수 없네. 그들이 마지막으로 행하는 좋은 일이라고 생각하게나."

"그럴 수는 없습니다."

"뭐라고? 그럴 수 없다니? 그럴 수 있네!"

"안 됩니다!"

"자네, 지금 제정신인가?"

그 사람은 거칠게 말하면서 뒤로 의자를 획 돌렸다. 잠시 둘 사이에 팽팽한 긴장감 같은 것이 감돌았다. 그 사람은 거칠게 담배를 재떨이에 비벼 끄고는 인터폰을 향해 소리쳤다.

"김 비서관, 백 검사 바래다 드리게!"

"아……."

백호는 아연한 듯, 얼굴색마저 하얗게 질려 있었다.

"아직 돌아가지 않을 겁니다, 김 비서관님."

백호가 빠르게 말을 내뱉자 방으로 들어오려던 김 비서관은 잠시 머뭇하면서 의자에 앉은 사람의 얼굴을 바라보다가 머쓱한 표정으로 문을 닫았다. 김 비서관이 문을 닫자 백호는 책상 모서리를 잡고 큰 소리로 말했다.

"이게 정당한 일이라고 생각하십니까? 지금까지 그들은 우리를 위해 수많은 일을 해 주었습니다. 그리고 그들은 우리나라의 국민입니다!"

"잘 알고 있네, 이 사람아. 그러나 현실을 직시하게나. 그들은 이제는 국제적인 위험인물들일세."

"저들이 내세우는 증거는 믿을 수 없는 것들입니다. 또 일부는 조작됐을 것입니다. 그들은 결코 위험한 존재가 아닙니다!"

"그들이 위험하지 않다는 증거는 있나?"

"……."

"나도 목석은 아니네. 그러나 한 번 내려진 결정을 뒤엎을 수는 없어. 우리 정부의 입장도 고려해야 하고……."

"자국의 국민을 희생시키는 것이 우리 정부의 입장입니까?"

"희생시키려고 하는 것이 아닐세!"

"그러면 뭡니까?"

"그들은 위험한 존재들이야. 너무도, 너무도 말일세."

"대통령께서는 알고 계십니까? 장관은요?"

"일을 확대하지 말게. 오히려 더 큰 문제가 생길지도 모르네. 그분들은 그들에 대해서는 아무것도 모르고 계셔. 공연히 말 꺼냈다가는 미친 사람 취급받을 걸세……."

"그건 살인 행위입니다!"

"더 이상 어찌해 볼 수 없네. 나도 나름대로는 노력했다는 것을 모르겠는가? 그러나 어떻게 할 수가 없어. 한두 나라의 입장이 아니네. 모든 나라에서 너무 강경한 자세를 보이고 있어."

"그러나 그래도……."

"자네, 내 말 잘 듣게. 그들의 위험성은 핵무기 이상이라고 볼 수 있어. 그들은 어느 것에도 얽매이지 않고 스스로의 판단과 소신에 의해서만 행동하는 자들이야. 지금까지는 그들이 우리의 말을 잘 들어 주었지. 그러나 만일 이러한 논의가 있었다는 것을 그들이 알게 된다면 어떨까? 그들이 가진 힘과 능력을 지닌 채 우리한테 칼끝을 돌리면 어떻게 되는 거지?"

"절대 그럴 리는 없습니다. 절대로……."

"자네는 지금 대단히 감정적이야. 이미 늦었네. 자네, 이라크에서 핵무기를 개발하려 들다가 어떤 꼴이 됐는지 알지? 전쟁까지도 가능하네. 하물며 그들은 핵무기 이상의 존재들이네."

"아아……."

"마음을 꿰뚫어 보고, 아무런 무기를 쓰지 않고도 마음대로 사람을 없앨 수도 있고, 또 건물을 날려 버릴 수도 있는 힘을 가진 자들…… 그건 금지된 힘이야. 어떤 보안 장치도, 어떤 경호도 소용없게 되네. 이제 다른 나라에서도 알게 됐네. 우리가 그런 사람들을 부리고 있다는 사실을. 어느 나라도 그것을 절대 용납하지 못할 걸세."

"……."

"전쟁이 일어난다면 어떻게 되겠는가? 그들의 힘만으로는 절대 전쟁에서 이길 수는 없네. 그렇다고 그들이 과연 피를 부리는 그러한 행동을 할 수 있겠는가? 지금까지 내가 본 바로는 그들은 절대 그렇지 못하네. 차라리 그들이 요인(要人) 암살이나 정보 수집 같은 일에 힘을 써 준다면 그것을 믿고서라도 어떻게든 그들을 지켜 볼 수도 있네. 그러나 그들은 절대 그렇지 않을 거야. 그렇다면 뭔가? 결과가 뻔한데 어떻게 이 이상 모험을 할 수가 있나?"

"그러나 그들이 세상에 알려지게 된 것은 우리의 책임이 큽니다. 그것에 대해서는 어떻게 하시겠습니까?"

"심심한 애도의 뜻을 표할 수밖에!"

그 사람은 단호하고 간단하게 대답하고는 의자를 돌려 백호에게 등을 보이고 앉았다. 다시 담배 연기가 피어올랐고, 한참 동안 백호는 고개를 떨군 채 아무 말도 하지 못했다.

"나 자신은 그들이 돌아오지 않기를 바라네. 우리 손으로 그들을 넘겨주기는 싫으니까. 그들은 절대로 사람을 해치지 않는다고 들었네. 그렇다면 아마 돌아오지는 못하겠지? 나도 이런 나 자신이 밉다네."

백호는 더 이상 말을 하지 않고 한동안이나 고개를 떨구고 있었다. 방 안에는 침묵과 함께 담배 연기만이 모락모락 피어오르고 있었다.

막 위층으로 머리를 내민 연희의 눈에 비친 것은 숨을 몰아쉬고 있는 현암의 모습이었고, 그다음으로 눈에 들어온 것은 현암에게서 조금 떨어진 곳에 둥둥 떠 있는 한 사람의 노인과 그 뒤에 있는 마스터였다. 마스터는 양팔을 벌려 하늘로 향하게 한 채 현암을 노려보고 있었다. 아마 주술력으로 노인의 몸을 허공에 띄워 현암의 앞을 가로막고 있는 모양이었다.

후후후. 가까이 오면 이 노인은 저승 구경을 조금 일찍 하게 될 거다. 저만치 물러서라!

마스터는 복화술로 현암을 협박하고 있었다. 현암은 입술을 깨문 채 두어 번 앞으로 다가서려는 듯한 몸짓을 해 보였지만 그때마다 마스터는 노인의 몸뚱이로 현암의 앞을 가로막았다. 더군다나 노인은 소리도 지르지 못했고 몸이 휘둘릴 때마다 고통에 찬 표정을 지었다. 현암은 저런 상황이라면 행여 달려들다가 노인을 다치게 할지도 몰랐고, 또 피한다 해도 마스터처럼 독한 자라면 저 노인 정도는 얼마든지 해치워 버릴 수 있을 것 같아 주저하는 중이었다.

현암은 인상을 쓰면서 조용히 공력을 오른손에 모았다. 서서히 오른손으로 공력이 모여들면서 '탄' 자 결의 빛이 현암의 손끝에 맺혀 가기 시작했다. 마스터는 긴장한 듯, 노인의 몸을 다시 위협적으로 흔들어 보였다. 마스터가 살아 있을 때의 능력이 가공할 만한 것이었다고는 해도 죽어서 혼만 남은 터에 저 정도의 능력을 부릴 수 있다는 것이 도저히 믿어지지 않았다.

연희는 또 다른 상념에 잠겼다. 마스터가 지금 노인의 몸을 허공에 띄운 것이 과거 케인이나 리가 염체를 물체에 붙여서 그 물체를 조종하는 것과 너무도 흡사해 보였기 때문이다.

연희는 상황을 주시했다. 현암은 꼼짝도 하지 않고 언제든지 내쏜다는 듯한 자세로 오른손을 뒤로 돌리고 있었다. 현암의 오른손 중지 끝에서는 환한 빛의 구체가 거의 완연하게 모습을 드러내고 있었고, 마스터도 한 치의 양보도 없이 노인의 몸으로 자신을 방어하고 있었다. 그러면서 마스터는 조금씩 방향을 틀어 서서히 문쪽으로 이동하고 있었다. 둘 사이에는 바늘 끝 하나 들어갈 틈이 없을 만큼 긴장감이 맴돌았다. 그러나 상대에게 신경을 집중한 탓인지 현암도 마스터도 구석에서 머리를 내밀고 있는 연희를 알아차리지 못했다.

연희는 심호흡을 하고는 서서히 사다리를 타고 올라섰다. 마스터의 뒤쪽으로 돌아가려는 의도였다.

마스터는 조금씩 방향을 돌려 벽에 기댄 채 문 쪽으로 발을 옮기고 있었고 현암은 여전히 꼼짝도 하지 않고 그런 마스터를 뚫어지게 노려보고 있었다. 마스터는 현암의 손끝에 맺혀 있는 '탄' 자 결의 공력이 대단하다는 것은 눈치챈 듯, 정적을 깨고 한마디를 던졌다.

그걸로 날 맞출 셈인가? 그래도 나는 죽지 않는다. 나는 이미 죽은 몸이고 죽는 건 이 꼬마, 앙그라일 뿐이야. 잊었나?

"만일 아이가 죽게 된다면 내가 대신 죄 갚음을 할 것이다. 그러나 너는 절대 용서 못 해!"

현암은 예전에 성난큰곰과의 일전에서 '탄' 자 결로 그의 몸에서 나왔던 블랙 서클을 맞추어 소멸시켰던 것을 기억해 냈다. '탄' 자 결은 물리적으로도 물론 강했지만 영까지 흡수했던 막강한 블랙 서클의 검은 원마저도 단 일격에 소멸시킬 정도로, 특히 주술력에 대해서는 막대한 파괴력을 지니고 있었다. 이 정도의 위력이니 마스터의 혼도 무사하지는 못할 것이었다. 그러나 현암은 정말로 앙그라를 죽이려는 것은 아니었다. 현암은 속으로 다른 생각을 하고 있었다. 자신이 오랫동안 수련한 '탄' 자 결의 응용력을 발휘해 볼 요량이었다.

그런데 그때 갑자기 마스터의 뒤쪽에서 연희가 나타나자 현암은 깜짝 놀랐고, 인기척을 느낀 마스터도 고개를 돌렸다. 그 순간, 현암은 반사적으로 월향검을 내쏘려고 왼팔을 들었으나 월향검은 기력이 쇠진해서인지 날아가지 않았다.

'아차!'

그 짧은 틈 사이에 마스터는 주술을 운용해 노인의 몸을 현암에게로 집어 던지고는 순간적으로 뒤로 돌았다. 연희가 막대기로 마스터를 후려치려고 하는 참이었는데, 그보다 먼저 마스터가 소매를 휘두르자 가느다란 줄이 달린 철구가 연희를 향해 날아들었다. 운이 좋았는지 그 철구는 연희가 내려치려던 막대기를 맞추고 튕겨 나갔고, 막대기가 부러지면서 연희도 중심을 잃고 휘청거렸다. 그와 동시에 마스터가 책상에 놓여 있던 화로를 손으로 치자 그 화로는 허공을 날아 빠른 속도로 현암에게로 날아들었.

'탄' 자 결을 운용하고 있어서 오른손을 사용할 수 없었던 현암은 자기 앞으로 날아온 노인을 급한 나머지 왼손으로 받아 내려 했다. 그러나 날아오는 그 힘은 현암의 왼팔만으로 버티기에는 역부족이었다. 노인과 현암이 같이 바닥에 쓰러져 나뒹구는데 마스터가 날려 보낸 화로가 또다시 날아들었다. 위기를 느낀 현암이 오른손에 모아 두었던 구체를 재빨리 튕겨 냈다.

마스터가 중심을 잃고 비틀거리는 연희에게 다시 철구를 내쏘려고 자세를 취했다. 허공에서는 '탄' 자 결에 적중된 화로가 폭발하듯 산산조각이 나면서 화로의 쇳조각과 안에 들었던 불씨며 재가 사방에 어지럽게 날렸다. 연희는 그 충격을 이기지 못하고 다시 뒤로 쓰러졌고 마스터도 휘청거리면서 구석으로 뒷걸음질 쳤다.

몸을 일으킨 현암이 월향검을 빼 들려고 하자 노인의 몸이 허공을 날아 다시 마스터의 앞을 막아섰다. 현암이 주춤거리는 사이, 이번에는 마스터가 노인의 몸을 현암의 왼쪽으로 던져 버렸다. 마스터의 오른쪽에는 문이 있었고 왼쪽은 벽이었는데, 거기에는 약재를 넣어놓기 위해 박은 큰 못들이 삐죽하게 잔뜩 나와 있었다. 그런 다음 마스터는 오른쪽으로 몸을 날렸다. 현암은 순간적으로 갈등했다. 마스터의 의도는 간단했다. 마스터는 현암이 분명 노인을 구할 것이라고 확신하고는 도망칠 시간을 벌기 위해 노인을 큰 못이 박혀 있는 벽 쪽으로 집어 던진 것이다.

현암으로서는 다른 선택의 여지가 없었다. 현암은 기합성을 내면서 노인의 몸이 날아가는 방향으로 자신의 몸을 날렸다. 그러나 '탄' 자 결을 쓰느라 공력을 소진한 탓에 몸놀림이 빠르지 못해 자칫하며 노인의 머리가 큰 못에 박힐 판이었다. 할 수 없이 현암은 오른손에 남아 있던 공력을 모두 끌어모아 허공에서 노인의 다리를 잡고 냅다 끌어당겼다. 노인의 몸이 허공에서 주춤하더니 큰 못 바로 아래의 벽에 등을 부딪쳤고, 현암도 날아가던 탄력을 이기지 못하고 벽에 처박혀 버렸다. 그사이 마스터는 재빨리 문을 빠져나가 도망쳐 버렸다.

저쪽에선 연희가 그제야 간신히 몸을 일으키고 있었다. 아까 철구에 얻어맞아 이마에 커다란 혹이 난 데다가 화로의 재 부스러기들을 뒤집어써서 몰골이 영 말이 아니었다. 게다가 방금 넘어질 때 발목까지 접질려서 연희는 마스터가 도망치는 것을 빤히 보면서도 쫓아갈 수가 없었다.

"현암 씨! 괜찮아요?"

현암은 공력이 거의 없었고 더군다나 호되게 벽에 부딪혀 정신이 흐릿한 상태인데 땅에 떨어지자마자 반사적으로 몸을 튕겨 문쪽으로 달려 나갔다. 연희는 그 모습을 보고는 고개를 설레설레 흔들었다.

'철골도 이만저만이 아니야.'

연희는 절뚝거리면서 노인에게 다가갔다. 노인은 몹시 아픈 듯 신음을 내며 꿈틀거렸다. 가까이 다가가서 보니 노인의 등에는 붉은 부적이 붙어 있었다.

'어느 틈에 노인의 등에다 이런 부적을 붙였구나. 그래서 마음대로 조종한 거였군.'

연희는 그 부적을 떼려고 오른손을 갖다 댔다. 그러자 그 부적은 파팟 하고 불꽃을 튀기면서 삽시간에 사라져 버렸다. 연희는 놀라서 주춤하다가 이윽고 그 이유를 깨달았다. 자신의 손에 준후가 심어 놓았던 부적의 힘이 그 부적과 충돌한 것 같았다.

연희가 노인을 부축해 세웠다. 그 노인은 험한 꼴을 당한 사람답지 않게 매우 침착해 보였으며, 고통 때문에 얼굴이 일그러지기는 했지만 흐릿한 미소까지 떠올리고 있었다.

"아가씨, 고맙소이다. 정말 고마워요. 아까 그 젊은이와는 동향이오?"

"네."

"생각대로군. 한데 말투로 보아 외국에서 오신 것 같은데?"

"네, 한국에서 왔습니다."

"그렇군. 그런데 그 아이는 도대체 뭐요? 외국 아이 같던데? 세상에 아이가 도술을 다 부릴 줄 알다니……. 그러나 재주는 좋을지 몰라도 버릇은 형편없는 놈이로군."

연희는 단순히 버릇없는 아이가 아니라 어르신보다도 나이를 두 배는 더 먹은 괴물 같은 작자의 영혼이 조종하는 아이라고 말하려다 꿀꺽 삼켰다. 노인은 곤란해하는 얼굴을 하고 있는 연희를 쓱 보면서 말했다.

"드러내 놓고 일을 하시는 분들은 아닌 모양이구려. 너무 걱정할 것은 없소. 나는 아무것도 못 본 걸로 할 테니. 됐소?"

"감사합니다."

"감사는 내 쪽에서 해야지. 그 청년이 아니었으면 내 머리는 이미 구멍이 났을 거고 저기 말리던 약재도 다 써먹지 못하고 가 버렸을 게야."

"죄송합니다. 공연히 소란을 일으켜서……."

"아니오, 아니야. 보아하니 쫓고 쫓기는 것 같던데…… 자네들이 일부러 그 꼬마를 여기로 몰고 오지는 않았을 테니 자네들 잘못은 없어."

노인의 모습을 보면서 연희는 혹시 마스터와 짠 것은 아닐까 하는 의심이 들었다. 그러나 연희는 고개를 가로저었다. 그렇다면 이렇게 목숨을 버릴 정도의 상황을 일부러 만들었을 리가 없었다.

"많이 놀라셨지요?"

"그렇다네. 그건 그렇고 그 녀석, 많고 많은 집을 놓아두고 이화씨 약재상에 뛰어들 건 뭐야? 하지만 염려 마시오. 내 나이쯤 되면 믿지 못할 일을 보고도 담담해지는 법이니까."

노인은 말을 마치고 나서 가만히 연희의 다리를 보더니 쓱 손을 뻗어서 연희의 발목께를 손가락으로 쿡쿡 찔렀다. 연희는 무의식적으로 한 발짝 뒤로 물러섰는데 접질린 발목에서는 아무런 통증이 느껴지지 않았다.

"어머? 감사합니다!"

"뭘, 허허허. 그냥 잔재주일 뿐이오. 오히려 고마워할 건 나라오. 청년은 자기 몸도 돌보지 않고 나를 구해 주지 않았소? 그에 비하면 이 정도야 아무것도 아니지. 꼬마도 놀랍지만 정말 놀라운 건 그 청년이구려. 전설상의 무림 고수들이나 그런 지풍(指風)을 날릴 수 있을까?"

노인은 혼잣말로 중얼거리다가 미간을 찌푸렸다. 연희는 말을 붙일 분위기가 아니어서 가만히 그 노인을 바라보았다. 노인은 잠시 후에 고개를 좌우로 천천히 흔들면서 말했다.

"그런데 이상해. 그토록 가공할 공력이 있는데 아까는 왜 내 몸 하나 받아 내지 못하고 힘없이 깔려 버렸는지……. 오른손의 지풍은 가공할 만한 것이었는데…….”

노인은 연희에게로 힐끗 고개를 돌리면서 물었다.

"아까 보니 그 청년의 공력이 대단한 것 같던데, 왜 오른팔로만 공력을 쓰는 거요?"

노인이 갑자기 그렇게 묻자 연희는 속으로 깜짝 놀랐다. 세상에, 목숨이 왔다 갔다 하는 상황에서도 그런 세세한 면까지 관찰하다니…… 보통 사람이 아니라고 느끼면서 연희는 노인의 물음에 대답했다.

"저는 잘 모릅니다만, 그분의 공력은…….”

"잠깐! 그 청년 이름이 뭐요?"

"현암, 이현암이라고 합니다.”

"음, 알았소. 하려던 말을 계속해 보시오."

"예, 현암 씨의 공력은 스스로 얻은 것이 아니라 남이 넣어 준 것이라고 합니다.”

"그럴 테지, 그럴 게야. 저 나이에 저런 심후한 공력을 연성할 수는 없지. 그런데 왜 오른팔만 사용하는 것이오?"

"공력이 오른팔에만 돈다고 들었습니다.”

"그래? 원래 그랬는가? 아니면 주화입마 돼서 그런 것인가?"

"원래 그랬던 것으로 알고 있습니다.”

그 말을 듣자 노인은 혀를 쯧쯧 차면서 고개를 끄덕거렸다.

"남이 준 공력을 그대로 원활하게 운용하는 것은 쉬운 일이 아니지. 지금 저만큼 이용하는 것만도 내 보기에 아마 십여 년은 수련했을 것이오. 그런데 원래 그렇다면 온몸에 고루 공력이 돌아야 하는데, 그렇지 않다는 것은 저 청년의 몸 어딘가에 이상한 면이 있기 때문일 거요. 그렇지 않소?"

연희는 노인의 말을 듣고는 깜짝 놀랐다.

"이상이 있다고요?"

"이상하다고 해서 병이 있다는 말은 아니라오. 가만 보자……. 그렇지! 천정개혈대법을 하면 아마도 공력을 전부 쓸 수 있을 것이오."

노인의 말을 들은 연희는 순간 자신의 귀를 의심했다.

천정개혈대법

"천정개혈대법이라고요?"

"허허허. 왜 그리 놀라시오. 알고 있으니 말하는 것 아니겠소? 여기가 어디오, 화씨 약재상 아니오? 이래 봬도 나는 화타의 후손이라오. 이름은 화중명이라 하고."

연희의 눈이 동그래졌다. 연희는 전에 천정개혈대법이라는 말을 전해 들은 적이 있었다. 현암의 스승인 한빈 거사가 준후에게 천정개혈대법을 아느냐고 물었다가 모른다고 하니, 그것만 안다면 현암의 혈도가 모두 풀릴 수 있을 텐데, 라고 아쉬워하더라는 이야기를 들은 적이 있었다. 그런데 이국땅에서 우연히 만나게 된

이 노인이 그것을 할 줄 안다니. 더군다나 이 노인은 화타의 후손이라고 했다. 화타는 삼국 시대의 전설적인 명의가 아닌가?

연희가 충격으로 멍해 있는 사이, 현암이 힘없는 걸음걸이로 돌아오고 있었다.

"놓쳤어요. 놈이 마침 지나가는 택시를 잡아탄 바람에……. 뒤따라오는 차도 없고…… 에잇! 꼭 잡았어야 했는데……."

현암이 투덜대자 연희가 손을 휘저어 현암의 말을 제지하고 큰 소리로 말했다.

"현암 씨, 이 어르신과 말씀을 좀 나눠 보세요!"

"네? 왜 갑자기……."

"이 어르신이 천정개혈대법을 하실 줄 아나 봐요!"

"천정개혈대법이라고요?"

"네, 현암 씨의 혈도가 막혀 있는 것을 한눈에 알아보셨어요. 전설적인 명의 화타의 후손이시래요!"

현암은 순간적으로 묘한 느낌을 받았다. 화타의 후손이라는 노인의 말을 그대로 믿을 수는 없었지만, 그렇다고 그냥 무시하고 넘어갈 수도 없는 노릇이었다. 천정개혈대법이라니…….

연희와 마찬가지로 현암도 한빈 거사가 준후에게 그것에 관해 묻는 것을 직접 들었다. 그때 자신은 더 힘을 얻을 생각이 없었기에 준후가 그 방법을 모른다고 말했을 때에도 별로 실망하지 않았다. 그러나 우연히 만나 도움을 준 노인의 입에서 그런 이야기가 나오는 것을 들으니 그냥 무심히 넘길 수는 없었다. 더구나 현암

본인보다도 그 말을 통역해 준 연희가 기뻐하면서 두 번 세 번 권했기 때문에 일단 그 노인에게 몇 가지 물어보았다.

"연희 씨, 이 어르신이 정말 천정개혈대법을 하실 줄 안다고 하시던가요?"

"네, 틀림없어요."

"다시 한번 여쭤봐 주시겠어요?"

연희가 노인에게 다시 묻자 노인은 껄껄 웃으면서 외치듯 말했고 연희가 그 말을 현암에게 옮겨 주었다.

"자신도 그렇고 현암 씨도 참으로 운이 좋은 사람들이랍니다. 요즘 세상에 그런 것을 알고 있는 사람도 없고, 그 시술을 필요로 하는 사람도 보기 드물 텐데, 서로가 이렇게 만났으니 묘한 인연이라고 하시는군요."

현암은 노인에게 정중한 자세를 취하며 말했다.

"천정개혈대법은 밀교의 의술이라고 들었습니다만……."

연희가 현암의 말을 전해 주자 노인은 조금도 거리낌 없는 태도로 장황하게 설명했다.

"천하의 모든 것은 궁극으로 올라가면 다 같아지는 법이라는군요. 이 시술법이 어떻게 밀교로 전파됐는지는 잘 모른답니다. 그런 문제를 떠나서 자신은 그 시술법을 알고 있는 사람이고, 더군다나 자신을 구해 준 은인이자 요즘 보기 드문 사람인 현암 씨가 허락한다면 기꺼이 시술해 줄 용의가 있다는군요."

"잠깐! 보기 드문 사람이라는 말은 무슨 뜻입니까?"

연희는 노인과 이야기를 해 보고는 씩 웃으며 말했다.

"요즘 세상에 그렇게 깊은 공력을 가지고 있는 사람이 얼마나 되겠느냐고 하시는군요."

현암은 웃지 않았다. 기쁨보다는 당혹감이 엄습해 왔기 때문이다. 현암이 물었다.

"천정개혈대법은 시술하기가 어려운가요?"

"일단은 진맥을 해 봐야겠다는군요."

현암은 그다지 내키지 않는 표정으로 잠깐 머뭇거리면서 노인에게 팔을 내밀었다. 노인은 현암의 팔을 받아 쥐기 전에 공손히 포권을 해 보였다.

"구해 주어서 감사하답니다. 그리고 자신의 이름은 화중명이라고 말씀하시네요."

현암은 노인이 자신에게 먼저 인사를 하자 어설프나마 포권을 해 보이며 고개를 숙였다.

"이현암이라고 합니다."

현암의 모습이 우스꽝스러웠던지 노인은 한바탕 껄껄 웃으면서 말했다.

"현암 씨에게서 선한 기운이 느껴진다고 하시는군요."

현암은 고맙다는 뜻으로 살짝 고개를 숙여 다시 인사했다. 노인은 신중하게 현암의 오른손의 맥을 짚어 나갔다. 그러고는 잠시 후 왼손을 달라고 해 왼손의 맥도 짚어 보았다. 연희는 노인의 얼굴이 점점 굳어 가자 덩달아 긴장된 표정을 짓고 있었다. 그러나 현암은 내내 무표정했다. 양손의 맥을 다 짚고 나서 노인은 팔짱을 낀 채 뭔가를 생각하는지 느릿느릿한 걸음으로 가게 안을 빙빙 돌았다. 한참을 생각하던 노인은 벽장을 뒤적거려 먼지가 수북이 쌓인 책 두 권을 찾아내더니 번갈아 책장을 넘기며 읽어 내려갔다.

노인이 긴 시간 책을 뒤적거리자, 연희는 밖으로 나가 자신과 현암을 기다리고 있을 박 신부에게 일이 있어 조금 늦겠다는 전화를 걸고 왔는데, 그때까지도 노인은 계속 책을 뒤적거리고 있었고 현암 역시 꼼짝도 하지 않고 그 옆에 앉아 있었다. 현암도 뭔가 깊은 생각에 잠겨 있는 것 같아 연희는 아무 소리도 않고 가만히 앉아서 기다렸다.

한참이 지나 노인은 마침내 뭔가를 찾아낸 듯, 어느새 찾아 끼었는지 돋보기안경을 코에 걸친 채 현암에게 다가와 왼손과 오른손의 맥을 번갈아 짚어 보고는 탄식하듯 소리를 질렀다.

"어허, 이럴 수가 있나……. 양의지체(兩意之體)라니!"

연희는 눈을 동그랗게 뜨고 노인에게 물었다.

"왜 그러시지요?"

"저 사람 말이요……."

"……."

연희는 속으로 혹시 경천동지할 능력을 찾아낸 것은 아닐까 하는 상상으로 마음이 부풀었다. 양의지체라는 것이 선천적으로 신통한 힘을 타고난 체질이었으면 하는 기대로……. 그러나 노인의 대답은 뜻밖이었다.

"저 사람, 어떻게 공력을 지니게 됐는지 모르겠구먼."

"그건 무슨 말씀이지요?"

"체질상 선천적으로 공력을 지닐 수 없게 돼 있소. 쉽게 말해 무공을 익힐 수 없는 체질이지. 좌우의 혈도가 각각 따로 형성돼 있어 공력을 하나도 끌어올릴 수 없단 말이오. 저런 체질을 일컬어 양의지체라고 하는데, 매우 희귀한 것이오."

연희는 부풀었던 기대가 일순간에 식어 버리는 듯했다.

"그럼, 좋은 게 아닌가요?"

"당연하지. 특히 저런 공력을 가지고 있는 사람으로서는······. 매우 아까운 일이오."

연희가 낙심한 표정을 짓자 현암이 물었다.

"왜 그래요?"

연희는 머뭇거리다가 대답했다.

"현암 씨의 체질이 양의지체라고 하는군요."

"양의지체요? 그래서요?"

"현암 씨 체질로는 공력을 익힐 수가 없대요. 그다지 좋은 건 아닌가 봐요. 화중명 어른의 말씀을 그대로 옮기면······."

연희의 설명을 듣고 난 현암은 마치 남의 일이기나 한 것처럼 여전히 무표정한 얼굴로 말했다.

"나는 원래 그랬어요. 그 때문에 기공을 익히던 선원(仙院)에서도 쫓겨났지요."

연희는 무의식중에 킥 하고 웃음을 터뜨렸다. 현암 같은 사람이

쫓겨난 적이 있다니……. 지금 현암이 엄청난 공력을 지니게 된 것을 알게 된다면 그때의 원장이나 원생들이 어떤 표정을 지을 것인지를 상상해 보았던 것이다. 현암은 웃는 연희를 마주 보고 같이 얼굴에 미소를 띠었다.

"나는 기공을 익히지 못할 것이란 말을 많이 들었어요. 한빈 거사님 밑에서 수련할 때도 마찬가지였지요. 거사님은 기공 연마를 제게 그만두라고 여러 번 말씀하셨고 실제로 쫓아내기까지 하셨죠."

연희는 웃음을 멈추었고, 화 노인은 현암의 얼굴을 가만히 바라보고 있었다. 연희가 화 노인에게 물었다.

"어르신, 그 양의지체란 것은 공력을 익히지만 못하는 것은 아닌지요. 누가 공력을 전해 주었을 때는 어떻게 됩니까?"

"전수받은 공력도 지탱할 수 없소."

"분명한가요?"

"그렇소이다."

"그런데 현암 씨는 현재 강한 공력을 지니고 있잖아요? 만일 어르신 말씀대로라면 지금의 현암 씨는 어떻게 된 거죠?"

"나도 그걸 모르겠다는 것이외다. 아마도 내 생각에는……."

"……."

"높은 공력을 지닌 다른 두 사람이 조치를 해 놓은 게 아닌가 싶소이다. 왼쪽과 오른쪽의 맥이 서로 다르오. 제아무리 양의지체라고 해도 이 청년의 경우는 너무 비정상적이오."

"그건 또 무슨 말씀이시지요?"

"아가씨, 이 젊은이…… 아니, 현암 청년에게 한번 물어봐 주시오. 누구에게 공력을 전수받았는지…….."

연희가 말을 전하자 현암이 짧게 대답했다.

"어느 노스님에게서였습니다."

"그렇다면 불가의 공력이구먼. 그래, 그분 밑에서는 오래 수련하셨소?"

"아닙니다. 처음 뵌 분이었습니다."

"흠! 그럼, 그분 외에 다른 분은 안 계시오?"

"아니오. 계십니다."

"그분은 어떤 수련을 하신 분이시오?"

"도가 계열입니다. 대도인이시지요."

"아하, 그렇구먼!"

노인은 뭔가를 알아냈다는 듯 무릎을 탁 치면서 현암의 몸 곳곳을 손가락으로 꾹꾹 눌러 보았다. 그러고는 갑자기 커다란 소리로 웃으며 나이에 어울리지 않게 펄쩍펄쩍 뛰었다.

"무, 무슨 일이신가요. 어르신?"

연희가 계속 묻는데도 노인은 한참이나 웃다가 몇 개 남지 않은 이를 드러내 보이며 답했다.

"천하의 화씨 의문(醫文)이 맥을 잘못 볼 리가 없지! 알아냈소. 평생 처음 증상을 못 읽어 내는 줄 알았소이다. 하하하."

연희는 노인이 웃는 것도 그렇지만 이제껏 한 번도 오진이 없었다는 말을 듣고는 얼굴이 훤해졌다.

"그런가요? 여태껏 오진을 한 적이⋯⋯."

"그렇소이다! 하하하."

노인은 한참 만에 웃음을 멈추고는 개구쟁이 같은 표정으로 연희에게 살짝 말했다.

"실은 이번이 내 평생 여섯 번째 진맥이라오."

연희는 노인의 말을 듣고 생각보다 진맥 횟수가 적어서 무척 놀랐으나, 노인은 연희의 놀란 얼굴을 보고는 다시 웃으며 말했다.

"화씨 의술은 『청낭서(青囊書, 화타가 저술했다고 하는 중국 전설상의 의서)』가 타 버린 이후 대가 끊어졌다고 세간에 알려져 있소이다. 그래서 설령 화씨 의술을 안다고 해도 아무도 믿어 주지 않는다오. 우리 의문은 환자를 가려서 보아 왔고, 지금까지도 그것이 우리 의문의 전통이라오."

연희는 고개를 갸웃했다. 환자를 돌보지 않는 의술, 그것이 존재해야 할 필요가 있을까? 그런 연희의 의문을 눈치챈 듯 노인은 하던 말을 계속 이었다.

"좀 더 자세히 말하자면, 화씨 문중의 의술의 맥은 끊어졌소. 일반적인 진료와 투약의 기술은 모두 화타 비조(飛祖) 이래, 그러니까 『청낭서』가 실전(失傳)된 이래로 대가 끊어졌고, 무공과 기공에 관련된 것만이 남았다는 말이오."

"제가 알기로는 화타 비조께서는 조조의 손 아래 돌아가셨고 후손도 없다고 들었는데요."

"물론 혈육이 없으셨지. 그러나 의형제와 양자를 여러 분 두셨소. 그뿐 아니라 그분은 무공에 관심이 많으셔서 후손들에게 무공에 쓰일 수 있는 기혈 진단법과 처치법을 남겨 두셨다오. 그래서 나도 각종의 기혈과 비법들을 알고 있는 거요."

노인은 잠시 말을 끊었다. 그러다가 빙그레 웃으면서 말했다.

"좌우간 알아냈소. 이 청년의 몸은 분명 양의지체요. 그러나 상당한 공력을 갖고 계신 분이 이 청년의 기혈을 따로 유통되게 해 주신 것이오. 아가씨, 여기 현암 청년에게 물어봐 주시겠소? 공력을 운용하려면 분명 기를 순환시켜야 할 터인즉 대주천과 소주천을 어떻게 돌리는지를 말이오."

현암은 연희의 통역으로 노인의 질문을 듣고 잠시 머뭇거렸다. 그러다가 혈도의 이름을 몰라 연희가 당황해하자 현암은 근처에 있는 종이에 혈도의 이름을 적어 노인에게 보여 주었다.

"그렇구려. 물론 유파마다 나름대로 방법은 조금씩 다르지만, 현암 청년이 주천을 돌리는 방법은 다른 것들과는 대단히 다르군. 놀라운 일이오. 이 방법은 누구에게 배운 것이오?"

"배운 게 아닙니다. 그냥 자연스럽게 그쪽으로 기가 유통됐습니다."

"그렇구려. 나도 내 눈으로 직접 보지 않았다면 믿지 않았을 것이오. 그러나 이상한 건 이런 조치를 하려면 시전자의 공력이 치료받는 쪽보다 적어도 십여 배는 강해야 할 텐데……."

"십여 배씩이나요?"

연희는 믿을 수가 없었다. 현암의 몸에 있는 공력은 칠십 년에

달하는 것이라 했다. 그러면 한빈 거사의 공력은 도대체 얼마나 된단 말인가? 그러나 그 말을 전해 들은 현암은 가볍게 일축했다.

"그분이 그런 조치를 한 것은 제가 공력을 얻기 이전이었을 겁니다. 그분은 제 몸을 무수히도 때렸습니다. 그런데 처음에는 아프더니 나중에는 멍도 통증도 없고, 오히려 몸이 가뿐해졌습니다."

노인은 고개를 끄덕이며 가벼운 탄성을 질렀다.

"가능한 일이오."

"그렇군요. 어! 그렇다면……."

현암이 놀란 표정을 짓자 연희가 현암에게 물었다.

"왜 그러세요?"

"이상하다는 생각이 들어서 그렇습니다. 한빈 거사님께서 제 혈도를 풀어 주신 것은 확실히 제가 도혜 선사님께 공력을 전수받기 이전의 일이었지요. 그런데 한빈 거사님께서 그것을 어떻게 아시고 제 혈도를 풀어 주셨을까요?"

연희가 현암의 말을 받았다.

"음! 한빈 거사님께서는 현암 씨가 후에 공력을 얻게 될 것이라고 예견하셨던 게……."

"아닙니다. 한빈 거사님께서는 제 체질이 양의지체라는 걸 분명히 알고 계셨을 겁니다. 제게 그만 포기하라는 말씀을 늘 하셨으니까요. 노력해도 가능성이 전혀 없다면서요. 그리고 천정개혈대법에 대해서도 아셨고요. 그러니 준후에게 이야기하신 것이 아니겠어요? 그렇다고 요즘 세상에 누가 그런 공력을 수련하고 있는 것도 아닐 거고 남에게 공력을 심어 주는 것이 아무에게나 가능한 일도 아닐 겁니다."

현암은 머릿속이 멍해지는 것 같았다. 그렇다면 연희 말대로 한빈 거사는 도혜 스님이 현암에게 공력을 넣어 줄 것을 미리 알고 있었단 말인가? 아니면 우연의 소치였을까? 아니, 한빈 거사와 도혜 스님은 어쩌면 처음부터 아는 사이가 아니었을까? 현암이 더 생각을 진척시키기도 전에 노인이 먼저 입을 열었다.

"좌우간 신기한 일이 아닐 수 없소. 요즘 세상에 저런 능력을 지닌 사람들이 있다는 게 나로서도 믿을 수 없는 일이오. 이보게, 현암 청년."

연희가 노인이 부른다는 것을 현암에게 손짓으로 알려 주자 현암은 고개를 돌려 노인을 바라보았다.

"만약 내가 천정개혈대법으로 자네의 몸을 풀어 준다면 아마 공력에 있어서 세상에 자네의 적수는 얼마 없을 것이오. 자네의 몸 속에 있는 공력은 그야말로 자질이 뛰어난 사람이 평생 수련에만 열중해도 될까 말까 한 것이니. 언젠가 그런 힘을 사용할 수 있게 될지도 모르오. 아울러……"

연희는 침을 삼키면서 노인의 얼굴을 주시했다. 현암도 다소 긴장된 표정으로 노인의 얼굴을 바라보고 있었다.

"지금껏 막혀 있었던 자네의 상단전에도 공력이 유통되게 되겠지. 그러면 타심통이나 천리안(千里眼)과 같은 능력들도 생길 것이고, 하반신의 기혈에까지 공력이 미치게 되면 축지(縮地)나 경신

(輕身)의 능력도 생길 것이오. 그러나……."

노인은 눈을 빛내면서 현암의 얼굴을 바라보았다.

"자네는 반드시 이 힘을 선한 일에만 써야 한다고 나와 약속해 주어야 하오."

노인이 말하자 연희가 현암 대신 답했다.

"염려하지 마세요. 현암 씨는 절대로 악한 일을 할 사람이 아닙니다. 맹세컨대 절대 그런 일은 없을 겁니다!"

그러나 노인은 다시 한번 엄숙하게 당부하듯 말했다.

"물론 못 믿어서가 아니오. 이 청년은 일면식도 없는 나를 구해 준 사람이고, 맑은 눈에 빛나는 얼굴, 이 모두를 보아도 이 청년은 정의감에 충만해 있소. 그러나 이 청년을 믿지 못한다기보다는 세상을 믿지 못해 그러는 거요."

"무슨 말씀이십니까?"

"만일 천정개혈대법을 시술하게 되면 현암 청년은 지금의 단계를 뛰어넘어 더더욱 경천동지할 힘을 지니게 될 것이오. 물론 지금의 능력도 엄청난 것이지. 그러나 지금 현암 청년의 능력은 힘이나 기공술 등 공격적인 성질이 강하오. 오른팔만 가지고 할 수 있는 일이 뭐 그리 많겠소? 현암 청년의 공력이 완전해지면 전설에서나 들어 볼 수 있을 일들이 가능해질 거요. 천 리 길을 한나절 사이에 달려갈 수 있게 될 테고, 오 층이나 육 층쯤 되는 높이도 아주 쉽게 뛰어 올라갈 수 있을 거요. 십 리 밖에서 나는 소리는 물론이고, 총알도 현암 청년의 몸을 뚫지 못할 수도 있소. 아니, 총알이 날아오는 것을 똑똑히 보고 피할 수 있게 될 거요."

"그야말로 천하무적이 되겠군요."

"그래. 그러나 내가 우려하는 것이 바로 그런 면이오."

"무슨 말씀이신지요?"

"힘…… 힘을 옳게 쓴다는 건 생각처럼 쉬운 일이 아니라오. 그것도 보통 사람들이 상상할 수 없는 엄청난 힘을……. 그리고 자기 자신만 옳다고 항상 옳은 일을 행하게 되는 것은 아니오. 아가씨는 큰 힘을 얻게 되면 좋을 것 같은가?"

"나쁠 것은 없다고 생각해요. 올바르게 사용하기만 한다면요."

"그러나 그렇지 않소. 한마디로 내 생각을 이야기하자면, 큰 힘을 얻는 것, 그런 힘을 얻게 되면 현암 청년은 불행해질 거라는 말이오."

"네?"

"생각해 보게나. 만물은 항상 균형과 조화를 이루고 공존하는 법이오. 이게 하늘이 정해 놓은 이치지. 물론 현암 청년에게 지금보다도 더 큰 힘이 얻어지기만 한다면 좋을 수도 있겠지. 그러나 반드시 그렇지는 않을 것이오. 힘을 얻었을 때는 그에 따르는 책임이 생기는 법이니 말이오."

현암은 연희에게 눈짓으로 노인이 무슨 말을 하는지 물었다. 연희는 자기가 노인과 대화하는 것보다는 노인이 하는 말을 현암에게 있는 그대로 통역해 주는 게 옳다는 생각이 들어 별다른 질문을 하지 않고 현암에게 있는 그대로를 전해 주었다. 노인의 이야기는 계속됐다.

"힘에 따르는 책임이란 두 가지를 들 수 있을 것이오. 하나는 자신에 대한 책임이오. 큰 힘을 얻게 된 자는 일단 자만하기 쉽소. 그리고 그 힘을 발휘할 기회를 바라게 되기 마련이지. 그러나 힘을 올바르게 사용하기란 쉽지 않은 일이오. 어떨 때는 행하는 것이 잘못하는 것이 될 수 있고, 어떨 때는 행하지 않는 것이 잘못하는 것이 될 수도 있지. 지니고 있는 힘은 크면 클수록, 행하거나 행하지 않았을 때 오는 과정이나 결과는 더더욱 책임지기가 힘들어지지. 그 힘을 사용한 결과가 잘못됐을 때 느끼는 번민에 대해서는 말할 필요조차 없을 것이고······. 자신의 힘을 충분히 통제할 만큼 성숙하지 못한 자가 그 힘에 끌려다니게 돼 마침내는 자신을 파멸시키는 예는 흔히 있는 일이라오."

노인의 말이 멈췄다. 아까처럼 기뻐하거나 장난치는 듯한 기색은 어느덧 사라지고 엄숙한 기운이 노인의 전신을 감싸고 있었다.

"그리고 또 한 가지는 하늘에 대한 책임이오. 보통 사람들은 이것에 대해서는 생각조차 안 하지······."

"하늘에 대한 책임이라 하면 무얼 말합니까?"

현암이 침묵을 깨고 조심스럽게 물었다. 그러자 노인은 나직한 목소리로 답했다.

"독이 있는 곳 부근에는 반드시 그 독을 풀 수 있는 것을 안배해 놓는 것이 하늘의 섭리. 그렇다면 해독할 수 있는 것 부근에 또한 독이 있는 것은 당연한 이치요. 이건 누구나 조금만 생각해 보면 알 수 있는 아주 간단한 이치지. 자네가 정의롭고 심지가 굳고 생각이 깊은 사람이라 자네는 그 힘으로 옳은 일을 행할 것이라 내 확신하네만, 자네의 능력에 비례해서 자네에게 필적하는 악한 기운도 분명히 어디에선가 생겨나고 있을 것이오. 그것이 바로 내가 염려하는 것이지. 모든 것은 조화가 중요한 법, 어느 한쪽에 지나치게 치우치는 일은 하늘의 이치가 아니오. 우리의 옛말에 정(正)이 한 치 자라면 마(魔)는 한 자 자란다고 했소. 그것은 결코 정의가 마보다 약하다는 말은 결코 아니오. 정의를 실현하는 길은 마에 빠지는 것보다 훨씬 힘들고 어렵다는 걸 역설적으로 강조한 말이지. 그러나 항상 정의는 옳은 것을 추구하는 법, 비록 한 치밖에 자라지 않더라도 그것이 옳은 것이고 그렇기 때문에 종국에는 한 자가 자라는 마를 이기고 정의가 승리하게 되는 것이오. 그러나 그 과정은 정말로 거칠고 험난하기만 하지. 그 모든 것이 태초부터 존재해 왔던 잘 안배된 하늘의 섭리라고 할 수 있소."

노인의 말에 온 신경을 집중하고 있는 중에도 현암의 머릿속으로 수많은 생각이 스쳐 지나가고 있었다. 힘에 대해서 자신은 얼마나 많은 생각을 해 왔던가. 또 얼마나 많은 일들과 얼마나 많은 사람들을 보아 왔던가. 그리고 그사이 자신은 어떻게 달라졌을까. 맨 처음 퇴마행을 시작했을 때의 각오가 지금에 와서 달라진 건 아니었다. 그러나 현암 스스로 돌이켜 보아도 과거의 자신과 현재의 자신은 많은 면에서 달랐다. 말수도 적어졌고 급한 성격도 많이 차분해졌다. 세속적인 것에 관심을 기울였던 적도 있었다. 그것이 마치 아득한 옛일처럼 여겨진 것은 언제부터였을까? 도를 닦거나 경지가 깊어서가 아니었다. 그럴 수밖에 없었기에 변해 간 것이었고, 그 이유는 현암이 남이 갖지 못한 힘을 지닌 까닭이었다. 어쩌면 지금 현암이 지닌 힘은 과거의 그런 것에 대한 포기의 대가인지도 몰랐다. 현암 자신도 그것을 어쩔 수 없는 숙명으로 받아들이고 있었다.

현암은 노인의 말에 완전히 공감할 수 있었다. 연희도 노인의 말에 전혀 공감 못 하는 것은 아니었지만 아직도 이해할 수 없는 부분이 있어서 자신도 모르게 질문을 꺼냈다.

"어르신의 말씀은 현암 씨가 더 강한 힘을 가지게 되면 그에 맞서 더 강한 악인이 나타날지 모른다는 말씀이신가요?"

"그렇지. 그러나 내가 결정을 내리지 못하는 것은 어느 쪽이 앞이냐 하는 것이오."

"앞이라니요?"

"허허허. 그래서 하늘의 섭리는 인간이 미루어 짐작할 수 없다는 것이지. 내 말은 그런 강하고 악한 자가 이미 나타났기 때문에 하늘이 이렇게 우연한 기회를 만들어서 이 청년이 강하게 될 수 있도록 만들어 주라는 것인지, 아니면 이 청년이 힘을 얻게 됨으로써 그런 악인도 출현하게 된다는 것인지, 그것을 알 수 없다는 것이오. 첫 번째 경우라면 나는 의당 이 청년에게 대법을 시전해야겠지."

"만약 후자라고 판단하신다면요?"

노인은 껄껄 웃었다.

"그건 모르겠소. 그래서 이렇게 긴 이야기를 하는 거요. 나 혼자 판단할 수 있는 일은 아니기 때문이지."

"현암 씨도 어느 쪽이 앞일지 알 수는 없을 텐데요?"

"그럴 거요. 그러나 결정을 내릴 수 있는 건 우리 둘뿐이오. 대법을 시전할 수 있는 기술을 지닌 나, 그리고 시전 받는 이 청년. 이 둘 밖에 결정을 내릴 수 있는 사람은 아무도 없소. 그러니 이 청년의 의사를 반드시 물어보아야 하오."

연희는 머뭇거리면서 현암에게 노인의 이야기를 마저 전달했다. 현암은 잠시 고심하더니 무겁게 입을 열었다.

"그렇다면 저는 시술을 받지 않겠습니다."

"네? 왜죠? 지금 우리는 위험한 길을 가고 있어요. 현암 씨의 능력이 상승될 수만 있다면……."

"이유를 말씀드리지요. 연희 씨가 어르신께도 잘 말씀드려 주세요. 첫째로 나는 지금 내가 갖고 있는 힘을 제대로 쓰고 있는지 자신이 없습니다. 하물며 지금보다 더욱 큰 힘을 지니게 됐을 때 내가 그 힘을 과연 항상 옳게 활용할 수 있을지에 대해선 더더욱 자신이 없고요."

"그렇지만……."

"둘째로 어르신의 말씀을 듣고 생각한 겁니다만, 나는 모험을 할 생각이 전혀 없어요. 어르신이 하신 말씀이 맞습니다. 만약 내가 힘을 더 얻게 됨으로써 강한 악의 힘 또한 나타나게 되는 것이라면, 굳이 내가 힘을 얻을 필요가 없습니다. 필경은 그자가 악한 짓을 해야만 알게 될 것이고 그 힘을 막기 위해 애를 쓰겠지요. 그때는 누군가가 피해를 보고 난 다음일 겁니다."

"꼭 모든 것이 어르신의 말씀대로 되리라는 법은 없잖아요? 그리고 이미 그런 힘이 존재하고 있다면요?"

"지금 갖고 있는 힘으로 막아야지요."

"못 막으면요?"

"연희 씨, 어르신의 말씀을 역으로 생각해 보세요. 모든 힘에는 반드시 그것을 제압할 수 있는 힘도 있다고 말씀하셨잖아요? 만약 그 원칙이 맞다면 제가 여기서 힘을 얻지 않더라도 그 악을 제압할 수 있을 겁니다. 만약 섭리라는 것이 존재한다면 지금의 제가 한 행동도 섭리의 한 부분이겠지요. 그러니 지금 제가 힘을 포기한다면 악의 힘도 제가 감당할 만한 수준일 것이 분명합니다. 그렇지 않을까요?"

"그건 궤변이에요. 지금 현암 씨 말씀은 어르신께서 말씀하신 원리가 맞다는 전제하에서만 그렇지요. 어르신의 생각이 틀렸을 수도 있잖아요? 그렇다면 현암 씨가 더 강한 힘을 얻는다고 해서 악의 힘이 필연적으로 커진다고 할 수는 없는 거잖아요. 안 그래요?"

연희가 말을 끊었다가 다시 말을 이었다.

"그 문제에 대해선 너무 깊이 생각할 필요는 없다고 생각해요. 구태여 하늘의 섭리를 들먹일 필요는 더욱 없고요. 세상의 만물들은 더 강해지기 위해 노력해요. 한낱 짐승들이나 미물들조차도 살아남기 위해서 더 강해지려 하고 진화하려 하죠. 모두가 최선을 다하는 것이 어떤 면에선 진정한 하늘의 섭리라고 할 수 있어요. 제 말은 기회가 닿는 대로 최선을 다해 노력하고 익히는 것이 더 중요하다는 거예요. 여러 가지 이유를 들어 천재일우의 기회를 회피하는 것이야말로 옳지 못한 일이에요. 난, 적어도 나는 그렇게 생각해요."

연희와 현암, 둘 사이에는 말로 표현하기 힘든 무거운 분위기가 가로막고 있었다. 침묵을 먼저 깬 건 현암이었다.

"옳은 판단만을 할 수 있다면 그렇겠지요. 연희 씨 말씀도 맞아요. 그러나 사람은 짐승과는 달라요. 사람은 벌써 그런 섭리에서 벗어났죠. 짐승이나 미물들이 생존하기 위해 강해지려는 것은 순수한 것입니다. 그러나 사람은 왜 강해지려고 하지요? 생존을 위해서인가요? 아니에요. 그렇지 않은 경우가 훨씬 더 많아요. 한낱 편안함이나 안온함, 또는 일시적인 만족을 위해서 타인을 이기고 짓누르려 하는 경우가 훨씬 더 많습니다. 나는 남들과 비교도 할 수 없는 힘을 지금도 지니고 있지요. 그러나 내 힘이 아무리 강하다고 해도 대포알 하나, 미사일 한 발이 지니고 있는 힘에 비교할 수 있을까요? 그 가공할 힘들은 대체 누가 만들었지요? 생존을 위해서, 자기 일족을 보호하기 위해서 만들었다고 다들 그럽니다. 정말 그런가요? 결국 그 가공할 힘들은 그대로 인간들에게 사용되고, 우리에게 되돌아오는 것이 아니던가요?"

현암은 마지막에는 거의 발악하듯 말하다가 문득 자신이 너무 흥분했다는 생각에 입을 다물었고, 연희도 더 이상 대꾸를 하지 않았다. 연희는 눈물기를 머금은 눈으로 현암을 바라보았다. 현암은 연희의 눈을 마주 보는 순간, 미안한 생각이 들었다. 자신이 힘을 얻는다고 득이 될 게 하나도 없는 연희가 무엇 때문에 저토록 간곡하게 나서겠는가? 또 무엇 때문에 자신이 연희에게 그토록 흥분해서 큰 소리로 이야기했는지 지금 생각하니 모를 일이었다.

연희의 커다란 눈이 깊이를 알 수 없는 샘처럼 점점 크게 확대돼 보이는 듯하자 현암은 서둘러 시선을 돌렸다. 서서히 마음을 가라앉히자 한편으론 연희의 생각이 아주 틀린 것만은 아니라는 생각이 들었다.

"연희 씨, 미안합니다. 연희 씨를 탓하는 건 아니었습니다."

연희는 현암이 쑥스러운 표정을 짓자 싱긋 웃으며 말했다.

"괜찮아요. 현암 씨 원하시는 대로 하세요."

노인은 가만히 두 사람이 논쟁하는 것을 보고만 있다가 눈을 껌벅거리면서 말했다.

"결정을 내렸소?"

현암은 대답 대신 고개를 가로저었다.

"그런가? 나는 결정을 내렸다오. 웃옷을 벗으시오."

어쩔까 망설이는 현암에게 노인은 예상했던 대로라는 듯, 여전히 미소 띤 얼굴로 말했다.

"자네 생각, 대강 짐작은 가네. 결정하기 어려운 일이니 이렇게 예쁜 아가씨와 말다툼까지 했겠지. 진실로 결정하기 어려운 일일 거요. 그래서 내가 결정을 내린 거요. 난 자네에게 지금 당장 시술할 생각은 없소. 왜냐하면 나도 완전한 결정을 내릴 수가 없기 때문이오."

"그러나 방금 그 말씀은 제게 시술해 주시겠다는 의미가 아니었습니까?"

"음! 내게 좋은 생각이 들었기 때문이오. 나는 일단 자네에게 천정개혈대법의 일 단계까지만 시술해 줄 생각이오. 그 정도만 해도 자네의 경맥은 일부나마 타통될 것이고, 그러면 지금보다는 조금 나아진 힘을 지니겠지만 그렇게까지 강한 것은 아닐 것이오. 자네 스스로도 잘 판단해 보도록 하시오. 나도 시간을 갖고 내 나름대로 판단해서 만약 하는 편이 옳다고 생각되면 그때 시술해 주겠소."

"그러나 저는 며칠 후면 이곳을 떠날 텐데……."

"세상은 좁소. 우리 이렇게 하는 게 어떻겠소. 서로 연락처를 교환하기로 말이오. 그리고 서로 간에 합의가 된다면 다음 단계를 시술하는 거요. 오늘은 일 단계까지 시술하고, 석 달 후에 다시 연락을 취해서 의논하기로 말이오. 어떻소?"

"……."

"자네도 이 문제에 대해서 충분히 생각해 보아야겠지. 그러기 위해서는 그럴 여유가 필요할 거요. 다른 사람의 의견을 들어도 보고, 특히 자네 스승님들의 의견을 반드시 들어 보시오. 어떻소?"

노인의 말을 듣자 비로소 현암은 머릿속이 개운해지는 듯한 느낌이었다. 박 신부를 비롯한 다른 사람들의 의견도 들어 보아야 한다는 생각이 들었고, 더군다나 스승님이라는 말에 현암은 안도감을 느꼈다. 현암은 일단 노인의 제의를 받아들이기로 작정했다.

"좋습니다, 어르신. 시술은 얼마나 걸리나요?"

"천정개혈대법은 모두 구 단계까지 있소. 단계가 올라갈수록 시간이 오래 걸리지만, 일 단계 시술은 한두 시간이면 족하오."

현암은 웃옷을 벗으려다 얼굴이 굳어졌다. 연희가 의아한 눈으로 쳐다보자 현암은 힘없는 소리로 중얼거렸다.

"그러나 황달지 교수와 최 교수님을 그냥 놓아두고 왔는데 그사이에 마스터가 또 무슨 수작이라도 부린다면……."

"제가 신부님에게 알릴게요. 현암 씨, 너무 염려 마시고 지금은 시술에만 열중하세요. 마스터도 호되게 당했으니 그렇게까지 빨리 오지는 못할 거고, 또 최 교수님과 황달지 교수님은 병원에 계실 테니 큰 문제는 없을 거예요. 아무튼 그 문제는 제게 맡기세요."

연희는 아예 걱정 말라는 듯, 웃어 보이고는 밖으로 나갔다. 현암은 뭐라 말하려다가 그 자리에 천천히 앉았다. 노인은 현암이 자리에 앉자 품 안에서 침통과 시술 도구들을 꺼내었고 현암은 어색한 표정을 지으면서 웃옷을 벗기 시작했다.

전 세계의 적

 승희와 준후는 비행기를 타는 동안 계속 바이올렛의 끔찍한 잔소리를 들어야 할 것으로 예상했으나, 이상하게도 바이올렛은 비행기에 오르자마자 마치 죽은 것처럼 깊은 잠에 빠져 버렸다. 처음에는 몹시 피곤했기 때문에 그런가 보다 하고 넘겼는데 비행기에서 내릴 시간이 다 됐는데도 바이올렛은 통 일어날 생각을 하지 않았다. 자는 것이 아니라 기절해 있는 것 같았다. 한참 법석을 떨고 의사를 불러 결국 호텔이 아니라 병원으로 직행하게 됐다.
 병원에서 진찰해 본 결과, 전혀 몸에는 이상이 없고 단순히 기절한 것뿐이니 곧 깨어날 것이라고 했다. 준후는 그런 바이올렛이 불쌍하게 느껴졌지만, 승희는 웬 할망구가 별 요란을 떤다고 투덜거리면서 병원에 준후를 남겨 두고 혼자 짐을 챙겨 호텔로 떠났다.
 승희는 방에 짐을 옮기자 장시간 여행에 피곤이 엄습해 왔지만 일단 무사히 도착했음을 알리기 위해 백호에게 전화를 걸었다. 그런데 한참이 지나도 신호음만 갈 뿐 전화를 받지 않았다. 그러다가 세 번째 전화를 걸었을 때쯤에서야 백호가 전화를 받았다.
 "아, 백호 씨? 저 승희예요. 지금 막 도착했는데 그 할망구가……."
 승희가 용건을 말하기도 전에 백호가 승희의 말을 가로챘다.
 [승희 씨? 가만! 내 이야기부터 좀 들어 주세요! 시간이 별로 없습니다!]
 "네? 어…… 왜요?"

[모든 계획이 취소됐습니다! 긴급한 사태예요! 더 이상 어떤 형태의 지원도 해 드릴 수 없습니다!]

"네? 아니, 그게 도대체 무슨 말씀이지요?"

[설명해 드릴 시간이 없습니다! 지금 여러분은 절대적인 위험 상황에 처해 있습니다! 꼭 내 말을 명심하십시오!]

"아니, 무슨 소리인지 알아듣게 말을 좀 해 보란 말이에요! 사람이 답답하잖아요!"

[아무도 믿지 마십시오. 어떤 사람도요! 여러분의 생명이 걸린 문제입니다. 지금 이 시각부터 여러분은 전 세계 모든 첩보망의 블랙리스트에 올랐습니다. 이제부터 여권에 기재돼 있는 이름이나 신상 명세 등은 절대로 사용하면 안 됩니다!]

승희는 지금 자신이 꿈을 꾸고 있는 것이 아닌가 싶었다. 도통 무슨 소린지 하나도 알아들을 수 없었다. 승희의 기분을 아는지 모르는지 백호는 낮고 빠르게 말하고 있었다.

[시간이 없습니다! 재차 반복합니다. 절대 아무도 믿지 마세요! 빨리 몸을 숨기세요! 곧 여러분은 국제 첩보망에 쫓기는 신세가 될 겁니다. 제가 직접 그리로 가겠습니다. 그때까지는 절대 노출되지 않도록…….]

"그게 도대체 무슨 말이에요? 불과 몇 시간 사이에 왜 이렇게 된 거죠?"

[제가 나중에 설명해 드리겠습니다. 아! 시간이 없어요!]

승희는 이토록 당황한 말투로 이야기하는 백호를 한 번도 본 적이 없었다. 그제야 승희의 몸도 서서히 떨려 왔다. 승희는 마음을 진정시키려고 애쓰는 목소리로 백호에게 물었다.

"그러면 어디서 만나죠?"

[저는 일단 현암 씨와 신부님을 데리러 중국부터 먼저 가겠습니다. 사회주의 국가라 노출될 가능성이 훨씬 큽니다. 그러고 나서 인도로 가겠습니다. 그때까지만 제발 숨어 계세요. 그리고 매일 저를 투시하세요. 가능하겠죠, 승희 씨?]

"될, 될 거예요."

[좋아요. 다시 한번 말씀드립니다. 직접 저를 만나는 것 말고는 아무도 믿어서는 안 됩니다.]

백호는 빠르지만 작은 목소리로 강조하듯 말을 마치고는 서둘러 전화를 끊었다. 누가 들을까 봐 대단히 조심하는 것 같았고, 평소 백호의 모습과는 전혀 딴판이었다. 승희는 앞으로 어떻게 해야 할지 막막했다. 모든 것이 혼란스럽기만 했다.

'백호 씨의 마음을 읽어 볼까?'

승희는 잘 아는 사람에게 자신의 능력을 상대의 동의 없이 사용해 본 적이 없었다. 그러나 이번만은 달랐다. 세계 첩보망의 블랙리스트에 올라와 있다니, 이게 웬 날벼락이란 말인가? 그러나 백호의 말인 이상 믿지 않을 수도 없었다. 더군다나 직접 백호를 만날 때 외에는 누구도 믿지 말라니! 그렇다면 우리 정부도 자신들을 적으로 규정했단 말인가? 승희는 한동안이나 혼란 속에서 허우적거리다가 결심이 섰는지 그 자리에 앉아 정신을 집중했다. 백호의 마음속을 읽어서 조금 더 명확한 것을 알아내기 위해서였다.

연희는 아파트 주변에 있던 사람들에게 물어서 황달지 교수가 입원해 있는 병원의 이름을 알아냈다. 간신히 찾은 병원의 응급실 한쪽 구석에 최 교수와 아라가 있었다. 둘은 피곤에 지친 데다가 예기치 않은 사건에 휘말린 탓인지 풀이 죽어 있었는데 연희가 나타나자 몹시 반가워했고, 아라는 연희에게 안겨서 흐느끼기까지 했다. 연희는 아라의 등을 다독거리면서 얼굴이 하얗게 질려 있는 최 교수에게 물었다.
"황달지 교수님은요?"
연희의 말에 최 교수는 힘없이 고개를 가로저었다.
"돌아가셨나요?"
"아직은 아니지만 위험하답니다. 묶여 있는 상태에서 마약 주사를 너무 많이 맞았다고 해요."
연희는 자신도 모르게 신음을 냈다.
"경찰은 다녀갔나요?"
"공안 경찰이 왔다 갔지요. 화재가 나고 마약까지 연루된 사건이라 조사가 매우 엄했습니다. 도착한 지 몇 시간밖에 안 돼서 벌어진 일인데도 말입니다. 그러나 별일은 없었습니다."
"일단 호텔로 돌아가도록 해요. 황달지 교수님 문제도 문제지만, 최 교수님도 좀 쉬셔야겠어요."
"하지만……."

"아라도 너무 지쳐 있잖아요?"

최 교수가 고개를 끄덕였다. 연희는 입원실에 있는 황달지 교수를 한 번 보고 가려고 했으나 그 방은 외부인이 들어가지 못하게 잠겨 있었고 황달지 교수의 친지나 제자들이 그 앞에서 진을 치고 있었으므로 할 수 없이 그냥 걸음을 돌렸다.

호텔의 방문을 열었을 때, 누군가가 뛸 듯이 자리에서 일어나면서 연희를 보고 소리쳤다.

"오우! 연희 양, 큰일입네다!"

윌리엄스 신부였다.

"예? 무슨 일이라도……."

연희는 하던 말을 끊고 방 안을 둘러보았다. 어느 사이에 호텔 방이 엉망진창으로 뒤집혀 있었다. 짐이라고 해야 변변한 것도 없는데 온 방 안이 엉망이었다. 하물며 자신들과 전혀 관계없는 호텔의 비품들조차도 엉망이 돼 있었다.

"이게 어떻게 된 일이에요?"

"오우! 나도 모릅네다. 내가 와 보니 이미 이렇게 돼 있었습네다. 그러나 이게 문제가 아닙네다."

연희는 윌리엄스 신부의 말을 듣고 있다가 갑자기 등골이 서늘해졌다. 윌리엄스 신부는 박 신부와 함께 나가지 않았던가?

"박 신부님은?"

"팍 신부님은 잡혀가 버렸습네다! 억류돼 버렸어요!"

연희의 귀에는 더 이상 윌리엄스 신부의 말이 들어오지 않았다.

눈앞이 캄캄해지면서 빈혈이 일어나 몸을 비틀했으나, 소파의 가장자리를 붙잡고 가까스로 버티고 있었다.

"도대체 이유가 뭐죠?"

"전혀 설명해 주지 않고 그냥 잡아가 버렸습니다."

연희는 왈칵 팔을 뻗어서 앞에 놓인 수화기를 집어 들었다가 내려놓았다. 방을 이 정도로 뒤졌다면 분명 도청 장치도 해 놓았을 터였다. 연희는 침착해지려고 숨을 깊게 들이마셨다.

"박 신부님만을 잡아갔나요?"

"그렇습니다. 내가 항의했지만 내 말은 들은 척도 안 했습니다."

"여권이나 서류에 잘못이 있었던 것은 아닐까요?"

"아닙니다. 우리는 티베트로 가는 교통편을 알아보기 위해 간 것이었는데 언제 왔는지 모르게 이곳 공안 요원들한테 눈 깜짝할 사이에 잡혀 버렸습니다."

"그렇다면 박 신부님이 이곳 공안 요원들에게 잡혀갔단 건가요?"

"틀림없습니다."

연희는 왜 박 신부가 잡혀 갔는지 도저히 납득이 가지 않았다. 호텔 방을 샅샅이 뒤지고, 티베트행 교통편을 알아보기 위해 관공서를 찾아간다는 사실을 미리 알고 있다가 닿자마자 연행해 갔다면 이는 필경 정보기관의 소행일 수밖에 없었다. 이 모든 게 도대체 말이 되지 않았다. 백호는 이번 일을 위해 도움을 주겠다고 분명히 약속했고, 또 박 신부님에게는 이곳의 관리들과 만나 보라고 하지 않았던가? 그런데 박 신부님이 그 길목에서 손 한번 쓸 틈이 없이 그대로 잡혀 버렸다면……. 연희는 일단 일이 이렇게 된 이상 현암도 위험할지 모른다는 생각이 들었다. 어떻게 생각하면 현암이 이 자리에 없는 것이 다행일지도 몰랐다. 아무튼 지금은 서둘러 백호에게 연락을 취해야 했다. 백호라면 뭔가 알고 있을 것이다. 그러나 이곳의 전화를 사용할 수는 없으니 밖으로 나가야 했는데, 그사이 현암이 아무 생각 없이 돌아오다가 붙잡힐지도 모르는 일이었다.

"제가 연락을 취하고 올게요. 그리고 신부님…… 아니, 신부님은 서양분이라 눈에 띄니 안 되겠네요. 최 교수님, 수고스럽더라도 호텔 문 근처에 가 계시지요."

"네? 왜 그러죠?"

"신부님이 잡혀간 이상, 현암 씨도 위험할지 몰라요. 혹시 현암 씨를 보게 되면 다른 곳으로 피해 있으라고 전해 주세요."

"어디로 피해 있으라고 전합니까?"

"아무 데나요. 아니지. 음, 그래요."

연희는 최 교수의 귀에 대고 조그만 소리로 말했다.

"화씨 약재상에서 만나자고 하면 현암 씨도 알 거예요. 꼭 그렇게 전해 주세요."

최 교수는 경황이 없는 듯 고개만 끄덕였다. 연희는 전화를 걸기 위해 서둘러 밖으로 달려 나갔다. 최 교수도 훌쩍거리는 아라를 데리고 호텔 입구로 가기 위해 방문을 나섰다. 아라의 작은 손에는 아직도 준후가 주었던 목걸이가 꼭 쥐어져 있었다.

현암은 택시를 타려 했지만 통 지나가는 택시가 없어서 터벅터벅 걸어서 돌아오는 길이었다. 화중명 노인의 시술은 허무하리만치 짧게 느껴졌다. 몸에 수십 개의 침을 박고 한 시간 정도 엉거주춤한 자세로 서 있으라고 하더니, 한 시간가량 지나서 몇몇 동작을 따라서 하라고 하는 것이었다. 그리고 두 시간 정도가 지나자 화 노인은 현암에게 약방문을 한 장 써 주면서 하루에 한 번씩 석 달 동안 귀찮더라도 꼭 달여 먹을 것과 몇 가지 주의 사항을 당부하는 것으로 시술을 끝냈다. 시술을 마친 현암의 몸에는 별다른 징후가 나타나지 않았다.

밤거리를 걸으면서 현암은 두어 가지 생각을 하고 있었다. 첫 번째는 난데없이 나타나서 위기를 넘기게 한 바퀴벌레 떼에 관한 것이었다. 그 바퀴벌레들은 아라의 뒤를 따라 들어온 것이 확실했다. 그렇다고 바퀴벌레들이 아라를 유별나게 좋아하는 것도 아닐 테고, 아라가 천부적인 초능력자나 주술사도 아니니 남은 것은 전에 준후가 일본에서 군다리명왕을 이기고 나서 주웠던 그 목걸이뿐이었다. 더구나 그때 아라의 손에 쥐고 있던 목걸이가 밝은 빛을 내는 것을 현암은 분명히 보았다. 그렇다면 혹시 목걸이에 뭔가 신통한 힘이 숨겨져 있는 것이 아닐까 싶었던 것이다.

'가만! 그러고 보니 군다리명왕은 새와 벌레들을 마음대로 부리는 힘이 있었지? 그래, 그렇다면 바로 그 힘이 아라의 목걸이에 숨겨져 있었다는 말인데…….'

생각해 보니 그것밖에는 설명할 방법이 없었다. 만일 그게 아니고 어린 아라가 실제로 그런 능력을 지니고 있다고 한다면? 현암은 고개를 가로저었다. 설령 그렇다 해도 별로 탐탁한 생각은 들지 않았다. 현암은 생각을 바꾸면서 걸음을 옮겼다. 이번 생각은 조금 더 복잡한 것이었다.

'마스터는 우리가 이리로 찾아오게 되리라는 것을 알고 미리 함정을 파 놓고 기다리고 있었다. 그러나 마지막 순간에 아라가 있다는 것은 몰랐어. 그래서 실패했지. 그렇다면 마스터에게 투시 능력은 없다는 결론이 나오는데…….'

만일 마스터에게 투시력이 없다고 한다면 풀어야 할 의문이 또 한 가지 있었다. 마스터가 어떻게 자신들이 중국으로 올 것을 미리 알았을까 하는 것과 아울러 어째서 황달지 교수를 묶어 놓고 며칠씩이나 기다리는 수고를 했느냐 하는 것이었다.

'신동들의 우두머리는 마스터가 빙의된 앙그라였으니 그 신동들을 마스터가 보낸 것은 분명해. 그렇다면 마스터는 신동들이 패배하리라는 것을 처음부터 알았다는 말인가? 늑대 소년 피에트리의 몸에 폭탄을 설치한 것도 마스터가 분명한 것 같은데…… 그러나 신동들이 패배하리라는 것을 알았다면 무슨 이유로 신동들을 보내어 우리로 하여금 이 일에 말려들게 만들었을까? 더구나 아이들이라지만 모두가 상당한 실력자들이었는데. 혹시…….'

현암은 마스터가 예전에 블랙 서클의 승정들을 하나씩 죽음으로 몰아간 것과 같은 의도에서 신동들을 싸우게 만든 것은 아닐까 하는 추측을 해 보았다. 마스터는 승정들의 힘을 하나씩 흡수하기 위해서 일부러 하나둘씩 퇴마사들과 싸우게 조종했고, 마지막에는 그 힘들을 모두 한 몸에 업어서 엄청난 능력자로 변했다. 원래의 능력은 더 가공할 만했지만 분명 과거에 그런 수법을 쓴 것은 틀림없었다.

'아무튼 사악하기 이를 데 없는 녀석이다. 절대 용서할 수 없다! 더구나 지금은 살아 있는 자도 아니고 단지 혼일 뿐이니 사정 볼 것 없이 해치워 버려야겠다!'

또 하나 의아한 것이 있었다. 황달지 교수 방에서 보았던 빈 통조림의 개수였다. 마스터는 사흘을 잠복했는데 빈 통조림은 겨우 여섯 개였다. 앙그라가 어린아이임을 감안하더라도 너무나 적은 양이었다. 더군다나 황달지 교수의 방 안에 있는 책더미가 헤집어져 있던 것으로 미루어 볼 때 마스터는 거기 잠복하면서 무엇인가를 찾아내려 했던 것 같았다. 그렇다면 밖으로 나가지도 않았을 텐데…….

'뭔가 아귀가 잘 맞지 않아. 마스터가 어떻게 우리가 올 것을 정확하게 알았는지에 대한 것이 전혀…….'

현암은 답이 꽉 막히자 머리가 지끈지끈 아파 오기 시작했다. 그때까지도 여전히 택시는 한 대도 보이지 않았다.

'이거 머리만 아프군. 그나저나 최 교수님과 아라는 괜찮은지 모르겠네? 그런 상황에서 마스터를 잡겠다고 빠져나와 버렸으니……. 이러고 있을 시간이 없는데 차는 한 대도 안 보이고. 이거 원, 영혼들처럼 자유롭게 훨훨 날아갈 방법이 없을까?'

그때였다. 현암의 머릿속에 문득 서광이 비쳤다. 뭔가 다른 각도로 생각이 돌아가니 처음의 그 모든 문제가 눈사태 나듯 와르르 해결되는 한 가지의 답이 나왔기 때문이다.

'그래! 그렇다면 모든 것의 아귀가 맞는다. 그러나…… 아니, 내가 어떻게 이런 생각을 했지? 말도 안 돼! 그렇지만…… 아냐! 그렇지 않고서는 해결이 되지 않는다.'

현암의 머리가 마구 뒤엉키는 순간 택시 한 대가 저만치에 보였다. 현암은 손을 흔들어 택시를 타면서도 그 생각을 끊지 않으려고 애썼다. 운전사와 피차 잘 통하지 않는 영어로 호텔의 이름을 대는 중에도 현암은 내내 그 믿어지지 않는 추리의 내용에 스스로 놀라고 있었다.

연희는 수화기를 내던지듯 그 자리에 쾅 소리가 나게 내려놓았다. 아무도 전화를 받지 않았기 때문이다. 백호와 약속돼 있던 그 전화번호는 백호가 아니면 다른 사람이라도 스물네 시간 내내 받기로 한 것이었는데, 벌써 이십 분씩이나 시도해 보았지만 통화가 되지 않았다.

'아무래도 뭔가 크게 잘못된 것 같아. 어쩐다지?'

연희는 안절부절못하다가 집에 전화를 걸어 볼까 생각도 해 보았지만 공연히 걱정할까 싶어 그만두었다. 다시 한번 백호에게 전화하기 위해 공중전화 부스를 들락거리다가 승희 생각이 났다.

'가만, 우리만 문제가 생긴 것이 아니라 승희와 준후도 곤란해

졌을 텐데…….'

연희는 승희와 하나씩 나눠 가졌던 세크메트의 눈을 떠올렸다. 그것을 손에 들고 있지 않으면 소통이 안 될지도 모르지만, 지푸라기라도 잡는 심정으로 연희는 주머니에 손을 넣어 세크메트의 눈을 꺼냈다. 승희는 상당히 오랫동안 연희가 세크메트의 눈을 손에 들고 있기를 기다린 듯 즉각적으로 반응이 왔다. 그런데 승희는 상당히 흥분해 있는 듯했고 동시에 심한 분노의 감정까지 전달돼 왔다.

언니, 큰일났어!

뭔데?

모두 위험해! 특히 신부님과 현암 군이……. 우리도 시간이 별로 없어. 어서 피해야 돼!

도대체 무슨 일이야! 응?

말로는 설명하기 힘들어. 내가 떠올릴 테니까 봐!

승희가 떠올리는 내용들이 세크메트의 눈을 통해 연희의 마음속에 그대로 전달돼 왔다. 어떻게 해서 이런 일이 생긴 것인지 승희와의 마음속의 대화를 통해 그제야 알게 됐다. 연희는 눈앞이 캄캄해지면서 서 있을 수 없을 정도로 다리가 후들후들 떨렸다. 쓰러지지 않기 위해 입술을 꽉 물고서 공중전화 부스를 손으로 붙잡고 억지로 서 있었다.

택시를 타고 막 호텔 앞에 도착한 현암은 분위기가 이상한 것을 느꼈다. 꽤 늦은 밤에 서너 명의 남자들이 호텔 문 앞의 구석에서 마치 누구를 기다리고 있는 것처럼 서성거리고 있었기 때문이다. 뭐 별일이야 있을까 하고 택시에서 내리는데 서성거리던 남자들이 옷깃을 세우며 현암에게로 다가왔다. 아무래도 불안한 느낌이 들어서 신경을 곤두세우며 호텔 안으로 들어가려는데 호텔의 현관문이 열리면서 누군가가 달려 나왔다. 최 교수였다. 그러나 달려 나오던 최 교수의 앞을 한 남자가 막아서며 몸으로 부딪쳐서 최 교수를 쓰러뜨렸다. 현암은 순간, 무언가 대단히 잘못돼 가고 있다는 느낌을 받았고 동시에 무언의 위기감도 느꼈다.

현암이 쓰러진 최 교수한테 달려가려는데 이번에는 두어 명의 남자가 동시에 현암의 앞을 막아서면서 중국어로 뭐라고 말했다. 현암은 그것에 신경 쓰지 않고 그대로 힘을 주면서 앞으로 달려 나갔다. 현암이 두 남자 사이를 뚫고 그대로 달려 나가자 상당히 체구가 큰 두 남자는 볼링공에 핀이 튕겨 나가듯 그대로 쓰러져 버렸다. 도망칠 것에 대비해 현암의 뒤에서 포위하고 있던 다른 사람들은 그들의 예상과는 달리 현암이 호텔 정문을 향해 돌진하자 당황한 듯 그제야 방향을 돌려 뛰어오고 있었다.

최 교수를 몸으로 밀어 쓰러뜨린 남자는 이상한 기척을 느끼고 품속에 재빨리 손을 넣었으나 벌써 계단까지 뛰어 올라간 현암이 틈을 주지 않고 그 남자의 덜미를 잡아 장난감을 집어 던지듯 던져 버렸다. 화 노인의 시술이 효력을 발휘하는지 이젠 다리에도 공력이 작용하는 것 같았다. 예전 같았으면 오른팔로만 공력을 쓸 수 있었기 때문에 무거운 물체를 들 때 허리와 다리에 하중을 많이 느꼈었는데 지금은 별 부담이 없었다.

현암이 최 교수를 재빨리 일으켜 세우자 최 교수는 몸을 덜덜 떨면서 현암에게 한마디 말만 되풀이했다.

"화씨 약재상, 화씨 약재상!"

아마 그리로 몸을 피해 있으라는 말 같았다. 그러나 현암은 그 말을 무시해 버렸다. 다들 위험한 판국에 자신만 몸을 피할 수는 없었다. 현암은 최 교수를 데리고 재빨리 호텔 안으로 들어가려 했으나, 호텔의 안쪽에서는 덩치 큰 다른 두 사람이 걸어 나오고 있었다. 그중 한 사람은 아라의 어깨를 붙잡고 있었다. 그 사람 뒤에 서 있던 다른 사람이 서툰 한국말로 소리쳤다.

"그 자리에 서시오! 우린 경찰이오."

그 남자는 신분증을 꺼내어 현암에게 펼쳐 보였다. 현암은 경찰에게 반항할 생각은 없었지만 저들이 왜 그러는지 이유를 몰라 고개를 갸웃하면서 큰 소리로 물었다.

"대체 왜 이러는 거요?"

"본부까지 갑시다. 자세한 이야기는 거기서 하기로 하고."

어느새 십여 명이 넘는 남자들이 현암의 주위를 에워쌌다. 최 교수는 몸을 벌벌 떨면서 현암의 옷깃을 양손으로 꽉 붙들고 있었다. 현암은 도대체 중국 경찰이 왜 이러는지 이해할 수가 없었지만 그들이 원한다면 같이 가야 할 것 같다는 생각에 서서히 손을 아래로 내렸다. 몇몇 사람이 웃옷에 손을 집어넣고 있는 폼이 아무래도 무기를 소지하고 있는 것 같았고, 현암 말고 다른 일행도 있었기 때문에 모험을 하기도 어려운 상황이었다. 경찰의 요구에 응하려는데 저쪽에서 윌리엄스 신부가 창백해진 채 뛰어나오는 것이었다.

"오우! 박 신부님만이 아니라 미스터 현암까지도……."

윌리엄스 신부는 경찰들의 리더인 듯한, 아까 신분증을 현암에게 보인 남자에게 따지려고 했지만 그마저도 두어 명의 요원들에 의해 앞이 가로막혔다.

현암은 윌리엄스 신부의 말에서 박 신부에게 어떤 일이 생긴 것 같다는 느낌을 받자 눈에 불이 확 튀는 것 같았다.

"신부님이 어떻게 되셨나요?"

"박 신부님도 경찰에 잡혀서……."

윌리엄스 신부가 허겁지겁 이야기하려는 도중에 길 건너편에서 째지는 듯한 목소리가 들렸다.

"현암 씨, 도망쳐요! 어서!"

그 소리와 동시에 현암의 주변을 에워싸던 남자들이 우르르 현암에게 덮쳐들었다. 현암도 연희의 다급한 목소리를 듣고는 정신이 번쩍 들었다. 혹시나 총알이 날아올까 봐 일단 최 교수를 저만치로 밀어 버리고, 아랫배에 힘을 주면서 공력을 끌어올렸다. 그때 현암에게 달려든 두 명의 남자가 각각 현암의 팔을 잡아 뒤로 돌리려고 했다. 그러나 덩치 큰 남자들이 한 사람씩 매달려서 용을 쓰는데도 현암의 왼팔만 조금 휘청했을 뿐, 오른팔은 꼼짝도 하지 않았다. 현암의 팔을 잡았던 남자들이 오히려 제힘을 가누지 못하고 몸을 휘청했다. 현암은 코웃음을 한 번 치고는 기합 소리와 함께 몸을 한 바퀴 돌리면서 오른팔을 그대로 휘둘렀다. 그러자 현암의 오른팔에 매달려 있던 남자의 몸이 주위를 한 바퀴 돌면서 에워싸고 있던 다른 남자들을 와르르 쓰러뜨려 버렸다.

주변을 둘러싼 남자들의 반 정도가 우르르 쓰러지자, 현암은 재빨리 튀어 올라 이번에는 아라를 붙잡고 있는 남자에게로 몸을 날렸다. 그러면서 오른팔에 '발' 자 결로 공력을 모아 남자를 향해 뻗었다. 아라를 붙들고 있던 남자는 현암이 악귀같이 무서운 기세로 달려들자 기겁을 하면서 오른손으로 현암의 손을 막으려고 했다. 그러나 펑 소리와 함께 그 남자의 몸은 현암의 공격을 막으려는 자세 그대로 뒤로 날아가 호텔 계단 옆의 소나무에 처박혀 버렸다. 현암은 땅에 딛고 섬과 동시에 달려오고 있는 연희에게 아라를 살짝 밀었다. 아라도 현암의 의도를 알아차린 듯 쪼르르 연희 쪽으로 뛰어갔고, 최 교수와 윌리엄스 신부도 그쪽으로 달려갔다.

막 착지해 균형을 잡으려는 현암에게 누군가의 발이 휙 하고 날아들었다. 방금 현암에게 신분증을 보였던 사람이었다. 현암은 연속되는 발차기를 두 번까지는 피했지만 세 번째의 발차기를 어깨에 맞고 뒤로 주춤하면서 물러섰다. 그 틈을 타고 아까 넘어지지 않았던 남자 중 두 명이 육탄 공세로 달려들었다. 현암은 태극기공의 '금(擒)' 자 결로 두 사람을 달려드는 자세 그대로 한꺼번에 낚아채고는 다시 '나' 자 결로 집어 던져 버렸다.

그러나 그사이 리더의 공중 발차기 공격이 현암의 아래턱을 강타했다. 얼굴은 공력으로 보호받지 못하는 곳이라 상대의 발차기에 맞자 정신이 멍멍했고 현암은 그 충격으로 몇 걸음 뒤로 물러섰다. 그런데 저만치에서 달아나던 윌리엄스 신부와 최 교수가 경찰들에 의해 붙들리는 것이 보였다. 그와 동시에 연희가 외치는 소리가 크게 들렸다.

"모두 도망쳐요! 모두! 수단과 방법을 가리지 말고요!"

윌리엄스 신부를 낚아챈 남자는 경찰들 중에서도 상당히 덩치가 큰 편이었다. 그는 체구가 작은 윌리엄스 신부를 조롱이라도 하듯 마치 어린애처럼 들어 올리려고 했다. 그러나 다음 순간, 그 남자의 표정이 갑자기 어두워졌다. 작달막한 윌리엄스 신부의 몸이 천근처럼 무겁게 느껴졌고, 윌리엄스 신부가 고개를 번쩍 들자 그 남자의 눈에는 타는 듯한 붉은 눈과 잿빛처럼 창백한 얼굴, 그리고 붉은 입술 사이로 비죽 튀어나온 날카로운 이빨이 바로 앞에서 보인 것이다.

"으아악!"

그 남자는 비명을 울리면서 뒤로 물러나려고 했으나 채 몸을 빼기도 전에 이미 허공에 떠 있었다. 상황이 다급해지자 흡혈귀로 변한 윌리엄스 신부가 괴력을 발휘해 그 사람을 집어 던져 버린 것이다. 그러고 나서 이번엔 윌리엄스 신부가 한쪽 팔을 내젓자 돌연 한 줄기 광풍이 일어나더니 최 교수를 붙잡고 있던 두 사람을 뒤로 날려 버렸다. 그러면서 윌리엄스 신부가 흉포한 괴성을 한 번 지르니 남자들은 모두 비명을 지르면서 윌리엄스 신부에게

서 멀찍이 물러서 버렸다.

그런데 이제는 최 교수가 윌리엄스 신부의 그런 모습을 보고는 더 공포에 질려서 그만 주저앉는 것이었다. 윌리엄스 신부는 비록 흡혈귀로 변했지만 정신은 말짱한지라 최 교수를 일으켜 세우려고 다가갔다. 그러나 최 교수는 윌리엄스 신부가 다가오자 비명을 지르면서 방향도 살피지 않고 경찰들 쪽으로 뛰어갔다. 그 모습을 보고 연희는 발을 동동 굴렀지만 도리가 없었다. 더욱이 연희가 서 있는 길의 양측에서 두 대의 차가 요란한 사이렌을 울리며 빠른 속도로 달려오고 있었다.

현암은 최 교수가 완전히 공포에 빠져서 달려오는 것을 보고 잠시 당황했다. 그러나 곧 결단을 내린 듯 입술을 굳게 다물었다.

'더 이상 길게 끌 수가 없겠다!'

잠시 현암이 한눈을 파는 사이, 다시 리더가 발차기로 몸을 날려 돌진해 왔다. 그자는 현암의 양팔에 괴력이 있다는 것을 알고는 주먹을 쓰지 않고 긴 다리를 이용해서 공격하고 있었다. 사람이 다칠까 봐 지금까지 공력을 쓰는 것을 자제해 왔는데 일이 이렇게 된 이상 사정을 봐줄 여유가 없었다. 현암은 날아오는 상대의 발차기 공격을 피하지 않고 앞으로 달려 나가면서 손에 '투' 자 결로 공력을 모았다. 리더의 발차기가 현암의 가슴을 강타함과 동시에 현암도 상대의 몸통을 향해 손을 쭉 내뻗었다. 그자는 예기치 않은 현암의 공격에 깜짝 놀라는 표정을 지으며 십자 막기로 막으려 했지만 현암은 주먹을 펴면서 손바닥으로 상대가 교차하고 있는 팔 가운데를 짚었다. 그러자 '투' 자 결답게 타격력은 방어하고 있는 상대의 팔을 그대로 통과해서 명치에 작렬해 버렸고, 그는 으아악 비명을 지르면서 저만치 나가떨어지더니 곧 납작하게 뻗어 버렸다.

리더가 나가떨어지자 나머지 사람들은 약속이나 한 것처럼 총을 빼 들었다. 그중 몇몇은 현암을, 그리고 몇몇은 윌리엄스 신부를 겨누었다. 최 교수는 경찰들이 총을 빼 들자 그때서야 정신을 차리고 다시 뒤로 돌아 달아났다. 현암은 경찰들이 총을 빼 드는 것을 보자 정말로 화가 치밀어 올랐고, 지체하지 않고 공력을 극도로 끌어모아서 사자후의 수법으로 크게 고함을 질렀다.

"어허헝!"

엄청난 음파가 주위를 가득 메우자 호텔 정면의 현관 유리들이 펑 소리를 내면서 박살 났고, 경찰들도 충격을 받았는지 우르르 총을 떨어뜨리면서 귀를 막으며 고통스러운 고함을 질러 댔다. 최 교수도 달려가다 말고 비명과 함께 그 자리에 쓰러져 주르륵 밀려 나갔고, 연희와 아라도 그 자리에 털썩 주저앉고 말았다. 그와 동시에 윌리엄스 신부는 흡혈귀의 힘을 끌어올려서 휘청거리는 경찰들을 향해 돌풍을 내쏘았고 경찰들은 유리 조각 범벅이 돼서 바닥에 나뒹굴었다.

현암과 윌리엄스 신부는 누가 먼저랄 것도 없이 연희 쪽으로 달려갔다. 그러나 양쪽에서 달려오던 두 대의 차는 연희를 위협하듯 에워싸고는 찢어질 듯한 브레이크 마찰음 소리를 내면서 정지했다. 거의 동시에 차에서 내린 경찰들이 다가오자 연희는 한 경찰의 얼굴을 주먹으로 후려갈기고, 멋진 발차기로 다른 차에서 내린 경찰마저도 걷어차 넘어뜨려 버렸다.

현암은 주저앉아 있는 최 교수를 낚아채 윌리엄스 신부에게 던지듯 넘겨주고는 차 쪽으로 달렸다. 그러자 차 두 대가 갑자기 방향을 돌리더니 현암을 향해 그대로 돌진해 갔다. 현암이 몸을 날리며 공력을 모아서 가로등을 '폭' 자 결의 수법으로 내리치자 가로등은 우지직 소리와 함께 무너져 내렸다. 한 대는 급브레이크를 밟고 차체가 빙그르르 돌다가 벽에 처박혀 버렸고, 또 한 대는 간신히 충돌 직전에 멈춰 섰다. 현암은 몸을 날려 차 위를 등으로 타고 넘으면서 살짝 공력을 넣어 운전석 유리창을 쳐 꿰뚫어 버렸다. 공력을 그다지 많이 넣은 것이 아니었는데도 운전사는 맞기도 전에 기절해 버렸다. 현암은 기절한 운전사를 끌어낸 다음 차에 올랐고, 연희는 아라를 들다시피 해서 앞자리에 탔다. 뒤이어 윌리엄스 신부가 최 교수를 차 안에 던지듯이 집어넣고 뒷자리에 탔는데, 최 교수는 그때까지도 윌리엄스 신부의 무서운 얼굴을 보고는 공포에 떨면서 반대편 차 문을 열고 도망치려 했다.

현암은 차를 뒤로 뺐다가 전진 기어로 전환한 다음 액셀러레이터를 힘껏 밟았다. 차는 끼익 소리를 내더니 폭발하는 듯한 굉음을 뿜으며 쏜살같이 앞으로 달려 나갔다. 연희는 손을 뻗어서 사이렌을 급히 떼어 내 밖으로 던지고 차 안의 실내등도 꺼 버렸다. 현암의 사자후와 윌리엄스 신부의 돌풍을 모두 맞은 경찰들은 그때까지도 일어나지 못했다. 차 뒷자리에서는 피를 소모해 버린 윌리엄스 신부가 원래의 얼굴로 돌아오면서 힘이 빠져 버렸는지 기절했고, 아라도 완전히 곯아떨어졌다. 최 교수는 패닉 상태에 빠져서 후들후들 떨고만 있었다.

"어떻게 된 거죠, 연희 씨?"

연희는 가쁜 숨을 몰아쉬면서 띄엄띄엄 말했다.

"우린 추적…… 추적당하고 있어요!"

"추적당하다뇨? 그게 무슨 말이죠?"

"승희가 백호 씨의 마음속을 투시했어요. 백호 씨에게 전화했더니 다급한 목소리로 무조건 피해 있으라고 했다는군요. 그래서 투시했대요. 그런데……."

"뭐죠? 도대체 무슨 이유로 신부님이 잡혀가고, 경찰이 우리를 체포하려는 겁니까?"

"세계 각국의 정보망에 여러분들의 존재가 알려졌다나 봐요. 한국에서 비밀리에 키우는 일종의 비밀 무기라고요."

현암은 눈썹을 곤두세웠다.

"비밀 무기요?"

"상상할 수 없는 무서운 힘을 가진 사람들이라고…… 그래서 각국 정보기관에서 여러분들을 없애려고 하는 거래요……."

"무슨 말입니까? 우리가 힘을 가지고 있다지만, 그게 무슨 큰 죄라도 된다고 세계 여러 나라에서 동시에 우리를 해치려고 하는 거죠?"

"생각해 보세요. 예를 들면 승희는 세계의 어떤 비밀도 모두 캐낼 수 있어요. 마음만 먹는다면요. 이름 하나만 가지고도 미국 대통령이나 나토 사령관의 마음을 읽어서 군사 기밀을 모조리 읽어낼 수도 있지요. 그리고 준후나 현암 씨는 아무 무기도 가지지 않고 어떤 사람이라도 마음만 먹는다면 해치울 수가 있을 거고요."

"우리가 사람을 해친다고요? 미쳤군요!"

"저도 알아요. 그런데 중요한 건 그들이 그렇게 생각하고 있다는 거예요. 그래서 여러분을 극도의 위험인물로 보고 생포하지 못하면 사살해도 좋다는 명령이 떨어졌대요."

"아니! 그렇게 말도 안 되는 일이……."

현암은 기가 차서 말이 나오지 않았다. 달리던 차가 갑자기 흔들렸고 현암의 얼굴엔 분노가 서렸다. 연희는 호흡을 가다듬은 뒤 계속 말했다.

"그렇지만 현실이에요. 기억나세요? 우리를 죽이려고 할 때 마스터가 했던 말, 우리는 절대 도망칠 수 없다고 했죠. 곰곰이 생각해 보니 그 말은 바로 이걸 의미한 거였어요."

"난 이해할 수가 없어요. 도대체 마스터가 어떻게 했기에 사람들이 그렇게 믿게 만든 거죠? 어떻게 동시에 세계 각국의 블랙리스트에 우리의 이름이 올라갈 수 있는 거죠?"

"그건 몰라요. 백호 씨도 그 점에 대해선 자세히 알지 못하나 봐요. 중요한 건 그들이 여러분들을 암살자나 스파이 요원들로 믿고 있다는 점이에요. 핵무기보다도 더 무서운 존재들이라고……."

언뜻 보니 현암의 표정이 변하는 것 같지는 않았다. 그러나 몸이 떨리고 있는 것을 연희는 느낄 수 있었다. 현암의 입에서는 중얼거림 같은 것이 새어 나오고 있었다.

"그래요. 힘…… 세상에 대한 책임…… 하하하. 결국 이런 식이 돼 버리는군요. 우리를 믿을 수 없다는 것이겠지요? 하하하."

현암의 허탈한 듯한, 너무도 공허한 웃음소리를 들으면서도 연희는 아무런 위로의 말도 해 줄 수 없었다. 대신 분노가 머리끝까지 치밀어 올라서 몸만 바르르 떨 뿐이었다. 왜 이들만 당해야 하는가? 힘으로 세상을 어지럽히려 했던 자들이 더 많이 있는데……. 이들은 오히려 그들로부터 세상을 구해 낸 은인들인지도 모른다. 그럼에도 불구하고 그들은 퇴마사들을 진정한 동료로 여기지 않은 것이다. 퇴마사들은 비공식적이나마 영국 여왕에게 훈장과 작위까지 받았고, 미국에서도 경찰의 지원하에 블랙 서클을 소탕했다. 일본에서도, 독일에서도, 또 루마니아에서도……. 도움이 필요할 때는 아무도 이들을 의심하지 않더니 막상 그 실체를 알고 나서부터는 핵무기보다도 '위험한 존재들'로 구분돼서 사냥당하는 신세로 전락해 버린 것이다. 연희는 더 이상 참지 못하고 소리쳤다.

"억울해요! 정말 너무해요! 너무……."

분노를 넘어선 절규였다. 그러나 현암은 흥분을 가라앉혔는지 평정을 되찾아 가고 있는 것 같았다. 현암의 목소리는 나직하게 가라앉아 있었다.

"명단에 오른 게 누구누구지요? 나, 박 신부님, 준후, 승희……
연희 씨는 힘이 없으니 오르지 않았겠군요."

"……."

"우리 넷뿐인가요? 대답해 주세요."

연희는 말없이 고개를 끄덕였다. 현암이 담담하게 말했다.

"그랬군요. 언젠가 올 일이 온 것인지도 모르지요. 예전에 신부님과 농담 비슷하게 이야기한 적이 있었어요. 우리가 가진 힘이 공식적으로 알려지면 우리는 아마 제명에 죽지 못할 거라고……. 농담으로 한 말이었지만, 사실이 되는군요. 연희 씨나 다른 사람들은 아니라니 그것으로 만족해야겠지요. 허허허."

연희는 눈물이 그렁그렁한 눈으로 현암의 옆모습을 쳐다보았다.

"현암 씨, 우리 정부도 더 이상 우리 편이 아니에요. 백호 씨 혼자 애쓰는 모양이지만 잘되지 않았나 봐요. 그리고 백호 씨는 지금 중국으로 오고 있대요."

"그럴 겁니다. 우리를 편들기에는 힘이 너무 부쳤겠지요. 그나저나 백호 그 사람, 오면 위험해질 텐데……."

"각오한 모양이에요. 승희 말로는 어떻게든 우리를 탈출시키려고 상부의 명령을 거부하고 혼자 오는 모양이래요."

"허허허."

"현암 씨, 웃지 말아요! 억울하지도 않나요?"

"어차피 변할 것은 없어요. 우린 항상 그늘 속에 있어야 할 존재지요. 큰일을 돌본답시고 바깥으로 노출된 것 자체가 잘못된 것일지도 몰라요."

"어쩜, 죽을지도……."

"우린 항상 죽음과 같이 살아왔어요. 특별히 별다른 것도 없습니다. 운명이 그렇다고 한다면 기꺼이 받아들여야겠죠."

어떻게 이런 판국에도 이따위 소리를 하고 있단 말인가? 연희는 화가 치밀어 올랐다.

"지금 제정신으로 하는 소리예요?"

현암은 잠시 생각하는 듯하더니 조용히 말했다.

"그래요. 아직 포기해서는 안 되겠죠? 아직도 악한 자들이 많이 남아 있고 고통받는 사람들도 많을 텐데……."

현암은 말을 멈추고는 차를 급정거시키더니 그 자리에서 방향을 획 돌렸다. 그러고는 단호한 목소리로 연희에게 말했다.

"신부님을 그대로 내버려둘 수는 없어요! 지금 어디 계시죠?"

"티베트행 준비를 하러 담당 부서에 가셨다가 그 자리에서 잡혀가셨대요. 그것밖에 몰라요."

"신부님을 구해야 해요! 무슨 수를 써서라도……."

운전석 쪽 문에는 운전용 지도 한 권이 꽂혀 있었다. 현암은 운전을 하면서 지도책을 연희에게 넘겨주었다.

"신부님께서 붙잡혔다는 곳이 어딘지, 지도 좀 봐 주시겠어요?"

마침 가로등이 훤히 켜진 구간을 지나가고 있어서 연희는 연속적으로 지나가는 불빛에 비친 현암의 얼굴을 볼 수 있었다. 현암의 부릅뜬 눈에서는 눈물이 흘러내리고 있었다. 연희는 현암의 그 모습을 보고는 마음이 너무도 아파서 자신도 모르게 지도책에 얼굴을 묻고 흐느꼈다.

같은 시각, 인도에서는 승희와 준후가 불안한 표정으로 얼마 전에 깨어난 바이올렛이 모는 차를 타고 어디론가 가는 중이었다.

승희는 사실을 알고 나서부터는 너무 머리가 혼란스럽고 눈앞이 캄캄해졌다. 그래서 곧장 병원으로 달려가 준후를 찾았다. 병원에 도착해 보니 바이올렛은 깨어 있었고 승희는 바이올렛과 준후에게 사실을 다 털어놓았던 것이다. 그러자 바이올렛은 숨어 있을 만한 곳을 알고 있다면서, 꽤 늦은 시간이었는데도 밖으로 나가더니 차까지 한 대 빌려 왔다. 승희는 마치 제 일처럼 신경 써 주는 바이올렛이 무척 고마웠다.

바이올렛은 승희와 준후를 시 외곽의 외딴 빈집의 창고에다 내려 주고는 자신은 상황을 좀 알아보고 오겠다며 차를 몰고 어디론가 가 버렸다. 황량한 집에 단둘만 남은 승희와 준후는 처량한 몰골로 침침한 창고에 들어가서 지푸라기 더미 위에 주저앉았다. 한참 만에 준후가 말을 꺼냈다.

"결국 이렇게 되려고 그랬던 거군요. 『해동감결』이……."

"『해동감결』이 왜?"

"네 명의 큰 손님이 세상에서 잊힌다는 구절이 있었어요. 이제야 이해가 될 것 같네요."

"뭐? 그런 것이 있었니?"

"좀 꺼림칙해서 이야기하지는 않았는데…… 큰물이 집을 쌓는다했으니 그건 커다란 물이 집 위로 넘치는 것, 즉 홍수를 말한 거겠죠? 녹비를 보고 북으로 서로 달린다는 건…… 아마 에메랄드 태블릿을 말한 걸 거예요. 북쪽은 어디를 가리키는지 아직은 확실하지 않지만요. 장진래출(藏眞來出) 사대객망(四大客忘), 장차 드러날 진실을 감추고 네 명의 큰 손님은 잊히리라. 잊힌다고……."

"아아!"

승희는 머리가 아픈 듯 고통스러운 신음을 내뱉었고 준후는 입을 다물었다. 승희는 한참이나 번민하다가 준후에게 말했다.

"잊힌다? 그게 꼭 죽는다는 뜻은 아닐지도 몰라. 그렇지 않니?"

"그럴지도 모르지요. 그러나 명확한 건 알 수 없어요."

승희는 준후가 좀 희망적인 대답을 하기를 바라고 있었는데 준후가 현암 같은 말투로 이야기하자 한숨을 푹 쉬었다. 그러다가 갑자기 깔깔거리고 큰 소리로 웃었다.

"왜 그래요, 누나?"

"너무 우스워서. 하하하. 바보들, 우리를 정말로 알았다면…… 하하하. 지금 우리를 찾으려고 난리 법석을 떨고 있겠지? 하하하. 세계 평화를 지킨다고 하면서 인상들을 잔뜩 쓰고 말이야. 그걸 생각하니 우스워서…… 하하하."

승희는 배를 잡고 웃어 대다가 급기야는 고개를 짚 속에 푹 파묻더니 이번에는 엉엉 울기 시작했다. 준후는 승희가 평평 우는 것을 보고는 측은한 생각이 들어서 승희의 어깨를 도닥거리지도 못하고 툭툭 손끝으로만 건드리고 있었다. 승희는 목 놓아 울다가 눈물과 짚으로 범벅이 된 얼굴을 번쩍 치켜들었다. 승희의 눈빛이 번쩍거렸다.

"그래, 그렇다면 소원대로 그렇게 해 주자. 어때? 지금부터 미국 대통령의 마음을 모조리 읽어서 소련 공산당 서기장에게 알려 주는 거야. 미국 대통령 이름이 뭐였지? 가만, 소련은 이미 망했지. 그렇다면……."

"누나!"

"아냐! 그래. CIA 책임자가 누구지? 하하하. 우리나라 안기부장은 누구지? 마구마구 읽어 내서 수백 장 복사해서는 남산 탑 꼭대기에서 뿌리는 거야! 하하하. 모조리 다 까발려서 사방에 뿌리자! 준후야, 누가 오면 넌 불로 한 방 갈겨 버려! 아냐, 아냐. 매일매일 미국 대통령 침실에 지박령이라도 두어 놈 들여보내는 거야! 영국도, 중국도, 독일도…… 일본 총리한테는 특별히 서비스로 다섯 마리다. 하하핫."

"승희 누나!"

"현암 군은 뭘 시키지? 그래! 어떤 놈이 방해하러 오면 한 주먹에 박살을 내 버리는 거야! 월향도 있잖아? 머리를 날려 버려! 신부님은…… 그래, 교단이 파문시켰지. 교황청에 가서 오라를 펑 터뜨리는 거야. 교황청 건물을 무너뜨려 버리고…… 그러면 준후, 너도 불이라도 좀 질러 줘. 나는 가서 물 뿌려 줘야지. 숟가락으로…… 하하하."

"승희 누나, 정신 차려요!"

준후가 듣다못해 눈물을 흘리면서 빽 소리를 지르자 승희는 그제야 멈칫하고 멍한 눈으로 허공을 보았다.

"그래그래. 말도 안 되지. 그래……. 그런 건 말도 안 돼, 그렇지? 우린 죽어도 그런 짓은 못 할 거야, 안 그래? 그런데 누가 알아주지? 그걸 누가 알아준단 말이야? 세상에 누가, 누가 말이야……."

준후도 무슨 말인가를 하고 싶었지만 할 수가 없었다. 승희는 멍한 자세로 조금도 움직이지 않고 계속 그대로 앉아 있었다. 퀴퀴하고 텅 빈 창고 안에서는 준후의 간헐적인 훌쩍거리는 소리만이 울려 퍼질 뿐이었다.

세상을 살다 보면 전혀 짐작하지 못했던 일이 일어나기 마련이다. 지금 현암이 겪은 일이 바로 그러했다. 처음에 현암은 거의 자포자기 상태였다. 다만 무슨 희생을 치르더라도 일단 박 신부를 구해 낼 생각밖에는 없었다. 현암의 생각으로는 박 신부를 그렇게 쉽게 죽이거나 하지는 않을 것 같았다. 그들은 무슨 짓을 해서라도 박 신부가 지니고 있는 힘의 정체를 알아내려고 할 것이고 그 과정에서 박 신부는 엄청난 고통을 겪을 것이었다.

현암은 최소한 그것만은 막고 싶었다. 만약 퇴마사들의 운명이 모두 죽게 예정돼 있다고 하더라도 옥에 갇혀서 취조받으며 별종처럼 취급되는 것만은 견딜 수 없었다. 여기에는 일종의 책임감 같은 것도 있었다. 퇴마사들의 능력의 실체가 정말로 밝혀진다면? 대답은 뻔했다.

인간의 행복을 위해서는 퇴마사의 존재는 잊히는 편이 좋다고 박 신부와 현암은 논의한 바 있었고, 그래서 그들은 지금까지 그들의 정체를 밝히지 않기 위해서 노력했었다. 그런데 결과가 이렇다니……. 세계 각 나라의 정보기관에서 자신들을 공동의 적으로 규정하고, 자국의 이익을 위해 퇴마사들의 특이한 능력을 무기화하려고 혈안이 돼 있었다. 그래서 현암은 이번만은 있는 힘을 다 발휘해 다른 사람이 몇 희생되는 한이 있더라도 박 신부를 구해 낼 생각이었다.

박 신부가 잡혀 있다는 관공서 근처에 다다랐을 때 연희의 눈에 먼발치에서 절뚝거리면서 걸어가는 한 사람의 모습이 들어왔다. 인상을 쓰고서 그 사람을 유심히 쳐다보던 연희가 큰 소리로 외쳤다.

"저…… 저 사람! 신부님이에요!"

"어!"

현암은 있는 대로 급브레이크를 밟고서 인정사정없이 차를 멈춰 세웠다. 차에 탄 사람들 모두 머리를 찧을 정도로 몸을 휘청했지만 현암은 벌써 차에서 내려 달려가고 있었다.

"신부님!"

박 신부는 자신을 부르는 소리가 들리자 절룩거리며 걸어가다가 그 자리에서 멈추어 서서 뒤를 돌아보았다. 박 신부는 전혀 놀란 표정이 아니었고 오히려 희미한 미소마저 짓고 있었다.

"마중 나와 주었구먼. 다리가 좀 쑤시던 참인데 잘됐네."

현암은 잡혀가서 고초를 겪을 거라 생각했던 박 신부가 멀쩡하자 한편으로는 안심이 됐고 다른 한편으론 어리둥절했다. 뒤이어 달려온 연희가 화급한 목소리로 물었다.

"아니, 신부님! 어떻게……."

"사고 좀 쳤지. 성직자라는 자가 사고나 치고 다니다니. 윌리엄스 신부님께 고해 성사라도 해야겠네. 아멘……."

그러고 보니 박 신부의 사제복에는 먼지와 흙가루 같은 것들이 군데군데 묻어 있었고, 웃고 있었지만 조금 피곤한 모습이었다.

"무슨 일 없으셨나요?"

"난 괜찮네. 그나저나 조금 있으면 날 잡으러 사람들이 올 텐데. 내 다리로는 빨리 뛸 수가 없잖은가? 그렇다고 전화를 걸 동전 한 푼이 없으니…… 허허허. 여기서 만나다니 참으로 다행이네."

"잡으러 온다고요?"

"다짜고짜로 잡다가 깊은 곳에 가두어 두더구먼. 나야 누가 보아도 힘없는 노인 아닌가? 다리도 불편하고…… 그래서 누가 지키지도 않더군. 그래서 힘 좀 썼네."

"힘을요? 감방 벽이라도 부수셨나요?"

"깊숙하긴 깊숙한 곳이더군. 벽을 다섯 개나 부숴야 했네."

"소리를 듣고 사람들이 몰려나왔을 텐데요?"

"다 방법이 있지. 그러나 방법은 옳지 못했어. 속죄해야겠네."

박 신부는 쓸쓸히 웃어 보일 뿐 더 이상 얘기하지 않았다. 그러나 연희나 현암은 오라력이 강하다고는 하지만 어떻게 감방 벽을, 그것도 다섯 겹이나 되는 것을 소리도 내지 않고 부술 수 있었는

홍수 449

지 이해가 가지 않았다.

차에 타고 난 다음에도 연희가 끈질기게 물어보자 박 신부는 할 수 없다는 듯 말해 주었다. 윌리엄스 신부는 그때까지도 기절해 있었고 최 교수도 어느 사이 곯아떨어져서 꽤 덩치가 큰 박 신부가 밀고 들어오는데도 깨어나지 않았다. 아라도 마찬가지였다. 모두 극도로 피곤했기 때문인 것 같았다.

"그분이 내게 힘을 주셨네. 그런데 이런 데에나 써먹다니…… 나 원 참…… 아멘."

박 신부는 근래에 와서 '그분' 이야기를 가끔 했는데 그것은 일본에서 박 신부가 한 번 죽었다(?)가 깨어난 이후부터였다. 연희는 내심 그분이 예수님이 아닐까 생각했고 승희는 천사장 미카엘이 아닐까 했지만, 박 신부는 아무런 말도 하지 않았고 현암이나 준후도 묻지 않았다.

"그래. 사실 내가 빠져나가려고 옳지 못한 짓을 했지. 그분이 내게 말씀하셨어. '악한 것과 부정한 것들은 질그릇처럼 부서지리라'라고. 그래서……."

"그래서요?"

박 신부는 쑥스러운 듯 웃었다.

"아무리 감방 벽이라도 사악한 것은 아니잖은가? 그래서 나는 돌 조각을 들어 내 손으로 벽에 부정한 기호를 그렸네. 성직자로서 할 짓이 아니었지만……."

연희의 눈이 커졌다.

"아니, 그러면 부정한 기호를 그린 다음에는 감방의 벽을 질그릇처럼 부수셨다는 말씀이신 거예요?"

박 신부는 더 이상 말하지 않고 손을 모아 기도했다. 아마도 자기 손으로 부정한 기호를 다섯 개나 그린 것에 대해 참회하고 있는 모양이었다. 부정한 기호가 있는 벽이라면 소리도 내지 않고 부술 수 있다니⋯⋯ 박 신부님에게 언제 그런 힘이 생겼단 말인가? 연희는 기도를 끝내자 저간의 사정 이야기를 했다. 연희의 이야기를 다 듣고 나서도 박 신부는 조용히 미동도 하지 않고 있었다. 마치 남의 일을 듣는 듯했다.

"별수 없는 일이지. 그나저나 티베트에 못 가게 됐으니 어쩐다? 약속했는데 죄송할 뿐이군."

"신부님! 어떻게 그렇게 남의 말 듣듯 하시나요?"

"허허허. 그렇게 된 것을 지금 와서 난들 어쩌겠는가? 안 그런가, 현암 군?"

"⋯⋯."

"음! 위험하기로 따진다면 마스터나 그 신동들을 상대하는 것이 훨씬 더 위험하지. 사람들의 추적은 그리 큰 위험이 되지 않아요. 외부로 보이게 힘을 쓸 때부터 내 언젠가 이리될 것이라 짐작은 하고 있었지."

"그러나 신부님! 억울하지도 않으세요?"

"연희 양."

박 신부는 조용히 울고 있는 연희의 눈을 바라보며 말했다.

홍수 451

"울지 말아요. 자꾸 울면 미워지니까······."

"신부님! 네 분 모두가 전 세계의 적이 돼 버렸어요. 이런 법이 세상에 어디 있어요!"

"일이 어떻게 됐든, 세상 사람들이 알아주건 알아주지 않건, 우리는 우리가 할 바를 할 따름이네. 그 이상의 것은 없어."

연희는 이런 상황에서도 너무나 태연해 보이는 박 신부를 한편으로는 이해할 것 같으면서 다른 한편으로는 동감할 수 없었다. 박 신부나 현암은 무슨 신선이나 성인이라도 된단 말인가? 감정도 없단 말인가?

"그래······. 연희 양. 자네가 윌리엄스 신부님과 함께 티베트로 가 주지 않겠는가? 그 에메랄드 태블릿은 이번 일에 대단히 중요한 의미가 있어."

"네? 제가요?"

연희는 의외라는 듯 멍한 얼굴로 되물었다.

"이번 소동에 본의 아니게 참여하기는 했지만 자네들까지 체포하지는 않을 듯싶어. 위험한 것은 우리들 넷뿐이라니까 말이야. 그리고 내 생각엔 티베트의 에메랄드 태블릿도 대단히 중요한 의미가 있을 것 같으니······."

"싫어요! 신부님, 저를 떼어 놓으려는 거죠? 위험할까 봐 그러시는 거죠? 네?"

박 신부는 정곡을 찔린 듯 조금 찔끔했지만 내색을 하지 않고 평온한 음색으로 말했다.

"그런 의미도 있지만 단지 그것만은 아니네."

"무슨 말씀이시지요?"

"연희 양, 거듭 말하지만 티베트에 있다는 에메랄드 태블릿은 어쩌면 우리의 이번 일에 정말 중요한 것인지도 몰라. 준후가 있다면 잘 알 텐데…… 허허허. 나는 우연히 준후가 『해동감결』을 번역하는 것을 일부 본 일이 있지."

"네?"

"거기에 녹비 이야기가 나오는 구절이 있더군. 홍수로 짐작되는 구절과 함께…… 그런데 준후 그 녀석은 이야기도 않고, 나에게 에메랄드 태블릿의 내용만을 알려 달라고 하더군. 허허허. 귀여운 녀석……."

박 신부는 더 자세히 이야기하지는 않았으나 실제로는 이미 준후가 고민하고 있던 그 구절, 즉 네 명의 큰 손님이 세상에서 잊히리라는 내용의 구절을 전에 본 일이 있었던 것이다. 준후는 그 내용을 다른 사람들이 알까 봐 그 사실을 어물쩍 넘어가려 했다. 그러나 박 신부는 이미 모든 것을 알고 있었다. 박 신부는 이번 일에는 무슨 사달이 일어날 것임을 짐작하고 있었으나, 그렇다고 그에 대한 대비책을 마련할 생각은 하지 않고 태연하게 응해 왔었다.

"음, 일단은 어디로 가서 쉬기로 하세. 나도 피곤하지만 여기 이분들은 완전 녹초가 된 것 같군. 그런데 윌리엄스 신부님은 주무시는 것이 아니라 기절한 것 같은데?"

이번에는 앞자리에서 현암이 쾌활한 말투로 대답했다.

"힘쓸 일이 있어서요. 또 흡혈귀로 변하셨지요."

"저런, 저런. 아멘! 또 번민하시겠군. 허허허. 아예 이 기회에 나와 서로 고해를 주고받는 것이 좋을 것 같구먼. 그러고 보니 왜 진작 윌리엄스 신부님을 내 고해 신부님으로 하지 않았는지 모르겠어. 역시 늙으면 머리가 돌이 된단 말이야. 허허허."

"듣고 보니 그렇네요. 두 분이 서로 고해 신부님이 돼 주시면 좋겠군요."

"그래, 아주 좋은 방법이구먼. 역시 현암 군은 젊어서 그런지 나보다 머리가 훨씬 잘 도는구먼. 허허허. 그런데 지금 어디로 가나?"

"저도 몰라요. 기름이 다 될 때까지 어디론가 가 보죠."

"그보다는 한적한 빈집 같은 곳을 찾아보게나."

박 신부와 현암이 주고받는 말들을 들으면서 연희는 울지도 웃지도 못하고 야릇한 기분에 휩싸여 버렸다. 솔직한 감정으로 이제 그들은 거의 사람 같지 않았다. 성인군자 흉내를 내고 있다고 표현하면 지나친 것일까? 좌우간 자신과는 다른 곳에 있는 사람들 같이 여겨져서 연희는 착잡한 마음에 사로잡혔다.

수다르사나(Sudarsana)

슬픔과 노여움에 짓눌려서 망연자실했던 승희도 시간이 흐르고 준후가 계속 달래자 원래의 모습으로 돌아왔다. 준후는 승희가 정신이 든 듯하자 조심스럽게 말했다.

"승희 누나, 너무 슬퍼하지 마세요. 일단 연희 누나나 현암 형과 대화해 보는 게 어때요?"

준후의 말을 듣고 옳다 싶어 승희는 주머니에 손을 넣었다. 그러더니 잠시 후 갑자기 눈이 커지면서 안색이 하얗게 질리는 것이었다. 승희는 벌떡 몸을 일으키더니 정신없이 여기저기를 마구 뒤지기 시작했다.

"으아악! 없어, 없어졌어! 세크메트……."

"예? 잘 찾아봐요. 네?"

준후도 당황해 땅바닥을 손으로 쓸면서까지 찾아보았지만 세크메트의 눈을 찾을 수 없었다. 승희는 이제 거의 쓰러질 것 같은 표정을 하고 있었고, 준후마저도 시무룩한 표정이 됐다. 그게 없으면 어떻게 현암 일행과 연락할 수 있단 말인가!

"투시로 현암 군 마음이라도……."

승희는 말을 더듬거리면서 눈을 감았다. 그러나 곧 머리를 마구 흔들면서 고래고래 소리를 질렀다.

"왜 이러지? 집중이 안 돼!"

"승희 누나, 마음을 가라앉히고 다시 한번 해 보세요."

"안 돼! 준후야, 어쩌지? 응?"

승희는 그만 그 자리에 털썩 주저앉은 채 엉엉 울었다. 준후도 승희가 세크메트의 눈을 잃어버리고 투시마저 안 된다는 말을 듣고는 기가 막힐 따름이었다.

"피곤해서 그런가 봐요. 오늘은 일단 쉬고 내일 다시 해 보죠. 별일 없을 거예요. 신부님도 계시고 현암 형도 있으니……."

하지만 준후의 달래는 말에도 아랑곳하지 않고 승희는 목을 놓아 엉엉 울기만 했다. 눈앞이 캄캄해지는 건 준후도 마찬가지였다. 그러나 승희가 옆에 있고 좀 쉬기만 하면 어떤 방법이 있을 것 같아서 크게 낙담은 하지 않았다.

"울지 말아요. 누나, 네?"

한참을 목 놓아 울고 나서야 승희는 약간 진정됐는지 준후가 달래는 말에 고개를 까닥거렸다. 중요한 것을 잃어버린 데 대한 자책감에다 극도로 나쁜 상황, 거기에 능력마저도 자신을 배반하는 것 같아 너무나 견디기 힘들었던 것이다.

"미안해, 준후야. 내가 이러면 안 되는데……. 그렇지만 도저히 울지 않고는 못 배기겠어. 우리가 왜 이래야 되지? 이게 우리의 운명이야? 이게?"

준후는 승희와 마주치던 눈을 다른 데로 돌리고는 무슨 생각을 하는지 한동안 아무 말도 하지 않았다. 그러다가 조용한 목소리로 말했다.

"저도 잘은 모르지만, 간혹 이런 생각을 해 봐요. 인도에서는 예로부터 카르마(Karma)와 다르마(Dharma)에 대한 얘기를 많이 했지요."

"카르마라면 운명이나 업(業)을 가리키는 말 아니니?"

"맞아요. 그러나 더 중요한 것은 다르마지요."

승희는 여전히 슬픈 듯한 얼굴로 눈앞의 허공에 초점을 맞추고는 준후의 말을 듣는 둥 마는 둥 조그맣게 물었다.

"다르마는 뭔데?"

"다르마는 법이나 정의라는 뜻으로 쓰이기도 하지만, 그것도 운명을 말하는 것이지요. 운명이나 업에서 자신이 감당해야 할 부분이라고나 할까요?"

"무슨 뜻이지?"

"이런 거예요. 카르마는 정해진 숙명이라고 할 수 있는 것이지요. 그래서 변할 수 없어요. 그러나 다르마는 자신의 판단과 행동에 맡겨져 있는 거예요. 비록 카르마에서 해방돼 자유로워질 수는 없다고 하더라도, 그 안에서의 선택은 사람에게 맡겨져 있어요. 그 길을 따르는 것이 다르마의 길을 따르는 것이지요. 고대 인도인들은 이렇게 가르쳤죠. '카르마에 굴복하지 말고 다르마의 길에 충실하라'고요."

"난 잘 이해가 안 돼."

"예를 들면 이래요. 누가 전생에 지은 죄가 많아 나이 서른 살이 되는 해에 죽어야 하는 운명이 지워졌다면 그건 카르마지요. 그러나 어떻게 죽을 것인가, 그러니까 그 정해진 순간까지 어떻게 살아가고, 어떻게 올바르게 행동하며, 어떻게 죽음을 맞이할 것인가는 다르마예요. 죽음에 닥쳤을 때 무서워하고 떨면서 비참하게 죽는가, 아니면 당당하고 고귀하게 할 바를 다하고 죽는가는 카르마와 함께 주어진 다르마를 얼마나 충실히 지키는가에 달렸지요. 다르마는 정의이기도 하니까요. 사람들은 보통 운명이라고 하면 그냥 체념해 버리거나, 그런 것은 없다고 주장하거나 하죠. 저는 그런 사람들이 이해가 안 돼요. 운명적으로 그런 것들이 정해져 있다고 해도, 그 안에는 역시 그 사람이 어떻게 행하느냐에 따라 달라질 수 있는 것들이 많이 있지요. 운명을 무조건 신봉하거나 또 무조건 체념하고 무시해서는 안 된다고 봐요. 받아들일 것은 받아들이고, 그러기 위해서 애를 써야죠. 이번 생애에서의 다르마를 얼마나 충실히 지켰는가로 다음 생애에서의 카르마를 결정짓게 되는 것이니까요. 모든 것은 사람 자신이 결정하는 것이에요. 운명은 무조건적이지도 않고 편파적이지도 않죠. 누구만을 미워하거나 힘겹게 만드는 것은 아니지요. 모두에게 공정해요. 모두에게…… 원인이 있어서 그 결과를 공정히 되돌려 주는 인과의 법칙에 따라 순환되고 돌아가는 거예요."

"하지만 난 싫어! 전생이나 내생에 잘되면 뭐 해! 지금 당장 이 지경이 됐는걸!"

승희의 말에 준후는 시무룩한 얼굴이 됐다. 자신이 승희에게 말한 것이지는 하지만, 준후로서도 그것을 아직 완전히 받아들일 만큼 성숙한 마음을 갖고 있는 것은 아니었다.

"하긴 그래요. 저도 슬퍼요. 지금도요. 옛날에도 그랬고 앞으로도 많이 슬플 거예요. 언젠가는 승희 누나나 신부님이나 현암 형과도 이별해야 할 날이 반드시 올 거예요. 그렇지 않아요?"

"내 말은! 당장 그렇게 되는 게 싫단 말이야!"

"저도요. 그러나 별수 없잖아요? 가르침에는 카르마가 험난해도 다르마를 생각해 오히려 기쁘게 받아들여야 한다지만…… 하하하. 저도 그럴 자신은 없네요. 제가 가는 날까지 그럴 수 있을지 모르겠어요. 하하하. 전 세상이 너무 신기하고 좋은데……. 사람들도 좋고, 다 좋은데…… 이별할 때 섭섭할 것 같아요. 그렇지만 어쩌겠어요…….''

준후는 말을 다 끝내지도 못하고 어깨가 들썩거렸다. 승희는 위로가 아닌 울고 있는 준후의 얼굴을 보고 힘을 냈다. 아니, 억지로 힘을 내려고 애썼고 그러다 보니 조금이나마 기운이 돌아오는 것 같았다.

"준후야, 고맙다. 마음이 많이 가벼워졌다. 울지 마, 응?"

승희는 겉으로는 눈물을 흘리지 않으려고 애썼다. 그래, 준후는 오래 못 산다고 했었지. 지금 내 나이만큼도 못 살지 몰라. 또 불행한 것은 준후 자신이 그걸 잘 안다는 데 있지. 그런데도…… 나이 어린 준후도 저토록 꿋꿋이 잘 참고 버티고 있는데 나잇살이나 먹은 내가 이토록 호들갑을 떨다니……. 그래서는 안 돼. 기운을 내자. 정신을 차리자. 승희는 계속 마음속으로 같은 말을 되풀이하면서 준후를 달랬다.

"준후야, 기운을 내자. 좋아! 이렇게 처박혀 있을 수만은 없어. 우리 시타 교수를 찾아보자. 우리 목적이 원래 그 사람을 만나러 온 것 아니니? 그 문제부터 해결하자꾸나. 응?"

"하지만 누나가 위험해지면 어떡해요?"

"오, 저런! 내가 그 정도로밖에는 안 보이니? 세계 각국의 첩보원들이 가장 무서워하는 것은, 미안하지만 나야. 이래 봬도 애염명왕이라는 든든한 백을 속에 품고 있는 내가 그토록 호락호락하리라 생각해? 하하핫! 가까이 오기만 해도 다 알 수 있어. 그러니 준후 너도 내가 잘 지켜 줄 테니 안심해라. 안심…… 응?"

승희는 의식적으로 좀 지나치게 호들갑을 떨었지만 효과는 있었다. 준후도 승희의 말과 웃음이 억지라는 것을 알았지만 이상하게도 마음이 가벼워지는 느낌이 들었다. 둘은 언제 울었냐는 듯이 마주 보고 미소를 지었다.

그러나 그런 시간도 잠시, 문이 열리는 소리가 나자 승희와 준후는 당황해 몸을 움츠렸다. 문을 열고 들어온 것은 바이올렛이었다.

"오우! 죄송. 놀라지 마세요. 저예요."

바이올렛은 승희와 준후의 얼굴을 바라보면서 의아하다는 듯한 표정을 지었다. 아까까지는 풀이 죽어서 거의 사색이 됐던 두 사람의 얼굴에 어느새 생기가 도는 게 이상했던 모양이었다.

"무슨 좋은 일이 있나요? 두 분 얼굴이 밝은 걸 보니 저도 기분이 좋아요. 호호호."

준후는 바이올렛의 말을 알아듣지는 못했지만 위로의 말을 전하는 것 같아 기분이 좋았다. 그러나 바이올렛이 억지로 지어내는 듯한 웃음소리가 마음에 걸려서 자기도 모르게 눈썹을 치켜세우다가 곧 평온한 얼굴로 돌아갔다.

"아! 미스 바이올렛, 무슨 소식이라도 있나요?"

"그동안 저는 몹시 주저하고 있었지요. 여러분이 실의에 빠져 있는 것 같아서요. 그러나 두 분의 밝은 모습을 보니 이제는 말해도 될 것 같네요. 지금 시타 교수를 만나 보고 왔어요."

"네?"

"오! 시타 교수님은 무사하시니 염려 마세요. 중요한 걸 말씀드려야겠네요. 시타 교수님이 연구하고 있던 것은 실로 엄청난 것이었어요."

바이올렛이 앞뒤 없이 이야기를 불쑥 꺼내기는 했지만 승희는 흥미가 가서 물었다.

"뭐였지요? 에메랄드 태블릿이 아니었나요?"

"오, 아니에요! 아닙니다. 그것보다 더 엄청난 것이에요. 미스 승희, 혹시 수다르사나라는 걸 아세요?"

"아뇨. 누군데요?"

"호호호. 사람 이름이 아니라 물건 이름이죠. 들어 본 적 없나요? 수.다.르.사.나……."

바이올렛이 마지막 단어를 힘주어 띄엄띄엄 발음하자 바이올렛의 말을 알아듣지 못하던 준후가 눈을 크게 뜨면서 승희에게 물었다.

"지금 바이올렛 할머니가 '수다르사나'라고 했나요?"

"어? 응. 준후야, 너는 아니?"

"음. 어디서 들어 본 것 같은데요. 음…… 그러니까……."

"그게 뭔데?"

홍수 461

준후는 고개를 갸우뚱하면서 생각에 잠겼다가 눈을 번쩍 떴다. 몹시 놀라는 표정이었다.

"어! 그럼…… 맞는지 모르겠지만 그건……."

"그게 뭔데?"

"제 기억이 맞다면 그건 크리슈나의 원반을 말하는 거예요."

"크리슈나? 비슈누의 아바타라였다던 크리슈나?"

"맞아요! 원반, 그러니까 크리슈나가 쓰던 바퀴 모양의 무기지요. 전설에 따르면 엄청난 위력을 지닌, 산을 뒤엎고 우주에 존재하는 건 무엇이든 파괴할 수 있는 무기라고 하던데……."

"밀교의 전설에 나오는 거니?"

"아뇨. 인도의 전설에 나오는 거예요. 얼마 전에 책에서 본 적이 있어요."

승희는 대강 듣고 나서 몹시 놀란 얼굴로 바이올렛에게 말했다.

"미스 바이올렛, 수다르사나라는 것이 크리슈나가 쓰던 무기를 일컫는 게 맞나요?"

"맞아요! 바로 그거예요! 크리슈나의 원반……."

"엄청난 무기라고 준후는 말하는데, 정말인가요? 바퀴 모양의 무기라고 들었는데 그렇게 엄청난가요?"

"오! 어떤 표현을 갖다 붙여도 수다르사나에게는 부족하답니다. 절대적인 궁극의 무기지요. 바라문교의 전설로 내려오는 무기랍니다. 수다르사나가 한 번 던져지면 산도 무너지고 도시도 한 방에 궤멸하며, 그에 대적할 수 있는 것은 아무것도 없지요. 「마하바라타」에서는 크리슈나가 수다르사나 한 방으로 악한 왕인 살바가 이끄는 공중 요새이자 거대한 도시인 사우바를 두 조각내지요. 아르주나와 함께 전쟁에 나갔을 때 비록 크리슈나는 싸우지 않겠다는 맹세를 했지만, 만일 수다르사나를 한 번 던졌다면 십만 대군이 몰살됐을 것이라고 하죠."

"가만! 공중 요새요? 아니, 옛날에 그런 것이 있었나요?"

"그런 것은 중요하지 않아요. 중요한 것은 햇무리와 같이 빛나는 수다르사나, 그것의 파괴력과 엄청난 위력이죠. 수다르사나를 한 번 떨침으로써 거대한 도시가 아무것도 남지 않는 잿더미로 변해 버리고, 그 앞에서는 어떤 영웅도 마신도, 심지어는 천상계의 신들마저도 무력하기만 하죠. 창공에 빛나는 해와도 같고 모든 것을 다 태우고 녹여 버리는 타오르는 불길이기도 하죠. 위대하고 또 거대하기 이를 데 없는 힘의 결정체! 천상과 삼계(三界)를 지배할 수 있는 비슈누 신의 권능이 가득 담겨 있는 지고지상의 궁극의 무기! 이것이 수다르사나예요!"

바이올렛은 다소 열에 들뜬 듯, 수다스럽게 떠들어 대다가 억지 웃음을 지어 보였다.

"실은 시타 교수에게 들은 말이에요. 그분도 제가 방금 그랬던 것처럼 수다르사나에 푹 빠져 계시더군요."

승희는 바이올렛이 열에 들뜬 사람처럼 중얼거리는 것을 조금은 싸늘한 눈으로 보고 있다가, 표정을 바꾸어 대단히 흥미롭다는 듯 물었다.

홍수 463

"그럼, 시타 교수가 수다르사나를 발굴했나요?"

"아니에요. 그는 단지 연구를 통해 그것이 어디에 있는지를 알아냈을 뿐이에요. 수다르사나는 실재해요!"

"그게 실재한다고요? 정말인가요?"

"오! 미스 승희, 그들이 관심을 가진 것도 무리가 아니에요. 신동들과 그 조직에서 그토록 혈안이 돼 사람들을 쑤시고 다녔던 것도 지극히 당연해요. 오, 수다르사나가 실재하다니! 아마 사람들은 그게 발굴되더라도 그에 깃들어 있는 신비한 힘을 믿으려고 하지는 않을 거예요. 그러나 주술력에 관심이 있는 사람들이라면 충분히 매료될 수 있는 물건이지요. 물론 전설에서 전해지는 것처럼 우주를 파괴할 수 있는 무기라고는 믿지 않겠지만, 그래도 뭔가 감추어진 굉장한 힘이 있다는 것은 믿을 거라고 생각해요."

"그렇군요. 그럼 그게 신동들과 그 조직이 시타 교수에게 관심을 둔 진짜 목적이군요. 그게 얻어진다면……."

"오! 안 돼요. 무슨 일이 있더라도 그것만은 막아야겠지요. 그러나 그 전설은……."

바이올렛이 우물거리자 승희가 조금 생각해 보다가 물었다.

"미스 바이올렛, 당신은 그 수다르사나가 정말 그런 힘이 있을 것으로 믿나요?"

"호호호. 글쎄요. 그러나 제 솔직한 심정은 믿고 싶지 않아요. 녹슨 수레바퀴로 밝혀지는 것이 더 낫겠지요. 고고학적인 가치는 있을지 모르지만요. 혹시 그게 황금이나 보석 같은 것으로 돼 있다면 또 몰라도······. 만약 그게 전설대로 무서운 물건이라면 세상이 얼마나 더 험악해질지 모르잖아요? 호호호."

바이올렛이 호들갑스럽게 웃는 것을 바라보는 승희의 시선은 어딘지 모르게 싸늘한 데가 있었다. 그러나 승희는 곧 안색을 도로 폈고 준후는 아주 잠깐 사이에 그런 승희의 표정 변화를 눈치 채고는 조금 의아하게 생각했다.

"사실 시타 교수 본인도 유물을 연구한다고 하면서 수다르사나의 힘에 대한 전설을 그대로 믿고 있지는 않더군요. 다만 저에게 이야기해 준 바에 의하면, 수다르사나에 꼭 그런 파괴력만 있는 것이 아니라 무얼까, 고대 문명에 얽힌 신비가 있다고 하더군요."

그러자 승희가 말했다.

"만약 총 한 자루가 이천 년 전의 고대로 전해졌다면 어떻게 됐을까요? 우주를 뒤흔드는 굉음을 내며 보이지도 않고 기척도 없이 사람을 죽일 수 있는, 그리고 아무리 단단한 갑옷이라도 뚫을 수 있는 초무기로 여겨지지 않았을까요? 제 생각이지만 수다르사나의 물리적인 파괴력은 지금에 와서는 그다지 중요한 것이 아닐 것 같아요."

"그렇다면요? 그 신동들이 왜 난리를 치고 그걸 찾는 거죠?"

"그거야 저도 모르지요. 그러나 미스 바이올렛, 이것을 잊으시면 안 돼요. 신동들과 그 조직은 시타 교수만 찾고 있었던 게 아니었어요. 최영민 교수와 황달지 교수, 그리고 판첸 라마도 동시에 찾고 있었어요. 즉 그들이 관심을 가진 것은 수다르사나 하나만이 아닐 거라는 이야기죠."

"그럼 한국이나 중국, 티베트 등지에도 그런 고대의 물건들이 있을 것이라는 이야기인가요?"

"꼭 그렇지만은 않아요. 신동들은 최 교수와 황달지 교수를 노리고 있었어요. 그 이유는 무엇인가 중요한 것을 해독해 내는 것을 막기 위해서라고 했지요. 그러나 시타 교수는 아직까지 멀쩡한 것으로 보아 그들이 시타 교수를 해치려고 하는 것은 아닌 것 같아요. 즉 그들은 시타 교수를 수다르사나를 얻어 내는 데 이용하려 한다는 말이지요. 그러나 최 교수나 황달지 교수는 그러지 않았어요."

"그게 무슨 소리예요?"

"분명한 것은 한 가지예요. 만약 이들이 서로 긴밀하게 연관돼 있지 않다면, 앙그라나 신동들이 공연히 전력을 분산시켜서 여기저기를 쑤시고 다닐 이유가 없지요. 수다르사나 그 자체로도 중요한 비밀이 있겠지만, 제 생각으로는 그것이 무슨 복합적인 비밀을 풀 수 있는 한 가지 단서가 될 것 같다는 이야기지요."

"단지 수다르사나가 갖고 있는 파괴력만을 노리는 것이 아니라면 그들이 노리는 것은 무엇일까요?"

"그거야 나도 모르지요."

그러자 바이올렛이 멍한 얼굴로 뭔가 생각하다가 문득 입을 열었다.

"오오, 저런! 시타 교수가 한 말이 있어요. 고대 문명에 관련된 이야기에 대해…… 아아! 그렇다면 혹시?"

"뭔데요? 왜 그러시죠?"

"시타 교수는 이렇게 말했어요. 고대의 영웅들은 죽음을 이겨내는 경우가 많았다고요. 지옥으로 내려갔다가도 다시 돌아오고……. 그런데 수다르사나가 실재한다니, 그리고 사람들도 그걸 알게 됐다니……. 여담이지만 수다르사나에는 비밀이 있다고 해요. 영을 인간으로 되돌릴 수 있는 힘이……. 그러나 그것은 그다지 걱정할 일이 아니지요."

"왜 그러시죠?"

"우리가 그것을 얻을 수 없기 때문이지요. 그 물건이 있는 곳은 알지만, 또 누가 가지고 있는지는 알지만 그걸 얻을 방법이 없어요."

"왜죠?"

"그 물건은 바바지님이 지니고 있기 때문이지요."

"바바지? 그게 누구지요?"

"바바지는 이름이 아니에요. 아버지의 아버지의 아버지…… 아버지의 극존칭이 바바지지요. 정말 도력이 높은 대요기(大Yogi)세요. 인도에서 그보다 높은 분은 없지요. 그러나 그분이 존재하신다는 것을 아는 사람은 별로 없어요. 형체를 내보이지 않으시니까요."

"형체를 내보이지 않으신다고요?"

"거의 반은 신의 경지에 올라가신 분이에요. 히말라야산맥의 어딘가에서 혼자 명상을 하시는데, 보통 사람은 그분을 뵐 수도 없어요."

"사람을 꺼리시나요?"

"아뇨. 진정 뵙고 싶어 하는 사람이라면, 진정으로 믿는 사람이라면 누구든지 만나시지요."

"그런데 존재조차 아는 사람이 왜 드물죠?"

"뵙는다 해도 사진을 찍을 수가 없지요. 그래서 많이 알려지지 않았어요."

"왜 사진을 못 찍지요?"

"찍어도 그분이 원하지 않으면 나오지 않으시니까요, 분명 뵙고, 또 몰래 사진을 찍은 사람도 나중에 현상해 보면 그 자리에 뒷배경은 똑똑히 나왔음에도 그분의 모습이 사라져 있는 것을 보고 놀라곤 하죠. 그런 것은 그분께는 아무 힘도 들지 않는 간단한 일이에요. 그렇게 생각만 하시면 그렇게 되지요. 천지간의 만물이 다 그분에게 통해 있으니까요."

"음! 그렇다면 걱정할 일이 없겠군요. 그 신동들도 그렇게 위대하신 분을 어쩌지는 못할 테니까요."

그 말을 듣고 바이올렛의 얼굴에는 실망한 표정이 역력했다. 그리고 입을 열고서 무슨 말인가를 계속했지만, 승희에게는 하나도 들리지 않았다. 승희는 머릿속에 퍼뜩 스치는 게 있었기 때문이었다. 수다르사나에 영을 인간으로 되돌리는 힘이 있다니! 승희는 순간적으로 월향을 떠올린 것이다. 그리고 현암도…….

승희가 멍한 표정을 짓자 바이올렛은 말을 하다 말고 의아한 듯 물었다.

"미스 승희, 왜 그러나요?"

"아, 아니에요. 미스 바이올렛, 말씀 도중에 미안합니다만 하나만 여쭤보겠습니다. 수다르사나가 영혼만 남은 사람을 도로 살릴 수 있다는 게 정말입니까?"

"저도 그대로 확신할 순 없어요. 꼭 헛소문이라고 단정할 수도 없지만…… 그렇다고 죽어서 혼만 있는 사람을 다시 살린다는 것은 좀 그렇지 않나요? 뭔가 있기는 있을 것 같지만요."

"그래요. 어쩌면 마스터도 그걸 노리고……."

승희는 착잡했다. 그러나 다른 한편으론 가슴이 뛰었다. 수다르사나를 얻고 그 힘을 빌려 월향을 도로 살려 낼 수 있다면……. 승희는 현암의 모습을 떠올려 보았다. 남들은 어떨지 몰라도 승희는 수다르사나의 그런 힘을 믿고 싶었다. 어쩌면 마스터도 그걸 노리고 있는지 몰랐다. 마스터는 죽어서 현재는 혼만 남아 있고, 그 때문에 수다르사나를 얻어 부활을 꿈꾸고 있는 게 분명하다고 승희는 믿었다. 그러나 그런 자가 되살아난다면 그건 정말 곤란한 일이었고, 더군다나 마스터에게 그것을 빼앗길 수는 없었다.

승희는 생각을 멈추고 바이올렛에게 말했다.

"바바지님을 만날 수는 없나요?"

"네? 아니, 왜요?"

"수다르사나를 꼭 좀 빌려야 할 것 같아서요."

"그래도 바바지님을 어떻게 만나나요? 거의 신의 경지에 도달하신 분이신데……. 더구나 만난다 해도 무슨 목적으로 사용한다고 그것을 달라고 한단 말인가요?"

"믿어 주실지 모르지만, 저는 밀교의 신을 몸속에 봉인하고 있습니다. 이런 정도면 바바지님께서 만나 주지 않겠어요?"

"네? 그게 정말인가요?"

바이올렛은 승희의 말을 듣고 깜짝 놀란 듯 눈이 휘둥그레졌다.

"좌우간 미스 바이올렛, 바바지님이 계신 곳을 알아볼 수는 없나요? 히말라야산맥의 어느 곳이지요, 네?"

"저도 잘은 몰라요. 다만 히말라야산맥의 어느 산인가에 바바지님을 위한 사원이 있다고 들었어요. 제가 수소문해 보지요. 미스 승희, 조금만 더 기다려 보세요."

바이올렛은 호들갑을 떨면서 밖으로 나갔다. 바이올렛이 나가자 승희는 눈을 크게 뜬 채 좀 망연한 듯한 표정으로 조용히 생각에 잠겼다.

이것이 그냥 뜬소문일 뿐이라면. 아니, 함정이라면……. 승희는 몹시 착잡했다. 자신이 수다르사나를 얻는 것이 마스터의 함정에 빠지는 것이 아닐까 하는 의심이 들었다. 그러나 설령 그렇다 해도 어쩔 수 없었다. 월향, 그리고 현암……. 썩 내키는 기분은 아니었지만 승희는 마음속 깊이 현암을 생각하고 있었고, 따라서 자기 자신보다도 현암이 더더욱 중요하다고 마음속으로 채찍질하고 있었다.

"그래! 함정이라도 좋고 뭐라도 좋아. 반드시!"

승희가 혼자 중얼거리고 있는 동안 영문을 모르는 준후는 말을 걸려고 승희의 팔을 톡톡 건드리고 있었다. 그러나 승희는 그것마저도 전혀 느끼지 못했다.

-4권에서 계속

퇴마록 혼세편 3

초판 1쇄 인쇄	2025년 5월 8일
초판 1쇄 발행	2025년 6월 5일

지은이	이우혁		
책임편집	양수인		
편집진행	북케어(김혜인, 전하연)	**교정**	김기준
디자인	studio forb	**본문 조판**	정유정
책임마케팅	최혜령, 박지수, 도우리		
마케팅	콘텐츠 IP 사업본부		
해외사업팀	한승빈		
경영지원	백선희, 권영환, 이기경, 최민선		
제작	제이오		
펴낸이	서현동		
펴낸곳	㈜오팬하우스		
출판등록	2024년 5월 16일 제2024-000141호		
주소	서울특별시 강남구 테헤란로 419, 11층 (삼성동, 강남파이낸스플라자)		
이메일	info@ofh.co.kr		

ⓒ 이우혁

ISBN 979-11-94654-88-9 03810

* 반타는 ㈜오팬하우스의 출판브랜드입니다.
* 이 책은 저작권법에 따라 보호받는 저작물이므로 무단전재와 무단복제를 금지하며,
  이 책 내용의 전부 또는 일부를 이용하려면 반드시 저작권자와 ㈜오팬하우스의 서면동의를
  받아야 합니다.
* 책값은 뒤표지에 표시되어 있습니다.
* 잘못된 책은 구입하신 서점에서 바꿔드립니다.